Os Diários Do BotoX

JANICE
KAPLAN
&
LYNN
SCHNURNBERGER

Os Diários do Botox

Tradução de
MARIA CLAUDIA DE OLIVEIRA

EDITORA RECORD
RIO DE JANEIRO • SÃO PAULO
2006

CIP-Brasil. Catalogação-na-fonte
Sindicato Nacional dos Editores de Livros, RJ.

K26d

Kaplan, Janice
    Os diários do botox / Janice Kaplan e Lynn Schnurnberger; tradução
Maria Claudia de Oliveira — Rio de Janeiro: Record, 2006.

    Tradução de: The botox diaries
    ISBN 85-309-07019-X

    1. Amigas — Ficção. 2. Mulheres de meia-idade — Ficção. 3. Romance
americano. I. Schnurnberger, Lynn Edelman. II. Oliveira, Maria Claudia de.
III. Título.

CDD – 813
05-3764
CDU – 821.111(73)-3

Título original norte-americano
THE BOTOX DIARIES

Direitos exclusivos de publicação em língua portuguesa para o Brasil
adquiridos pela
DISTRIBUIDORA RECORD DE SERVIÇOS DE IMPRENSA S.A.
Rua Argentina 171 — 20921-380 — Rio de Janeiro, RJ — Tel.: 2585-2000
que se reserva a propriedade literária desta tradução

Impresso no Brasil

ISBN 85-01-07019-X

PEDIDOS PELO REEMBOLSO POSTAL
Caixa Postal 23.052
Rio de Janeiro, RJ — 20922-970

Em memória de nossos doces e maravilhosos pais,

Stanley Kaplan e Jerome P. Edelman,

Que nos levaram a escolher os homens doces e maravilhosos com quem nos casamos,

Ronald Dennett e Martin Semjen,

A quem dedicamos este livro de coração

AGRADECIMENTOS

Nós nos divertimos muito escrevendo este livro e temos sorte por ele ter arrancado risos das pessoas certas. Nosso muito obrigada à extraordinária agente Jane Gelfman e à editora-chefe Maureen O'Neal por nos apoiar e manter tão firmes durante todo o trabalho. As duas são incrivelmente inteligentes e talentosas — as melhores da área. Kim Hovey, na Ballantine, tem energia e entusiasmo sem fim, e somos gratas por ela ter sacudido sua varinha mágica sobre nós. Obrigada a Johanna Bowman pelo trabalho duro e pela atenção aos detalhes.

Escrever este livro exigiu uma tremenda quantidade de paciência e heroísmo — por parte de nossos amigos. Obrigada a todos eles por nos encorajarem e apoiarem. Uma lembrança especial para Susan Fine, Joanne Kaufman e Emily Listfield, que ligavam quase diariamente para perguntar quantas páginas tínhamos escrito. Grandes abraços para todos os nossos grandes animadores de torcida: Margot, Stuart, Robert, Jeanne, Sally, Henry, Allan, Marcia, Linda (as duas), Peter, Susan, Rosanne, Donna, Jimmy, Martha, Anna, Anne, Jean, Nancy, Leslie, Tom, Pamela, Naomi, Maggie, Len e Emily, Ronnie e Lloyd, Marsha e David, Anne e Michael.

Temos sorte por termos mães maravilhosas e madrastas que sempre foram nossas grandes campeãs, além de maravilhosos modelos de personagens. Beijos para Bob e Chris e Nancy e Frank.

Para Ron e Martin — vocês dois são bonitos, sensuais, engraçados, inteligentes, amáveis, calorosos e maravilhosos. Nós os amamos e faríamos qualquer coisa por vocês, especialmente porque nos deixaram ler cada página deste livro para vocês diversas vezes. E riram todas as vezes.

E para nossos filhos terríveis e impressionantes — Zachary, Matthew e Alliana, vocês são os melhores. São as crianças mais doces, inteligentes e talentosas que existem por aí, e nós amamos vocês. Pensamos também em mencionar o quanto vocês são bonitos, mas isso poderia embaraçá-los e nunca faríamos isso.

Capítulo 1

ROLHAS DE CHAMPANHE estão estourando e são apenas cinco da manhã.

— Querida — Lucy cantarola enquanto aninho o telefone meio torto entre minha orelha e o travesseiro de plumas de ganso. — Não acordei você, acordei?

Claro que não. Por que eu estaria dormindo a essa hora quando poderia estar replantando minhas azaléias?

— Onde você está? — pergunto, tateando à procura do relógio Brite-Lite na mesa de cabeceira para confirmar que, sim, ainda faltam duas horas para meu alarme começar a soar. — Viajando?

— L.A., querida — diz Lucy. — Trabalhando.

Eu sabia. Em Nova York, Lucy mora logo ali na esquina, numa grande mansão Tudor, mas ela sempre viaja para Burbank para produzir glamourosos programas de televisão.

Estar na outra costa do país faz com que ela esteja começando a dizer muitos "queridas".

— Tudo bem? — eu pergunto, agora acordada o suficiente para que meus genes de preocupação comecem a funcionar.

— Absolutamente, sim — Lucy diz enquanto escuto o que juro ser outra rolha de champanhe estourando ao fundo. Ela explode em gargalhadas, cobre o telefone e chama alguém:

— Veja isso, querido!

— O que está acontecendo aí? — eu pergunto.

— Não é o que você está pensando. Estamos ensaiando para um programa, e tem uma cena com Don Perignon. Resolvemos usar champanhe francês de verdade, inclusive para a checagem de som.

Champanhe francês. Eu me sento abruptamente, me dando conta de que quando o telefone tocou eu estava sonhando com Jacques, o meu próprio francês. Estávamos deitados nus, com os braços enroscados em torno um do outro na beira de uma praia quente e ensolarada. Ele me beijava apaixonadamente enquanto as ondas batiam sobre nós. Espere um pouco. Eu não tinha visto aquela mesma cena em algum filme antigo? Coloco o telefone de lado e noto que a TV no outro lado do quarto ainda está ligada. Devo ter adormecido assistindo a *A um passo da eternidade* outra vez.

— Uh-uh — Lucy chama impacientemente. — Terra para Jess. Você ainda me ouve?

Limpo a garganta.

— Jacques — digo. — Estávamos fazendo amor.

— Jacques? Jacques está *aí*? — Lucy grita tão alto país afora, que nem precisa de seu telefone celular vermelho-cereja novinho em folha 120000 RICH Nokia.

— Não, Jacques não está aqui. Claro que não. Estávamos na praia. — Não era isso o que eu queria dizer. — Quer dizer, eu estava sonhando com ele na praia. Os dois pelados. — Consigo me interromper antes de chegar ao clímax. Da história. Próximo assunto. Percebo que são duas da manhã na costa dela e então eu digo: — Mas de qualquer maneira você está trabalhando até tarde.

— Eu sei. Todas as noites. Todo mundo acha que minha vida é feita de reuniões à beira da piscina com Ben Affleck, mas tudo o que eu faço aqui é trabalhar, trabalhar, trabalhar.

— Lucy parece horrivelmente alegre para uma pobre mulher trabalhadora. Mas por outro lado ela está derramando champanhe enquanto me delicio com um copo de plástico azul cheio de água morna da torneira do banheiro.

— Então, o que está acontecendo? — eu pergunto, imaginando por que esse telefonema não poderia ter esperado o raiar do dia, nas duas costas.

— Sinto muito incomodar você — diz Lucy, respirando fundo —, mas é sobre o leilão de bolos.

Ah, certo. O leilão de bolos da quinta série. Isso certamente merece uma ligação às cinco da manhã. Na verdade, aposto que ela está fazendo uma pausa na produção de um milhão de dólares a fim de conseguir fechar o negócio.

— Preciso de um favor, querida — avisa Lucy. — Dan disse que tinha arranjado alguma coisa para Lily levar, mas isso significa que vai ser algo comprado em loja. Eca. Vou parecer uma mãe ruim. Então, duas perguntas: o que você está fazendo para Jen levar e você se importaria muito de fazer em dobro?

Fazer o quê em dobro? Eu nem mesmo havia pensado no assunto. Mal tinha me recuperado de fazer nachos para a escola na semana passada no Dia Internacional do Almoço. Na semana anterior, tinha sido iogurte caseiro para o Projeto de Degustação de Laticínios. Será que eu tinha perdido a reunião de pais e professores quando elegeram Martha Stewart como a nova diretora? O dever de casa de Jen hoje à noite iria sem dúvida incluir divisão em matemática, atualidades e...

— Bolinhos! — digo alegremente. — Jen e eu vamos fazer bolinhos.

— Eu sabia! — exclama Lucy, feliz. — Você faz os melhores bolinhos do mundo! E você podia fazer os de Jen com cobertura rosa e os de Lily com cobertura azul, aí eles ficariam diferentes.

Eu gemo. Isso é tudo de que preciso, instruções culinárias vindas de três mil milhas de distância.

— Lucy, concentre-se em produzir seu programa e eu produzo meus bolinhos, certo?

— Desculpe — diz Lucy, parecendo sinceramente pesarosa. — Não queria ser tão mandona. É difícil estar fora da cidade, só quero que tudo dê certo. E só estou ligando nessa hora maluca porque, assim que começarmos a filmar de verdade, não terei mais nem um segundo.

Agora me sinto mal por brigar com ela. Então tento compensar. Ou supercompensar, como sempre.

— Escute, por que Lily não vem hoje à noite? Assim as garotas podem fazer os bolinhos juntas e decorá-los do jeito que quiserem.

E certamente depois que as garotas dormissem eu talvez me empanturrasse de montes de restos de cobertura rosa e azul.

12

Eu como quando estou cansada e, sem um Jacques na vida real por perto para notar, quem realmente se importa se uma mãe solteira tem um pouco de cobertura a mais nos quadris?

— Ah, isso é tão gentil da sua parte — observa Lucy. — Lily vai adorar. Vou ligar para Dan e contar a ele.

Dan, o marido do ano.

— Diga a Dan que Lily devia vir jantar também. Vai ficar mais fácil para ele.

Tenho que parar. No próximo minuto, vou estar me oferecendo para limpar os banheiros e dormir com o marido dela para que o fato de ela estar longe não seja muito inconveniente para ninguém. Para ninguém, a não ser para mim mesma.

— Você tem certeza de que não é muito trabalho? — pergunta Lucy.

— Claro que não — respondo. — Adoro essas noites de garotas.

— Bem, nós precisamos de uma dessas noites de garotas só para nós duas assim que eu voltar — diz Lucy. Depois, baixando a voz, sussurra dentro do telefone celular. — Você não vai acreditar no que aconteceu nessa viagem. Mal posso esperar para contar. Você é a minha única amiga que iria entender.

Outra rolha de champanhe estoura ao fundo e Lucy explode em risos. Desta vez ela cobre o telefone, mas ainda posso escutá-la dizer "Já chega! Vou ficar bem ali."

Quando desligamos, puxo a manta por sobre meus ombros. Eu devia tentar adormecer, mas no minuto em que fecho os olhos vejo Jacques novamente naquela praia. Abro os olhos. Isso nunca vai acontecer. Jacques é meu ex. Na verdade, ele aconteceu tanto tempo atrás que se tornou um ex ex ex.

Ai de mim. É deste elemento de triplo ex que pareço sentir mais falta.

Eu me sento e aperto o botão da lâmpada de leitura Itty Bitty perto da minha cama. Já que estou acordada, devo então fazer alguma coisa, pois minha lista de afazeres é maior do que a nova e revisada lista de impostos. Preciso desesperadamente fazer uma hidratação nos cabelos, comprar um tapete novo para o banheiro, reorganizar os armários, reestofar o sofá, recalafetar as bancadas e renovar a biblioteca de Jen. E enquanto estiver fazendo isso devo encontrar uma impressora mais rápida, um provedor de Internet mais rápido e um programa de exercícios mais rápido. Ainda estou gastando 30 minutos duas vezes por semana na esteira, quando todo mundo está fazendo Melhores Abdominais em Cinco Minutos por Dia. Com todo o tempo que eu economizaria, tenho certeza de que poderia fazer algo a respeito da paz mundial.

Mas a paz mundial vai ter que esperar, porque termino passando a próxima hora folheando o catálogo da Land's End e meditando sobre as fotos das roupas de banho Kindest Cut. Todas vestidas por mulheres mais ou menos da minha idade, aparentemente gratas pelo suporte extra do sutiã e a parte de trás sem amarras. Os maiôs têm corte alto na parte de cima, baixo na parte de baixo e frouxo no resto. Como consegui esse catálogo, por falar nisso? A polícia da moda sabe que estou acima dos 40? Baixo os olhos para meus seios pensativamente. Ainda são firmes, mas nada atrevidos. Talvez eu precise apenas do meu café matinal. Ontem mesmo estava lendo que a cafeína é um ótimo excitante — para os seios. Não é de se espantar que as ações da Starbucks estejam lá em cima.

Suspiro e deixo o catálogo para lá. No quarto ao lado, escuto minha filha Jen se movimentando, cantarolando feliz consigo mesma. Por que eu deveria me preocupar com os já longínquos dias em que usava biquíni quando o momento presente é abençoado por uma filha adorável de sorriso maroto que se levanta cantando de manhã? Como era de se prever, um minuto mais tarde ela vem pulando para dentro do meu quarto.

— Oi, mãe. Quer escutar minha música nova? — ela pergunta, explodindo com mais energia do que Britney Spears num comercial da Pepsi.

— Claro — eu digo, me recostando com um sorriso.

Minha garotinha — bem, não tão pequena quanto acho que ela seja —, está usando um pijaminha rosa de adolescente, que a faz parecer mais a Baby Doll do que um bebê. Mesmo tendo acabado de sair da cama, sua pele está fresca e seus grandes olhos castanhos estão claros e brilhantes. Eu precisaria de alfa-hidroxy, dois *moisturizers* e Visine só para conseguir metade daquela aparência.

Jen sorri e posa dramaticamente no pé da cama, os braços lançando-se largamente para os lados e os quadris saltando de um lado para o outro enquanto ela começa a cantar. Levo um instante para registrar a melodia. Sim, consegui. É aquela música da Madonna, *Like a Virgin*. *Like* a *virgin?* Céus, ela tem 11 anos de idade. Até onde eu saiba, ela só deveria usar essa palavra com "V" numa ode à Virgem Maria. Isso me faz sentir saudade dos dias em que ela balbuciava aquela música insuportável do Barney.

— Adoro você cantando — arrisco, tentando dar uma força. Mas preciso saber. — Onde diabos você aprendeu essa música?

— Ela toca nas estações dos velhos — ela diz, pulando sobre minha cama.

Madonna nas rádios dos velhos. Estremeço só de pensar onde aquilo coloca os Rolling Stones. Ou eu.

— Vou cantá-la para o Ethan — diz Jen, animada.

Ethan, o namorado dela. Pelo menos uma de nós precisa ter um. Embora ele tenha 12 anos.

— Você *não vai* cantar isso para ele — eu digo, só um pouco irritada demais. Olho em volta para ver se minha mãe acabou de entrar no quarto, porque aquela era definitivamente a voz dela. Suavizo minha postura. — Quer dizer, toda essa encenação pode ser um pouco demais. — *Tocada pela primeira vez*? Não acho legal. Sem utilidade alguma, dadas as características do garoto.

— Bem, vou cantar mas não vou usar uma camiseta com a barriga de fora, tá? — ela promete com uma piscada travessa. Depois subitamente ela se deita e olha para mim de olhos arregalados. — Mãe, seu cabelo. O que aconteceu? Está todo cinza!

— O que você quer dizer? — Minhas mãos voam para minha cabeça.

— Está todo cinza. — Jen repete. — Ai. Eca.

Horrorizada, apalpo as raízes. Será possível? Venho evitando o corredor da L'Oreal na farmácia todos esses anos e agora subitamente isso virou uma emergência. Quem saberia que aconteceria de um dia para o outro?

— Está muito feio? — pergunto, ansiosa.

16

— Muito — afirma Jen. Mas depois explode em gargalhadas. — Primeiro de abril! — ela grita, triunfante.

— Você me pegou — eu digo, rindo e jogando o travesseiro nela enquanto Jen abaixa a cabeça e se dobra de tanto
rir. Assustador que ela soubesse que eu cairia em qualquer
história sobre estar parecendo velha.

Jen corre de volta ao seu quarto para pegar mais músicas
de gente velha — é, Britney deve estar chegando a essa categoria a qualquer momento — e subitamente percebo do
que se tratava meu sonho desta manhã.

É primeiro de abril.

Meu subconsciente sabia da data, mesmo que eu não
soubesse. Completando 16 anos hoje, durante um café da
manhã com crepes e champanhe, Jacques, meu apaixonado
amante francês, me estendeu um anel de safiras e diamantes
e me pediu em casamento. Eu engasguei e disse: "Isso não
é uma brincadeira de primeiro de abril, é?"

Ao que ele respondeu, "Como assim, primeiro de abril?"

Talvez eu devesse ter interpretado o abismo cultural que
existia entre nós como um sinal de que o casamento não
duraria muito mais do que as delicadas sandálias Chanel que
ele tinha me dado de presente. Beijos em cafés, longas e lu-
xuriantes transas e orgasmos de desfalecer — está bem, pelo
menos a maior parte deles — não necessariamente fazem
um casamento ser sólido. Embora realmente leve um tempo até você perceber. E eu realmente não tive ninguém para
culpar a não ser a mim mesma quando, seis anos depois, o
casamento acabou.

Mas enfim. Eu ainda não tinha nem tomado banho e já
estava sonhado com sexo com meu ex, sendo enganada no

primeiro de abril ao me sentir como Barbara Bush e ficando tonta de Don Perignon por osmose. Mas hoje é um dia de trabalho e eu tenho uma grande idéia para a instituição de caridade onde estou empregada ganhando um salário — por meio expediente. Claro que se eu não me movimentar vou acabar apresentando o plano de pijamas.

No dia seguinte, Lucy volta de avião da Costa Oeste e liga — à luz do dia, graças a Deus — querendo almoçar.

— Tem um novo restaurante japonês perto do meu escritório — ela comenta. — Quer experimentar amanhã?

— Claro — eu digo, concordando. Lucy está tão por dentro que ela sabe o que vai rolar no Zagat's antes mesmo de os votos serem contados.

— Vou pedir à Tracey, minha assistente, para fazer uma reserva — ela diz, e depois acrescenta num sussurro conspirador. — Por sinal, o *chef* é Iguro Mashikuro. Eu sempre amei a enguia dele.

Ele tem sua própria enguia? Lucy pode fazer qualquer coisa parecer excitante. Imagino o que ela tem a dizer sobre as ovas de salmão dele.

Na manhã seguinte, às 11 horas, estou vestida com calças capri pretas e meu melhor suéter de *cashmere* da TSE quando o céu fica escuro. Como Al Roker pode ter errado de novo? Milhões de dólares gastos no Doppler 4000 e eles ainda não conseguem saber a diferença entre uma chuva de abril e as monções.

Talvez eu deva ligar para Lucy e sugerir que adiemos o encontro. Sempre podemos nos encontrar de manhã no Dell's.

Não, enfrentar o Furacão Andrew seria melhor do que um café da manhã no Dell's, ponto de referência local que vem servindo comida não-comestível desde 1952. Nunca entendi qual é o atrativo. O serviço totalmente ruim? A garantia de ovos aguados e café fraco? Durante algumas preciosas semanas no outono passado, tivemos um Starbucks. Mas então um grupo de mães declarou que ele não era "fantástico o suficiente" para nossa cidadezinha. Elas organizaram um *rally*, que foi o maior evento em Pine Hills desde a Semana Brownie de Caminhada para a Escola. Crianças carregavam cartazes: NÃO A STARBUCKS! CAFÉ FRANQUEADO É INDECENTE! E o meu preferido, MORTE AO ESPRESSO! E, droga, o Starbucks empacotou seus cafés com leite e partiu. Então eu digo a mim mesma, procurando minha capa J. Crew, Manhattan ou falência.

Trinta e sete minutos mais tarde, depois de ter saído do trem na Grand Central Station, vou até o ponto de táxi na Vanderbilt Avenue. As pessoas estão enfileiradas, mas os táxis não, então começo a andar sob a garoa. Estou atravessando a Madison Avenue quando escuto o primeiro ressoar de trovão. Estendo minha mão para chamar um táxi e três motoristas passam sibilando por mim sem nem olhar na minha direção. Ah, que maravilha. Eu nem consigo pagar alguém para me levar. Será que até os taxistas estão pegando apenas pessoas de 25 anos? Aos 41, já me tornei totalmente invisível? Estremeço. Esta pode não ser a hora dos grandes temas filosóficos, a chuva está começando a descer em lençóis. Estou apenas na Rua 48 e o restaurante fica a 14 quadras de distância. Com alguma sorte, minha roupa de baixo ainda estará seca quando chegar lá.

O restaurante não tem nome do lado de fora e eu ando para cima e para baixo pela rua onde se supõe que ele deva estar antes de me aventurar num lance de escadas e empurrar uma porta de madeira sem nome. Uma bela mulher asiática de vestido preto sem mangas, pernas nuas e sandálias de tachas pretas está de pé atrás da mesa da recepção laqueada.

— Aqui é o Ichi's? — pergunto, tentando fechar meu guarda-chuva e conseguindo espirrar uma grande quantidade de água no chão brilhante de mármore.

Ela olha para mim sem expressão. Eu havia pronunciado ITCH-ies, o que obviamente está errado.

— ICK-ies? — arrisco.

Ainda sem resposta.

— EYE-cheese?

Nada.

— EYE-keys?

Ela sente piedade.

— Bem-vinda ao AH-SHAY's — ela diz.

Sem chance de eu conseguir tirar AH-SHAY'S de algo que soa como ICK-ies, mas não vou discutir com uma mulher que está sem mangas no terceiro dia mais úmido do ano.

— Vim encontrar Lucy Baldor. Temos uma reserva para uma hora.

Ela olha cuidadosamente em seu livro, como se não pudesse acreditar que eu realmente tivesse ido até ali.

— A senhora Baldor ainda não chegou. Gostaria de se sentar?

— Gostaria primeiro de ir ao toalete — talvez eu possa espremer alguma água do meu cabelo e transformá-lo de vassoura molhada em vassoura seca.

Ela aponta elegantemente.

— Bem atrás de você, à esquerda.

— Obrigada. — Tento dar um passo para longe da mesa, mas meu guarda-chuva encharcado transformou o chão nas geleiras antárticas e eu imediatamente começo a voar: meu guarda-chuva numa direção, minha bolsa em outra e minha bunda no sentido mais óbvio — direto para baixo até bater no mármore frio. A senhorita Vestido Sem Mangas finge que não viu nada.

Ninguém se oferece para me ajudar, então deslizo e escorrego de volta para cima de meus pés, escapando para o toalete, que tem as paredes espelhadas de cima a baixo. Que inferno. O cabelo que eu tinha passado 20 minutos secando e alisando foi arruinado pela água, transformando-se numa massa de cachos arrepiados, e a mancha negra circular descendo pelo meu rosto demonstra que a maquiagem à prova d'água não funciona. Uma penteada rápida e uns tapinhas no rosto com um pedaço de papel higiênico são o melhor que posso fazer por mim. Uma hora e meia fora de casa e aquela pessoa vagamente semelhante a Cybill Shepherd se transformou em alguém parecida com Courtney Love, nos anos Kurt Cobain.

De volta ao salão, sou levada a uma mesa e perduro meu casaco molhado nas costas da minha cadeira. Ninguém se aproxima para pegá-lo, para oferecer o menu ou jogar na mesa a porcaria de um copo d'água. Tudo bem. Posso esperar. Remexo em minha bolsa, procurando coisas e tentando fingir que tenho algo para fazer. Dezessete minutos, dois Altoids e um telefonema para conferir minhas mensagens — nenhuma — mais tarde, estou tamborilando os dedos no copo de água

21

quando Lucy entra. Ela caminha pelo restaurante com passos esguios e rápidos, fazendo as cabeças se virarem — literalmente — em todas as mesas. Sua maquiagem está impecável, seu cabelo louro escorrido dança no ângulo perfeito em torno de seu queixo e sua capa de chuva Burberry e as sandálias de salto fino Manolo Blahnik parecem ter acabado de sair da caixa. Será que esta mulher anda por entre as gotas de chuva? Mesmo que ela tivesse vindo de limusine, e aposto que veio, teve de andar da beira da calçada até a porta. Olho pela janela e vejo que sim, ainda está chuviscando.

— Você está maravilhosa — eu digo, levantando-me para beijá-la no rosto.

— Você também, Jessie — ela diz, dando o terceiro beijo chique que está na moda. À esquerda, à direita, à esquerda. Eu nunca me lembro deste último e nossos narizes se esbarram.

Um *maître* se materializa de lugar nenhum para ajudar Lucy a tirar seu casaco e desaparece com ele. Ele aparentemente não nota meu casaco, ainda embrulhado na cadeira. Com Lucy devidamente instalada, dois garçons e um ajudante se lançam sobre a mesa, esbarrando uns nos outros, com água, *menus* e um coro de saudações, confirmando minha suspeita de quando pegava um táxi. Talvez esteja me tornando invisível.

— Estou tão feliz por estar neste restaurante — comenta Lucy alegremente quando os servos se afastam. — Soube que o melhor plano aqui é deixar que o *chef* prepare o que estiver mais fresco. Tudo bem para você?

— Claro. — Estou querendo arriscar minha vida na liqüi-dação da Kmart, mas não quero me liqüidar com um *sushi* velho.

Lucy faz o nosso pedido, conversando com o garçom so-bre a qualidade do *uni*.

— É um ouriço-do-mar — ela explica, virando-se para mim com a intenção de me manter na conversa.

— O *uni*. Ah, está soberbo hoje — confidencia o garçom, com uma piscadela. Mas claro. Para Lucy, ele provavelmen-te vai encontrar um esconderijo de *uni-unis*. Ela pede mais alguns pratos dos quais nunca ouvi falar e devolve o *menu* para o garçom. Depois ela volta sua radiante atenção para mim.

— Antes que digamos outra palavra, tenho que lhe agra-decer por fazer aqueles bolinhos com Lily — diz. — Ela não parou de falar sobre eles.

— Ah, foi engraçado — digo, honestamente.

— Mas você ficou cheia de problemas e eu estou real-mente grata — ela observa, sincera.

— Eu disse a Dan para vir jantar com as crianças na noite em que fizemos os bolinhos — eu digo, determinada a provar que poderia ter feito ainda mais —, mas ele já tinha prome-tido a elas o Taco Bell. Ele é um ótimo pai.

— É, ele é — confirma Lucy meio sem emoção.

— Não, de verdade — afirmou com entusiasmo. — De todos os maridos que conheço, ele é o único que eu conside-raria. Você não se importa por eu sentir inveja, se importa?

— Não, vá em frente — ela diz. — Estou tendo proble-mas por ficar muito entusiasmada com minha vida esses dias, então você também pode aproveitá-la. Às vezes sua vida pode

23

parecer perfeita para todo mundo mas você tem a sensação de vazio quando é você que está vivendo, sabe? Acho que você me entende.

O que me intriga em Lucy é que, apesar de seu emprego sensacional, suas três crianças maravilhosas, e ah, sim, a Mercedes e a casa com seis quartos, ela tem momentos em que se sente verdadeira e sinceramente infeliz. Ela chama isso de uma crise clássica de meia-idade, e por alguma razão decidiu que sou a pessoa capaz de entender isso.

— Você sabe o que quero dizer, não sabe? — ela pergunta, inclinando-se para a frente.

Bem, talvez eu saiba. Já me senti desse jeito uma vez. Afinal de contas, fui eu quem quis se separar de Jacques.

— Afinal de contas, foi você quem quis se separar de Jacques — ela observa.

O quê? Além de tudo ela lê pensamentos?

— É, eu fiz isso — concordo. — Você quer escutar pela quatrocentésima vez por que todo mundo pensou que eu estava louca mas eu sabia que era a coisa certa a fazer?

Ela sorri.

— Não, acho que já sei.

— Mas o que houve com você? — questiono. — Quando me ligou de L.A., pareceu que tinha novidades.

— Não exatamente novidades. — Lucy respira fundo e parece que está para me contar alguma coisa importante. Mas em vez disso ela sacode a cabeça. — Não era nada. Só um cara que trabalha comigo que estava me paquerando. Tipo diversão para um dia ou dois. Mas, puxa, eu sou casada. Parei de pensar em sexo há muito tempo.

Nós duas rimos e eu sei que ela quer mudar de assunto. Posso jurar que a história não pára por aí, mas eu a deixo escapar.

— E a sua vida amorosa? — ela pergunta, escapando com velocidade estonteante. — Ainda está saindo com aquele pintor?

— Que pintor?

— O cara que você conheceu antes de eu viajar para Los Angeles.

Eu faço uma careta.

— Só um encontro. Quando vi que na placa do carro dele estava escrito BOQUETE, decidi que não havia futuro. Com meus joelhos ruins e tudo o mais, isso não iria funcionar. Nunca.

Lucy ri tão alto que o saquê espirra em seu rosto. Sinto uma emoção secreta pelo fato de minha vida amorosa assexuada poder mantê-la entretida. Se você tem 101 maus encontros, deve pelo menos ter uma boa audiência.

— Posso ter alguém para você — ela insinua, brincando modestamente com suas varetas.

— Ah, por favor, que não seja outro *personal trainer*.

— Não, claro que não. É um cirurgião plástico. Doutor Peter Paulo.

— Lucy, honestamente. Você está tentando me arranjar alguém ou me consertar? Às vezes acho que você deveria estar marcando entrevistas para mim, em vez de encontros.

— Investimento, *baby*. Imagine se você e o Dr. Paulo se apaixonam. Talvez ele me dê um desconto no botox.

— Você usa botox? — eu não devia estar surpresa, mas estou.

— Claro. Você não?

— Está brincando? Sabonete Dove e olhe lá.

Eu me movimento para a ponta da minha cadeira e examino a face perfeita, de porcelana, de Lucy. Agora que estou olhando sem a menor vergonha posso ver que não há nenhum sulco em sua fronte. Nenhum daqueles pés-de-galinha embaixo dos olhos que começaram a crescer como trepadeiras nos meus. Mas será verdade que ela nunca pode se dar ao luxo de sentir medo ou raiva?

— Bu! — Eu grito, do nada, possivelmente me assustando mais do que ela.

Lucy me dá um empurrão, quase derrubando um copo d'água.

— Jess, você ficou louca? — ela grita.

— Desculpe, é o botox. Eu só queria saber se o seu rosto ainda se movimenta.

— Claro que sim — responde, equilibrando o copo de volta em seu lugar. — Com exceção da testa, tenho que admitir. Mas quantas vezes você se expressa usando a testa?

Eu penso sobre aquilo. Mas ainda me incomoda que Lucy, que vive resmungando quando a verdura não é orgânica, injete alegremente veneno em seu rosto.

— Pensei que seu corpo fosse um templo — comento.

— Meu corpo é um templo — Lucy ri. — Só não quero que ele desabe como a igreja de St. John The Divine.

— Ah, Lucy. Você é a mulher mais bonita que eu conheço.

— Isso é gentil da sua parte, mas em Hollywood eles atiram nas mulheres com mais de 30. Lá, se você tem 23 e ainda não fez seu primeiro mini *lift*, já é tarde demais.

— Ah, fala sério. Seja autêntica.

— Se eu fizesse isso, seria a única — ela diz ironicamente, puxando um espelho para reaplicar seu brilho labial. — E não estou nem falando das garotas na frente das câmeras. Não queremos idosas nem na audiência. As apresentações nos meus *shows* têm de ser entre 18 e 34, porque depois disso o único anunciante que se interessa é o Viagra.

— Ou o Depends — incluo, alegremente.

Isso interrompe a conversa. Antes que eu tenha a chance de fazer mais perguntas, Lucy olha para o relógio.

— Querida, detesto fazer isso, mas tenho que correr. — Ela agarra a conta e deixa uma nota de cem dólares na mesa. — De qualquer maneira, você está livre na sexta? — ela nem espera minha resposta. — É quando eu disse ao Dr. Paulo que vocês se conheceriam.

Ah, pelo amor de Deus, isso é tudo culpa da Lucy. Ninguém mais poderia me levar ao saguão de granito cinza de um prédio branco todo chique na Rua 72 Leste às 6h43 de uma sexta-feira à noite. E aqui estou eu de saltos altos Stuart Weitzman novinhos em folha — quase posso sentir as bolhas se formando — comprados para um homem que eu nunca vi. Não era eu aquela pessoa sagaz e seca que costumava dizer que "o amor pode ser cego, mas os encontros não?" E se eu vou sair com o cirurgião plástico de Lucy, ele não deveria pelo menos ir me buscar? Ah, certo. Quando ele ligou para confirmar nosso encontro, disse que, já que eu teria que pegar o trem para a cidade e teria que sair de casa de qualquer maneira, por que eu não passava no apartamento dele? Certamente eu não ia querer ser inconveniente para ele. Talvez eu devesse ter ligado para ver se ele precisava de uma bebida ou de uma dúzia de ovos, já que eu tive que sair de casa mesmo.

Estou dois minutos adiantada, então pego meu telefone celular para dar um beijo de boa-noite adiantado em minha filha.

— Jen, Jen, querida, você está aí? — pergunto, tentando escutar através de uma ligação cheia de ruídos.

— Tô, mãe. Que foi? Já chegou no seu encontro?

— O que faz você pensar que estou num encontro?

— Lily está aqui — diz, rindo. — Ela me contou tudo. O que é um cirurgião plástico, mamãe? Você vai se casar com ele?

Esta não era a conversa telefônica que eu esperava.

— Não, Jen. Nós só vamos jantar. Nada especial. Você é a única pessoa na minha vida. É por isso que estou ligando.

— Claro, mãe. Tudo bem. Agora tenho que desligar. Você precisa de mim para alguma coisa?

— Não, só queria ter certeza de que você estava bem. E espero que esteja. Então está bem. Vejo você mais tarde...

Jen desliga o telefone antes que eu possa mandar um beijo para ela, me deixando sem nada mais a fazer a não ser encolher a barriga, endireitar a saia e tocar a campainha.

Do outro lado da porta eu escuto altos uivos e latidos. Mas ninguém atende. Espero e toco novamente. Ninguém atende. Ninguém atende. Então a porta se abre.

— Você chegou na hora — diz o cirurgião plástico, acusadoramente. Tudo o que eu posso ver no momento é sua cabeça, e aí ele dá um passo para trás. Ele está enrolado numa toalha e seu peito nu é dotado de grossos tufos de cabelos grisalhos molhados. Obviamente, interrompi seu banho. Ele olha para mim e inclina a cabeça para um lado, tentando retirar a água do ouvido. Gotas de água estão escorrendo de sua perna e ele procura um canto da toalha para começar a se secar. "Não faça isso", eu penso, em pânico. Ele tenta secar sua perna sem revelar nada que eu não queira ver — nem agora nem nunca, pressinto.

— Eu... sinto muito. Achei que tínhamos combinado às 6h45 — sussurro, gaguejando. Minha voz — e odeio quando faço isso — se eleva como a de uma garotinha na parte "6h45".

— Combinamos — ele responde, virando as costas para mim e me levando para dentro de seu covil com paredes espelhadas. — Mas quem já ouviu falar de um nova-iorquino que chegue na hora? Bem, não é realmente sua culpa — ele diz, no que tem certeza de ser um tom generoso. — Você não é de Nova York, quer dizer, "totalmente" Nova York, é? Dê-me apenas dez minutos para me vestir.

Ele desaparece no quarto e eu tento não pensar nos seus pêlos saindo da toalha. Talvez eu deva simplesmente ir embora agora. Por outro lado, a noite não pode ficar pior, pode? Sim, pode. O cachorro — um lapso-apso? Um apso-lapso? Um Alpo? Nunca consigo guardar direito esses nomes de cachorros de grife — resolve cuidar das coisas para seu dono ausente e começa a transar com minha perna.

Eu me sento no sofá totalmente branco, nunca-tocado-por-mãos-de-crianças, e folheio a cópia da *Matisse-Picasso* que foi muito casualmente colocada na mesinha de vidro e cromo. Então noto um exemplar da *Hustler* enfiado embaixo do sofá.

Por que não tenho uma secretária que possa me ligar com uma pretensa emergência para me tirar daqui? Talvez eu consiga falar com Jen de novo e implorar para ela me ligar com um caso imaginário de infecção por estreptococos. Não. Lucy. Lucy é que vai me tirar dessa confusão, eu penso, enquanto o cachorro, que agora se aproxima de um frenesi, começa a se lançar mais furiosamente sobre mim, como se estivesse totalmente colado à minha perna.

— Ahn... seu cachorro... — eu chamo.

— Sim, eu sei. Ele é uma graça — ele grita de volta. — Não quero que você fique com ciúmes, mas ele é um verdadeiro atrativo de garotas quando estamos andando no parque.

— Com certeza... mas, bem, agora ele parece estar grudado na minha perna e eu não consigo tirá-lo daqui.

— Imagine. Winston jamais faria algo assim. Faria, auau? — ele diz, emergindo do quarto de vestir com um pulôver Calvin Klein e calças de couro. Ele anda até a metade da sala na minha direção, depois pára e se vira, posando como um modelo masculino no final de uma passarela. Como eu não aplaudo, ele continua andando até o bar no canto da sala. Ele deve ter pegado aquela decoração da *Hustler*. Tipo 1978.

— Desculpe fazer você esperar — ele diz, cheio daquele charme adulador de médico da Park Avenue, enquanto tira a rolha de uma garrafa de Château-qualquer-coisa. — Tem queijo e outras coisas na cozinha. Quer ficar por aqui hoje?

Estou confusa. Nós já saímos o suficiente esta semana para querermos ficar em casa hoje à noite?

Eu não me importaria de ir ao Four Seasons. O Le Cirque não fica longe. E eu sempre quis conhecer o Le Bernardin.

— Ficar aqui seria ótimo — eu me escuto dizendo.

Ele anda elegantemente pela sala, me entrega a taça Baccarat e coloca sua mão em torno do meu queixo. Depois vira meu rosto pensativamente de lado a lado. Será que já vou ser beijada ou estou sendo analisada para injeções de botox?

— Sei qual lado do seu rosto é melhor — ele afirma, satisfeito em pensar que está me impressionando. — Mas não vou dizer até mais tarde. — E pisca o olho para mim.

Será esta a sua melhor técnica? Eu nem sei como responder. E, sobretudo, fico incrivelmente irritada ao me dar conta de que estou realmente pensando qual lado do meu rosto é melhor.

Ele se instala no sofá e dá um tapinha na almofada para que eu vá me sentar ao lado dele.

— Você nunca vai adivinhar quem veio ao meu consultório esta tarde — ele diz.

— Quem? — pergunto alegremente, me sentando numa almofada adiante.

— Não, você vai ter que adivinhar — ele sorri sedutoramente.

Mas temos realmente que jogar este jogo? Certo.

— Meryl Streep.

— Não. — Ele parece irritado. Chutei muito alto.

— Kathie Lee.

— Está esquentando.

— Vamos lá, me conta, logo.

— Dahlia Hammerschmidt! — ele revela, triunfante.

Meu rosto fica pálido. Não consigo me conter — nunca ouvi esse nome em toda a minha vida. Tento esconder, mas ele adivinha. E fica imediatamente desapontado.

Quem iria saber que haveria um jogo de perguntas e respostas tão cedo nesta noite? Eu já tinha estragado tudo e nem mesmo queria ficar com ele.

— Desculpe — digo, encabulada. — Acho que eu devia ter renovado a minha assinatura da *People*...

— Tudo bem — diz ele. — Só pensei nisso porque você me lembra um pouco ela.

Isso poderia ser um cumprimento. Dahlia Hammerschmidt é provavelmente uma atriz que já foi famosa, ou, no mínimo, uma *socialite* rica. Por outro lado, acabaram de surpreendê-la visitando um cirurgião plástico.

Pego a taça Baccarat e tomo um gole.

— Então, o que você acha? — ele pergunta.

De que assunto estamos falando agora? Ah, entendi. O vinho.

— Muito bom — respondo.

Ele me encara e depois dá um grande gole de seu próprio copo.

— Vamos lá. Esta não é uma descrição para um vinho. Tente novamente.

Se eu tivesse ido mal nessa matéria na faculdade, nunca teria me graduado...

— Frutuoso — eu sugiro.

— Não. Carvalho. Com toques do fruto do carvalho. Um pouco de nozes.

Um pouco de nozes. Não vou discutir isso. Provo mais uma vez.

— Um maravilhoso gosto cítrico depois do primeiro gole — eu digo.

— Cítrico?

— Muito saboroso.

— Deve ser, por cem pratas a garrafa. — Ele está ligeiramente mais calmo. Talvez eu deva simplesmente me embriagar com o Cabernet de cem dólares e chamar isso de uma boa noite. Tomo outro gole e Winston, o cachorro faminto por sexo, escolhe este momento para provar seu eterno afeto por mim, catapultando-se para meu colo num único salto. Enquanto dou um pulo de susto, o vinho tinto oscila no copo e algumas gotas aterrissam no sofá branco como a neve.

— Oh, meu Deus, sinto muito!

Eu levanto bruscamente, jogando Winston para longe sem a menor cerimônia, e corro para a cozinha. Um instante mais tarde, estou de volta com um pano molhado. Caindo na frente do sofá e começando a esfregar as manchas.

— Não se preocupe — o bom médico diz graciosamente. — São só algumas gotas.

— Quero tirá-las.

— Está tudo bem. — Ele se inclina e agarra meu pulso e, quando eu paro de limpar, ele começa a esfregar a palma da minha mão com seu polegar. Olhamos um para outro. — Você está pensando no que estou pensando? — ele pergunta.

Sei que vou errar, então prefiro não arriscat.

— O que você está pensando?

— Estou pensando — sua voz tinha ficado mais baixa e a ação com o polegar mais rápida —, estou pensando que já que estou sentado aqui e você está de joelhos bem aí, poderíamos nos divertir um pouco. Ou nos divertir muito, se você entende o que quero dizer.

Ai. Meu. Deus. E não havia nem mesmo uma placa de carro para me alertar.

33

Luto para ficar de pé o mais rápido que posso, batendo meu joelho contra a mesa de centro de vidro e cromo e pisando no rabo de Winston. Dou um ganido e ele também.

— Escute, eu tenho que ir — aviso, agarrando meu casaco e a bolsa. — Obrigada pelo vinho. Estava realmente carvalhoso. Desculpe pelas manchas. Você pode mandar a conta, está bem? E boa sorte com a Dahlia qualquer-que-seja-o-nome...

O resto da minha frase se perde para ambos, porque acabo de bater a porta atrás de mim e estou de volta ao corredor, correndo na direção do elevador. Pobre Lucy. Espero que ela possa contar com outra pessoa para lhe dar injeções de botox, porque o Dr. Paulo pode nunca mais querer vê-la novamente.

Capítulo 2

ÀS NOVE HORAS DA MANHÃ seguinte, o marido de Lucy, Dan, vem pegar Lily.

— Você está linda — ele diz, me dando um beijo na bochecha.

— É? — Estou de *jeans* e camiseta e, já que acabei de aplicar Revlon Rosa-Choque nas unhas dos pés e elas ainda não estão muito secas, balanço meus pés para os lados como um pato maluco.

Dan olha para as unhas. Como poderia não olhar?

— Pedicure?

— Não tenho pedicure. Faço sozinha. Economizo 20 dólares e ninguém tem que ficar sentada aos meus pés.

— Talvez você possa ensinar minha mulher a fazer isso. Ou talvez não. Ela adora que as pessoas fiquem sentadas a seus pés.

Terreno perigoso. Melhor falar sobre as garotas.

— Sua filha foi um doce na noite passada — comento, mudando de assunto. — Estou feliz por ela ter decidido dormir aqui.

— Não há nada de que Lily goste mais — garante Dan.

— Mas eu esperava levá-la para tomar café hoje. Os garotos estão num jogo de tênis e Lucy está dormindo ainda.

— Tarde demais — admito. — Nós já tomamos café. Waffles, feitos em minha nova chapa de *waffles*. Mergulhados em xarope de *maple*.

— Estou realmente impressionado. — Dan abre a jaqueta, revelando uma camisa de lã vermelha que dá aquele visual de lenhador suburbano. Ele tem 1,80m, grandes olhos cinzentos e indispensáveis cabelos negros ondulados. Parece mais musculoso do que da última vez em que o vi, o que deve significar que ele é parte daquele grupo de gatões de meia-idade que malham na academia. Não tenho que olhar para baixo para supor que, em vez de sapatos, ele está usando botas impermeáveis para esportes radicais, mesmo que não haja neve do lado de fora e não tenha chovido há uma semana. Isso é o que os caras fazem por aí. Eles também compram jipes com tração nas quatro rodas para andar em ruas suburbanas pavimentadas.

— Como foi o grande encontro da noite passada? — ele pergunta.

— O encontro foi ótimo — respondo. — Simplesmente adorável.

— O que vocês fizeram?

Honestamente? Esfreguei um sofá. Um cachorro tarado transou com minha perna. Fugi.

Esqueça a honestidade. Por que arruinar o café da manhã do sujeito? Além do mais, eu mesma não tenho estômago para detalhes sórdidos.

— O de sempre — digo, vagamente. — Alguns drinques. Muita conversa. Jantar. Você sabe.

— Claro.

Ele teria perguntado mais, mas Lily e Jen surgem do quarto de brinquedos e Lily corre para beijar o pai.

— Você se divertiu? — Dan pergunta, erguendo-a e girando-a no ar.

— Sim — diz Lily enquanto Dan a coloca no chão novamente. — Jess fez colares conosco na noite passada. Olhe. — Ela mostra o ornamento rosa e turquesa em torno de seu pescoço, o que Dan admira apropriadamente.

— Na noite passada? — Dan pergunta. — Pensei que Jess tinha saído.

— Ela chegou em casa muito cedo porque queria fazer os colares — conta Lily. — E como ela não tinha jantado, fomos comer de novo. Pizzas congeladas.

Dan olha para mim com uma sobrancelha levantada.

— Traída — diz ele.

— Traída por uma garota de 11 anos — concordo com um suspiro fingido.

Mas as garotas têm outros planos.

— Posso ficar mais um pouco? — Lily pergunta, agarrando a mão de Dan. — Não quero ir embora.

— Certo. Mais 15 minutos — diz Dan, enquanto as garotas correm lá para cima. Ele tira a jaqueta e a joga numa cadeira.

— Quer um *waffle*? — ofereço.

— Não, obrigado. Não quero incomodar você.

— Não seja bobo. Você não tomou café e ainda tem muita massa.

Ele sorri e uma pequena covinha aparece em seu rosto.

— Eu sei, eu sei, sou tão doméstica — digo, pedindo desculpas. — É só que...

— Não, eu adoro isso. — Dan me corta antes que eu comece a me desculpar por causa dos *waffles*. Tenho de parar com isso. Da última vez que ele esteve aqui, me desculpei porque estava chovendo.

Nós entramos na cozinha — normalmente eu ficaria embaraçada por não ter limpado tudo ainda, mas Dan não parece se preocupar — e eu rapidamente misturo a massa que ainda está na tigela.

— O que tem aí? — ele pergunta, olhando por cima de meu ombro e espiando a massa. Ele é alto e, quando se inclina para olhar, minha cabeça encosta em seu peito. Sinto um cheiro suave de creme de barbear de sândalo.

— O de sempre. Meus ingredientes secretos são baunilha, um pouco de canela e açúcar.

— Impressionante — diz ele com sinceridade enquanto me observa entornar a massa na chapa de *waffles*. — Lá em casa, descongelar Eggos é uma grande ocasião.

— Ajuda se você tiver equipamentos modernos e caros — eu digo e depois me dou conta de que ele não vai saber que estou brincando. — Na verdade, comprei essa relíquia por cinco dólares no mercado das pulgas na semana passada.

— Incrível. Que mulher. Estou vendo por que Lily adora vir para sua casa. Bons cafés da manhã. Boa companhia — ele diz generosamente. Reviro os olhos com o cumprimento e aí ele acrescenta: — Por sinal, foi legal da sua parte correr para casa na noite passada para brincar com as garotas. Deixar o seu encontro e tudo. — Ele sorri travesso para mim.

Eu suspiro.

— Está certo, o encontro foi um desastre. Acredite em mim, eu me diverti muito mais amarrando contas.

— O que aconteceu?

— Você pode imaginar.

— Não, não posso. Sou um cara de 43 anos com três filhos. Só consigo lembrar de quando a febre da discoteca não era retrô. O que eu sei sobre encontros hoje em dia?

— Bingo — apoio. — Ninguém que tenha visto John Travolta num terno branco deveria ainda estar indo a encontros. Toda vez que eu arranjo um, me sinto uma completa idiota. Jen e Lily já parecem mais confortáveis com garotos novos do que eu. Claro que elas não têm que se preocupar com a celulite.

Dan sorri.

— Vamos lá, Jess, qualquer homem seria muito sortudo de ficar com você.

Ele me olha diretamente nos olhos enquanto diz isso com um sorriso doce e sincero. Sei que ele só está sendo o marido leal da minha melhor e leal amiga, mas coro assim mesmo.

— Qualquer cara que saiba que você tem essa maravilhosa chapa de *waffles* de cinco dólares vai propor casamento na mesma hora — acrescenta.

— Ah, não, dá um tempo. Eu nem penso em me casar de novo. Uma vez foi suficiente.

— É mesmo? — ele pergunta.

Brinco com um guardanapo. Minha grande desculpa por ser a única mulher solteira na Reunião de Pais e Professores

39

é que eu *gosto* de ser solteira. Mas Dan parece realmente interessado e eu me escuto admitindo:

— Não sei. A grama é sempre mais verde, certo? Fui eu que quis me separar, mas agora que estou sozinha, tudo o que posso lembrar são as boas coisas sobre o casamento. Então, sim, no fundo do coração eu provavelmente quero alguém para dividir minha vida. Algum homem dos sonhos que vai se enroscar perto de mim na cama todas as noites. Mas ei, eu estou aqui, então também sei que o homem dos sonhos provavelmente ronca.

Dan raspa uma última porção de xarope de *maple* de seu prato.

— Estou sentindo um pouco de cinismo aí? A primeira vez foi tão ruim?

— Não foi ruim. Teve seus momentos.

— Então o que aconteceu? Ele roncava?

Eu rio.

— Deixe-me colocar desta maneira. Nós nos conhecemos numa praia no Club Med. Eu não falava muito francês e as únicas palavras que Jacques sabia em inglês eram *Marlboros, cama* e *você é a mulher mais bonita do mundo.* Você ficaria surpreso com o quanto ele chegou longe com isso.

— Não fico surpreso mesmo. Parece uma aproximação melhor do que "qual é o seu signo?"

— Provavelmente também já caí nessa — admito. — Mas quando Jacques chegou, caí em todas. Eu era jovem e ele era *sexy*. Era tudo tão apaixonado. Mas cinco ou seis anos de estrada... — Eu paro e dou de ombros. Por que estou contando tudo isso a Dan?

— Pelo menos você teve uma filha maravilhosa.

— Nem isso — eu me levanto e começo a limpar o prato dele. — Adotei Jen logo depois que nos separamos. Esse foi um dos grandes problemas. Eu queria ter um bebê e Jacques *era* um bebê. Ele não queria uma família, então eu saí fora. *C'est la vie.*

Dan parece não saber o que dizer.

— Ei — arrisco. — Pelo menos melhorei meu francês.

— Para isso você poderia ter ido ao Berlitz.

Eu rio.

— Isso é o que eu penso toda vez que vou a um desses encontros arranjados.

— Sinto tanto, Jess. Conheço você há tantos anos e nunca soube os detalhes.

— Tudo bem. Não sou mesmo de ficar fazendo transmissões por aí. Lucy é provavelmente a única que já ouviu a história inteira.

— Lucy. Ah, droga. — Dan se levanta. — Obrigado pelo café da manhã, mas é melhor eu voltar. Os garotos vão chegar em casa e Lucy tem um compromisso.

— Qual?

— Não sei — ele ri. — Provavelmente pedicure.

Quinta-feira bem cedo, estou andando através do corredor do jardim de infância na Reese Elementary School a caminho da Manhã de Pais do Quinto Ano e já estou dez minutos atrasada. Mas não posso resistir a parar para olhar as colagens fixadas no quadro de avisos. Elas são totalmente fofas. O título diz NOSSAS IMPRESSÕES DA PRIMAVERA, então imagino que essa criação bonitinha com bolas de algodão branco é um

41

coelho da Páscoa, e não um homem das neves derretido. De qualquer maneira, ele me faz voltar a quando Jen tinha cinco anos e fazia esses mesmos trabalhos artísticos engraçados e desajeitados. Será possível que Jen tenha apenas 11 anos e eu já esteja quase nostálgica da juventude perdida — a dela e a minha?

Suspiro e corro para o ginásio, onde agarro uma xícara de café e aceno para um grupo de mães que conversam animadamente.

— Jess, venha cá! — chama a eterna líder de torcida Melanie, que está de pé no meio do grupo.

— Já estou indo — respondo.

Eu me dirijo para onde estão as delícias do café da manhã — corri na esteira às seis da matina e agora estou faminta —, mas subitamente Lucy vem correndo na minha direção, o rosto em pânico e os olhos esbugalhados como se ela estivesse sendo perseguida por um búfalo selvagem.

— Você está bem? — pergunto.

Ela agarra meu cotovelo e começa a me arrastar na direção oposta.

— Preciso falar com você.

— Bem, eu preciso primeiro de um *muffin*.

— Não vá até lá! — ela diz, num sussurro alto.

Olho com desejo para a mesa de pães e doces em que duas mulheres conhecidas estão repondo o bolo dinamarquês. Tento me virar na direção delas, mas Lucy me agarra de um jeito que levaria Vin Diesel a ficar de joelhos. Ela me dirige para um canto do ginásio e finalmente solta suas garras.

— Pelo amor de Deus, qual é o problema? — pergunto.

— Não agüento essas manhãs — diz Lucy. — Todas as mulheres aqui me odeiam. — Ela faz uma pausa e olha em torno, depois acrescenta com ênfase: — Toda-e-qualquer-mãe-neste-*lugar*.

— Isso seria meio que um milagre — observo, dando de ombros. — Você não consegue que as mulheres aqui concordem em nada. Vamos pegar um *muffin* comigo. Amora com maçã seria bom. Talvez banana.

— *Não!* — ela diz, parecendo uma estabanada garota de 11 anos em vez de mãe de uma delas. — Não vou voltar lá.

Olho na direção das Mães Alfa que a deixaram tão alarmada e sei o que ela quer dizer. Garotas de grupinhos fechados não vão embora — apenas ficam mais velhas. Estou sempre dizendo a Jen que, se ela não tiver o Skecher de saltos altos que todo mundo está usando, sua vida social *não* vai se acabar, como ela tão dramaticamente afirma. Mas em seus uniformes J. Crew de camisas cáqui de algodão e suéteres organizadamente atados nos ombros, as mães parecem estar transmitindo uma mensagem diferente. Inadvertidamente, olho para baixo para ver se estou vestida de acordo. Graças a Deus estou.

Meu olhar se volta para Lucy, que definitivamente não pegou o clima. Ela não está vestida como uma mãe — está vestida como acha que uma mãe deve se vestir. O suéter rosa-choque, que parece suspeitosamente ser de *cashmere*, tem mais decote do que o permitido pela lei de Pine Hills e seus *jeans* são apertados, de cós baixo, e definitivamente não são Levi's.

— Esses não são os *jeans* que eu vi na *In Style*? — pergunto. — Que custam algo em torno de 500 dólares, apenas em Beverly Hills?

— Eles são incrivelmente confortáveis — ela responde, na defensiva. — Todo mundo no meu trabalho usa.

Trabalho. Aí está o problema. A lâmpada se acende nas nossas cabeças ao mesmo tempo.

— Sabe o que há de errado com as mulheres que estão aqui? — Lucy pergunta. — Elas odeiam todas as mães que têm empregos em tempo integral. Elas marcaram este pequeno evento para que nenhuma de nós pudesse vir. Mas aqui estou eu — acrescenta, levantando a cabeça desafiadoramente.

— Você está paranóica — retruco, mas na hora em que as palavras saem, percebo que ela tem razão. Das 9h às 10h no café e das 10h às 11h30 na sala de aula não é exatamente o horário perfeito para ninguém que trabalha o dia todo.

— Você tirou o dia inteiro de folga? — pergunto, impressionada.

— Ah, por favor — ela diz. — O problema não é esse. Estou aqui e ninguém sequer fala comigo.

— Com quem você tentou falar? — eu pergunto.

— Com as mulheres na mesa dos biscoitos — responde. — Agiram como se eu tivesse uma doença contagiosa. E as mulheres que interrompi, que estavam de pé perto da cafeteira, achavam-se profundamente entretidas em conversas sobre como você não deve ter filhos se não vai ficar em casa com eles.

— Elas não estavam falando de você — observei.

— Ah não? De quem elas estavam falando? Hillary Clinton?

Com essa ela me pegou.

— Por favor, Lucy, que diferença faz? Você tem filhos maravilhosos. Lily. Os gêmeos. Aqueles garotos me fazem pensar que adolescentes são pessoas legais.

— É, eu tenho ótimos filhos. — Ela sorri. Toquei num ponto-chave. — Realmente ótimos filhos. Inteligentes e engraçados, todos os três. Isso não deveria me dar alguns pontos na Reunião de Pais e Professores?

— Acho que sim — concordo, enquanto espio a temível Cynthia Victor andando rapidamente em nossa direção. — Mas aqui está a pessoa que deve saber. — Cynthia, que antigamente era presidente corporativa na América, e atualmente é presidente da reunião de pais e professores, é o tipo de supermãe suburbana que nunca deveria ter deixado Wall Street. Largou o trabalho para cuidar da família. Agora combina Palm Pilots com sua filha Isabella e encaixa suas aulas de *kickboxing* entre aulas de tênis e reuniões do conselho municipal. Há rumores de que, no ano em que ela estava no comando da venda de *cookies* das Garotas Escoteiras, assegurou uma vitória no "Tropa do Ano" fazendo o pedido de duas mil caixas de Thin Mints sozinha. Quando as crianças tiveram que criar um objeto para a aula de estudos sociais, Jen construiu o seu com dominós, palitos de dente e uma caixa inteira de cola Elmer. O modelo de Isabella, por outro lado, chegou à escola com a etiqueta DESENHADO POR I.M PEI ASSOCIATES claramente visível. Na época, Cynthia garantiu que "I.M não o fez de verdade. Simplesmente chamei alguém de seu escritório para me dar idéias".

Agora Cynthia obviamente tem outra missão.

— Jess — ela começa —, estou organizando um clubinho do livro mãe-filha. Nada muito pomposo, apenas seis ou sete de nós. Poderíamos ler uma Nancy Drew juntas.

Meu rosto deve ter-me entregado — que pré-adolescente com auto-estima não morreria se lesse Nancy Drew? — porque ela acrescenta:

— Ou todo mundo pode escolher os livros juntos. Só quero poder examiná-los antes.

— Isso parece divertido. Jen e eu acabamos de ler o novo *Harry Potter* juntas.

— Nada de *Harry Potter* — Cynthia diz firmemente. — Não gosto desta série.

— Por mim tudo bem — digo. Talvez 200 milhões de pessoas estejam erradas a respeito de Harry. Depois, tentando puxar Lucy para a conversa, acrescento: — Por sinal, você conhece Lucy, não? A mãe de Lily.

— Ah, sim, claro — diz Cynthia. Mas olha para Lucy como se nunca a tivesse visto em toda a sua vida, e lança sobre ela aquele vagaroso olhar dos pés à cabeça. Quando seus olhos alcançam as botas de crocodilo de Lucy, Cynthia faz uma pausa dramática. Mas em vez de dizer alguma coisa depreciativa, vira-se explicitamente de volta para mim.

— Então, que tal? — pergunta Cynthia. — Vamos nos encontrar às sextas-feiras, às sete horas. Entre 7h15 e 7h45 faremos o debate, depois comemos umas coisinhas. Nada muito doce. Apenas frutas e biscoitos. Talvez queijo Jen não tem problemas de colesterol, tem? — ela pergunta educadamente.

— Não que eu saiba — digo. Outra coisa para colocar na lista. Cortar os cabelos dela. Comprar tênis Puma para o acampamento de verão. Conferir o colesterol de Jen.

— Lily também é uma grande leitora — comento, tentando conseguir um convite para minha melhor amiga e a filha dela.

Mas educação não está na lista de afazeres de Cynthia.

— Com você e Jen, nosso grupinho está fechado — ela conclui, eficiente. — Perfeito. Vejo você na sexta, às sete em ponto. Na minha casa, claro.

E com isso ela se vai.

Lucy olha para mim sem acreditar.

— Eu não disse? Todas essas mulheres me odeiam. Você viu? Era como se eu não estivesse aqui.

— A Cynthia é assim mesmo. Tem sua própria programação. Acho que vou ligar para ela e dizer que Jen e eu não podemos ir.

— Não, não, não seja boba. Eu não ligo. Para falar a verdade, passo tanto tempo fora da cidade que Dan é que teria de ir com Lily. Poderia valer a pena ver como Cynthia iria lidar com o fato de ter testosterona em seu grupo de leitura mamãe-filhinha.

O celular de Lucy toca e ela parece envergonhada.

— Tudo bem. Atenda — eu digo.

Eu me desligo um minuto enquanto ela diz alô e, quando ela se dá conta de quem é, vira-se para mim e sussurra:

— Desculpe. Tenho que atender.

Seu telefonema de trabalho me dá uma desculpa para abrir caminho até a mesa de pães a tempo de agarrar um *croissant*. Converso com algumas das outras mães sobre festas de aniversário e aulas de dança. Uma delas me pergunta se posso acompanhar uma viagem da classe e outra me alista para trabalhar na feira de livros. Escapo antes que

47

alguém possa me escalar para costurar saris para o Dia da Diversidade.

Quando olho em torno procurando Lucy, ela ainda está no telefonema de trabalho. Ou talvez não seja estritamente profissional, percebo de repente. Lucy está com a mão em volta do telefone e seu rosto está corado. Alguns fios de cabelo estão grudados à sua testa levemente úmida. A cada intervalo de alguns segundos, Lucy, a profissional séria, deixa escapar um risinho. Tento não escutar.

Tudo bem, isso é mentira. Chego o mais perto que consigo sem ter que arrancar o telefone dela.

— Adoraria contar a você, mas agora não posso. Estou no ginásio de uma escola — eu a ouço sussurrar.

Eu deveria provavelmente desaparecer e dar alguma privacidade a ela, mas não consigo suportar a idéia de ter que sair. Algo a faz rir de novo.

— Então me faça perguntas — ela arrulha.

Daria tudo para saber o que o Chamador Misterioso quer saber agora, porque a próxima coisa que ela diz é:

— Seda rosa — e ri novamente.

Outra pausa. E depois:

— Bem do tipo que você gosta.

Meu rosto fica vermelho, embora não seja eu que esteja no telefone.

Lucy levanta os olhos e me vê, mas daria na mesma se eu não estivesse ali.

— Sim, você estava ótimo no programa desta manhã — ela fala emocionada para dentro do telefone. — Gostei da gravata Hermès. É aquela sobre a qual você me contou?

Ele — porque agora tenho certeza absoluta de que é ele — deve ter um problema de auto-estima, porque rapidamente ela repete:

— Sim, você estava maravilhoso. Sempre está.

Lucy revira os olhos para mim, fingindo que mal pode esperar para desligar, mas o cara do outro lado não vai deixá-la sair assim tão fácil.

— Você estava ótimo, meu bem, acredite em mim. Mas tenho que desligar. Sim, ligo de volta dentro de uma hora. Prometo. Certo. Eu também.

Lucy desliga, enfia o telefone dentro de sua bolsa bege Dior e diz alegremente:

— Então. Desculpe. Mas... você não me contou sobre o Dr. Paulo.

— Não tão rápido — eu digo. — Quem era?

— Alguém que trabalha comigo.

— O cara que te paquerou em L.A.? — pergunto, sentindo uma história.

Antes que ela tenha a chance de responder, Cynthia — maldita Cynthia — toca um sino. Um sino de verdade. Juro. Ela está de pé no meio da quadra segurando um sino de vaca. Todas nós olhamos para ela, é o que Cynthia realmente parece querer na vida, e por um instante parece que ela vai fazer uma reverência. Em vez disso, ela gorjeia:

— Senhoras, está na hora! As crianças estão nos esperando nas salas de aula!

Espero que Cynthia não tenha planejado as atividades de classe também. Seguindo o raciocínio da leitura de Nancy Drew, provavelmente ela vai nos fazer jogar amarelinha.

✳

Depois de passar a manhã na sala de aula de Jess, fiquei três horas no meu computador trabalhando na apresentação do Conselho de Arte para Crianças. Grande grupo, acrônimo ruim. Ao contrário do resto da equipe, eu me recuso a dizer CAC alto, a menos, claro, que esteja engasgada com um cachorro quente. Mas, seja como for, é uma causa nobre. Desde que me tornei a responsável pela coleta de fundos, cinco anos atrás, levantei quatro milhões de dólares para o conselho, o que parece muito, mas, em termos de Manhattan, é o que certas pessoas gastam numa tarde na Harry Winston. Mas tenho planos de este ano estourar a boca do balão.

Consigo retornar alguns telefonemas, embora nenhuma de minhas conversas seja tão intrigante quanto a de Lucy. Talvez eu esteja no negócio errado. Ou não. Gosto das crianças que ajudamos, gosto da causa e gosto especialmente de poder trabalhar meio período, a maior parte do tempo em casa. Consigo ganhar a vida sem tirar os chinelos.

Pouco antes de Jen chegar em casa, marcando o fim de um dia de trabalho normal, me pego olhando no espelho, contando meus pés-de-galinha. Depois o telefone toca novamente, mas desta vez não é trabalho. Assim que eu o tiro do gancho e digo alô, Lucy solta:

— Então, por que você odiou o Dr. Paulo?

Eu rio.

— "Olá, como vai?" é normalmente um jeito melhor de começar uma conversa.

— Olá, como vai. Por que você o odeia? Você não me respondeu hoje de manhã.

— Eu não o odeio. Ele só não faz o meu tipo. Desculpe. Não foi uma boa noite.

Lucy geme.

— Não entendo como pode ter dado errado. Ele é tão bom com botox.

Bem, esta é uma qualidade que nunca fez parte de minha lista de o-que-procurar-em-um-marido. Bondade e gentileza. Senso de humor. E — quem vai saber? — perícia em botox.

— Talvez ele veja muitas mulheres bonitas o dia inteiro — sugiro, generosamente. — Ele ficou meio que mimado.

— Certo, tenho que perguntar isso. Que tipo de roupa de baixo você estava usando?

Estou perdendo alguma conexão aqui ou... Ah, pelo amor de Deus! Será que Lucy acha que eu deixei cair qualquer outra coisa além de minha dignidade?

— Acredite em mim, Lucy. Roupa de baixo não foi o problema. Ele nem chegou a vê-la, acredite.

— Não, não. Estou apenas pensando que deveríamos ir comprar *lingeries*. Conheço um lugar maravilhoso na Madison. Você está livre na segunda de manhã?

— Fazer compras, claro — eu digo. — Mas por que *lingerie*?

— Porque lingerie sempre faz você se sentir melhor — Lucy diz em tom de pregação, parecendo que está recitando a Bíblia. O Verdadeiro Novo Testamento. — Eu preciso dar uma levantada. Você precisa de uma levantada. Minha mãe costumava dizer que você não pode manter a cabeça de pé usando um sutiã velho.

Nunca ouvi falar de um sutiã que segurasse a cabeça, mas estou nessa.

— Segunda-feira — concordo.

A loja de *lingeries* de Lucy na Madison Avenue parece intimidante até mesmo do lado de fora. Uma delicada camisola cor de limão flutua na vitrine próxima a uma cinta-liga de renda azul-escura. Pelo menos acho que é uma cinta-liga. Difícil dizer. Está pendurada tão engenhosamente em um cabo fino, que pode ser parte de uma decoração Calder, mais do que alguma coisa para ser usada. Num toldo sobre uma porta vermelha laqueada tipo *feng shui*, o nome pseudofrancês da loja está inscrito em floreados intrincados.

— Esse lugar é caro — admite Lucy enquanto saímos do táxi —, mas vale a pena. É francês.

— La Lovelette — digo, lendo o nome no toldo. — Não é francês de verdade, não acho que seja. Só foi criado para parecer estrangeiro e impressionar você. Tipo Häagen-Dazs, feito para soar dinamarquês e vender mais sorvete.

— Tipo Ben e Jerry's — diz Lucy distraidamente, enquanto segue na direção da loja.

— Não tem nada a ver com Ben e Jerry's — insisto, seguindo-a. — Ben e Jerry são caras de verdade que moram em Vermont, enquanto Häagen-Dazs é...

Lucy pára e me olha diretamente nos olhos.

— Jess, eu realmente não estou interessada em sorvete agora, certo? Quero me concentrar na lingerie.

Entendi. Então me ajeito para entrar neste templo da tentação.

A loja é toda feita de superfícies polidas — um chão de madeira brilhantemente encerado, ornamentos de cromo brilhante e paredes de mármore lisas como vidro. Não fica imediatamente claro para mim que nada daquilo está à venda, já que parece mais um museu com apenas alguns poucos itens à mostra, iluminados como Picassos. Finalmente, perto das cadeiras Mies van der Rohe, noto algumas araras onde umas poucas *lingeries* estão penduradas em cabides totalmente acolchoados, cada uma a 30 centímetros de distância da outra.

— Não é muito comercial — sussurro para Lucy. Sussurrar parece o jeito certo de se falar aqui.

— Isso é porque cada peça é um espetáculo — ela explica. — Todas exclusivas.

Sigo na direção de uma peça de seda pêssego que está flutuando no ar, iluminada por trás por luzes escondidas, e bem na hora em que estou tentando encontrar a etiqueta de preço, uma vendedora se aproxima. Ela é uma daquelas mulheres de idade indeterminada que parece ter nascido na Madison Avenue. Seus cabelos louros estão puxados para trás num coque lustroso, sua maquiagem é impecável — aquela aparência quase impossível de alcançar, não muito apagada, não muito brilhante, que a *Vogue* declarou ser essencial — e seu terninho de tricô certamente custa muito mais do que ela ganha numa semana, mesmo aqui.

— Bela peça, não? — ela pergunta numa voz excessivamente elaborada. — Perfeita para qualquer ocasião. Mas, se você vai se casar, é o que eu chamo de uma ne-ces-si-da-de.

— Não vou me casar ainda — retruco. — Só estou olhando. — Quando ela sorri levemente, acrescento rapidamente — Só estou olhando a ... bem, a *lingerie*.

Seu sorriso se torna gelado quando ela percebe que estou procurando a etiqueta de preço e, assim que a encontro, eu quase desmaio. Esta pequena peça teria de ser um presente de casamento do sultão de Brunei antes que eu pudesse entrar nela. Estou comprando roupa de baixo aqui ou ela vem com uma casa nos Hamptons de brinde?

— Alguma coisa menos "cara"? — pergunto, aproveitando a ocasião.

— Isso é seda tecida a mão. As pérolas foram cultivadas em uma nova criação de ostras nos mares da China e individualmente aplicadas com milhares de pontos de linha de ouro — ela informa, com apenas um *sinal* de condescendência.

Francamente, meu Fruit of the Looms parece estar funcionando muito bem. E exatamente quanto as pérolas, se encaixam confortavelmente entre as pernas? Acho que não é essa a questão.

— Tenho certeza de que vale o preço — asseguro. — Só que eu não posso pagar.

Ela me olha desapontada. Muito desapontada. Eu claramente não mereço mais seu tempo e ela mal consegue apontar seu queixo na direção dos fundos da loja, numa vaga indicação de que posso encontrar alguma coisa lá.

Ando naquela direção e vejo uma arara simples com peças rendadas, penduradas um pouco mais próximas umas das outras. Eu realmente tenho que mexer nos cabides para vê-las. Passo uma por uma cuidadosamente, finalmente encontrando um sutiã que se parece muito com meu Maidenform de 18 dólares, só que este custa 185 e tem uma elegante etiqueta francesa. Pode ser uma idéia. Talvez eles me vendam apenas a etiqueta.

Já que este é obviamente o sutiã mais barato da loja dou meia-volta preparada para admitir a derrota. Lucy está de costas para mim e segura algo que ainda não posso ver, enquanto a vendedora — que sabiamente me trocou por Lucy séculos atrás — assente aprovadoramente.

— Você acha que é demais para a primeira vez? — Lucy pergunta.

— Acho que é perfeito — afirma a vendedora. — Para a primeira vez ou para qualquer hora.

Eu paro. A primeira vez? Lucy não havia comprado aqui antes?

E então entendo.

A primeira vez.

Certo, sou uma idiota. Não estamos nesta loja para comprar coisas para mim. Lucy tem uma razão para estar aqui. Durante dias ela vem enviando sinais de que algo está acontecendo, e eu só faço ignorá-los. As rolhas de champanhe estourando em Los Angeles, o telefonema sussurrado no celular. A necessidade de uma noite só de garotas para que ela me contasse alguma coisa secreta. Agora ela vai gastar uma pequena fortuna em *lingerie sexy* porque um homem... bem, porque um homem vai vê-la dentro dela. E me atinge a cabeça como uma tonelada de tijolos o fato de que o homem não é Dan.

Lucy se vira e exibe a reduzida roupa de baixo preta para minha aprovação. Seu rosto está brilhando.

— Você gosta? — ela pergunta.

Eu me sinto tonta, tontinha. Como se tivesse tomado um copo de champanhe muito rápido. Oscilo suavemente em meus saltos.

— Você está bem? — pergunta a vendedora, que está rapidamente me dando nos nervos. Quando eu não respondo, ela sugere: — Por que você não se senta enquanto sua amiga experimenta este?

Eu sigo obedientemente Lucy até o provador, que parece um pequeno quarto de dormir, um porta-jóias, com iluminação obscura, belos espelhos antigos e uma poltrona *love seat* rosa suave. Não consigo deixar de pensar que é o lugar perfeito para *monsieur* poder *regarder* sua amante enquanto ela experimenta lingeries para ele.

Acho que vou vomitar.

— Vamos sair daqui — sussurro com urgência para Lucy. Ela segura aquela-coisa-qualquer-que-seja preta.

— Você não gosta? — ela pergunta.

— Não gosto do motivo pelo qual você está comprando.

— O que você quer dizer?

Estou muito aturdida para ser sutil e as palavras simplesmente saem aos borbotões.

— Pelo amor de Deus, Lucy. Você está tendo um caso. Ou planejando ter um. Finalmente eu entendi. Sou tão burra que não entendi antes. E agora você está tentando fazer com que eu diga que está tudo certo, fingindo que esta lingerie ridícula vale esse preço.

Lucy se joga no *love seat* e mergulha a cabeça naquela coisa rendada de 600 dólares que está segurando nas mãos.

— Oh, Jess, não é isso — ela diz suavemente. — Tem alguém, sim... Um cara com quem eu trabalho. Desculpe. Você está certa, eu queria mesmo contar a você.

— Quem é ele? — pergunto estoicamente. Normalmente sou muito boa em saber o que se espera de mim, mas este é um território desconhecido. Melhor amiga de uma mulher que está pensando em ter um caso. Devo assentir com a cabeça e escutar, dando força? Expresso ultraje lembrando de Dan e as crianças? Ou simplesmente admito que estou completamente confusa? De alguma maneira, as únicas palavras que escuto saindo de minha boca são: "Quem é ele?"

— Isso não faz diferença, faz? É alguém que você provavelmente conhece. Quer dizer, não é que você conheça de verdade. Mas você já ouviu falar dele. Pode imaginar quem é. Ele é meio famoso.

Beleza. Isso é como estar de volta ao apartamento do Dr. Paulo. O que há de errado com essas pessoas? Nunca vou imaginar quem é o Dr. Semifamoso e, quando finalmente conseguir que Lucy me conte, mesmo assim não vou saber quem diabos ele é. Ah, esqueça. Isso não tem nada a ver com esse assunto.

Eu me levanto.

— Lucy, o que você está pensando? E por que, em nome de Deus, você faria isso?

Ela se vira para mim com um olhar que posso apenas descrever como angústia adolescente. Aquele olhar fixo de ter descoberto a pessoa, a única pessoa no mundo que faz você se sentir pulsante, viva e inteira — e que você também sabe que vai causar um sofrimento delicioso e sem fim. E é mais do que desconcertante ver este olhar no rosto da minha amiga. Da minha amiga casada. Que, em minha opinião, deveria crescer e deixar seus próprios adolescentes sentirem esta angústia.

— Eu não sei, eu não sei — balbucia Lucy. — Tudo meio que aconteceu. Quer dizer, não aconteceu "tudo". Ainda não. Começamos com alguns jantares em Los Angeles e houve alguns beijos de boa noite. Aí, uma vez, como eu não conseguia dormir, ele veio ao meu quarto de hotel,e nós bebemos um conhaque e conversamos até as cinco da manhã.

Talvez eu devesse sugerir *pay-per-view*. É o que me faz dormir quando estou num quarto de hotel estranho.

Lucy levanta os olhos para mim, apelativa.

— Eu realmente gosto dele, Jess. E ele é tudo em que posso pensar ultimamente. Será que isso é tão horrível?

É muito cedo para um posicionamento. Por um lado, estou horrorizada. Por outro, ela é minha melhor amiga. Eu quero entender. Meu lado prático aparece.

— Quando você vai vê-lo novamente? — pergunto.

— Devo voltar a L.A. semana que vem. E vai ficar ainda pior. Ele vai apresentar o meu próximo programa. O piloto que estou fazendo. Vamos ficar nos esbarrando todo o tempo. O que vou fazer?

— Você parece já ter decidido. A menos que esteja comprando esta *lingerie* para tentar reacender as coisas em casa... Será? — pergunto, esperançosamente.

As cores somem do rosto de Lucy e posso dizer que a fiz sentir-se horrível. Ela fica de pé ereta enquanto o cabide acolchoado cai no chão com uma pancada.

— Vamos. Vamos sair daqui. Quero ir para casa e pegar a última metade do jogo de futebol de Lily.

Para variar, Lucy está voltando para os subúrbios e eu tenho uma razão para ficar na cidade. Dizemos um rápido adeus e eu me dirijo à Quinta Avenida, certificando-me de que estou mantendo a cabeça bem alta, apesar da *lingerie* barata. Sigo ligeiramente na direção norte, para a Rua 92, e, quando chego lá, estou levemente suada e sem ar. Droga. Lucy jamais chegaria para um encontro de trabalho desse jeito. O prédio é um daqueles velhos e elegantes endereços da Quinta Avenida que requerem que você seja certificado por cinco velhos-ricos protestantes e o decorador de interiores correto antes que tenha o privilégio de soltar uns três milhões para conseguir um apartamento.

É necessária a habilidade de três porteiros para me levar para dentro — um cara abre a porta e pergunta quem vou visitar, o próximo anuncia-me via interfone aos meus anfitriões e um terceiro me conduz ao elevador, discretamente sussurrando meu andar para o ascensorista de luvas brancas. Este é um elevador reformado e totalmente automatizado. Então, depois que o atendente aperta o botão onde está marcado o número "14", ele não tem mais nada a fazer. Descubro que seu trabalho agora se limita a estar pronto para atender qualquer necessidade minha. Mas eu não conseguia imaginar o que pedir em nossa viagem de 20 segundos.

A porta do elevador se abre no saguão gracioso, coberto com um tapete chinês e uma mesa Parsons branca laqueada, que ostenta um jarro elegante e grande, mas não tão grande assim, com peônias frescas. Portas pesadas de mogno em cada canto levam aos únicos dois apartamentos do andar. Elas não estão marcadas.

— O 14A fica à *esquerda* — comunica o ascensorista, com um sorriso forçado. Então foi para isso que ele foi colocado na Terra. Ele espera enquanto eu toco a campainha e ainda está lá quando uma empregada de uniforme cinza e branco abre a porta.

— Tudo certo? — Ele pergunta a ela, como se o fato de ele me trazer para o apartamento pudesse ser uma grande intrusão, maior do que ela pudesse realmente suportar.

— Tudo bem — ela diz. — A senhora Beasley-Smith está esperando.

Graças a Deus. Eu odiaria se ela tivesse esquecido de mim nos três minutos desde que fui anunciada.

Sigo a empregada para dentro de uma sala de estar cor de caqui, dominada por um enorme friso *trompe l'oeil* de querubins nus circundando um jardim inglês. Uau. Na parede do fundo, o bom gosto também prevalece, e uma tela de lata de sopa de Warhol clama por atenção. Agora estou pronta para qualquer coisa.

— Você pode esperar aqui enquanto eu vejo se a senhora Beasley-Smith está pronta — diz a empregada. Ela parece gostar de dizer aquele nome. Talvez ela devesse usar o diminutivo senhora B.S.

Mas depois de toda essa pompa, não estou realmente preparada quando vejo uma mulher de cerca de 30 anos, vestindo *jeans* e camiseta branca, com um bebê pendurado no braço e seguida por uma garotinha de cabelos dourados de uns quatro anos. Mamãe está docemente bonitinha com seu jeito limpo, os cabelos castanho-claros puxados para trás num rabo-de-cavalo preso com um elástico barato e apenas um pouquinho de brilho labial.

— Oi — ela cumprimenta, mudando o bebê de braço para que tenha uma mão a oferecer. — Eu sou Amanda. Este é Taylor — ela levanta o garotinho até que ele sorria e depois diz: — Atrás de mim está Spencer.

— Oi — diz Spencer numa voz baixinha e fininha.

— Prazer em conhecê-la — digo, abaixando-me até o nível de seus olhos. — Eu sou Jessie.

Quando fico de pé novamente, Amanda me agradece por ter vindo.

— Quatro amigas minhas estão vindo nos encontrar. Espero que seja suficiente. Estamos todas realmente animadas para participar.

— Isso é ótimo — eu falo. — Estou animadíssima para trabalhar com vocês.

Dentro de alguns minutos, a sala se enche de mães e variados bebês, e sou apresentada sucessivamente a Pamela Jay Barone, Rebecca Gates, Allison von Williams e Heather Lehmann. Não consigo guardar nenhum dos nomes, embora tenha a sensação de que qualquer investidor financeiro as conheceria. As mulheres têm um corte perfeito — bonitas e magras, cabelos louros de luzes perfeitas (a não ser Pamela, cujo cabelo castanho está afastado de seu rosto por uma bandana colorida) — e ostentam grandes anéis de diamantes. Mas estão vestidas casualmente e há uma familiaridade fácil enquanto elas brincam com as crianças umas das outras.

Bem na hora em que estou começando a imaginar como vou integrar uns balbucios de bebê em minha apresentação, uma garota que rapidamente percebo ser a babá aparece na porta. Ela tem 18 ou 19 anos, pele luminosa, curvas em todos os lugares certos e cabelos que brilham como se fossem feitos de puro ouro. Num aposento cheio de quase louras, ela é a única que parece nunca ter tido de pagar por aquilo.

— Ilsa e eu podemos pegar as crianças agora — ela avisa a Amanda com um cantado sotaque sueco.

— Isso seria ótimo, Ulrike — diz Amanda. — São apenas cinco crianças e a babá de Heather está chegando em alguns minutos. Portanto, você pode levá-los ao quarto de brinquedos.

— Ou para o meu apartamento — oferece Pamela.

— Qualquer um dos dois — diz Amanda. Depois, virando-se para mim, ela explica: — Pamela mora do outro lado do corredor e nossas babás são amigas. Nós somos tão sortudas. Metade do tempo nós sequer fechamos as portas para que as crianças pudessem brincar em qualquer lugar.

Ilsa vem — ela é bonita, mas não tão mortalmente bela como a sensual Ulrike — e as duas babás cercam as crianças, que alegremente as seguem para fora.

— Não sei como você pode tolerar ter essa garota dentro de casa — diz Heather asperamente para Amanda, enquanto as mães se instalam em variadas poltronas de couro, sofás damasco acolchoados e adoráveis assentos de veludo.

— Eu não iria querê-la a menos de um quilômetro e meio do meu marido. Por que trazer a galinha até a raposa?

— Bem, Alden nunca está em casa, então isso não é um problema — retrucou Amanda suavemente.

— E Alden jamais correria atrás de uma babá — observa Rebeca, tentando apoiá-la. — Isso ficaria meio que abaixo dele.

— Ela poderia definitivamente terminar embaixo dele — Heather diz, satisfeita. — Se você tem uma garota que parece uma estrela pornô sueca se empinando no quarto ao lado, um marido não pode ser culpado por ter idéias.

— Acho que nós deveríamos começar a reunião — corta Pamela, numa voz em tom levemente estridente. — Estamos aqui para falar sobre o trabalho de caridade, então vamos a ele.

— Claro — diz Amanda enquanto o resto de nós tenta espantar a imagem de um Alden suado fazendo aquilo com Ulrike sob o olhar dos querubins *trompe l'oeil*. — Bem, então todas vocês já conheceram Jess, que trabalha com o Conselho de Arte para Crianças — ela diz afavelmente. — Alden e eu... — ela faz uma pausa de efeito, depois repete — Alden e eu sempre fazemos uma contribuição, mas este ano acho que preencher um cheque não é suficiente. O que importa realmente é se envolver com o trabalho. E é por isso que estamos aqui: para formar um comitê que possa fazer algo para ajudar esta obra de caridade maravilhosa.

Fico feliz ao ouvir, por que Amanda acha que estão todas ali. Eu estava preocupada de acabar sendo uma espécie de entretenimento-após-a-aula-de-pilates para um grupo de mulheres ricas e entediadas que não eram ricas o suficiente para estar nos quadros do New York City Ballet ou do Metropolitan Museum of Art. Mas essas mulheres não são as socialites interesseiras que eu temia.

Lanço meu discurso sobre o que fazemos e quantas crianças da cidade alcançamos. Como fornecemos aulas gratuitas de dança, teatro, música e arte para crianças que não podem pagá-las. Conto a elas sobre um garoto chamado Rodrigo, que durante anos freqüentou nossas aulas de música todos os dias depois da escola, para escapar de uma mãe alcoolizada, e que havia acabado de ganhar uma bolsa de estudos para a Juilliard. Todas elas assentem. Estão do meu lado.

— Então como podemos ajudar? — pergunta Pamela.

Estou pronta. Sugiro um leilão beneficente que elas possam promover. Um almoço-desfile ao meio-dia, onde as tarefas serão divididas com os estilistas. Se elas quiserem colocar algum suor neste empenho — eu digo, buscando uma piada —, corridas de patins *five-K* parecem estar na moda.

— Tenho uma idéia muito melhor — diz Rebeca, a única voz de apoio no escândalo imaginado da babá. Estou preparada para uma loucura... e é. — Por que não produzimos um espetáculo? — ela diz.

— Como Mickey Rooney e Judy Garland? — comento com sarcasmo. Elas olham para mim sem entender. Se eu quiser continuar trabalhando, tenho que parar de me referir a coisas que aconteceram antes que minhas clientes tivessem nascido.

Rebeca continua imaginando.

— O que eu quero dizer é por que não pegamos todos os garotos do seu programa e colocamos numa ópera, tipo *Rigoletto* ou algo assim. Dessa maneira, podemos combinar música, teatro e arte. E podemos fazer isso no Lincoln Center. Fora de temporada, claro.

Allison, que não tinha dito muita coisa ainda, fica subitamente animada.

— Adorei isso! E nossos filhos — os mais velhos, claro — também podem participar! — Rapidamente dando-se conta de que não quer parecer estar a serviço de si mesma, ela acrescenta: — Eles não têm que ter os papéis principais. Podemos conseguir uma dupla de profissionais... se vocês acharem que precisamos deles.

Como eu explico a elas que Plácido Domingo não está mais aceitando nenhuma participação musical e que a logística de juntar os filhos delas, as crianças do Conselho de Artes e uma performance de qualquer tipo, principalmente uma ópera no Lincoln Center, simplesmente não vai acontecer nesta vida? Odeio ser estraga-prazeres, mas acho que é melhor puxar as rédeas dos planos delas.

— Uma *performance* é uma idéia ótima — digo alegremente. — Mas talvez nós devêssemos fazer algo pequeno e íntimo. Temos um adorável palco no Centro do Conselho.

— Não! — ruge Allison. Cinco cabeças viram-se na direção dela. — Temos que sonhar alto. Não é isso o que a sua organização deseja? Lincoln Center. *Rigoletto*. Todas as nossas crianças juntas, ricas e pobres. Se pensarmos que pode acontecer, *podemos* fazer acontecer.

Quantas sessões de terapia essa mulher fez? Graças a Deus, depois de ter dito sua fala, Allison volta à sua antiga docilidade, e as outras rapidamente concordam em descartar *Rigoletto,* já que absolutamente nenhum dos meninos fala italiano. Entretanto, como a má sorte existe, um dos maridos delas joga tênis com o presidente do City Center, e ela tem certeza de que pode conseguir para o evento algum palco pequeno. Ótimo. As idéias continuam brotando. Elas sabem qual figurinista deve fazer os figurinos, que empresa de alimentação vai providenciar lanches para depois dos ensaios e quem deve coreografar o espetáculo. Estou no fogo cruzado de cinco mulheres superexcitadas que agem como se fossem as pessoas que colocam o ponto de exclamação depois de *Oklahoma*! Após vinte exaustivos minutos de inspiração, as idéias começam a diminuir. No fim, fica decidido. Um show musical estrelado por todas as crianças. Os ingressos vão custar mil dólares. Doadores de dez mil dólares para cima serão convidados para um jantar dançante antes do show, com crianças da vida real sem privilégios. Se vamos acionar Kate Spade ou Donna Karan para fazer os saquinhos de balas não fica decidido.

Elas olham para mim cheias de expectativa.

— Vai ser maravilhoso, não vai? — pergunta Amanda.

— Maravilhoso — respondo, entorpecida.

Enquanto pego meu casaco, digo adeus e saio tropeçando para o saguão, penso no que posso pedir ao ascensorista para fazer por mim. Transformar-se em dois Advil.

Capítulo 3

LUCY PARTIU PARA LOS ANGELES dois dias atrás sem sequer me ligar. Aposto que ela está passada porque não fiz o papel esperado da fiel amiga íntima na loja de lingerie. Mas acontece que eu gosto do marido dela e não gosto do que ela está fazendo. Será que ela não percebe que isso vai terminar mal? Eu sei que ela é uma produtora de TV, mas será que ninguém jamais lhe deu para ler *Madame Bovary* ou *Anna Karenina*?

Só que não falar com ela está me deixando maluca. Nós nos falamos quase todos os dias durante os últimos dez anos, desde que Lucy me viu sentada sozinha na pracinha de Pine Hills e se aproximou de mim para oferecer um sorriso de boas-vindas e um biscoito de chocolate. Ela parecia tão exótica em sua capa branca forrada de pele Dior — que sinceramente se sobressaía num mar de mães vestidas com capas emborrachadas — que subitamente me senti como a garota mais popular da sétima série. Mas não levou muito tempo para atravessar a pele falsa e encontrar seu bom coração. E, cara, ela realmente tem um bom coração. Lucy sempre pareceu ter um sexto sentido sobre o que eu precisava — telefonemas na madrugada quando eu estava sozinha, arranjos para sexta-feira à noite dos quais eu reclamava, mas secretamente gostava (bem, pelo menos às vezes), e uma voz calma quando eu tinha certeza de que Jen estava com escarlatina. Não, Lucy me assegurava. Bochechas cor-de-rosa são na verdade um sinal de boa saúde.

Então, o que está acontecendo com ela? Ela é que sempre teve um forte compasso moral. Afinal de contas, não foi Lucy que absolutamente me *proibiu* de tomar o que lhe contei a ela que seria "apenas um drinque inocente" com meu contador, que simplesmente era casado? Mas ainda sou sua melhor amiga e ela precisa saber que pode contar comigo, não importa o que aconteça. Ela precisa dos meus conselhos. Ela precisa do meu apoio. E já que jurei de morte *All My Children*, preciso de minha dose diária de drama.

Quando não consigo falar com o celular de Lucy, ligo para seu escritório de Nova York e falo com sua assistente, Tracey, a última de uma longa fila de protegidas-que-acabaram-de-se-formar-em-Vassar. Em apenas seis meses de trabalho, Tracey se transformou numa mini Lucy — ela fala tão rápido quanto sua chefe e usa versões Club Monaco das roupas de grife de Lucy. Ela não consegue suportar sushi, então come atum. Está quase pronta para conquistar o mundo, mas primeiro tem de atender os telefones.

— Também estou tendo problemas para falar com ela nesta viagem — explica Tracey. — Talvez o celular não esteja funcionando.

Sem chance. As produtoras de TV não têm seus Nokias cirurgicamente implantados nas orelhas? Se Lucy não está respondendo, alguma coisa está acontecendo.

— Você pode deixar um recado no hotel — sugere Tracey.

— Desta maneira ela vai recebê-lo quando voltar esta noite.

Se ela voltar esta noite, penso.

Olho para o relógio. Dez e dez da manhã, o que significa que são apenas sete e dez em L.A. Nessa hora, eu lembro, Lucy tomou champanhe.

— Talvez eu ligue para o hotel agora — digo. — Você tem o número?

Tracey me dá o número, acrescentando:

— Eu tentei o quarto dela agora mesmo e ela não estava. Deve ter tido uma reunião cedo, sobre a qual eu não sabia.

E que tipo de reunião seria essa? Até onde eu sei, executivos de televisão não costumam correr para o escritório antes do nascer do sol.

— Fazer este piloto está realmente mantendo-a ocupada — diz Tracey, como se soubesse que precisa explicar alguma coisa.

Aposto que ela anda ocupada. Lucy me disse que o apresentador do novo piloto é o cara que...

Subitamente, me inspiro. Respiro fundo.

— Lucy me contou sobre o programa. E ela não pára de falar sobre aquele apresentador fabuloso. Como é mesmo o nome dele?

— Hunter Green.

Hunter Green. Então agora eu sei. Bem, não muito.

— Hunter Green?

69

— Aquele cara do *game show* — diz Tracey. — Ele apresenta *Fame Game*.

Arrá. Agora estamos chegando a algum lugar.

— Quando é que passa isso? — pergunto, inocente. — Quero ver se ele é bom. — Cara, vou ver mesmo.

— É um programa pago. Espere um pouco. Deixe-me ver.

— Eu a escuto mexendo em alguns papéis, e então ela diz:

— Parece que passa em Nova York às dez da manhã.

— É agora.

— Acho que sim. Depois me diga o que achou.

Eu me despeço apressadamente e ligo a TV em meu quarto. Controle remoto na mão, passeio por *talk shows* matutinos mostrando belas reformas, reformas de casa, reformas de vida, reformas de marido — ninguém está feliz com o que tem? Finalmente paro num *game show*. O errado. Outro *game show*. Um sinal brilhante na tela me diz que encontrei o *Fame Game*. E o cara no meio do palco deve ser Hunter Green.

Chego o mais perto que consigo da televisão e olho. Certo, Hunter Green é bonito. Assim assim. Não é nenhum Brad Pitt, mas também não é o cão. Tem 40 e poucos, imagino, e é mais gordo do que uma mulher ousaria ser na TV, mas não deixa de ser atraente de um jeito meio urso. Seus olhos se enrugam quando sorri, o que ele parece fazer o tempo todo. Está usando um terno legal e uma gravata mais legal ainda (talvez aquela que Lucy aprovou?) e daqui posso dizer que está usando muito perfume.

Nesse exato instante, Hunter está com o braço em torno de uma concorrente levemente acima do peso com cabelos mal pintados. Ele lança olhares para ela e arrulha como se ela fosse a única mulher no mundo, e ela está tão seduzida que um sorriso idiota permaneceu empastelado em seu rosto. Rapidamente percebo que ela perdeu a rodada e está sendo empacotada. Mas, escrava da sedução, ela não se importaria de perder seu emprego, seu marido e sua porção anual de batatas fritas Lay's.

Hunter anuncia seu prêmio de consolação — um Dia de Beleza na Sears (talvez ela possa passar cera nas pernas e no carro simultaneamente) — e ela joga os braços em torno dele plantando um grande beijo em sua bochecha.

— Eu te amo, Hunter! — ela grita.

Hunter a abraça como se ela fosse sua saudosa avó, depois vira-se para a câmera e pisca.

— Voltamos já, já com muito mais. — Ele pisca de novo. — Não vá embora.

Eu jamais pensaria nisso.

Espero impacientemente durante um comercial de remédio para artrite e outro do Preparo Medicinal H — o velho Hunter não está exatamente fazendo um programa juvenil, está, Lucy? — e quando o programa recomeça, Hunter está com o braço firmemente fixado em torno do ombro da próxima concorrente. Ele está arrulhando. Ela está excitada. Grande surpresa.

Continuo assistindo. Para ser justa (e eu deveria me importar com isso?), ele não é mau apresentador. O jogo em si é profundamente idiota e Hunter pelo menos o levanta com algumas brincadeiras inteligentes. O que pode estar no roteiro, lembro.

No próximo intervalo comercial — Tums e um creme para secura vaginal — peguei o espírito da coisa, e com certeza

71

Hunter volta para a câmera lançando olhares lânguidos e abraçando a outra concorrente azarada. Bem, antes ela do que Lucy. Meu único conforto é que, se Hunter está no ar essa manhã, ele não está se esfregando com minha melhor amiga. Mas logo em seguida os créditos rolam e a tela diz ESTE PROGRAMA FOI PRÉ-GRAVADO. Eu deveria ter pensado nisso.

Desligo a TV e começo a andar de um lado para o outro no quarto. Oh, Lucy, você não consegue enxergar? Você deve ser a mulher mais sofisticada que conheço, mas não resiste ao Hunter Green. Este cara é *profissionalmente* charmoso. É o *trabalho* dele fazer as mulheres amarem-no. Se ele passar um desses braços carnudos em torno de seus ombros magros, você cai.

Mas o que posso fazer?

O telefone toca e eu o agarro.

— Oi, sou eu — diz Lucy.

— Oi. Onde você está?

— No meu quarto de hotel.

— Não está.

— Não estou? Acho que estou. Quarto 920. Bem bacana, na verdade. Tem um banheiro de mármore com uma banheira embutida e uma Jacuzzi. Muito melhor do que o que tenho em casa.

— Tracey disse que você não estava no quarto.

— Calma. Acabo de falar com Tracey, por isso soube que você tinha ligado. Eu estava na ginástica mais cedo e depois fui tomar café da manhã. Agora estou de volta.

Então ela está de volta. Mas eu sei que ela está mentindo sobre a ginástica. Ela preparou uma história para o caso de Dan ligar, e está testando comigo.

72

— Como é que está L.A.? — pergunto.

Ela sabe o que quero dizer. Mas em vez de responder, mostra sua dedicação ao trabalho.

— Está sendo duro fazer esse piloto — ela conta. — Já tive três reuniões na emissora. O cara com quem eu trabalho diz...

— Lucy — interrompo, porque não consigo suportar que ela fale comigo como se... bom, como se eu fosse Dan. — Lucy. Você tem que me contar a verdade. Eu quero saber o que aconteceu com Hunter.

— Hunter? — O tom de sua voz muda abruptamente de executiva sobrecarregada para adolescente estridente. — Jess, como você sabe o nome dele? Eu nunca disse.

Eu não digo nada e ela ri.

— Droga. Isso já saiu na *Liz Smith*? — Ela parece mais divertida do que em pânico com a idéia de virar notícia.

— Não importa, apenas me conte o que está acontecendo — eu digo. — Preciso saber de tudo.

Ela fica muda por um instante, depois diz:

— Você não quer saber de verdade, Jess. Entende? Você acha que quer saber, mas em seu coração, no fundo, você não quer.

Ela me pegou. Claro que não quero saber. Quase tanto quanto *quero* saber.

— Então você dormiu com ele — afirmo.

Ela ri. Faz uma pausa. Suaviza.

— Isso seria afirmativo.

E agora, que droga eu posso dizer? Vou ser sofisticada.

— Foi bom, pelo menos?

Outro riso.

— Mais uma vez afirmativo.

Não é maravilhoso? Eu teria odiado que Lucy jogasse sua vida fora por qualquer coisa menos do que orgasmos múltiplos.

E, subitamente, penso na única coisa que Lucy poderia fazer que seria ainda mais estúpida do que dormir com Hunter Green.

— Você não está apaixonada por ele, está? — pergunto.

— Não, claro que não estou apaixonada por ele — ela diz, tentando parecer desdenhosa, mas em vez disso sua voz fica levemente rouca. Então ela entrega os pontos. — Estou... estou loucamente apaixonada. Temos uma ligação incrível. Eu me sinto tão... conectada a ele.

Eles estão conectados? Grande coisa. Você também pode conseguir isso com a AT&T — e com muito menos ruído. Mas também me ocorre que, se ela não for cuidadosa, vai acabar sendo estapeada com as tarifas de ligações interurbanas.

Hora de apelar para seu lado racional, a menos que ele esteja *des*conectado.

— Sexo pode fazer você se sentir conectada a alguém, mesmo que mal o conheça — eu digo, meu lado professoral aflorando. — Prolactina ou algo assim. Eu li sobre isso. O mesmo hormônio que a gente solta quando está amamentando solta também quando você está — transando? Copulando? Fazendo amor? — quando você está fazendo sexo — digo, evitando qualquer julgamento. — Isso faz você se sentir toda amorosa e sentimental. Então você se liga a seu bebê, o que é bom. Mas acontece a mesma coisa quando você está apenas — lá vamos nós de novo — fazendo sexo com um cara. O que nem sempre é bom.

Meeeeu Deus. De onde saiu aquilo tudo? Eu conheço Lucy, ela vai começar a curtir com a minha cara agora. Vai me provocar por lhe dar uma aula de biologia quando o assunto é química. Ou me prometer que suas químicas estão estritamente sob controle.

Mas ela não faz isso. Ao contrário, apenas suspira.

— Não consigo explicar o que está acontecendo, mas é mais que maravilhoso. Hunter é tão apaixonado. E intenso. Hoje de manhã ele me segurou e olhou dentro dos meus olhos pelo que me pareceu ser uma eternidade. Você não pode imaginar como ele olhou para mim, Jess. Como se eu fosse a única mulher no mundo. Você não pode imaginar.

Mas eu posso imaginar. Perfeitamente. Acontece que eu vi aquele olhar hoje de manhã também. E, enquanto não souber o índice de audiência, vou ter de imaginar que outros tantos milhões de mulheres que por acaso assistiam à televisão de manhã também o viram. Aquele pode ser o *único* olhar de Hunter Green.

A outra linha de Lucy toca e fico esperando enquanto ela atende. Ela volta jurando que a outra ligação é realmente de trabalho e assim nos despedimos, prometendo nos falar mais tarde.

Desligo e volto a andar de um lado para o outro. Já falei tudo o que podia sobre estrelas de televisão e amigos apaixonados e... *prolactina*? Que história foi aquela? Minha melhor amiga está transando com um apresentador gordinho de um *game show* idiota e eu fico dando aulas de educação sexual para adultos. Mas não vou pensar nisso agora. Isso vai me causar rugas de preocupação. E esta é a última coisa de que preciso, mesmo que esteja a caminho da dermatologista.

Ao contrário de Lucy, que não marcaria hora com um médico que não pudesse paquerar, estou prestes a fazer minha primeira visita à Dra. Marsha Linda Kaye. Talvez por ser mulher, ela atende seus pacientes na hora. Então exatamente às 12h15 estou deitada absolutamente nua em sua mesa de exames de couro preto, meu traseiro colado ao fino e enrugado papel de cobertura, enquanto a Dra. Kaye examina meu corpo da cabeça aos pés com um espelho ampliador que deve fazer qualquer espinha ou poro parecerem tão grandes quanto o Bryce Canyon. Eu me encolho ao pensar o que aquilo deve fazer com a celulite.

— Está tudo com jeito de manchas de nascença — ela diagnostica depois de dez longos minutos de exame detalhado. — Nada anormal. Na sua idade você tem de esperar algumas despigmentações, mas já que elas não cresceram, não há nada para se preocupar.

Aponto para aquela mancha marrom em meu peito, que foi o que me trouxe a esta visita de 250 dólares.

— E isso?

A Dra. Jaye movimenta o espelho ampliador. Ela olha. Cutuca. Pega uma coisa pontuda e fina de metal e finca na mancha algumas vezes.

— Não vejo nenhum problema — ela diz, me acalmando.

Eu me sinto aliviada. Momentaneamente.

— Podemos fazer uma biópsia se você estiver preocupada — sugere e, como não protesto imediatamente, unta a área com uma solução anestésica. Antes que a solução tenha chance de trabalhar completamente, ela raspa o tecido com uma navalha fina e joga as células numa lâmina preparada.

— Noventa e nove por cento de certeza de que não há nada — ela diz, aplicando um pequeno curativo na mancha —, mas agora você não vai ter que se preocupar com isso. — Ela move o espelho ampliador para cima, na direção do meu rosto, e acrescenta: — Se eu fosse você, estaria muito mais preocupada com as veias saltando em seu nariz. O que você acha de *atacarmos* isso agora?

De lugar nenhum, ela aponta uma arma *laser* tipo Flash Gordon para o meu nariz.

— Ah, não, tudo bem — respondo, tentando me agarrar a alguma dignidade subindo o traje de papel. — Essas manchas vermelhas estão aí há tanto tempo que eu mal consigo percebê-las. Só uso um pouco de base e...

— Isso não faz sentido, Jessica. Estamos no século XXI. Você não precisa de base quando podemos consertar isso para sempre — ela ri. — Acredite em mim, isso não é nada. Vai levar só um segundo.

Fico tentada, mas já que sou conhecida por implorar por Novocaína antes de uma simples limpeza dos dentes e já que fui atacada (mesmo que gentilmente) com uma lâmina, pergunto:

— Vai doer?

— Por um segundo, mas a aparência fica boa para sempre.

O que significa que dói.

— E o que exatamente você faz? — pergunto, tentando ganhar tempo.

Ela descreve brevemente a pulsação elétrica do *laser*, depois acrescenta:

— Esse vai ser por conta da casa. De graça.

Bem, isso é interessante. Ouvi dizer que eles também dão a primeira dose de *crack* grátis.

Ela estende a mão para pegar um par de óculos de proteção. Para ela, não para mim, subitamente me dou conta. Ei, se o *laser* está apontando para o meu rosto, por que ela é que fica com os óculos protetores?

— Você tem certeza de que isso não vai doer muito? — pergunto novamente.

— Acredite em mim — diz ela, ajustando seus óculos protetores e apontando a arma diretamente para o ponto localizado entre meus olhos.

Claro, agora posso relaxar. Então fecho os olhos, trinco os dentes e, quando o golpe vem, fico legal com a fisgada rápida e dolorida que não é muito pior do que uma picada de inseto. Só que ela é seguida de um cheiro que poderia ser de um naco de filé sendo tostado num grill fumegante. Eu, malpassada.

— Minha pele está queimando? — pergunto, em pânico.

— Fique tranqüila. — A doutora Kaye sorri como um gato Cheshire enquanto segura um espelho de bordas douradas na minha frente. E não é que ela tem razão? Meu rosto está levemente corado, mas as manchas que povoaram minhas narinas durante vinte anos desapareceram. Assim. Realmente é um milagre. Quem se importa com a divisão do mar Vermelho quando se pode testemunhar as linhas vermelhas desaparecendo?

— Eu não disse? — ela sorri. — Coisinhas assim não têm que incomodar você. Podemos consertar praticamente quase tudo.

E agora, claro, estou fisgada. Alguma outra coisa é possível? Minha cabeça gira, fazendo um inventário dos pés à cabeça. Será que a doutora pode fazer alguma coisa com essas marcas da idade que eu não posso mais fingir que são sardas? As veias azuis tipo teia de aranha que sobem pelas minhas pernas?

Eu hesito, mas não consigo resistir.

— O que você recomendaria? — pergunto.

Ela corre os dedos gentilmente pelo meu rosto.

— Eu faria algo simples agora. Apenas um B&C.

— Um B&C? — Tenho um momento de pânico. — A gente não faz isso num ginecologista?

Ela ri, mas depois continua o trabalho.

— B&C quer dizer botox e colágeno. Um pouco de botox aqui — ela toca uma ruga ofensiva que eu nunca soube que tinha — e colágeno nas linhas naso-labiais. Isso faria uma grande diferença.

Linhas naso-labiais? Como posso ter perdido isso? Se eu não atacar com colágeno e botox agora, meu rosto vai definitivamente parecer uma colcha Amish? Ainda que eu esteja parecendo ter 40 anos no espelho retrovisor, pensei que estava me mantendo muito bem. Mas a doutora Kaye, com seu olho profissional, parece saber melhor do que eu.

— O outro procedimento que você deveria considerar agora é um *peeling* glicólico — ela diz. — Qualquer uma das minhas pacientes vai lhe contar que ele tira cinco anos do rosto. — Ela olha para o relógio. — Se você quiser esperar uns dez minutos, posso até fazer isso hoje.

Eu me sento abruptamente, agarrando as vestes de papel e procurando minhas próprias roupas na sala.

— Não, obrigada. Sem tempo hoje. Vou pensar, pode deixar. — E provavelmente vou, droga. O que aconteceu com aquela não-cuido-de-mim que costumava sair de casa com cabelos molhados e uma passada de brilho labial? Ontem mesmo fiquei quase de cabeça virada com o discurso sobre um creme milagroso de 155 dólares desenvolvido por um cientista da Nasa só porque a vendedora da Bloomies garantiu que era um "desafio-à-idade".

Creme, talvez. Mas nada de botox hoje. Seria um salto muito grande. Além do mais, aquele primeiro *tiro* foi por conta da casa, mas o resto não será, e por um B&C — ai, Deus, quem inventou essa abreviação? — eu teria que acabar com a poupança reservada para a universidade de Jen. O que não farei, porque minhas prioridades ainda são corretas. Pelo menos acho que são. Mas é melhor eu sair daqui rapidamente antes que a Dra. Kaye me diga que aceita American Express.

De volta ao lar, ligo o computador para tentar trabalhar um pouco, mas há poucas chances de que isso aconteça hoje. Imagens asquerosas de Lucy e Hunter seminus fazendo contorções num erótico Cirque du Soleil ficam correndo pela minha cabeça como um DVD quebrado. E então, pior ainda, vejo agulhas de botox perseguindo nós três pelo quarto. Desisto da idéia de trabalhar e decido conferir meus e-mails. Tenho três novas mensagens, o que imediatamente me faz pensar que devo ser popular. Aí começo a abri-las e me dou conta de que sou popular apenas nas lojas. A Home Depot está fazendo uma liquidação de primavera — 20% em artigos de toalete e fertilizantes. Próxima mensagem: a JCPenney anunciando uma liquidação de primavera

— 30% em lindos sutiãs (não vamos começar com isso de novo). E quem será que está promovendo uma liquidação de primavera na mensagem número três? A linha de assunto diz que este é de...

Merda!

Merda! Merda! Merda! Merda! Merda!

Nada de liquidações. Sei disso sem sequer precisar abrir. E não posso abrir. Não posso.

Meu sangue percorre minhas veias e sinto como se tivesse engolido uma garrafa de café. Minhas mãos tremem tanto que tenho medo de deletar a porcaria daquela coisa no minuto em que tentar abri-la. Então eu me levanto e me afasto da mesa. Fico andando pela cozinha, mordiscando um bolinho, entornando uma panela de chá de ervas, e tento baixar o fogo. Subo, olho dentro do meu armário por sólidos três minutos e depois percebo o problema. Não estou vestida corretamente para este e-mail. Troco meu suéter puído por minhas calças muito-chiques de camurça preta. Será que devo reaplicar o batom e a máscara que coloquei no consultório da Dra. Kaye? Bobagem. Provavelmente posso ler isso de rosto limpo. Não, não posso. Vou ao banheiro e pego um tubo de bronzeador Estée Lauder Sun-Kissed e um novo batom cor de vinho Bobby Brown.

Com um olhar crítico, olho para o espelho de corpo inteiro e dou uma volta. O Butt Master que comprei por 24,99 dólares daquele comercial das três da madrugada vale cada centavo. A calça de camurça veste bem. Posso ser de meia-idade e divorciada, mas ainda tenho alguma elegância. Odeio parecer uma fita ruim de auto-ajuda, mas sou tão desejável e muito mais autoconfiante do que aquela coisinha bonitinha e jovem que uma vez se casou com o francês dos sonhos chamado Jacques.

O homem que depois de uma década de silêncio me mandou este *e-mail*.

Que — hora de encarar a coisa — agora estou pronta para ler.

E, na verdade, não é tão duro assim fazer isso, é? Torno a descer as escadas para alcançar minha mesa, encaro o computador e respiro profundamente algumas vezes. Um clique duplo e Jacques está de volta a minha vida.

Ou, pelo menos, está de volta a Nova York.

Mon Amour,

Estarei em sua cidade na semana que vem. Você pode me encontrar na segunda de noite às seis para tomar uns drinques no Les Halles ou na terça-feira de noite às oito para jantar no Balthazar? Diga-me o que é melhor para você.

Avec amour, J.

Releio aquilo seis vezes. Não que haja muito para ler. Não tive notícias dele durante dez anos, mas Jacques age como se tivéssemos acabado de dividir uma baguete na semana passada. Contudo, ele deve ter tido algum tipo de progresso emocional, já que conseguiu me dar uma opção. Algo que não me lembro de tê-lo visto fazer em todos os anos que passamos juntos. Mesmo assim, as opções são limitadas. E se eu quiser encontrá-lo no Les Halles na segunda à noite para *jantar* em vez de tomar uns drinques? E se eu estiver disponível na terça-feira, mas odiar o Balthazar? E, por favor, ninguém nunca vai me levar ao Le Bernardin?

Outra possibilidade passa pela minha cabeça. Uma que claramente jamais teria ocorrido a Jacques. Eu não preciso encontrá-lo. Poderia simplesmente deletar a mensagem, apagá-lo de minha memória e nunca ter que confrontar novamente meu ex-amante, meu ex-marido e minha ex-vida. Jacques, *Monsieur Irresistable*, simplesmente tem certeza de que vou encontrá-lo.

E ele está certo. Eu vou.

Mergulho novamente em minha cadeira ergonomicamente correta, fecho meus olhos e tento imaginar como Jacques deve estar agora. Será que está grisalho? Será que está imaginando que estou grisalha? Será que engordou? Opa, eu engordei. Quanto será que posso perder antes da próxima segunda-feira se entrar na minha dieta de fome favorita? Talvez eu devesse encontrá-lo na terça, para dar ao Slim-Fast um dia a mais. Penso sucintamente em tentar comprar umas bolas para tomar, mesmo que seja daquele tipo capaz de matar.

Dez anos. Não importa o quanto eu tente, não consigo imaginar Jacques parecendo nem um pouco diferente do dia em que o conheci, de pé naquela praia do Caribe em um daqueles reduzidos trajes de banho franceses que nenhum homem americano jamais teria coragem de usar. Eu mesma mal tive coragem de olhar. Vinte e quatro horas depois eu não estava apenas olhando, eu estava tendo o que pensei ser a maior diversão da minha vida com um supergato rude e belo que parecia ter sido moldado para seduzir a mulher de alguém num daqueles filmes de arte franceses. Em vez disso, ele seduziu a mim, que ainda não era mulher de ninguém. E como terminei virando a noiva de Jacques é um dos mistérios que tenho repassado oito mil vezes na minha cabeça.

Naquela primeira noite, a mesma noite em que nos conhecemos, tomamos um banho de espuma juntos numa grande e luxuosa banheira com vista para um oceano banhado pela luz da lua. Apenas um francês saberia reservar um banheiro com vista. E foi assim que tudo começou. Eu mal tinha feito 24 anos, ainda era aquela certinha que esperava-por-três-encontros-antes-de-beijar-alguém que minha mãe havia me ensinado a ser. Mas já estava em meu primeiro emprego há tempo suficiente para ganhar essas férias de uma semana. E por que não fazer dela um romance selvagem com um francês exótico numa agradável ilha do Caribe? Eu estava tão livre, tão diferente de mim mesma. Quase como se o FBI tivesse me recolocado com um novo nome e identidade. Durante sete dias, poderia ser quem eu quisesse. Ou, como acaba se revelando, quem Jacques quisesse que eu fosse.

Então lá estava eu naquela primeira noite, nua numa banheira de espuma, olhando para as estrelas, com um gatão massageando cada pedaço do meu corpo. Então ele disse: *"Je veux laver les cheveux belles"*. "Quero lavar seus bonitos cabelos" — poderia ser isso que ele estava dizendo? Meu francês escolar era muito *mauvais*. Pelo que entendi, ele queria lavar meus bonitos cavalos. Ambos tinham mais ou menos a mesma quantidade de sentido para mim — até que Jacques começou sensualmente a acariciar meus cabelos, cobrindo-os de espuma.

Lucy acha que está cegamente apaixonada? Eu colocaria minha obsessão de primeira semana contra a dela a qualquer tempo. Quando minhas férias terminaram, eu queria morrer, mas em vez disso voltei para casa, para Ohio, e aquele trabalho assalariado no museu não parecia mais tão glamouroso. Depois Jacques começou a ligar. Ele tinha um apartamento em Nova York, então por que eu não ia morar com ele? Ele sentia minha falta. Ele me queria. Ele queria me sentir em seus braços novamente. Só uma vezinha, eu disse a minha mãe, enquanto comprava minha passagem de avião e arrumava a maior mala que eu tinha.

Durante seis meses, talvez um ano, a paixão não esfriou. Nós bebíamos vinho, fazíamos amor, jantávamos, fazíamos amor, tomávamos banho, fazíamos amor. Para variar, íamos a restaurantes, bebíamos champanhe e nos beijávamos apaixonadamente, esperando para chegar em casa e poder fazer amor. Ele acariciava meu braço tão freqüentemente que um amigo, brincando, disse que aquilo devia ser um pedaço de veludo, que minha pele ia acabar gastando. O casamento foi uma formalidade, já que nunca nos separávamos.

Ah, Lucy, você não vai acreditar em mim se eu contar que o frenesi não dura para sempre. Que o sexo pode continuar a ser maravilhoso, mas que, finalmente, outras coisas também vão importar. Um dia, antes de Jacques me pedir em casamento, fiz uma lista cuidadosa dos prós e contras do nosso relacionamento. Os negativos: Língua, Religião, Diferenças políticas. Ele não quer crianças. Ele sempre espera fazer as coisas do jeito dele. Não se importa que os franceses sejam perversamente fãs de Jerry Lewis. E assim continuava por dezoito linhas. Do outro lado, uma única linha:

Ele Me Faz Sentir Viva. Aquilo era suficiente para contrabalançar, para mudar minha vida e me transportar até o princípio, o limiar.

Sentindo-me viva novamente. É este o atrativo de Hunter Green, Lucy? Se é, eu entendo. E o que eu não daria para me sentir assim de novo?

Capítulo 4

LUCY ESTÁ SE SENTINDO PÉSSIMA quando volta de L.A. Fica de cama por dois dias, atitude totalmente diferente do jeito de ser de Lucy.

— O mundo inteiro está girando — ela sussurra quando apareço com uma garrafa de chá verde que acabei de fazer.

— Estamos falando de coisas físicas ou metafísicas? — pergunto.

Lucy olha para mim sem entender. Decido refazer a pergunta.

— Quero dizer, você está tonta? Enjoada? Ou é Hunter que está enlouquecendo você?

— Que é isso, você está louca? — ela exclama, pulando de sua cama *king size* e alisando os 600 fios do edredom de plumas de algodão azul egípcio. — Não fale sobre Hunter aqui. — Seus olhos giram em torno do quarto como se ela estivesse procurando microfones, uma microcâmera ou o

copo de martíni de James Bond, que na verdade é um grava-
dor, todos monitorados por Dan.

— Você acha que Dan suspeita de alguma coisa? — pergunto, verdadeiramente preocupada.

— Quer calar a boca? — sussurra Lucy. — Não estou
brincando! Simplesmente cale a boca aqui! — Ela se afasta
de mim propositadamente e volta a alisar o edredom. Sua
vida pode estar uma bagunça, mas seu quarto nunca.

— Calma. Você está um pouco exausta demais, não acha?
Tome o chá.

— Não quero chá.

Bem, isso é um progresso. Imagino que ela também não
quer os biscoitos doces que eu trouxe. Suspiro.

— Vamos lá, Lucy. O que posso fazer por você? Se está
passando um momento difícil, deixe-me ajudá-la.

— Não sei que tipo de momento é esse — ela diz, fazendo uma pausa. — Mas obrigada. — Ela estica e coloca as duas
mãos sobre suas coxas finas. — Além de qualquer coisa que
esteja acontecendo, minhas costas estão me matando. Sinto como se tivesse 80 anos.

Contenho meu impulso de chamar a atenção para o fato
de que dor nas costas é normalmente relacionada ao estresse
— ou a ginásticas sexuais. Mas em vez disso demonstro
comiseração.

— Fale-me sobre isso. Juro que me sinto ranger quando
acordo de manhã. Não importa *o que* as revistas digam, ter
40 hoje é como ter 80 antigamente.

— Achei que ter 50 é que era para ser como ter 40 — ela
diz, mas pelo menos sorri.

— E que tal botox para a dor nas costas? — sugiro, citando meu novo remédio que serve-para-tudo. — Estão usando até para dor de cabeça.

Lucy revira os olhos.

— Você é tão ingênua — ela diz, dando um tapinha em minha mão. — Isso é só uma maneira de tentar fazer com que o seguro saúde pague a conta. — Ela faz uma pausa e subitamente seus olhos se iluminam. — Sabe do que precisamos?

Algo melhor do que uma lingerie nova, imploro silenciosamente.

— Massagem tailandesa! — ela revela, subitamente borbulhando novamente como a velha Lucy. — É maravilhoso, você vai ver. Você vem comigo, certo? — Como sempre, ela não espera uma resposta. Estala os dedos e parte para a ação. — Vou marcar hora.

— Rosto para baixo na esteira, mãos ao lado da cabeça.

Este é um início promissor já que estou aqui de pé sem usar nada além de um fino robe de algodão, seguro por um cinto frouxo. O homem musculoso que ruge as ordens está de pé a poucos centímetros, e flexiona seu braço musculoso para que a tatuagem de serpente em seu bíceps saliente praticamente salte e me morda.

— Isso é uma massagem ou um assalto a banco? — sussurro para Lucy.

— Shh. Nada de piadas. Apenas preste atenção e siga o fluxo.

Lucy parece tranqüila e zen, o que é absolutamente desconcertante para mim, já que o Sr. Bíceps — mais conhecido como o terapeuta massagista — está nos forçando para baixo na direção das almofadas do chão. A sala é aconchegante e está na penumbra. Uma lâmpada com essência de lavanda brilha no canto e o forte odor de incenso de baunilha me provoca enjôo. Graças a Deus, Yanni não está gemendo ao fundo. Até agora, a massagem tailandesa que Lucy prometeu que relaxaria cada músculo do meu corpo, ao contrário, colocou cada músculo em alerta.

— Podem tirar os robes e qualquer outra roupa de baixo, senhoras — avisa o cara que conheci apenas cinco minutos atrás. E por que eu não faria um *strip-tease* para alguém com a barba de um dia por fazer e um diploma por correspondência da Massagem América? Lucy, entretanto, tira seu robe e imediatamente começa a baixar as calcinhas.

A próxima coisa que percebo é que estou deitada de rosto para baixo na esteira, com Lucy ao meu lado. Fecho meus olhos bem apertados. Vou relaxar agora mesmo, se isso me matar. Okay, estamos começando. Mas como posso relaxar? Juro que o cara está montando em mim. E está. Sentado no meu traseiro, com todos os seus quase cem quilos, e agarrando meus pulsos. Tento me virar para ver o que está acontecendo, mas Ravi Master, como ele nos disse para chamá-lo — eu apostaria qualquer coisa como este não é seu nome de batismo, mas não estou em posição de questionar —, sacode meus pulsos e não me larga.

— A tensão em seus músculos está se movendo para meus braços. Para dentro dos meus braços. Para dentro dos meus braços — recita Ravi Master enquanto aperta ainda mais forte. — Você pode relaxar. Você pode relaxar. Você pode relaxar. Você está em paz com o mundo. Paz com o mundo. Paz com o mundo. — Será que o homem sofre de gagueira ou é apenas pobre de conversa?

Ele está recitando. Ele está sacudindo. Estou perdendo a consciência — e não de uma maneira boa. Meus braços foram privados do fluxo sanguíneo por pelo menos quatro minutos. Acho que eles estão mortos. Eles devem estar mortos. Eles estão mortos. Agora que estou muito tonta para procurar uma lata de Mace, Ravi Master puxa com força meus braços para trás, em torno da cabeça dele, e fecha minhas mãos em volta do seu pescoço. E isso faz minhas costas se arquearem tão exageradamente na tão proclamada posição de cobra que meus seios pulam direto no rosto de Lucy.

— Você está legal? — ela me pergunta. Não consigo responder porque neste estado tão esticado minhas cordas vocais estão estufadas e todo o ar parece ter sido retirado para fora de meus pulmões. Espere só até chegar sua vez, Lucy, penso.

Por um instante abençoado, Ravi Master solta meus pulsos. Deus existe. Mas em milésimos de segundo ele se transforma no Incrível Hulk, erguendo-me no ar e me jogando na esteira na posição missionário. Então, ele torna a montar em mim e une meus ombros.

— Ti-tio — gaguejo — você ganhou.

Mas ele não terminou. Agora que ele está trabalhando no Lado Dois, empurra, puxa, contorce e distorce meu corpo numa série de posições que impressionariam qualquer fazedor de tranças de pão da Pennsylvania Dutch. E quanto mais eu resisto, mais começa a ficar bom. Não sei se ele está aliviando meus músculos ou meu espírito, mas depois de vinte minutos nas mãos dele estou toda quente e latejante.

Estou tão em paz que a sala está toda colorida com rosas e vermelhos felizes e o significado da vida parece muito, muito mais claro. O que tem nesse incenso, por falar nisso? Não tenho tempo para me preocupar com a pergunta enquanto mergulho num sono leve e Ravi Master me abandona para cuidar de Lucy.

Meia hora depois, Lucy e eu levamos nossos corpos Ravi-relaxados para a sauna, onde a temperatura é de 180 graus — estamos pagando 150 dólares cada uma para experimentar a exata condição que faz com que milhares de nova-iorquinos abandonem a cidade todo verão. Sentadas em bancos duros e saboreando pequenas garrafas de Evian, encarando inexpressivamente as brasas ardentes.

— Não foi maravilhoso? — expressa Lucy enquanto limpa uma gota de suor e deixa a toalha cair de seus seios. Nua novamente. Faz você pensar porque ela precisa daquele *personal* comprador na Barneys.

— Maravilhoso — concordo. — Como você descobriu esse lugar?

— Ouvi falar em Los Angeles. Ravi Master trabalha de costa a costa.

— Nenhum momento perdido quando você está em L.A. — observo.

— Encontro tempo para algumas outras coisas quando estou trabalhando — diz Lucy timidamente, e juro que ela bate os cílios.

Ai, não. Por favor, não. Não isso.

— Não me diga que você e Hunter vão ao Ravi Master em L.A — digo.

— Hunter? — grita Lucy. Bem, isso é algo novo. Lucy nunca grita. Minha amiga sofisticada está se transformando num lamaçal e não é apenas por causa do vapor. — Isso é uma piada. Hunter não tem um osso zen em seu corpo. Ele é um cara totalmente macho.

— Isso quer dizer o quê?

Lucy ri.

— Você sabe. Ele faz coisas de caras que são machos, como comer bife e beber Jack Daniel's. Você deveria nos ver nos restaurantes. Ele pega a carne com todos os acompanhamentos, eu fico com a salada que vem como enfeite. Ele me provoca, dizendo que pareço uma menininha. Ele é tão gracinha.

Ela faz uma pausa para tomar um gole de água, mas sou eu que engasgo. Alô-ou? Não é essa a mulher que considera carne o equivalente dietético da Enron?[1]

— Esse não parece bem o seu tipo — arrisco.

— Acho que não, mas o que eu adoro é que ele é um tipo de cara que toma conta de tudo. Em tudo. Se é que você me entende. — Ela sorri maliciosamente e levanta os olhos para mim. Esperando ser questionada. Eu não quero perguntar. Mas ela está pilhada. Faz pequenos círculos em seu peito com um dedo bem manicurado e desata a falar.

— Quer saber como ficamos juntos pela primeira vez? Estávamos no meu hotel, dentro do elevador, e ele começou a cheirar meu pescoço e a sussurrar como sou bonita. Depois passou a me beijar. Muito. Então veio ao meu quarto e não teve nada daqueles devemos-ou-não-devemos-fazer-isso de sempre: ele simplesmente tirou o meu casaco e me car-

---

[1] Empresa norte-americana de energia. (*N. da T.*)

regou para a cama. — Ela tem aquele olhar longínquo que você vê nas mulheres apaixonadas e nos doentes mentais. E ainda não terminou. Deus sabe, ela não terminou. — Ele é tão poderoso. Tão forte. Pela primeira vez não tenho que tomar qualquer decisão. Ele tem o controle completo. E adoro isso. Sexo com ele é uma coisa totalmente diferente. É tão diferente de...

Certo, entendi. Diferente de Dan. Pelo menos ela tem a decência de não terminar aquela frase. E eu não me lanço num discurso sobre como o sexo com Dan é baseado em amor, comprometimento e em construir uma vida juntos, enquanto sexo com Hunter é tipo uma tarde no Four Seasons. O lugar é realmente bacana, mas ela está apenas alugando.

Lucy passa os dedos nos cabelos.

— Acho que Hunter é tão bem-sucedido porque sabe o que quer e corre atrás. E nesse momento ele me quer.

Acho que vi isso em ...*E o Vento Levou*.

— Escute isso — diz Lucy como se eu tivesse acabado de lhe implorar para contar outra história. — Eu estava indo de carro para o apartamento dele no último fim de semana, e ele me ligou para dizer que esperava por mim e tinha algumas instruções. Acho que a frase exata foi: "Sua tarefa será bater na porta, a minha é cuidar do resto." Então ele repetiu isso naquela voz realmente lenta e sensual. "Você bate na porta. Eu faço o resto." Estou ficando arrepiada só de contar a você. Imagine como me senti com aquilo!

Sei como eu me sentiria com aquilo. Como uma criança no jardim de infância. Mas sei o que atrai Lucy. Outra pessoa está no comando e tomando conta de tudo. Isso a faz sentir-se *sexy*. Pós-feminista encontra pós-Neanderthal e adora.

Dan, o marido maravilhosamente evoluído de Lucy, com suas covinhas e camisetas de algodão, ajuda com a louça e leva as crianças para a escola. Mas ele não a joga na cama ao estilo de Ravi Master.

— Também tenho minhas novidades — conto. Estou desesperada para mudar de assunto ou realmente preciso de conselhos? — Meu ex me mandou um e-mail. Ele vai vir a Nova York.

— Seu ex? Você quer dizer Jacques?

— Não tenho nenhum outro — digo, rindo.

Lucy sacode a cabeça.

— Você me deixou falando todo esse tempo quando você é que tem as grandes notícias!

Como sou boba. Lucy anda se pegando num quarto de hotel com um apresentador de *game show* e um par de algemas — isso sou eu que estou imaginando — e meu *e-mail* é a grande notícia aqui.

— Então você vai transar com ele? — pergunta Lucy.

— Se conseguir perder três quilos antes da próxima terça-feira.

— Pare com isso, você está ótima. — Ela me olha cuidadosamente e fico grata por minha toalha ainda estar no lugar. — Quanto tempo faz desde que você o viu pela última vez?

— Onze anos e três vidas passadas. A última notícia que tive foi que ele tinha se casado novamente. Não, a última notícia foi que ele tinha se divorciado novamente.

— Talvez ele queira voltar com você.

— Não seja boba. Ele pode ficar com qualquer mulher que quiser. Além do mais, pode ser rico e *sexy* mas eu já passei por essa estrada.

— Então uma pequena diversão em nome dos velhos tempos?

— Você está fazendo sexo suficiente por nós duas — digo.

— De qualquer maneira, sei como uma história termina.

— Isso é que é maravilhoso em estar com Hunter — diz Lucy, tão absorta em si mesma que, depois de 90 segundos falando sobre minha vida, estamos de volta à dela. — Quem sabe o que vai acontecer conosco? De repente sinto como se houvesse um mundo de possibilidades. Quem sabe o quanto minha vida pode mudar?

— É, ela pode mudar — digo mais amargamente do que gostaria. Ela acaba de estragar minha única chance de falar sobre Jacques, então não estou me sentindo muito amigável. — Você corre o risco de arruinar tudo o que tem em casa. O que não vem sendo tão ruim, sabe?

— Não, vem sendo maravilhoso — diz Lucy. Ela suspira e enxuga o olho com a ponta da toalha. — Não sou uma idiota completa. Apesar de você provavelmente pensar isso.

Não respondo. Por que *eu* penso?

— Olha — diz ela, dando uma nova tacada. — Eu sei o que tive. Amo minha família. Não estou querendo cair fora e estragar as coisas. De uma maneira estranha, Hunter pode até mesmo ajudar meu casamento, porque ele está me fazendo sentir bem. E, quando me sinto bem, é bom para toda a família.

Isso é bem criativo. Doses de economia aplicadas a orgasmos. Eu encaro Lucy com descrédito.

— Então, o que é isso? — pergunto. — Você quer Hunter porque ele pode mudar sua vida? Ou porque ele é o seu *personal* Prozac?

96

— Talvez eu precise do Prozac também — afirma Lucy com um suspiro. — Sabe o que está acontecendo comigo? Os gêmeos estão com 16 anos. Logo eles vão para a faculdade. Sei que uma grande parte da minha vida já terminou.

É isso o que está acontecendo aqui? A clássica crise da meia-idade? Ela está se preparando para o ninho vazio voando por conta própria?

— Você tem um ótimo trabalho — observo, procurando o ponto positivo. — E isso não vai mudar.

Ela dá de ombros.

— Meu trabalho parou de ser glamouroso muito tempo atrás. Especialmente quando corro para pegar o avião noturno para poder estar em casa com as crianças no dia seguinte às seis da manhã. E sabe o que mais? Quando os garotos forem embora e eu puder ficar em L.A. para todas as grandes festas noturnas, não vou me importar nem um pouco. A melhor parte da minha vida são as crianças. E agora isso está terminando.

Desejo que a temível Cynthia possa sair da Reunião de Pais e Alunos a tempo de ouvir que é possível ser uma produtora que trabalha de costa a costa do país, que usa botas de crocodilo e já arrebatou o prêmio Emmy e ainda achar que seus filhos são o centro do seu universo. Isso é o que eu sempre amei em Lucy. Ela tem suas prioridades. Sua vida está sob controle. Ela sabe o que importa. Pelo menos sabia. Se, ainda por cima, os garotos de Lucy forem para Harvard — e eles provavelmente irão —, Cynthia vai precisar de mais do que ioga para se acalmar.

— Você tem apenas 41 anos — lembro. — Mesmo com os garotos na universidade, você ainda terá a sua vida inteira.

— Isso é parte do problema — explica ela, inconscientemente brincando com seu anel de casamento. — Dan e eu nos casamos quando éramos crianças. Vinte anos atrás. Toda a nossa vida foi construída em torno de uma família. Então, o que devemos fazer nos próximos 20 anos?

— Vocês ainda têm um ao outro — observo — E Lily. Muitos anos mais para Lily.

— Aquela bênção salvadora — ela diz, concordando comigo. — Mas quando for apenas Lily em casa, podemos nos mudar para Manhattan. Ou ir para L.A. Ela adoraria.

— E vocês estão fazendo planos? — pergunto, imaginando se a fantasia de L.A. inclui Dan ou Hunter.

— Não exatamente planos, mas realmente penso sobre as coisas. Como elas são, como podem ser. — Ela volta a fazer aqueles círculos horríveis no peito e, enquanto a observo, o mundo começa a girar. Já tive mais do que suficiente.

— Estou morrendo de calor — digo enquanto fico de pé, tonta. — Vamos sair daqui antes de ficarmos permanentemente menores.

Vamos para o vestiário e, enquanto estou de pé sob o chuveiro fortalecedor, percebo que o caso de Lucy está realmente me deixando com raiva. Nada de questões morais. Agora de repente ela não está mais interessada em mim ou em meus encontros, ou no *e-mail* de meu ex, que em outras ocasiões teriam sido interessantes o suficiente para suscitar pelo menos 20 minutos de análise paralisadora-de-mentes. A única vantagem de ser descompromissada é que suas amigas casadas esperam com falta de ar o último capítulo da sua novela "Vida de solteira". O drama! Os vestidos! O sexo e a falta de sexo! Agora Lucy me ultrapassou novamente. Seu caso com Hunter é melhor que uma novela diária — ele tem todos os *making-offs* de um filme semanal e de Jaclyn Smith.

Quando desligo o chuveiro, percebo claramente — e sem nenhum aviso de Lucy, Deus sabe — que vou jantar com Jacques na terça-feira. Por que não? Já fui casada com o sujeito, então não há razão para que não sejamos amigos. Bem, talvez não exatamente amigos. Eu não nos vejo indo ao multiplex juntos para assistir ao último filme ou bebendo chocolate quente e trocando idéias sobre o túnel Paris—Londres. Mas estou curiosa para saber o que aconteceu na vida dele. Imagino se vou sentir aquele velho tremor quando sua mão acidentalmente encostar em minha manga, ou o nó na garganta que costumava me deixar sem defesa quando ele se sentava do outro lado de uma mesa e olhava profundamente dentro dos meus olhos.

Além do mais, nunca tomei um daqueles famosos martínis de maçã verde do Balthazar. E com Jacques pagando 15 dólares a dose, posso até tomar dois.

Como sempre, chego cedo. O Balthazar está bombando com a esperada exibição de modelos gigantes de minissaia, pequenos investidores predatórios e — depois de todos esses anos — pessoas de aparência normal esperando para entrar. Qual é o problema comigo? Jacques nunca chegou na hora em toda a sua vida. Enquanto entro, penso que poderei visitar o banheiro, passar uma escova rápida nos cabelos e...

— *Mon petit chouchou!*

A voz de Jacques cresce sobre o ruído do bar e, antes que eu possa me virar, ele está me abraçando e beijando minhas bochechas. Depois me dá um abraço apertado, me segurando em seus braços fortes por um instante mais longo do que eu teria esperado. Tinha esquecido de como ele era musculoso e do próprio apelido que ele me deu, *petit chouchou*. Apenas um francês poderia chamar você de meu "pequeno repolho" e escapar ileso. Ele se afasta, ainda segurando meus ombros, e olha ternamente dentro dos meus olhos.

— *Mon amour*, você está absurdamente linda, como sempre!

Ele também está muito bonito. Seus cabelos cacheados estão mais curtos do que antes e seus olhos castanhos profundos ainda são penetrantes e intensos. Alguém deve ter passado muito tempo na Côte D'Azur, porque seu bronzeado é da cor de manteiga de cacau, e é claro que está usando uma bela camisa branca Turnbull and Asser feita sob encomenda, exatamente como nos velhos tempos, para exibi-lo. Seu corpo está firme, sem um traço de marcas de meia-idade. E ele está admirando minha silhueta igualmente esguia? Enquanto eu puder manter suas mãos longe da minha cintura, ele jamais vai saber que me enfiei dentro de um magnífico Body Shaper apertador de barriga da Saks'. Para falar a verdade, estou tendo um certo problema para expirar, mas pelo menos não usamos mais espartilhos. Como se eu soubesse a droga da diferença.

Jacques desliza até o bar para recuperar sua taça de vinho e o maître imediatamente nos leva através da multidão de clientes bem-vestidos para uma mesa de dois à luz de velas.

— Perfeito — elogio, impressionada como sempre pela habilidade natural de Jacques para furar a fila e se instalar.

— Tudo para você — ele diz enquanto nos sentamos perto um do outro no banco de camurça. Muito perto para ficar confortável, penso. Mas bem nessa hora aparece um Château Margaux e Jacques levanta sua taça.

— Juntos novamente — ele diz. — Onde devíamos estar.

Nós brindamos e eu tomo um gole.

Juntos onde devíamos estar? Acabei de fazer um brinde a isso?

Melhor diminuir o passo. Ainda não estou pronta para qualquer romance de alta responsabilidade.

— Então — começo, fazendo a pergunta mais chata do mundo —, o que está fazendo na cidade?

— Trabalho e prazer — ele responde. — O trabalho está feito. Você é o prazer.

O sujeito não vai ser facilmente deixado de lado. Além do mais, estou começando a me lembrar de como é bom ter alguém paquerando você. E, desde que o homem do FedEx mudou de rota, ninguém mais tentou.

— Senti sua falta — diz Jacques. — Penso em você todos os dias. O tempo passou, mas você está sempre comigo.

Aquele velho clichê de cinema clássico realmente me atinge. Eu sinto aquele tumulto interior, que pode ser meu coração, ou então estou com fome e deveria atacar a cesta de pães. Droga, Jacques, foi assim que você me fez sentir no primeiro dia em que nos conhecemos. Não faça isso comigo de novo.

— O que está acontecendo na sua vida? — pergunto, tentando manter a conversa em solo firme. — Ouvi apenas passagens e fragmentos.

— Vou lhe contar tudo. O trabalho está bem. O resto? Aprendi uma dura lição. Fui um idiota, *mon amour*. Eu tinha você. O amor da minha vida. E a perdi. Tive muitas mulheres — ele diz, como se estivesse falando sobre *croissants* —, mas nunca amei ninguém da maneira que amei você.

Jacques nunca se importou muito com conversas fúteis. De um jeito engraçado, parece que voltamos aos velhos tempos. Mas em algum lugar entre eu e as garotas-*croissant*, ele deve ter soltado aquela frase "nunca-amei-mais-ninguém".

— Você não se casou novamente? — pergunto.

— Casei. Mas não foi como era com você. Nada poderia ser.

Devo deixá-lo prosseguir com isso? Outro gole de vinho e devo, mas temos que preencher algumas lacunas.

— O que aconteceu? — insisto, tentando parecer indiferente. — Encontrou alguém mais jovem e bonita e não pôde resistir?

— Não, eu fui *stupide*. Depois que você partiu, me transformei num... como se diz?... num solteirão novamente. Aquilo foi bom por um tempo. Mas depois cansei. Três anos atrás, me casei. Agora estou divorciado. E de volta a Nova York — sorri. — E sua *histoire*?

Estou pronta para isso. Tenho as Anotações Cliffs. Planejei o discurso que faria sobre como sou feliz e como minha vida é maravilhosa. Durante dias soube que não deveria ousar me sentar na frente deste homem sem contar alguma coisa.

— Tenho estado sozinha — eu me ouço dizer. Ai, meu Deus. Fala errada. De onde saiu isso? — Quer dizer, não é bem assim... — corrijo rapidamente.

— Tudo bem. Eu entendo — ele diz, pegando minha mão.

Ele não entende, porque eu também não entendo, mas aqui estamos no Balthazar segurando nossas mãos em cima da mesa e encostando os joelhos sob ela. Fazemos o pedido.

Mastigamos nossos caros escalopes tostados. Olhamos dentro dos olhos um do outro — isso mesmo, profundamente. Falamos sobre os velhos tempos, recordando apenas os momentos em que fomos abençoadamente felizes. Ele lembra do cruzeiro dos sonhos pelo mar Egeu quando dançamos no *deck* do navio todas as noites sob a lua cheia. Eu sempre quis perguntar a Jacques como ele conseguiu fazer a lua cheia durar uma semana inteira. Mas agora não parece a hora certa. Não quando estamos sorrindo tão docemente um para o outro e murmurando sobre como a vida era maravilhosa lá atrás.

Sentada aqui, percebo que, dane-se a dieta, aos olhos de Jacques sempre serei uma garota com o rosto fresco de 24 anos. E parece muito bom estar me aquecendo naquele reflexo. Quem precisa da dermatologista quando se tem Jacques? Possivelmente nenhuma quantidade de *laser* poderia retirar os anos de maneira mais eficiente do que ver você mesma através dos olhos de um velho amante.

— Então — ele diz, acariciando as pontas dos meus dedos levemente e tomando um último gole do *cappuccino* —, vamos embora? Eu levo você para casa.

Não estou realmente pronta para ir embora, mas vamos ter que nos despedir em algum momento.

— Acho que vou pegar um táxi até a estação de trem — digo, desejando desesperadamente ainda morar na cidade e poder fazer a noite durar um pouco mais com uma romântica caminhada através das ruas calçadas de pedras do SoHo.

— Não tenho mais o apartamento.

— Não se preocupe. Sei que você se mudou — diz Jacques. — Planejei levar você para casa.

Ninguém tem carro na cidade e, mesmo para quem tem, há placas de NEM PENSE EM ESTACIONAR AQUI ao longo de toda a rua em frente ao Balthazar. (Onde mais, além de Nova York, é possível comprar um bilhete para nem sequer pensar em estacionar?). Mas, como sempre, Jacques faz suas próprias leis e nós entramos numa Mercedes preta que está esperando na calçada.

Não me importo de dar a ele o endereço de Pine Hills porque, do jeito que a noite está indo, descubro que o plano de vôo já foi planejado dentro do carro. O CD *player* foi devidamente programado, começando vagarosamente com U2, "Beautiful Day", seguindo com Lenny Kravitz, cantando "Can't Get You Off My Mind" e esquentando com um antigo Barry White — um pouco cliché, mas ainda funciona. Prendo minha respiração, mas sei que meu Jacques é sempre discreto. O que quer que ele esteja planejando, "Rape Me" do Nirvana não fará parte de trilha sonora. Enquanto ele cruza a West Side Highway, me aconchego no assento de couro macio e começo a me deixar levar. Jacques estende a mão para tocar meu braço. Ah, que delícia. Um homem que pode dirigir e acariciar ao mesmo tempo.

Quando chegamos à rua, ele corre até meu lado do carro para abrir a porta, me leva até a entrada e sem nenhuma palavra me segue para dentro. Eu tateio o interruptor e pisco algumas vezes no saguão subitamente brilhante, percebendo que, de volta a meu próprio terreno, meu humor rapidamente mudou. Toda aquela nostalgia romântica que veio à superfície no Balthazar voltou às profundezas.

— Minha filha está dormindo fora hoje. Lamento que você não possa conhecê-la — comento, voltando a parecer uma mãe suburbana. — Mas posso mostrar a casa a você?

— *Bien sûr.*

Começamos a andar e eu me sinto uma idiota. Se quisesse fazer um *tour* pela casa, teria me filiado ao Clube de Jardins de Pine Hills.

Sem maiores acontecimentos, passamos pela sala de estar, a sala de jantar e a cozinha, que brilhantemente identifico como sendo a sala de estar, a sala de jantar e a cozinha. O que eu deveria fazer? Mostrar o *freezer*? Jacques coopera, olhando minha cozinha com uma reverência digna da catedral de Notre-Dame.

— É *magnifique* — elogia.

Certo, acho que exploramos neste andar tudo o que vale a pena.

Vagueamos escadas acima para prestar homenagem ao quarto de Jen, também conhecido extra-oficialmente como O Santuário de Justin Timberlake, e ao meu estúdio decorado com móveis da IKEA. Estamos realmente nos movendo agora. Passamos por meu quarto de dormir rapidamente, com apenas um aceno à sua função, e de alguma maneira aterrissamos no banheiro de visitas.

Jacques espia lá dentro, parando os olhos na banheira de pés de garra.

— Casa velha, banheira velha — observo alegremente. — Nunca a substituí porque a considero meio curiosa.

— Funciona? — ele pergunta.

— Claro.

105

Jacques cruza a passos largos o assoalho de madeira, se ajoelha perto da banheira e abre a água. Brinca com as velhas torneiras até que a água esteja na temperatura que ele quer.

— Uma rolha? — ele pergunta.

Uma rolha? Sim, nós realmente precisamos de uma rolha, mas não na banheira. Achei que, uma vez que tivéssemos passado do quarto, teríamos voltado à zona de segurança. Como eu poderia ter esquecido que os suaves movimentos de Jacques começam com um óleo para banho?

Ainda estou tentando decidir o que fazer quando vejo a rolha de cortiça no topo do cesto de vime. Eu a pego. Peso-a em meus dedos até que Jacques venha, tire-a de mim e a coloque dentro do ralo aberto da banheira.

Jacques, não podemos fazer isso, digo, mas demonstro que acho que não digo alto, porque as mãos dele estão em torno de meus ombros enquanto os lábios dele acariciam suavemente meu rosto. Como não o afasto, ele gentilmente beija meu pescoço, depois esfrega o nariz no meu ouvido, sussurrando coisinhas suaves em francês. Não consigo entender as palavras, mas posso sentir o calor. Num tormento, ele beija minhas pálpebras e me abraça mais apertado. Meu corpo oscila para mais perto do dele até que nossos lábios se encontram e nós nos misturamos dentro daquele espaço sem tempo que apaga o instante e os anos.

Não estou mais pensando. Ele desabotoa minha blusa e eu deixo. Ele passa um dedo apreciativo ao longo do meu peito e eu mal consigo respirar. Talvez alguns daqueles quilos que ganhei nos últimos anos tenham aterrissado em meus seios, porque quando ele abre meu sutiã e dá um passo para trás, vejo um toque de surpresa brilhando em seus olhos.

— Você está mais bonita do que nunca — diz ele.

— Mais velha — retruco.

— Porém mais bonita — ele repete.

Melhor não lembrar a ele que os seios não estão tão firmes quanto eram as pequenas sardas em meu peito são pouco generosamente chamadas pela dermatologista de "marcas da idade".

Em vez disso, eu o deixo abrir o fecho de minha saia de cetim preto e a tiro num movimento suave, levando com ela o modelador.

— Não é justo — sussurrou, porque ele ainda está totalmente vestido enquanto estou de pé usando nada além de minha calcinha de renda preta.

Mas ele não está com pressa. Jacques nunca está com pressa. Ele beija meus seios suavemente, depois com um pouco mais de força, e seus quadris pressionam os meus. Começo a tirar a roupa dele e ele me leva na direção da banheira. Mergulho um dedo do pé na água e deixo escapar um pequeno uivo.

— Está gelada! — digo, rindo. Jacques ri também e, tipo *sir* Walter Raleigh, estende uma toalha sobre o chão de madeira, mudando os planos da água para a terra.

— Esse chão é muito duro — alerto, desejando ter comprado os tapetes Fieldcrests de veludo em vez dos Targets baratos.

Jacques se aproxima de mim e segura meu rosto gentilmente em suas mãos.

— Onde devemos ir, *mon amour*? — ele pergunta.

Penso naquilo apenas por um instante, olhando para seu

corpo quase nu, musculoso e macio, e, para minha grande surpresa, me escuto sussurrando:

— Bem, eu tenho uma cama muito, mas muito macia.

Horas mais tarde eu meio que acordo para perceber que Jacques e eu tínhamos adormecido com os corpos enroscados um no outro naquele embaralhamento aconchegante de braços e pernas que era o nosso jeito durante todos aqueles anos. Posso sentir seu calor e o peso da sua coxa pressionando a minha. Ele acorda e delicadamente acaricia meus ombros, depois coloca sua mão em meu seio. Meus olhos tremulam e descubro Jacques olhando para mim com um sorriso doce.

— Ainda é a mesma coisa, *mon amour* — ele sussurra. — Eu ainda a amo.

Eu me aninho ainda mais perto e mergulho a cabeça no peito dele.

— Você é maravilhoso, Jacques. Maravilhoso como sempre. — Olho para o relógio na cabeceira e são apenas quatro da manhã, mas me dou conta de que é quase hora de ele ir embora. Ele tem uma reserva no vôo das sete da Air France. Estou preparada e não estou.

Ele se levanta relutantemente e, enquanto se veste, sigo cambaleante para o closet em busca do meu robe habitual de tecido atoalhado, mas encontro o de seda da Victoria's Secret, que está ali sem uso há séculos. Jacques pára no meio do caminho e se volta na minha direção.

— Você é minha — diz ele, envolvendo-me em seus braços e me pressionando contra a parede. Ele me beija profundamente, pronto para fazer amor mais uma vez, mas a Air France não espera homem nenhum.

— Você... está na hora... você vai perder seu vôo... — gaguejo entre os beijos.

— Não tem problema — diz ele. — Não quero sair de perto de você.

Contudo, ele passa o braço em torno de meus ombros e nós descemos vagarosamente as escadas. Na porta da frente damos um beijo final, prolongado. E então ele pega minhas mãos nas dele.

— É como se nós nunca tivéssemos nos separado, *mon petit chouchou*... — ele diz. — Então está resolvido. Quando eu voltar, em três semanas, ficaremos juntos para sempre. Desta vez não vamos cometer os mesmos erros.

Quero acreditar nele e retribuo o beijo silenciosamente. Para sempre parece um tempo muito bom.

Capítulo 5

CAIO DE VOLTA NUM SONO cheio de sonhos quase imediatamente depois que Jacques sai. Nada me acorda por várias horas abençoadas até que Jen entra em meu quarto, arrastando sua mochila roxa Gap, sua bolsa de viagem preta, seu saco de dormir acolchoado vermelho e um travesseiro rosa escrito PRINCESA. Ela parece ter acabado de voltar de um *trekking* no Himalaia, e não de uma noite na casa de Lily.

— Como foi sua noite, mãe? — ela pergunta enquanto me sento abruptamente, tentando fingir que ela não acabou de me acordar de um sono profundo. Rio para mim mesma enquanto dou uma boa olhada em minha filhona. Os fones de ouvido de seu walkman Garota Americana estão pendurados no pescoço e ela carrega um monte de revistas *Garota Cosmo!* Aos 11 anos tudo o que Jen sabe é que ela é uma garota. Se é uma garota que brinca com bonecas ou lê sobre garotos é uma questão de tempo.

— Minha noite foi boa — respondo. Tento segurar um bocejo. — Acho que ainda estou um pouco cansada.

— Você fez sexo? — Jen pergunta, jogando casualmente toda a sua tralha em cima da minha cama.

Eu engasgo. Mas o que é isso? Ela estava imaginando aquilo ou havia se esgueirado na noite passada e olhado pela janela? Não. O mais provável é ter sido um erro contar que eu sairia com meu ex-marido. Não posso esquecer de todos aqueles livros que dizem que mães solteiras não devem confidenciar muitas coisas para os filhos.

Então faço o óbvio: minto.

— Claro que não fiz sexo, querida. A gente não faz sexo se não for casada, lembra? — Tenho que parar de deixá-la ver as reprises de *Friends*. Por que acreditar em mim quando todos os solteiros na TV se divertem tanto? — Jacques é apenas um velho amigo agora — explico.

Jen acredita.

— Isso é bom — ela conclui animadamente. — Porque Lily e eu encontramos um marido melhor para você.

Um marido melhor? Gostaria de dizer a ela que Jacques não foi tão ruim, quando se pensa bem no assunto. Mas aquilo nos faria voltar à categoria de "informação demais". Então eu limpo a garganta e digo cantando:

— Eu não sabia que estava procurando um marido. Mas em quem vocês estão pensando?

Ela remexe o monte de revistas até encontrar o exemplar das mães, uma cópia da *Cosmopolitan* de verdade, que não foi "En-garotada".

— Aqui, mãe — diz ela, acenando a revista para mim.

— "Os 25 solteiros mais cobiçados". Peguei um para você. O nome dele é Boulder, que quer dizer pedra.

— Ele certamente parece bem sólido — rio. Mas Jen está distraída, ocupada folheando as páginas da revista.

— Todas as modelos aqui têm tetas grandes — ela nota. Depois olha para baixo, na direção da sua camiseta plana, e esfrega a mão no tecido, como se desejando que seus seios cresçam.

Eu poderia chamar de seios, não de tetas, e lhe garantir que ela ganharia algum em breve. Mas Jen não vai acreditar em mim agora.

— Então me conte sobre o Boulder — peço. Boulders e tetas. Que revista.

— Ele tem 33 anos. — Ela olha para mim e franze a testa suavemente. — Ele é o mais velho, então espero que não seja muito velho. Mas ele tem grandes músculos e é um surfista profissional. Não é legal? Não acho que devemos nos mudar para a Califórnia por causa dele, mas Lily diz que temos o oceano Atlântico bem aqui, então isso não importaria muito. Vou escrever uma carta para ele.

— Eu ajudo com a gramática — ofereço corajosamente. Odiaria que houvesse qualquer erro de gramática ao jurar amor para o solteiro mais velho da América, que mesmo assim ainda parece muito jovem para mim.

— Bom, porque vou contar a ele tudo sobre nós.

Nós. É claro. Jen não está tentando apenas arranjar um marido para mim. Ela quer o pacote completo. Ela está procurando um pai.

Estendo a mão e dou uma olhada na foto desse Boulder. Peito largo, segurando uma prancha de surfe e oferecendo um sorriso tão estonteante que resolvo conferir para ter certeza de que não estou vendo acidentalmente o anúncio do clareador BriteSmile. Não me vejo olhando para o meu destino, mas posso imaginar o que Jen vê nele: o cara perfeito para carregá-la nos ombros rumo a uma brincadeira de pegar onda no oceano.

Jen está olhando para mim com expectativa.

— Parece que ele daria um pai muito engraçado — comento, a velha culpa aparecendo de novo. A maior parte das vezes o fato de ser pai e mãe parece perfeitamente bom. Mas, por mais que a ame, ainda assim sou uma só. Certo, em meus bons dias, talvez uma e meia. Mesmo assim, não posso deixar de me preocupar com a falta que ela sente de ter o conjunto completo.

Jen, entretanto, quer marcar o encontro e ignora minha dica para expor seus mais íntimos sentimentos sobre Vida com Mãe (Solteira).

— Então vou escrever uma carta para ele e entrar na competição — ela diz, explicando as regras para ganhar um Boulder. — Ele vai ler todas...

Ou talvez alguém leia para ele, penso.

— ...e aí ele vai escolher a mulher com quem quer se casar. A *Cosmo* vai mandar você para o primeiro encontro. E, mãe? Só para você saber: o encontro pode ser na TV também. Tudo bem?

— Claro, querida — respondo. Se ganharmos, estarei lá —. Pelo menos não é o *The Bachelor*, não tenho de entrar numa banheira quente com o cara. Além do mais, quais são as chances de qualquer coisa dessas acontecer? Jen esfrega seu nariz sardento e avalia minhas chances.

— Então, mãe? Você não vem falando sobre fazer mechas no cabelo? Talvez devesse fazer isso agora.

— O quê? Você acha que não posso conseguir um marido assim? — pergunto, brincando. Dou um suspiro fingido. — Tudo bem, eu faço. Não quero deixar você chateada.

Mas para Jen esse é um assunto sério. E agora ela acha que feriu meus sentimentos.

Corre para mim, me envolve com seus braços e me dá um beijo grande e molhado.

— Eu te amo, mamãe. Você é perfeita do jeito que é. Poderia conseguir qualquer marido que quisesse.

— Ah, você é um doce. Eu te amo também. — Dou um grande abraço nela e traço um coração nas suas costas com meu dedo. Ela ri.

— Vá desfazer suas malas e vamos atacar o café da manhã — digo enquanto ela sai correndo sob o peso de suas bolsas. — Espere, você esqueceu seu travesseiro! — Eu chamo, mas ela não volta e eu tenho que sorrir. Que "princesa" com amor próprio carregaria o seu travesseiro?

Com a saída de Jen, me levanto da cama e deslizo para dentro do robe de seda. Bom que Jen não o tenha notado largado num monte no chão. Não tenho certeza de que ela teria acreditado que eu o estava usando para impressionar Jay Leno. Pego meu próprio travesseiro e o aperto com força junto a meu corpo. Parece impossível que apenas algumas horas atrás Jacques estivesse deitado aqui ao meu lado. Talvez eu tenha sonhado. Olho em volta procurando sinais, mas não há nenhuma meia reveladora esquecida. Respiro profundamente e sinto o cheiro da colônia dele. Como a noite passada pode ter sido tão maravilhosa?

E esta manhã, quando ele disse que ainda me amava? Jogo o travesseiro de volta na cama. Ah, Deus, o que foi que eu respondi? Algo sobre como ele é maravilhoso. Por que eu não poderia ter dito apenas "eu te amo também"? Teria sido tão simples. O homem que amei tão apaixonadamente, tanto tempo atrás, volta para minha vida. Depois de todo esse tempo separados, finalmente chegamos ao final do conto de fadas. Exatamente como num romance. Quando Jacques e eu dormimos na noite passada, agarrados um nos braços do outro, eu tinha certeza de que realmente o amava.

Mas e agora?

Ando em volta da minha cama remexendo ruidosamente nos livros em minha mesa de cabeceira e me abaixo para endireitar a franja do tapete. Entro no banheiro para pegar um copo de água e olho no espelho. Nós realmente temos um futuro? O que ele disse mesmo na porta enquanto se despedia? *Está resolvido*. Sinto aquele aperto familiar em meu estômago. O que quer que tenha mudado em Jacques, ele não perdeu aquele velho hábito de presumir que pode decidir as coisas por nós dois.

Volto para a cama. Não, dessa vez vou ter que tomar minha própria decisão. Coloco o travesseiro de volta na cabeceira e sinto outro sopro de sua colônia. Talvez eu não mude os lençóis ainda. E talvez eu tenha que dar ao homem uma outra chance. Isso, claro, se eu não me apaixonar por Boulder.

Durante os três dias seguintes fico esperando que Lucy me pergunte sobre meu encontro com Jacques, mas ela não o faz. E eu não posso trazer o assunto à tona porque Hunter está na cidade e já está exigindo todos os momentos de sua atenção. No quarto dia, Lucy está prestes a explodir porque eu tenho, absolutamente *tenho que* conhecer seu *namorado*. Ela tem 41 anos e é casada. Poderia usar uma palavra melhor.

— Você vai adorá-lo — ela diz quase sem ar quando me liga fazendo o convite. — Quer dizer, tenho certeza de que você vai amá-lo. Mas eu realmente preciso saber o que você acha.

Como Lucy insiste que as apresentações devam ser feitas com algo mais exótico do que um simples café ou até mesmo martínis de maçã verde, ela aparece com um plano. Hunter foi convidado para uma festa de astros e estrelas em homenagem a Willie Nelson e nós duas vamos colar nele. Vamos inclusive ao concerto. Por mim, está ótimo. Se eu sou a conselheira-chefe do caso hollywoodiano da minha melhor amiga, no mínimo eu deveria conseguir alguns bônus com isso.

Lucy me liga duas vezes mais para perguntar o que vou usar, claramente mais preocupada com o fato de eu causar uma boa impressão em Hunter do que o contrário. Já que eu não tenho um par de botas de crocodilo, Lucy concorda que posso usar minha saia de couro falso e ela me empresta seu terceiro par favorito de Jimmy Choos. Dois dias depois ela entra em pânico com o couro falso e me entrega sua própria saia de couro verdadeiro — simplesmente Ralph Lauren — junto com os Choos.

Naquela noite, estou de pé na esquina da Rua 34 me sentindo uma prostituta em meus saltos *stiletto* quando Lucy e Hunter passam sem sequer me notar. Eles estão com as cabeças unidas, compartilhando algum segredo que faz os dois rirem.

— Lucy? — chamo.

— Oh, Jess! — Ela corre e me dá um grande abraço. — Desculpe, não queria deixá-la esperando. — Ela atira seus cabelos para trás e então acrescenta: — Este é Hunter.

Como se eu não soubesse. Ele é exatamente como na televisão, embora um pouco mais pesado. Como isso funciona? Eu achava que a câmera acrescentava dois quilos. Talvez isso aconteça apenas com mulheres, outra pequena brincadeira da natureza. A pele de Hunter é tão lisa que a princípio imagino que ele esteja maquiado. Mas não, reconheço o cheiro tênue de Aveda para homens. O que significa que ele provavelmente acaba de fazer fricção, esfoliação e autobronzeamento.

— Prazer em conhecê-lo. — Estendo a mão, mas Hunter tem outros planos e se inclina para me dar um abraço.

— Lucy diz coisas maravilhosas sobre você. E agora eu vejo por quê — ele diz. Ele pega meu braço, segura meu cotovelo à la Clinton e me lança um olhar profundo. — Espero que seus olhos azuis não estejam chorando na chuva — ele diz.

Eu pisco. Hã?

— É uma música de Willie Nelson — ele revela com um sorriso brincalhão. — Lembra? "Blue Eyes Crying in the Rain". E você tem adoráveis olhos azuis.

— Bem, obrigada — agradeço.

— Então, qual é a sua música favorita de Willie Nelson? — ele pergunta.

Ai, não. E pensar que eu quase esqueci que ele era um apresentador de *game show*. O que é isso? Música *country* por 200 dólares? Já posso dizer que não vou ganhar o carro.

— Gosto de todas as músicas de Willie — respondo, estupidamente.

— Vamos lá. Uma favorita — ele me seduz. — Para que eu possa ter certeza de que Willie irá cantá-la hoje.

Ele já está me fazendo um favor. Faço uma tentativa.

— Eu gostava de "I'm Walkin quando era criança.

Ele ri.

— Isso é Rick Nelson.

— Talvez Willie a conheça também — retruco, tentando me recuperar. Afinal, esses caras de música *country* parecem todos iguais.

— Aposto que sim — diz Hunter graciosamente. — O pequeno Rick Nelson. Você não deve perde *Ozzie and Harriet* no *Nick at Nite*.

— "Don't Get Around Much Anymore" — digo, levemente embaraçada.

Hunter joga sua cabeça para trás e ri.

— Essa é boa — ele diz. — "Don't Get Around Much Anymore" também é uma de minhas favoritas. — Ele pisca para mim, o que me faz sentir melhor.

Decente da parte dele. Hunter me colocou na berlinda, mas depois me salvou. E agora que o *game show* terminou, ele se vira e dá um braço para mim, outro para Lucy, transformando-nos numa pequena linha tipo Rockettes.

— Devo ser o cara mais sortudo de Nova York! — ele solta. — Estou com as duas mulheres mais bonitas da cidade.

Lucy sorri para ele com adoração. Eu não quero gostar dele, mas meio que gosto. Ele é falante e charmoso e posso ver por que ganha tanto dinheiro. Enquanto andamos pela rua, noto algumas pessoas olhando para ele e ele nota também. É disso que Lucy gosta? Estar de braços dados com um astro da televisão faz você se sentir igualmente importante. Espero que Joan Rivers me pergunte que vestido estou usando. (Eu teria de dizer: "o de Lucy".)

Mas talvez Hunter esteja um pouco acostumado demais a estar sob os refletores. Entrando no Madison Square Garden para o concerto (temos ingressos VIP, Lucy anuncia), ele olha orgulhosamente os corredores, de lado a lado, esperando surpreender o olhar de alguém. Muitas pessoas estão mexendo em suas bolsas e ajustando os casacos nos assentos, mas uma mulher de uns trinta anos olha para ele depois vira-se para tirar seu suéter. Ele pára.

— É, sou eu. Hunter Green — diz ele, dando um tapinha no ombro dela. — Vi você olhando para mim.

— Eu... eu não estava... — Ela começa a gaguejar. Mas Hunter estende a mão e agarra seu programa.

— Vou autografar isso para você — ele diz, magnânimo, rabiscando seu nome com um floreado.

A mulher pega seu programa de volta com um olhar espantado que sugere que, já que ela não tem idéia de quem é este homem, não sabe se deve dizer obrigada ou chamar a segurança.

— Gosto de fazer meus fãs felizes — Hunter exulta distraidamente enquanto seguimos na direção de nossos assentos. — Foi apenas um minuto de meu tempo, mas ela vai lembrar disso para sempre.

É, ela vai passar vários jantares contando a história sobre o cara esquisito que agarrou seu programa no concerto de Willie Nelson.

Em nossas cadeiras da primeira fila, Hunter senta-se entre Lucy e eu e passa um braço vestido de terno Canali em torno de cada uma de nós. Aconchegante. Mas duas músicas depois ele desiste de me impressionar e está com as duas mãos firmemente ancoradas nas coxas de Lucy. Em seguida massageia seu joelho e acaricia seu pescoço. Será que devo dizer a eles que chega? Vamos lá, Lucy. Talvez apenas uma das oito mil pessoas neste concerto conheça você, ou Dan. Mas Lucy está perdida no Mundo de Hunter e esqueceu as outras pessoas em volta.

Quando Willie canta "Blue Eyes Crying in the Rain", Hunter estende a mão para acariciar a minha, mas um minuto mais tarde ele volta a apalpar Lucy. E aquilo vai ficando pior. Está ficando meio quente aqui? Na hora em que Willie está cantando "On The Road Again" (Novamente na estrada), que é onde eu gostaria de estar, Hunter e Lucy estão chegando a um ponto em que parecem estar fazendo teste para um remake de *Garganta Profunda*. Fico esperando que alguém na fila de trás diga a eles para irem para um quarto.

Quando o concerto finalmente termina seguimos aparentemente na direção do trailer particular de Willie. Uma parte de mim simplesmente iria para casa. Não acabou o beijamão? Conheci Hunter, ele me fez rir e eu o observei escrever. Como a noite poderia ficar melhor? Mesmo assim, apesar de meus pés estarem me matando, devo ficar. Não é todo dia que posso conhecer Willie Nelson. Só espero não terminar chamando-o de "Rick".

Estou vagando três passos atrás de Hunter e Lucy, como uma garotinha de seis anos tentando seguir seus pais distraídos, só que não estou usando sapatinhos Mary Janes. Quando meu salto agarra num buraco da calçada pela enésima vez, estamos na frente do *trailer*. Três seguranças armados partem para cima de nós. Hunter puxa seu crachá televisivo e diz pomposamente:

— Sou amigo de Willie.

Um dos guardas controladoramente pega uma prancheta e corre o dedo para cima e para baixo na lista. Acho que estamos OK, porque ele faz um gesto abrangente e nos move para os degraus.

Dentro do *trailer*, leva alguns minutos para meus olhos se ajustarem ao ambiente enfumaçado. Quando isso aconteceu posso ver os caras da banda de Willie sentados num sofá de veludo rasgado, entornando doses de tequila. Cada um tem pendurada em seu braço uma namorada/fã/prostituta seminua. Willie está de pé no canto mais distante e, quando vê Hunter, vai até ele e lhe dá um grande abraço de urso. Depois Willie vira-se para Lucy e eu, estendendo uma mão e cuidadosamente mantendo a outra atrás das costas.

— Olá, senhoras — ele cumprimenta.

Hunter ri e anda em torno dele, agarrando o que quer que Willie não deseja que nós vejamos.

— Tudo bem, Willie, elas são legais — Hunter assegura, dando um longo trago no cigarro que surrupiou da mão de Willie. Em seguida, dá um segundo trago e o entrega a Lucy.

Agora entendo. Nunca usei nada mais forte do que uma dose dupla de Motrin, mas reconheço o cheiro. Então as histórias sobre Willie são verdadeiras. O homem sobreviveu todos esses anos com biscoitos de chocolate e marijuana. Parece bom. Mas que pele é essa?

— Você não fuma, não é, Lucy? — sibilo nervosamente. Ela me lança um olhar mortal, mas sem nenhuma dúvida passa o baseado sem dar um trago.

A fumaça de maconha no quarto torna-se mais densa e o nível de decibéis fica mais alto. Luto para acompanhar o que Willie e Hunter estão falando até que sou distraída por um músico coberto-de-couro, que está sentado no canto com uma garota agora completamente nua. Ela está sentada de pernas abertas em cima dele, vigorosamente arremetendo para a frente e para trás, fazendo coisas sobre as quais eu apenas havia lido nas cartas da *Penthouse*. (Bem, uma garota não pode aprender tudo lendo *A boa dona-de-casa*.)

— Me come! — a garota grita acima do ruído. — Me pega! Me come! Me cavalga, paizinho!

Este certamente não é o tipo de festa que fazemos em Pine Hills. Onde estão os canapés e o creme de abacate? Mesmo assim, a diversão aqui é boa, embora eu seja a única que parece estar prestando atenção. Eu olho em torno, mas os caras da banda estão todos ocupados com suas próprias garotas e um novo brinquedo apareceu no cenário. Um maricas. Ei, não sou ignorante. Vi um filme de Cheech e Chong na universidade. Há tanta coisa para ver, mas a ação no canto é merecedora do Prêmio do Júri Popular, e estou de olhos fixos nela. Posso jurar que o músico e a berradora estão realmente fazendo aquilo ali mesmo. E agora a jovem donzela parece ter um novo pedido.

— Me fode mais forte! Me cavalga, paizinho! Me cavalga! — ela grita.

Outra garota do outro lado do trailer aparentemente pensa que essa é uma idéia excelente. Com um grito alto, ela tira sua camisa e faz coro:

— Faz *comigo*, paizinho. Vamos mostrar a eles como é que se faz isso!

Subitamente tenho a horrível sensação de que toda aquela cena vai acabar virando uma orgia gigante de música *country*, com Lucy e o agora drogado Hunter prontos para participar.

Eu puxo a manga de Lucy, ansiosamente.

— Tenho que ir para casa por causa da babá — sussurro através de dentes trincados. — Vamos sair daqui.

Ela assente. Talvez esteja se sentindo tão desconfortável quanto eu. Pegamos Hunter e cambaleamos na direção da porta. Passamos pela segurança e tenho que rir. Duas dúzias dos melhores policiais de Nova York estão em alerta máximo do lado de fora para proteger Willie e seus rapazes. Se os policiais entrassem, poderiam fazer a apreensão da maconha da semana.

Abençoadamente um táxi passa e nós nos empilhamos lá dentro. Quando deixamos Hunter no Waldorf, Lucy parece querer segui-lo para dentro, mas já são duas da manhã e nem ela pode pensar numa boa desculpa para chegar em casa ao amanhecer. Hunter dá um último beijo em Lucy, entrega ao motorista uma nota de 50 dólares e diz a ele:

— Cuide dela. Ela significa muito para mim.

Argh. Desculpe, Lucy. A única cavalgada que você vai conseguir hoje é ir para casa comigo.

Enquanto o táxi vai embora, Lucy olha pela janela de trás e dá um pequeno aceno.

— Muito bom, certo? — ela diz, virando-se para mim com um suspiro satisfeito.

— Muito bom — concordo. Não tenho certeza se estamos falando sobre Hunter, o concerto ou a orgia, mas pode crer, foi tudo totalmente demais. Além do mais, a essa hora não estou pronta para destruir nada.

— Na semana que vem estamos convidados para a festa de Cher — diz Lucy, sorrindo. — E depois disso, jantar com Whoopi. É em Los Angeles, senão eu imploraria para você ir.

— Uau — repito. E espero que isso seja suficiente para resumir a noite.

Capítulo 6

OS TESTES PARA O QUE COMEÇO a pensar como sendo o Concerto Beneficente Musical do Século são esta tarde e meu comitê de senhoras da Park Avenue está no Broadhurst Theater da Rua 44 esperando o diretor — o homem-de-um-sucesso-só, Vincent Morris — chegar. A maioria das crianças ensaia num ginásio da escola. Mas graças às ligações de uma de nossas damas, nosso florescente Tommy Tunes vai gorjear sua estranha interpretação de "Tomorrow" no mesmo palco onde *O homem da La Mancha* estreou. Meu trabalho mais difícil hoje pode ser me controlar para não fazer piadas sobre "O sonho impossível".

Quando estamos instaladas na sétima fileira do teatro — os melhores lugares que jamais consegui — Vincent chega agitado, usando uma capa roxa e um chapéu de Sherlock Holmes. Uma espécie de cruzamento de figurinos de *O fantasma da ópera* com *O cão dos Baskervilles*. Imagino se as camareiras dos guarda-roupas de cada espetáculo notaram a falta de alguma coisa.

— Estou aqui! — clama Vincent, passando entre as fileiras de assentos. Heather pula de sua poltrona numa explosão de excitação e praticamente o derruba.

— Querido! — ela exulta.

Ele pára e a beija nas duas bochechas.

— Você está *magavilhosa*, querida — ele elogia, como se estivesse incorporando Billy Crystal, ou quem quer que Billy Crystal estivesse incorporando.

— Você que é maravilhoso por fazer isso por nós, Vincent! — ela diz, sem ar. — Doar seu tempo para a nossa pequena caridade.

— Não há nada como uma pequena caridade, querida. Apenas gente pequena. — Ele faz uma pausa e joga sua capa para trás, como se essa migalha enigmática de sabedoria devesse ser gravada no *Bartlett's*. Depois repete o beijinho-beijinho com Pamela, Amanda, Allison e Rebecca e finalmente pára para apertar a minha mão. Como ele poderia saber que eu era apenas a ajudante de aluguel?

— Então é você o gênio por trás desta produção — ele diz, apalpando minha mão e olhando para meus seios. Não, não são os meus seios que importam. Ele está tentando decidir se a *cashmere* é de Cashemira ou da Daffy's.

— Então me diga — ele fala, abrindo os braços teatralmente. — Você sabe por que estou aqui? Por que concordei em dirigir sua fabulosa produção?

Não, mas posso imaginar. Sua última peça naufragou. Você está sem trabalho. O marido de Heather é o homem mais rico que você jamais conheceu e você está tentando conseguir verba para seu próximo espetáculo de verdade, um que tenha estrelas com mais de um metro de altura.

— Você está graciosamente nos dando seu tempo porque o Conselho de Arte para Crianças é uma organização maravilhosa e nós todas estamos aqui para ajudar as crianças — digo, recitando os princípios da organização.

— Bem, isso é claro — ele reconheceu dramaticamente.

— Mas estou aqui principalmente porque eu amo, amo, amo, amo, *amo* crianças.

Essa não. Isso pode ser uma má notícia.

— E amo *A noviça rebelde* — ele declara, praticamente batendo palmas.

Pamela dá um passo à frente de Heather e agarra o braço de Vincent.

— Heather não disse a você que vamos fazer *A noviça rebelde*, disse? — Pamela pergunta ansiosamente. — O comitê votou contra. Esse espetáculo é muito controverso. Há muitos nazistas. E todas aquelas freiras. Nós não queremos ofender ninguém.

Certo. E tem todas aquelas pessoas que odeiam short com suspensório e são alérgicas a *edelweiss*. Sorte de Julie Andrews não ter que lidar com meu comitê.

Se Vincent está desapontado porque não vai conseguir fazer as montanhas viverem, ele se recupera rapidamente.

— Certo — ele concorda alegremente, seguindo em frente. — Qual é a nova escolha?

— *Chorus Line!* — Pamela conta entusiasmada.

— Não! — Allison retruca, alto. — Dissemos não porque este é o espetáculo que tem um diretor gay. — Ela dá uma olhada em Vincent e depois parece mortificada. — Não que haja nada de errado com isso.

— Pelo amor de Deus, Allison. Você não lembra? Eu disse na última reunião que o diretor na peça não é *gay*. Era o diretor real da peça que era *gay*. E ele está morto agora.

Vincent sacode a cabeça.

— Odeio *Chorus Line*. Mesmo que Michael Bennett tenha sido um grande, grande amigo meu. Um homem brilhante. Um homem *magavilhoso*.

Todas baixamos as cabeças num momento de silêncio.

Mas antes que um consenso criativo possa ser alcançado, um carregamento de crianças, reconhecidamente do Harlem, saídas de um ônibus entra correndo, jogando camisetas Phat Farm e mochilas JLo nos assentos de 85 dólares da orquestra.

— *West Side Story*! — Vincent declara, estalando os dedos, obviamente tendo uma inspiração profunda com dois rapazolas malcomportados de 11 anos que estão espontaneamente encenando seus próprios ruídos nas fileiras de assentos.

— *My Fair Lady*! — diz Pamela com um tom de decisão que nem mesmo a Juíza Judge contestaria. E então todos assentimos. Claro. É *My Fair Lady*. E mal posso esperar para ver o que as crianças vão fazer com o sotaque caipira.

O resto da gangue, os garotos da Park Avenue com seus uniformes limpos e engomados de Brearley, Dalton e de onde mais fossem, chegam acompanhados por, babás e *iPods*. Eles lançam olhares aos que chegaram mais cedo, que estão agrupados de um lado das fileiras de assentos, e tomam seus próprios lugares na direção oposta.

Com um floreado de sua capa e um altíssimo "Oi-êêêêê", Vincent toma o palco. Espantosamente, as crianças param de se inquietar, a conversa cessa e todos os olhos estão focados na figura coberta de roxo à frente deles.

— Sou seu diretor — ele ruge numa voz que deve ter usado da última vez em que fez um teste para o papel de Deus. — Vamos trabalhar, trabalhar, trabalhar, mas vamos nos divertir, divertir, divertir.

Ele conta sobre a fabulosa peça que todos nós vamos fazer juntos e faz seu "sincero e profundo agradecimento" às maravilhosas mulheres que tornaram o *show* possível. Depois começa os testes.

As crianças se sentam eretas.

— Vocês vão subir aqui e cantar — ele explica. — Eu posso interromper vocês, mas isso não significa que não fizeram um bom trabalho.

Minhas mães da Park Avenue tinham calculado a ordem das audições. Por escola. As garotas de Spence (porque era a antiga escola de Gwyneth Paltrow?) sobem primeiro.

Uma loura alta e magra sobe ao palco e ela é tão bonita que parece que os testes vão terminar antes de começar. Mas então ela abre a boca e Vincent morde o lábio, resistindo, por enquanto, à urgência de bani-la do palco. Para sempre.

Mais três garotas a seguem e é dolorosamente óbvio que Spence não está atualmente cultivando o próximo American Idol. Mas pelo menos o gelo foi quebrado e a primeira leva de meus garotos do Conselho sobe ao palco.

Uma garota negra e franzina de 12 anos, com cabelos tererê e pernas finas, sobe hesitante os degraus do palco.

Olha em torno de olhos arregalados, respira fundo e diz numa voz fina:

— Vou cantar "Tomorrow".

Ai, meu Deus, eu penso. Não faça isso, Tamika. Mas é tarde demais. Deixe o gorjeio começar. Tamika vai para o centro do palco.

The sun will come out, tomorrow
Bet your bottom dollar that tomorrow,
There'll be sun...

Será que Bette Midler esgueirou-se para o palco quando eu não estava olhando? Barbra Streisand está escondida atrás da cortina? Tamika deve estar dublando, porque ninguém daquele tamanho poderia cantar tão alto. Ela está soprando o telhado para fora e nem mesmo está no segundo coro. Vincent a deixa cantar a música inteira e ele provavelmente gostaria que ela cantasse todo o repertório. Olho para minhas mães da Park Avenue, que parecem chocadas. Pagando tanto por aulas de interpretação e aulas de canto de cem-dólares-a-hora. Tamika tem um talento inato.

Os testes continuam pelas próximas duas horas e as crianças ficam surpreendentemente bem comportadas. No final, Vincent até consegue que os dois grupos conversem entre si. Amanda distribui salgadinhos e caixas de chocolate Godiva e nem mesmo parece ficar ofendida quando um dos garotos pergunta se ela tem Krispy Kremes. O dia foi um sucesso e as crianças parecem genuinamente felizes ao ouvir que os papéis serão anunciados na próxima semana e eles voltarão na quarta-feira para começar os ensaios.

— Isso vai ser bem melhor do que eu pensei! — Vincent diz entusiasmado para nosso pequeno comitê depois que as crianças saem. — Aquela Tamika não é maravilhosa? Vocês não acham que ela vai dar uma incrível Eliza? Graças a Deus temos nossa estrela!

Ele faz uma pausa esperando um ataque e, quando ninguém responde, passa para o próximo texto.

— Vou escalar o resto dos papéis e passo a lista por *e-mail* para cada uma de vocês — ele diz.

Sentindo que todo mundo está para ir embora, Amanda toma coragem e pigarreia.

— Hum, não tenho certeza de como dizer isso, mas não precisamos prestar atenção às pessoas que, bem, estarão pagando por este evento?

— Sim — sibila Heather. — E eu achei que Nicole Walters, sabe, o pai dela é o diretor do Morgan Stanley, estava simplesmente divina.

— Gosto da garota cujo pai é diretor do Citibank — afirma Allison, que está aparentemente confundindo nossos testes com uma operação financeira.

Vincent hesita, provavelmente tentando decidir se escalar a garota com o maior talento vale o preço de perder o homem que pode financiar seu próximo projeto. Ele olha para mim, esperando que eu possa ser a juíza desta rodada.

— Antes de chegarmos a Eliza — digo diplomaticamente — acho que todos podemos concordar que Pierce é o nosso Henry Higgins. — Vincent olha para mim, precisando de um pouco mais de ajuda.

133

— Ninguém jamais poderia nos acusar de favoritismo por isso — garanto. — Ele simplesmente foi muito melhor do que qualquer outro garoto. Tudo bem para você, Pamela?

Pamela baixa os olhos para seus Ferragamos num esforço para ser apropriadamente humilde.

— Não gostaria que ninguém pensasse que meu Pierce ficou com o papel porque estou no comitê. Mas — ela diz, corando — o pai dele e eu ficaremos muito orgulhosos. — Ela se vira para Vincent, solenemente. — Se você acreditar nele tanto quanto nós, prometo que ele não irá decepcioná-lo.

Preciso lembrar daquela fala. Tenho certeza de que posso ganhar alguns pontos com ela durante a próxima conferência de pais e professores de Jen.

Vincent compra Pierce Barone, rico de talento e, vamos encarar, totalmente rico, e concorda avidamente.

— Mas claro que o papel de Pierce nunca esteve em dúvida. Eu devia ter deixado isso claro desde o início.

Agora que o lugar para um dos delas foi assegurado, há uma palpável sensação de alívio.

— Bem, aquela garota Tamika é realmente talentosa — arrisca Amanda.

— Ela é — concorda Heather. — Mas você não acha que Nicole e Pierce pareceriam simplesmente adoráveis juntos no palco? E os pais deles já são tão bons amigos!

Fico esperando que alguém lembre que a voz fina de Nicole não vai passar do fosso da orquestra. Mas as mães da Park Avenue estão muito ocupadas arrulhando e antevendo onde este elenco perfeito com Nicole e Pierce poderia levar — o encontro, o baile de debutantes, as inevitáveis núpcias no Plaza. Ou talvez no Plaza Athénée.

— Não! — Allison grita. Isso não aconteceu em nossa última reunião? A mulher não fala muito, mas quando fala é uma onda alta. — A idéia era que todas as nossas crianças estivessem juntas, ricas e pobres, lembram? Então tem de ser Tamika e Pierce. Um de cada lado. É para isso que estamos aqui.

Um silêncio geral toma conta do grupo. Ninguém ousa argumentar e Vincent se aproveita do momento.

— Bem, bem. Bom, bom. Se é isso o que todas vocês querem, então estou com vocês. Será Tamika e Pierce. — Mesmo assim, ele não está muito certo se está de volta à cadeira de diretor ou ainda brincando de diplomacia. — Alguém mais tem outros favoritos?

— Tenho certeza de que você pode escalar o resto do elenco, Vincent — diz Heather. Agora que os líderes foram escalados, para ela está bom. Tratar de detalhes é para os contratados. — Mas eu realmente tenho algumas boas notícias sobre a festa beneficente — ela revela com entusiasmo para o resto das damas. — Chamei Kate e ela está conosco.

Onde estamos agora? Kate quem? Hepburn? Hudson? Couric?

— Kate vai doar sua mais nova linha de carteiras de couro rosa para nossa bolsa de presentes — Heather diz triunfantemente. — Mas apenas para os doadores acima de mil dólares. Consegui que ela colocasse também alguns blocos de notas para contribuidores acima de quinhentos. Você sabe que essas carteiras são *preciosas*. Todo mundo as quer. É fabulosamente generoso da parte dela.

Entendo. Kate é a Spade. Gosto das carteiras dela. Na verdade, comprei uma imitação de um camelô na esquina da 52 com a Sexta por cinco pratas uma semana atrás. Começo a sugerir que poderia conseguir algumas dessas para doadoras abaixo de quinhentos dólares, mas me interrompo a tempo. Essas damas provavelmente não sabem que se pode comprar qualquer coisa além de *pretzels* num camelô, e não quero desiludi-las.

Vestimos nossos casacos, demos nossos beijinhos-beijinhos de despedida e nos lançamos para fora, onde automóveis luxuosos com motoristas rugem no meio-fio. Amanda rapidamente entra num deles, enquanto Pamela e Pierce mergulham em outro, acenando uns para os outros através das janelas de vidros escuros. Nada de carros compartilhados para essas mulheres, mesmo que elas morem no mesmo corredor.

Não tendo carro de luxo, motorista ou mesmo um táxi esperando, cruzo a rua até que a União da Park Avenue tenha partido, para que elas não vejam que, sim, meus pés estão realmente tocando o solo e vou andar até a estação de trem. Olho para meu relógio, tentando decidir se há uma oração que possa fazer para conseguir pegar o trem das 18h11. Sempre há esperança. Cruzo a cidade até a Rua 45 com passadas que impressionariam Marion Jones. Entro por uma porta nos fundos da Grand Central Station e chego lutando e correndo, sem ar, na platarforma 11, aterrissando num assento no carro da frente com 90 segundos de antecedência. Droga! Eu poderia ter parado para comprar um pacote de Twizzlers. Um minuto mais tarde, a horda dos que deixam-para-entrar-na-última-hora pula para dentro, todos com Twizzlers, eu aposto, e começam a lutar pelos lugares.

— Posso sentar aqui? — pergunta um homem que aparentemente descobriu um lugar perto de mim e não se importa de me pedir para afastar o que eu esperava que fosse uma intimidadora pilha de coisas.

— Claro — murmuro com tristeza. Mas quando levanto os olhos vejo Dan, de pé, sorrindo para mim.

— Ei, não percebi que era você — digo, subitamente alegre. Eu me afasto para dar a ele o assento do corredor, arrastando livro, bolsa, jornal e sombrinha comigo. Eu costumava me preocupar com o fato de que minha companhia de investimentos naufragada pudesse me transformar numa mendiga cheia de tralhas, mas agora percebo que meus acessórios podem já ter feito isso.

Dan desabotoa seu casaco Burberry — será que Lucy os compra em massa? — e o joga na prateleira acima de nós. Mesmo de terno e gravata Dan parece casualmente bonito — ele é alto, fala bem e é confiante, exatamente como Lucy. Meu Deus. O cara é muito bonito e ele é que é a parte real, não uma certa pessoa que vi nos braços de Lucy. Qual é o problema da minha amiga idiota? Será que ela não se dá conta do que tem? Se Ralph Lauren visse Dan e Lucy juntos, num instante iria convencê-los a estrelar uma campanha de publicidade de três páginas — o Perfeito Casal Americano. Mas é mais do que apenas aparência. Dan apóia e ama Lucy, está ali para a grande jornada. Por que os dois não se prendem ao roteiro e simplesmente seguem juntos em direção ao pôr-do-sol?

Ele se senta perto de mim e coloca uma única e delgada maleta a seus pés. Como podem os homens nunca terem nada para carregar? Se eles são os caçadores e coletores, o mínimo que podiam fazer é de vez em quando trazer para casa uma bolsa de supermercado.

— Então — ele diz, se ajeitando. — Bom ver você. Tudo bem?

— Incrível — respondo, balançando o livro no colo e me inclinando para colocar todo o resto debaixo do meu assento. Oops. Minha cabeça acaba ficando um pouco perto demais do joelho de Dan. Eu me sento abruptamente.

— Como foi o concerto de Willie Nelson na noite passada? — Dan pergunta, ignorando minha sombrinha, que agora rolou para cima de seu pé.

— Muito, muito divertido — respondo. — Foi tão legal Lucy me levar.

— É. Realmente — ele diz, apenas um pouco animadamente demais. — Então foram só vocês duas?

O que isso quer dizer? E que diabos eu devo dizer? Lucy não me disse a história que contou para Dan, e nunca pensei em perguntar. Se ele quis ir ao concerto na noite passada, ela deu a ele uma razão para não levá-lo? Ou disse que estava me levando em seu lugar? Imagino que ela não tenha explicado que ele seria a quarta roda, comigo e seu amante completando o jogo.

Dan está olhando para mim, esperando uma resposta.

— Tinha muito mais do que nós duas lá — digo brilhantemente, tentando ganhar tempo. — O Madison Square Garden estava lotado. Talvez uns dez mil? 14 mil? Não consegui contar.

Dan dá uma risada. Certo, isso funcionou. Mas ainda não estou fora da área de risco.

— Vocês voltaram para casa bem tarde na noite passada — ele observa, pressionando. — Será que eu deveria me preocupar com o fato da minha esposa sair com a única mulher solteira de Pine Hills?

— Ah, certo — eu digo. — Você me conhece. Totalmente selvagem. Duas Diet Cokes e a noite acaba.

— Então o que vocês ficaram fazendo até as duas da manhã? — ele rebate, provocando.

Fiquei drogada com fumaça de maconha. Testemunhei Hunter e Lucy se agarrando. Vi garotas nuas transando com membros da banda.

— Nada demais — respondo.

— Vamos lá. Me dê uma pista.

— Acho que vou deixar Lucy lhe falar sobre isso — coloco debilmente.

— Grande segredo, hein? — Ele ri, mas fico preocupada com a possibilidade de ele estar preocupado.

— Entendi! — Ele estala os dedos. — Lucy está tendo um caso com Willie Nelson e você não quer me contar!

Posso apenas imaginar o sorriso pálido que está plantado em meu rosto agora. Se apenas você soubesse, Dan. Ou talvez você saiba.

— Falando em casos — desvio, fazendo uma péssima transição. — Encontrei Jacques outra noite. Lembra que lhe falei sobre ele? Meu ex.

— Claro. Jacques. O cara francês que era um bebê chorão.

— Eu nunca disse isso.

— Bem, algo assim — diz Dan.

— Não, eu disse que ele não *queria ter* um bebê.

— Porque ele era um bebê.

Eu me recosto, frustrada.

— Bem, talvez eu realmente tenha dito isso, mas não foi o que eu quis dizer — explico com petulância.

Dan levanta uma sobrancelha. Ele entende imediatamente, mesmo que eu não estivesse tentando contar a ele.

— Parece que vocês se entenderam muito bem. Aquele velho charme francês ainda funciona, hein?

Sinto meu rosto corar. Tenho muita certeza de que não caí simplesmente no charme francês, mas talvez eu deva ouvir uma outra opinião. Não falei quase com ninguém sobre isso. Posso muito bem me abrir com Dan. Ele está aqui. É meu amigo. Toda essa testosterona tem de servir para alguma coisa. E o ponto de vista masculino pode ajudar.

— Pode me dizer que estou maluca, mas gosto dele — assumo com simplicidade. — Posso me lembrar de todas as razões pelas quais resolvi me separar, mas no minuto em que o vi pareceu tão confortável. — Dou de ombros. — Não sei. Tão correto.

— Quer dizer que vocês vão ficar juntos de novo? — ele pergunta.

Essa é a coisa boa de conversar com os caras. Eles são durões. Vão direto ao ponto. Certo, então também vou.

— Ele ainda me ama — revelo, como se isso explicasse tudo. E talvez explique. Mas Dan olha para mim em dúvida.

— Depois de todos esses anos? E você também está apaixonada de novo?

Bem, bem, estamos nos movimentando rapidamente, não estamos? Dan claramente nunca passou três horas por semana com um analista no Upper West Side, ruminando as sutilezas de um romance fracassado. Isso parece mais uma análise do mercado de ações. Quem são os jogadores? Parece bom ou ruim? Vamos comprar ou não?

Mas Dan deve ser bom no mercado, porque fez a pergunta de um milhão de dólares. Estou apaixonada? Venho pensando sobre isso a semana toda, e ainda não tenho resposta. Sim. Não. Às vezes. Quero estar. Talvez esteja. Quem poderia dizer com certeza? O sexo. O sexo foi ótimo. Mas e se forem apenas os hormônios? Não, nós realmente nos conectamos. Tem alguma coisa ali. Mas ele mudou? Não sei. E Jen? Será que vamos ter outro filho? Ele está pronto para ser pai agora?

Eu respiro. Basta. Não posso ficar fazendo isso. Queria ser um homem.

— A gente nunca sabe *realmente* se está apaixonada — eu digo, escapulindo de novo.

— Claro que sabe — ele retruca com determinação, surpreendendo-me com sua certeza. — Ou você está ou não está.

Gostaria de perguntar a ele se ainda está apaixonado, mas não ousaria. Ele provavelmente está, e é tão doloroso pensar que Lucy talvez não esteja mais. Pelo menos não por ele.

— Me dê algumas semanas para descobrir — eu peço. — Jacques está voltando e mais um ou dois encontros vão ajudar. — Olho para fora da janela e começo a fantasiar sobre um outro encontro, ou, mais especificamente, uma outra noite com Jacques me amando e encaixando seu corpo no meu. Mas o trem está quase em Pine Hills, então começo a reunir meus pertences espalhados, e depois me surpreendo perguntando a Dan:

— Você quer conhecer Jacques quando ele estiver na cidade?

— Claro — ele responde com simpatia. — Posso arrancar umas boas frases do cara. Nós quatros podemos jantar.

Nós quatro. Engraçado, eu não estava pensando naquilo daquela forma. Tenho de me lembrar que Dan e Lucy ainda são um casal.

O trem pára e nós nos dirigimos à plataforma.

— Vai a pé para casa? — ele pergunta.

— Claro — respondo, mudando minha bolsa de um braço para o outro. — Quem viria me buscar? E você?

— É — diz Dan. — Quem viria *me* buscar? — Ele gargalha com a idéia de Lucy reunindo-se ao esquadrão de esposas devotadas esperando pacientemente em suas minivans para coletar seus maridos que trabalham duro.

— Vamos — diz Dan.

Abrimos caminho através do estacionamento e, quando chegamos à rua, Dan passa seu braço sedutoramente em torno de meu ombro, puxando-me para perto.

— *Mademoiselle, você é bonita demais* — ele diz com um falso sotaque francês. — *Tão, mas tão bonita.*

— Não enche — corto, rindo. Mas noto que ele não tira o braço quando começamos a escalar a montanha.

Em casa, abro a porta e não consigo decidir se entrei de sopetão num funeral da família Gotti ou no corredor de perfumes da Macy's. Um cheiro dominante de rosa e gardênia — e aquilo seria um toque de prímulas? — me atinge imediatamente. Quando entro, vejo sedutores buquês de flores brotando de dúzias de vasos de vidro lapidado — vasos verdes, vasos rosas, vasos de cristal claro. A mesa do saguão de entrada não é grande o suficiente para comportar todas, então as flores estão por toda parte. Algumas no chão, outras na escada e até na cadeira de tela, onde um pequeno vaso balança precariamente.

— Mamãe! — Jen vem pulando na minha direção, gritando, deliciada. — Olha só isso!

Estou olhando, já que estou chocada demais para fazer qualquer outra coisa.

— Contei todas! Sessenta e quatro rosas! Vinte e dois lírios! Trinta daquelas coisinhas cor-de-rosa! Doze daquelas roxas e amarelas! Elas não são tudo? E 16 dessas! — Ela estende uma gardênia para mim. Não posso esquecer aquele cheiro.

— Quem mandou? — ela pergunta, ainda gritando. — Maggie não me deixou ler o cartão!

Maggie, a estudante do segundo grau que vem duas vezes por semana depois da escola tomar conta de Jen e ajudar com o dever de casa, entra no saguão com um sorrisinho no rosto.

— Ei, parece que você tem um admirador — diz ela.

Maggie deve ter muitos, sendo uma garota de 17 anos, bonitinha, com cabelos ruivos cacheados e um jeito caloroso e convidativo. Subitamente me lembro das babás suecas na cobertura de Amanda na Park Avenue e a questão interessante que Heather levantou sobre levar a galinha para a raposa. Eu manteria Maggie aqui quando Jacques se mudasse? Claro, Jen a adora. Mas Jacques não é uma raposa. E ele não está se mudando. E ainda que eu passe a achar que ele é uma raposa, Jacques *definitivamente* não está se mudando. Além do mais, quem sabe o que se passa na cabeça dele? Talvez ele espere que todos nós nos mudemos de volta para a França. Bem, isso certamente não vai acontecer — ele precisa saber disso logo. Ainda que Jen fosse gostar de Paris, por um ano ou dois. Ela treinaria sua lição de língua estrangeira, sem mencionar a compra de algumas roupas maravilhosas.

Eu sacudo a cabeça. Como é que eu vou conseguir interromper esta fita que vive tocando Jacques sem parar?

As duas estão sorrindo para mim, Jen e Maggie.

— Abra o cartão, mamãe, abra! — pede Jen, pulando para cima e para baixo. Ela indica um vaso elaboradamente oblíquo, explodindo com pelo menos duas dúzias de peônias florescendo, e acena para um cartão enfeitado com fitas.

— Ah, mamãe, eu disse a você que contei tudo? São ao todo 144 flores. Isso dá 12 dúzias. Doze *dúzias*! — Ela continua pulando e estou inesperadamente satisfeita, mas não apenas por causa das rosas.

— Matemática muito boa — reconheço. — Você fez essa conta toda de cabeça?

— Fez — responde Maggie orgulhosamente. — Percebi que não ia conseguir tirá-la de perto das flores até que você chegasse em casa, então resolvemos brincar de jogar matemática.

Certo, Maggie definitivamente não vai sair daqui, não importa quem entre. Qualquer pessoa que faça minha filha brincar jogos de matemática tem um trabalho de *baby sitter* para a vida inteira.

Jen não consegue mais esperar e puxa o cartão do vaso.

— Toma, mamãe! Leia bem alto! Tem que ser do Boulder. Ele deve ter recebido a carta e realmente gosta de você. Vamos aparecer na TV, mamãe!

Boulder é uma possibilidade interessante, mas até daqui posso ver as palavras ENCOMENDADO DE do lado de fora do envelope e — grande surpresa — da casa de Jacques em Paris. Não, não vou ler o cartão em voz alta, pelo menos até que eu o tenha lido para mim mesma primeiro.

Pego o cartão e o vaso que está pendurado na cadeira.

— Esse vai ficar mais bonito em meu quarto, você não acha? — digo para Jen. — Pegue um para o seu.

Jen se encaminha diretamente para um vaso rosa com uma dúzia de rosas cor-de-rosa. O fato de eu ter decorado seu quarto de bebê com as cores neutras verde e amarelo obviamente não fez efeito.

— Esse? — ela pergunta.

— Elas são perfeitas. Você pegou o melhor. Vamos levá-las para cima e depois do jantar eu direi a você o que diz o cartão.

Maggie diz adeus e Jen, com seu nariz enfiado nas perfumadas rosas que escolheu, segue na direção de seu quarto, deixando-me sozinha no meu. Eu rapidamente coloco o vaso em minha penteadeira e abro o cartão.

Mon amour... *não há flores suficientes em Nova York para dizer a você o quanto a amo. Nosso amor vai durar para sempre, mesmo que essas flores morram...*

Flores mortas? Talvez a tradução tenha perdido alguma parte.

...não posso esperar até estarmos juntos de novo. Em duas semanas, minha querida. Apenas mais duas semanas. Toujours, *Jacques.*

145

Ele precisava de 144 flores para me dizer que estaria de volta em duas semanas? Pensei que tínhamos combinado aquilo na porta. Acho que tudo isso é melhor do que um maço de tulipas murchas da mercearia coreana ou daqueles crisântemos enfeitados e inflados da FTD. Por outro lado, isso deve ter custado mil pratas. *Mil pratas?* Ele poderia ter mandado o aspirador de pó semi-industrial da Oreck.

Olho para o relógio. Sete horas, o que significa que é uma da manhã na França. Conhecendo Jacques, não é muito tarde para ligar. E, mesmo que fosse, ele não ia se importar se eu o acordasse. Disco o número familiar e o escuto tocar quatro, cinco, seis vezes. Onde esse homem poderia estar a essa hora? A secretária eletrônica atende e eu desligo afobada, como se tivesse sido surpreendida fazendo algo errado. Ou talvez seja Jacques que esteja fazendo algo errado. Bem, por que ele não deveria? Nós não fizemos nenhuma promessa. Mesmo assim, 12 dúzias de flores dizem que ele me ama. Eu estava prestes a dizer o mesmo a ele. Mas nem 12 milhões de flores significam que ele subitamente tenha virado monogâmico. E também é bom que eu não esteja tomando uma decisão para a vida inteira baseada no fato da minha casa ter sido transformada no Jardim Botânico.

Capítulo 7

SÓ EM PINE HILLS o quinto ano viaja para Appalachia nas férias de primavera. Que partida. Novecentos dólares e Jen vai passar uma semana morando em tendas com o Habitat for Humanity. Contra toda a lógica, 22 garotas — mas apenas três garotos — inscreveram-se nesta pequena aventura, talvez porque garotas de 11 anos sejam muito hábeis com grampeadores industriais. Por aquele preço, alguns pais esperam que os filhos sejam pregados lado a lado com Jimmy Carter. Eu só espero que haja uma babá e um *kit* de primeiros socorros.

No ponto de ônibus, eu me despeço de Jen com um beijo e lembro que ela tome cuidado com as ferramentas motorizadas.

— Você me prometeu que não vai usar a serra elétrica — alerto pela última vez.

— Claro, mamãe — ela responde sem interesse.

— Estou falando sério — insisto.

— Tá. — Ela sorri, me dá outro beijo rápido e entra no ônibus.

Eu sorrio para mim mesma com sua técnica aperfeiçoada. Não há chance de argumentar quando ela está concordando comigo, esteja ela fazendo isso a sério ou não.

Quando o ônibus amarelo parte, aceno loucamente e luto contra o nó em minha garganta. Sempre odeio quando meu bebê sai. Mas desta vez tenho algo para diminuir a ansiedade da separação. Procuro em meu bolso e pego o envelope que Lucy me entregou na semana passada. Bilhetes de avião de primeira classe para Puerto Vallarta. Nossa pequena escapada particular, como ela disse. Ela vai voar de L.A. e vamos nos encontrar amanhã. Ela não me escutaria argumentar por causa dos bilhetes, nem mesmo para pagá-los. E com todas as milhas que ela tem, de quem voa com freqüência, seria ridículo eu *não* ir de primeira classe.

Não viajo sozinha há séculos e quase havia esquecido o que é voar sozinha. Normalmente estou num avião com Jane, minha fiel companheira de vôos. Colocamos para trás os braços de nossos assentos, invariavelmente R 36, próximos ao banheiro, e nos juntamos para ver quem pode fazer o suco de 800ml e os salgadinhos *pretzel* em miniatura durarem mais. Desta vez, depois que embarco, pego a taça gelada de Perrier que o comissário de bordo oferece — e estou na janela da primeira fila, nada menos, lutando com a tela de vídeo particular presa a minha imensa poltrona, tentando fingir que não é minha primeira vez fora da carroça.

— Precisa de ajuda com isso? — pergunta o comissário de bordo.

— Não — respondo, mas depois levanto os olhos e percebo que os dele são belos e obviamente estão determinados a me ajudar. — Bem, preciso — reconheço. — Parece que está travado.

Ele estende a mão por cima do meu corpo para chegar aos controles e, quando seu braço roça minha blusa, ele pisca e diz:

— Desculpe.

Foi assim que Erica Jong superou seu medo de voar?

Logo que levantamos vôo, a mulher perto de mim na 1B se deita no assento de couro, que subitamente fica tão grande quanto uma cama, e adormece de imediato, aparentemente não tão excitada quanto eu com as castanhas-de-caju quentinhas que dão início a minha refeição *gourmet* de três pratos. Ela acorda bem na hora em que estou lambendo a última colher de chá do *crème brûlée*, e polidamente pede ao comissário a refeição especial Zone-Diet que havia pré-requisitado.

Olho para ela e percebo que parece vagamente familiar. Não consigo lembrar de onde a conheço, mas acabo conseguindo.

— Nós freqüentamos a mesma escola? — pergunto.
Ela sorri.

— Isso é o que as pessoas sempre pensam. Eu pareço familiar, certo? Mas, não, você provavelmente me conhece da TV.

— Ah, claro — eu digo. Esse é o motivo pelo qual não deveriam permitir que eu voasse na primeira classe. Ela faz a esposa numa sitcom? Não, não é loura o suficiente para isso. Uma das garotas de *Saturday Night Live?* Não, muito magra para ser engraçada. Talvez ela pegue as bolas da loteria no Metro Channel.

Depois de uma pausa horrível ela decide que provavelmente eu já sei quem ela é.

— Eu adoro tanto Puerto Vallarta — ela comenta, continuando o bate-papo nas alturas. — Onde você vai ficar?

— No Le Retreat — respondo, sentindo-me primeira classe de novo.

— Jura? Dizem que é glorioso. E tão romântico. Vai encontrar seu namorado?

— Minha amiga.

— Que lástima. Ouvi dizer que é um ótimo lugar para massagens sexuais de casais. E sensuais... — Ela faz uma pausa horrível e olha para mim. — Ah, certo. Entendo. Fiquei mal com isso. Rosie é uma amiga pessoal.

Não faço idéia do que ela está falando, mas a conversa aparentemente terminou, porque ela torna a colocar a máscara de dormir novamente sobre os olhos e se aninha no lado mais longínquo do assento. Sua refeição Zone-Diet fica intocada na bandeja branca na frente dela pelo resto da viagem. Não a culpo. Eu também não acordaria por causa de três grãos de arroz e uma porção de tofu do tamanho da palma da mão.

No aeroporto, uma limusine do Le Retreat me apanha rapidamente, correndo pela auto-estrada antes de entrar num caminho de terra aberto na mata. Por 45 minutos, o carro serpenteia por lá, finalmente chegando a uma clareira perto de uma piscina com reflexos turquesa onde sou saudada por palmeiras balouçantes e um bosque de perfumadas flores tropicais fúcsias e brancas. Quando desço do carro, noto tucanos de bicos multicoloridos empoleirados nas árvores e como, abençoadamente, não há orientadores alegres entregando *mai tais* — como aconteceu em minha única visita ao Club Med —, acho que vou gostar daqui.

O porteiro me recebe imediatamente na entrada principal — acho que o motorista telefonou — e se desculpa interminavelmente por meu quarto não estar pronto.

— Mas sua amiga já está aqui, Sra. Taylor — ele avisa pomposamente, pegando minha bolsa e me levando para dentro. — Vou telefonar para o quarto dela.

Nós não vamos dividir o quarto? Eu devia ter percebido que esta não seria uma viagem econômica. Lucy disse que cuidaria de tudo, mas eu não esperava tanto. Desta vez vou precisar assar mais do que algumas dúzias de bolinhos para retribuir a gentileza. Talvez uma rosca doce.

Caio numa poltrona de *rattan* no saguão e um garçom bonito desliza em minha direção imediatamente, oferecendo champanhe por conta da casa. Estou bebendo em paz, olhando sonhadoramente para o oceano e nem mesmo me importando com os casais felizes andando de mãos dadas na praia. Então, o casal mais feliz de todos entra, vindo em minha direção. Estou olhando para eles com satisfação, sem registrar quem são.

Até que tudo entra em foco.

Lucy não está sozinha.

Ela está usando um biquíni e um sarongue florido grudado no corpo. Suas unhas vermelhas saltam das sandálias rosa de tiras e um hibisco fresco está enfiado atrás de sua orelha. Seu melhor acessório, entretanto, é o brilho em seu rosto, que pode vir tanto de uma massagem facial de 90 dólares no *spa* ou de sexo fabuloso com Hunter — a um preço ainda maior. E como Hunter está de pé bem ao lado dela, aposto que Lucy não fez uma massagem facial.

Eu fico de pé, insegura, e Hunter inclina-se para me dar um beijo.

— Como foi o vôo? — ele pergunta alegremente.

Ainda estou muito espantada para falar, mas Hunter nunca precisou de outra pessoa para estabelecer uma conversa.

— Grande lugar, não é? — ele pergunta efusivamente, abrindo seus braços para abraçar tudo. — E eles me amam aqui. Espere até ver a suíte que eles nos deram. E seu quarto deve ser bem legal. Já pedi para eles lhe mandarem uma cesta de frutas. Por minha conta.

— Que bom — eu cuspo. — Muito legal. — Faço uma pausa, distraída por um instante pela estampa circular em sua camisa havaiana. Poderiam ser flamingos? Mas tenho que ficar no mesmo caminho. — Eu não sabia que *você* estaria aqui — digo, minha voz um pouco mais alta do que eu gostaria. — Achei que seríamos apenas Lucy e eu.

Ele ri.

— Você e Lucy no Resort Mais Romântico do Mundo da *Condé Nast Traveler*? — Hunter ri de novo. — Acho que não. Você é bonita, mas ela é minha. — Ele coloca o braço em torno de Lucy e a aperta.

Lucy se encaixa no abrigo de seu braço, mas quando percebe a expressão em meu rosto se endireita. Em seguida também se inclina para o beijo aéreo.

— Você está maravilhosa, Jess — elogia. — Espero que não esteja surpresa demais com a presença de Hunter, mas vai ser ótimo. Espere até ver o *spa*. Já marquei para você uma massagem de aromaterapia de corpo inteiro. Disseram que é paradisíaca. Mas se você preferir fazer a massagem facial com pétalas de rosas, posso mudar, sem problemas.

Decido ignorar o menu do *spa*.

— Por que você não me disse que Hunter estaria aqui? — pergunto, sem me preocupar com o fato de que o homem em questão está de pé bem na minha frente.

— Eu estava apenas tentando poupar você de outra daquelas cenas horríveis com Dan no trem. Se você não souber, não terá que fazer parte do álibi.

— Mas eu *sou* o álibi — observo.

Ela pára de falar. É difícil argumentar quando se bate bem no ponto. Mas Lucy não se tornou uma poderosa produtora de Hollywood sem uma forte dose de charme e um arsenal de respostas prontas.

— Você me conhece, sempre acho que mereço tudo — ela diz com fervor. — Minha melhor amiga e meu amor juntos no lugar mais bonito do mundo. — Ela sorri para Hunter que, ainda mais profissional, pega sua dica.

— Na verdade, fui eu quem insisti que você viesse conosco — ele diz magnanimamente. — Pensando bem, convidar você foi totalmente idéia minha.

Todos nós sabemos que ele foi um pouco longe demais com aquilo. Mas pelo menos as cartas estão na mesa. Minha escapulida de férias na realidade se trata de Lucy e Hunter tentando escapulir de alguma coisa. E, pelo olhar no rosto de Hunter, ele já marcou pontos. Ele está com aquele sorriso de quem comeu merda que os homens ficam quando têm um *straight flush*. E sua mão está cheia — ele conseguiu a garota, fez o sexo, tirou uma soneca, pediu o serviço de quarto, bebericou tequila e agora espera conversar ao pé do ouvido sobre a situação com a melhor amiga.

Tenho poucas opções. Posso dar um ataque bem aqui no meio do saguão, pular na limusine e ir direto de volta para casa. Para minha casa vazia. E passar o fim de semana fazendo o quê? Finalmente plantando aquelas azaléias? Próxima opção: posso dar uma de Dr. Phil e fazer uma palestra para Lucy sobre torpeza moral: *Quem diabos você pensa que é, mulher? Mentindo para sua melhor amiga e traindo seu marido! Eis duas coisas sobre como acabar com sua vida!*

Ainda há outra possibilidade: posso manter minhas sandálias de dedo plantadas firmemente onde estão e tentar aproveitar aquela massagem facial com pétalas de rosas. Meu escândalo não vai salvar o casamento de Lucy ou tornar a vida melhor para Dan. Mas também não vou fraquejar. Quando finalmente pegar Lucy sozinha, vou falar que o seu pequeno caso de meia-idade passou para o território das *Ligações Perigosas*. Se é assim que ela salva seu casamento, fico feliz por ela não ser responsável pela Segurança Nacional.

Mas por enquanto, se vou ficar, devo ser educada.

Olho para fora, para a longa faixa de areia rosada brilhando sob a abençoada luz do sol do meio-dia.

— É glorioso aqui — admiro. — Talvez eu dê uma caminhada pela praia até meu quarto ficar pronto.

— Nada disso — corta Hunter, sempre alegre. — Você deve estar com fome. Vamos fazer um lanche.

Olho para Lucy para ver se três é mais companhia do que ela tinha planejado nessa tarde. Mas ela é toda sorrisos de boas-vindas.

— Vamos comer lá na praia — ela sugere com entusiasmo. — Já é o nosso lugar favorito.

— E a comida é maravilhosa — afirma Hunter. — Eles têm umas *enchiladas* de filé *mignon* de matar.

— Eu disse a você — ela diz, revirando os olhos para mim, brincalhona. — Adoro tudo nesse cara, a não ser o que ele come. Mas ele vai se recuperar — ela ri como uma garotinha e desliza seu braço para se encaixar no dele. — Antes de terminar o fim de semana vou fazer com que ele mastigue os *tacos* sem gordura.

Certo. Vou manter minha boca fechada se ela fizer com que ele prove um pouco de seus *tacos*. Mas se ela tentar cortar a refeição dele, juro que saio da mesa.

Hunter e Lucy passeiam pelo chão coberto de flores perto da praia, enquanto me desvio na direção da areia que parece talco, sentindo o calor entre meus dedos e relaxando enquanto o sol bate em meus ombros. Talvez eu comece a ganhar um bronzeado de verão mais cedo.

— Tome cuidado com o sol — Lucy lembra, solícita. — É perigoso aqui. Você precisa de proteção SPF-40? Eu tenho também SPF-80.

— Tudo bem. Não fumo e não bebo muito. Preciso ter um vício. E tornarei o sol o meu vício.

Procuro em minha bolsa de palha e puxo meu próprio tubo de Bain de Soleil SPF-8. O mais alto que estou querendo usar agora.

Lucy deixa Hunter e corre para mim.

— Querida, realmente — ela me avisa em voz baixa. — Isso é muito irresponsável de sua parte.

— Eu sei. O risco de câncer de pele. Eu li os artigos.

— Isso também — diz Lucy. — Mas estou falando de marcas de idade e rugas.

— Estou ouvindo. Mas eu pareço melhor com um pouco de cor em meu rosto. E não ligo se quando ficar velha terminar tão seca quanto Georgia O'Keefe. Isso não parece ter prejudicado ela. Talvez ela parecesse uma pequena e velha uva passa, mas aos 90 arranjou um amante de 20.

Lucy parece impressionada e posso dizer que ela está tentada a trocar para meu FPS-8. Mas em vez disso ela aponta o casal alguns passos adiante, uma estonteante loura de vinte e poucos anos nos braços de um homem muito mais velho, cujo rosto é da cor de uma luva usada de *baseball* com o couro bem curtido.

— Parece que aqui os romances de maio a dezembro trabalham apenas a favor dos homens — ela observa.

Ela está certa. Na direção norte, vejo outra jovem loura num biquíni estonteante adorando um cara velho e careca usando um Speedo mal ajambrado. Estou sentindo a tendência. Um monte de velhinhos doces e ricos acompanhando garotas jovens e flexíveis me mostram que esse lugar não recebe muitas pessoas celebrando seus aniversários de casamento. Nunca pensei que eu teria algo bom para dizer sobre o caso de Lucy, mas pelo menos Hunter pegou alguém de sua própria idade.

— E aqui estamos — diz Hunter, vindo até nós. — Não é uma longa caminhada. Tenho certeza de que estou pronto para comer.

Aqui estamos? Estou vendo a praia, o mar, as palmeiras e um céu grande, azul e aberto, mas não vejo um restaurante. Ou um café. Nem mesmo um solitário garçom com menus. Será que Hunter tomou muito sol e está tendo alucinações? Mas então ele pára ao lado de uma árvore e parece desaparecer, o que, francamente, com seu tamanho e aqueles flamingos rosas na camisa, é muito difícil de se fazer.

— Entre em nossa cabana — convida Lucy, e então noto que o que pensei ser apenas uma área com plantas é uma cabana com telhado de palha, construída entre duas árvores.

Nós nos abaixamos para entrar, mas esta não é uma modesta cabana na praia. Em vez das espreguiçadeiras de plástico usuais, o interior luxuoso ostenta uma grande *chaise* de seda, pilhas de almofadas fofas e uma mesa de madeira clara colocada elegantemente para dois. Hunter já está no mini-PC disponibilizado pelo *resort* pedindo o filé *mignon*, os *tacos* sem trigo e, ah, sim, mais um lugar colocado à mesa.

— Agora realmente me sinto uma intrusa — digo, olhando impotente para Lucy. — Não poderíamos simplesmente ir ao restaurante?

— Na verdade não — ela diz. — Tudo é servido nas cabanas. O Le Retreat é *muito* discreto.

— Muito discreto — repete Hunter, acariciando os ombros de Lucy e virando-a para dar-lhe um beijo. Um beijo muito longo. Um beijo muito, muito longo. Será que devo ficar olhando ou é melhor desviar os olhos? Onde está a neta de Emily Post quando realmente se precisa dela? Depois de vários minutos encarando as formas do esmalte espedaçado em meus pés, escuto uma batida gentil do lado de fora.

— Posso perturbá-los? — pergunta uma voz profunda e aveludada.

Graças a Deus, a comida chegou. Corro até a porta para receber o serviço de quarto, mas o cara entusiasmado e bonitão de pé ali não está segurando uma bandeja. Em vez disso, ele tem uma pequena bolsa azul pendurada no ombro e uma grande e colorida bóia enfiada sob o braço. Seus cabelos são penteados para trás e suas pernas musculosas brilham com um bronzeado perfeito. Não parece que o sol tenha feito qualquer mal a *ele*. Seus bíceps estão saltando sob uma camisa pólo enfeitada com um logotipo rosa: LE RETREAT TERAPIA.

— Terapia? Não, estou me sentindo muito bem, obrigada — digo. — Mas gostaria de almoçar uma salada de lagostas. Sem maionese.

— Manuel, entre! — chama Hunter, por trás de mim.

— Não, nós cancelamos! — grita Lucy, soltando-se do abraço de Hunter. — Você não recebeu a mensagem? Nossa amiga está aqui agora. Vamos ter que fazer isso mais tarde.

Manuel olha para mim, depois para os dois.

— Não tem problema — ele diz. — Podemos trabalhar todos juntos. Vamos transformar isso em parte da experiência.

Que experiência? Eu esperava experimentar o almoço. Talvez exagerar e tomar uma margherita. Mas agora Manuel parece fazer parte do menu.

— Não acho que seja uma boa idéia — diz Lucy, cautelosamente. — Jess perdeu a primeira aula. Nunca vai conseguir nos alcançar.

— Ela me parece ser uma aprendiz rápida — observa Manoel. — E quanto mais alegre, vocês sabem. Vamos começar. Vou iniciar com alguns impulsos pélvicos simples. — Ele demonstra, curvando seus joelhos. Ah, não. Não me diga que isso vai virar um sexo grupal. Eu nem tomei banho ainda. Ao invés de curvar os joelhos, fico parada rigidamente no meu lugar. E note que fico perfeitamente ereta. Não, esqueça isso também. Não consigo usar minha linguagem, ou minha linguagem corporal, aqui.

— Relaxe — diz Manoel, apertando minha mão. — Você não precisa ficar envergonhada aqui. Somos apenas nós quatro.

Exatamente o motivo pelo qual estou preocupada.

Hunter, aparentemente já relaxado, flexiona seus joelhos e impulsiona sua virilha para a frente, dizendo:

— Um... dois... três!

Ele volta a ficar ereto —, ah, por favor, salve minha alma —, respira fundo e faz o pequeno exercício uma segunda vez, agora cantando:

— Quatro... cinco... seis!

Até onde vamos com isso? Podemos por favor parar no seis? Não quero que o homem tenha um estiramento.

Lucy também parece estar impulsionando e contando — graças a Deus para si mesma —, e eu fui aparentemente esquecida.

Retiro minha mão da de Manuel.

— O que está *acontecendo* aqui? — pergunto com raiva.

— Exercícios preliminares — ele diz. — Apenas finja que está jogando uma bola de pingue-pongue para a frente e para trás, entre as virilhas do outro. Vou fazer com você.

Nunca fui boa em esportes. Mas a questão não é essa.

— Exercícios preliminares para quê? E que tipo de terapia é essa?

— Sou o terapeuta de sexo tântrico — explica Manoel, com grandiosidade. — Tenho um diploma, se quiser vê-lo.

Hunter e Lucy ainda estão jogando a bola, só que eles chegaram para a frente, então a bola imaginária não precisa ir muito longe.

— Tenho certeza de que você sabe que o Le Retreat é famoso pelos *workshops* sexuais — diz Manoel, me ajudando a entender. — Temos terapia junguiana, freudiana e, para os clientes mais velhos, o que gostamos de chamar de terapia "viagriana".

Eu achava que Hunter estava muito concentrado em seu jogo para escutar, mas isso capta sua atenção.

— Certamente não preciso de Viagra — ele canta, perdendo seu balanço.

— Não, claro que não, querido, você já é uma máquina de sexo — arrulha Lucy, também deixando o jogo de lado. Depois ela se volta para mim:

— Não é maravilhoso eu ter conseguido que Hunter faça sexo tântrico? A princípio ele achou tudo isso muito sensível demais. Mas na verdade se trata de fazer com que nossos orgasmos juntos durem muito, muito, muito e muito.

— Orgasmos de sexo tântrico podem durar horas — afirma Manuel, sonhadoramente.

Quem tem esse tempo todo livre? Tenho problemas para conseguir 20 minutos para depilar as pernas.

Olho na direção da porta e Manuel percebe que ele tem pelo menos uma aluna infeliz.

— Vamos em frente — ele diz, mandando seu sonho embora. — Podemos praticar com a bóia ou ir direto para o orgasmo grupal.

Ah, agora há uma chance de eu ficar ávida para fazer isso. Mas não sou obrigada.

— Orgasmo grupal — diz Hunter.

É isso aí. Estou fora.

— Vou dar aquela caminhada na praia — digo. — Acho que a maré está baixa. — Ou alta. Quem se importa?

Mas Manuel passa seu braço forte em torno de meus ombros, mantendo-me no lugar.

— Não, precisamos de você. São necessários quatro para um orgasmo grupal realmente bom. E estou começando a sentir uma vibração muito especial neste quarto.

Ele procura sua bolsa de praia, que aparentemente não está cheia de toalhas, e tira quatro lenços de seda preta. Em seguida pára ao meu lado e, tão hábil e rapidamente que não tenho tempo para protestar, amarra um dos lenços bem apertado em meus olhos. Um instante mais tarde Lucy e Hunter também estão igualmente amarrados (estou só imaginando, já que não posso ver) e Manuel está nos preparando para alcançar o verdadeiro êxtase sexual. Sem nem tirar as roupas.

— Respiração profunda, todos. E agora soltem aquela energia orgásmica.

Quase imediatamente, Lucy, fazendo a melhor imitação de Meg-Ryan-na-lanchonete que jamais ouvi, chega primeiro, gemendo, suspirando e uivando. Hunter, sem querer ficar para trás, junta-se a ela, grunhindo sua paixão sexual ainda mais alto e mais descontroladamente.

Se isso é tudo o que é preciso para se ter um orgasmo, por que gastei 24,95 dólares naquele vibrador?

Sinto a mão de Manuel em minhas costas.

— Solte. Solte. Junte-se ao prazer. Sinta o êxtase, minha jovem senhora.

Jovem senhora? Quero dizer a ele que nunca tive um orgasmo com alguém que não soubesse meu nome. A não ser aquela vez em 1982.

Subitamente há uma mudança marcante na intensidade do Sexo Grupal de Hunter.

— EEYYOOOW! — grita ele.

"Isso é bom! Isso é ótimo! — Manuel grita de volta.

— NÃO, NÃO É! — berra Hunter.

— É, sim! Acredite em mim! Vá, Hunter, vá! Senhoras, parem e escutem Hunter. É assim que se tem um orgasmo.

— NÃO É UM ORGASMO! — Hunter grita tão alto que todos tiramos nossos lenços ao mesmo tempo e olhamos para ele, que está segurando uma perna e pulando com a outra.

— É UMA CÃIMBRA, DROGA!

Lucy imediatamente fica de joelhos e começa a massagear o que espero que seja a perna de Hunter.

Manuel, aturdido, corre para eles.

— Você precisa de um médico? — ele pergunta. — Há sempre um de plantão. Temos uns quatro ataques cardíacos por semana. Mas não na terapia sexual — ele se apressa a acrescentar.

— Não, tudo bem, posso cuidar disso. Acontece o tempo todo — diz Lucy, ainda massageando, mas parecendo (poderia ser?) um pouco irritada.

Hunter está ganindo, Lucy está esfregando, Manuel está boiando e eu estou saindo. Ninguém nota enquanto procuro minhas sandálias e faço uma saída rápida, lançando-me novamente no caminho rumo ao prédio principal. O porteiro está esperando por mim quando entro tropeçando, e segura as chaves do meu quarto que agora está pronto. Como ele sabia que eu estava vindo, dessa vez? Um sistema de rastreamento GPS para cada hóspede? Eu não conseguia ter um nem no meu Subaru.

— Que bom que está de volta — saúda o porteiro, solícito. — Posso acompanhá-la até em cima? Sua bolsa está lá e o criado já a desfez.

Quem pediu a ele para fazer isso? Agora todo mundo vai saber que minhas camisetas tipo Lacoste na verdade são da T.J. Maxx.

Meu quarto não tem a *chaise* de seda nem a mesa de madeira clara do palacete na praia, mas ostenta a maior cama no menor espaço que jamais vi. Com dossel e tamanho *king-size* (não, isso deve ser *czar-size*), é luxuosamente drapejada com camadas de um fino tecido que parece rede de mosquitos. Espero que sejam para efeito romântico, e não para manter do lado de fora insetos *czar-size*. Já que perdi o lanche, sigo o doce cheiro de papaya fresco até a cesta de frutas que Hunter, como prometido, tinha mandado. Mastigo um papaya, duas mangas, três kiwis, uma goiaba, uma mão de amoras e uma porção excessivamente grande de uvas. Deitar na cama sugando o sumo luxuriante da goiaba é quase tão sensual como será minha estada de três dias aqui. E, francamente, é bem mais satisfatório do que o orgasmo grupal.

Mas talvez a solidão seja contra as regras do Le Retreat, porque escuto uma batida na porta. Decido ignorá-la. Não posso apenas ficar sentada aqui sozinha com minha fruta? E depois uma segunda batida.

Quando abro a porta, Lucy entra.

— Hunter está bem e Manuel o levou para a Jacuzzi — ela conta, me dando um beijo na bochecha. — Então terei

163

uma hora inteira para você. — Ela dá uma olhada em meu quarto, depois o atravessa para abrir a porta da varanda e deixar entrar a brisa do mar.

— Bela vista, mas desculpe o quarto não ser muito grande — ela diz, sem graça. — Foi Hunter quem cuidou disso. Será que devo pedir um outro quarto?

— Não, eu gosto dele — digo, sem precisar de mais nenhum favor. — Quer um pedaço de fruta? Ainda tem um kiwi.

Ela sacode a cabeça.

— Obrigada, mas já comi uma salada de lagostas.

Seria aquela com a qual eu sonhava quando Manuel chegou?

— Vamos. Temos outro compromisso lá embaixo na praia — diz Lucy, saindo para o terraço. — Coloque seu biquíni e um sarongue. — Ela se dirige ao armário para checar minhas roupas. Eu deveria ter adivinhado que Lucy não confia em mim para usar minhas próprias roupas quando Hunter está por perto.

— Você não vai encontrar nenhum aí — digo, firmemente. — Não costumo usar um.

Lucy, interpretando erroneamente minhas palavras, vira-se surpresa e me olha de cima a baixo.

— Mas você pode usar biquíni. Seu corpo está legal — ela afirma, no que eu presumo que deva ser interpretado como um tom confortante. — Seus seios ainda estão bons. E suas coxas não são tão ruins assim. Um pouco de celulite, mas na nossa idade, quem não tem? Se você entrar na água rápido, ninguém vai notar.

Bem, essa é uma boa razão para se viver.

164

— Eu tenho um biquíni. O sarongue é que nunca me ocorreu — explico, remexendo numa gaveta salpicada de sachês de camomila. Mais proteção contra insetos ou aquilo também tem razões românticas? As pilhas de roupas arrumadas pelo criado são tão elegantes que pego minhas batas de algodão de 15 dólares como se tivessem sido pintadas à mão por Stella McCartney e gentilmente as coloco de lado para mostrar minha alternativa ao sarongue.

— Que tal *short jeans*? — pergunto alegremente.

Ela me olha como se eu estivesse falando em Urdu. Claramente *short jeans* não fazem parte de seu guarda-roupa. Ou de seu vocabulário. E, já que não pretendo traduzir, ela se adianta.

— Não precisa se preocupar. Eu tenho um sarongue de emergência bem aqui — Ela procura dentro da bolsa Tote. — Sempre carrego um extra. Odeio quando eles ficam cheios de areia.

Eu também. Tiro a roupa para colocar meu biquíni, sedutoramente chamado de Biquíni Milagroso, que vem com a garantia de me fazer parecer cinco quilos mais magra. E para onde exatamente vão esses cinco quilos? São empurrados para dentro das minhas coxas? Ou alguma pobre e insuspeita mulher, que não comprou o Biquíni Milagroso, vai ficar com eles?

Luto com meu novo sarongue (o *short* seria bem mais fácil) e olho para o de Lucy, elegantemente amarrado do lado com um laço tipo borboleta que acentua seu abdômen perfeito. Tento imitar seu estilo impecável, mas meu pacote termina ficando malfeito, amarrotado e embrulhado sem a menor elegância, com um laço duro que não conquistaria nem um crachá dos Lobinhos.

De volta à praia, Lucy me leva na direção de duas cadeiras de madeira de encosto reto, colocadas sobre uma plataforma baixa que me lembra um estande de engraxar sapatos.

— Tratamento reflexológico — explica Lucy, escalando graciosamente nossos assentos altíssimos. — É tipo uma massagem nos pés, só que curadora. Marianna e Mariella estarão aqui num segundo. Ouvi dizer que elas são maravilhosas. Podem acabar com todas as toxinas de seu corpo.

E para onde elas mandam exatamente essas toxinas? Para o mesmo lugar onde vão parar aqueles cinco quilos extras? Sei que um dia simplesmente vou dar de cara com essa mulher gorda e intoxicada que ficou com esses meus brindes e ela vai estar muito irritada.

— Reflexologia pode curar todos os tipos de desordens — continua Lucy, parecendo um comercial de TV. — Pegue seu problema. Qualquer problema. Você pode pedir à terapeuta para se concentrar no peito do pé, que é bom para os rins e as funções vitais, ou a área dos dedos dos pés, que serve para curar alergias.

Eu pisco com força por causa da luz do sol.

— Não tenho alergias — conto a ela. — Pelo menos não desde que costumava ter urticária toda vez que via Davy Jones. Não o Monkee. O garoto que se sentava perto de mim no quarto ano. — Faço uma pausa. Não pensava nele há muito tempo. Será que ainda está solteiro? — A terapeuta pode fazer o que quiser — aceito, com um suspiro. — Menos tentar curar o meu baço. Ele já não existe mais.

— Mesmo? O que aconteceu? — indaga Lucy, impressionada.

— Acidente de moto, no segundo ano do casamento com Jacques. Lembra que contei a você sobre isso? Eu tinha finalmente aprendido a dirigir a Harley sozinha, mas não era muito boa acima dos 80.

— Para uma doce mãe suburbana, você tem uma vida bem aventureira — comenta Lucy.

— *Teve* seria a palavra certa. Não tenho mais.

Lucy percebe a advertência em meu tom de voz.

— Ah, Jess, aventura é tudo, não é? Nós não podemos deixar de correr alguns riscos só porque estamos todos crescidos. Há um mundo inteiro lá fora. Viva livre, ou morra.

— Esse não é o lema do New Hampshire?

— Não sei. Acho que vi num adesivo em algum lugar. Mas ele tem razão, não tem? Se você não for fazer nada de novo ou diferente na segunda metade de sua vida, por que vivê-la? Não quero um caminho reto nos próximos quarenta anos. Quero alguns solavancos na estrada.

— Bem, você os está produzindo — eu digo. — Solavancos. Crateras. Desvios por causa de obras. Cortes com tratores. Mais alguma coisa que você queira colocar em seu caminho? Homicídio veicular? Isso torna a vida mais interessante?

Lucy se endireita.

— Bem, desculpe-me, querida. Sentindo-se um pouco irritada?

Nós nos sentamos em silêncio nas cadeiras e dentro de instantes as reflexologistas chegam. Elas têm cabelos longos, membros longos e estão protegidas por biquínis mínimos que fariam uma brasileira corar.

— Alguma coisa especial que possamos fazer para ajudar vocês a relaxarem? — pergunta a garota que se apresenta como Marielle.

Sim. Ganhe cinco quilos. Mostre-me algumas celulites. Vista algumas roupas.

— Não, apenas o de sempre. O que quer que seja. Meus pés estão em suas mãos — eu brinco.

— Primeiro eles vão para o molho. — Ela retribui o sorriso.

Marielle coloca meus pés num banho com espuma de camomila, esfrega velozmente com uma toalha até que meus pés fiquem rosados e depois, com movimentos leves e desprendidos, começa a procurar os pontos de pressão.

— Não fique surpresa se você sentir um certo formigamento em seu peito quando estiver massageando a parte de trás de seus pés — avisa Marielle, instalando-se numa almofada no pé do estrado. — É a energia fluindo. Pressão no calcanhar estimula os seios.

Então é por isso que as mulheres gastam tanto com sapatos.

Lucy estende seu pé enquanto a outra terapeuta se ajoelha na areia à frente dela. Talvez eu deva dizer a Marianna para ficar longe dos calcanhares de Lucy — seus seios não precisam de mais estímulos.

— Escute, você está aborrecida comigo porque Hunter está aqui? — Lucy pergunta, se contorcendo na cadeira. Imagino que o calcanhar está provocando aquilo.

— Não, eu entendo. Hunter. Le Retreat. Algo novo. Tornando sua vida mais interessante, certo? — Faço uma pausa. — Talvez seja isso que eu esteja fazendo com Jacques, também.

— Está vendo? Estamos no mesmo barco — ela diz, exuberante. — Eu tenho Hunter, você tem Jacques. Sexo ótimo para todos.

— Eu meio que espero que Jacques seja mais do que algumas noites de sexo ótimo — admito.

— Nunca se sabe — diz Lucy, que ficou animada quando lhe contei sobre minha noite com Jacques. Ela até consultou um editor amigo na *Noiva Moderna* para saber se é costume usar branco numa cerimônia de re-casamento e me telefonou com a resposta. Linho cru.

— Por sinal, desculpe se aquela coisa toda com Manuel foi um pouco acima do limite — pede Lucy. — Mas pode ser engraçado se você tentar com Jacques. Mantê-lo na linha, quero dizer. Se Hunter conseguiu, qualquer pessoa consegue. Ah, e quanto a Hunter, posso contar a você o que ele fez comigo na noite passada?

— Você poderia, mas não, não conte — peço apenas um pouco grosseira demais. Chega de falar sobre dedões, baços, seios, sexo tântrico e que diabo mais eles tenham sonhado na noite passada. Prometi a mim mesma que diria a Lucy o que penso sobre tudo isso, e vou dizer. Respiro fundo.

— Olha, eu não estou irritada — explico —, mas preciso dizer a verdade. Tenho certeza de que você se divertiu na noite passada, seja lá o que tenha feito. Mas eu olho para você ao lado de Hunter e acho essa coisa toda tão errada. Ele não é o cara com quem você devia ficar. Ele não é sua alma gêmea.

— Não sei nada sobre essa coisa de alma gêmea — ela retruca, dando de ombros —, mas nós nos divertimos muito. Adoro essa vida. É tão diferente da minha. Vamos a festas divertidas em Hollywood. Nunca pensei que fosse gostar desse tipo de coisa, mas com ele é tão engraçado. Hunter conhece todo mundo. Eu contei a você que duas noites atrás ele me levou para jantar na casa do Sting?

Casa do Sting? Eu não teria me importado de comer lá. Duas noites atrás eu estava no clube do livro mamãe-filhinha. O que quer que Sting tenha servido, devia de ser melhor do que os salgadinhos Jarlsberg sem colesterol e sem sal oferecidos por Cynthia. Mas as entradas enroladas em algas marinhas servidas por Sting não têm nada a ver com esse assunto.

— Lucy, você garante que isso é um casinho, mas não percebe que o que está acontecendo está totalmente fora de controle. Você está saindo em público com o cara. Está mentindo para Dan. Está colocando seu casamento em risco. Está sendo totalmente egoísta. E, além do mais, você está engordando.

Lucy movimenta-se tão rápido que acho que ela vai cair da cadeira.

— Droga, estou mesmo?

— Qual parte preocupa você?

— O peso — ela pega seu polegar e o indicador e começa a beliscar a parte de dentro da coxa. — Talvez eu esteja apenas inchada.

— Não, você está bem — digo, impaciente. — Eu estava apenas tentando chamar a sua atenção. Você ouviu alguma outra coisa que eu disse?

— Claro — afirma ela, ainda beliscando suas coxas e voltando totalmente a seu tom mediano.

— Você não é gorda. Apenas burra.

Bem, aquilo foi um balde de água fria. Seu rosto fica vermelho, não do sol, e sua boca fica quase literalmente aberta. Sempre pensei que aquilo era apenas uma forma de expressão. Depois ela ataca, os olhos brilhando.

— Sou *burra*? *Eu* sou burra? Sério? Sou uma das pessoas mais inteligentes que conheço. Sou produtora de televisão, lembra? Pessoas importantes falam comigo. Entrevistei Carl Sagan três semanas antes de ele morrer. Stephen Hawking me deu uma entrevista inteira sentado.

— Ele sempre está sentado. Numa cadeira de rodas.

Lucy olha para mim com uma expressão que faria murchar a floresta tropical de Sting. Mas não vou parar.

— Se você tivesse um único grama de inteligência estaria beijando os pés de Dan todas as manhãs. Em vez de ir a qualquer dessas festas de Hunter. Você está sendo relapsa e nem se importa.

— Isso não tem nada a ver com Dan — corta Lucy imperiosamente.

— Nada a ver com Dan? Se você pensa assim, então é realmente burra.

Estou tão furiosa que tudo o que quero é pular da cadeira e sair fora, mas Marielle me segura pelos tornozelos. Quem sabe o que vai acontecer com meu fluxo de energia se eu jogar meus pés para fora? Poderia terminar tendo que remover o apêndice. Então me recosto com os braços cruzados no peito, soltando fumaça. E o melhor que posso dizer é que Lucy está soltando vapor também.

As horas passam. A maré sobe. O sol se põe. As folhas mudam. Stephen Hawking anda. Carl Sagan retorna numa estrela cadente.

Ou talvez apenas pareça assim.

Lucy termina com o impasse.

— Se tem alguma coisa burra aqui, é esse argumento — ela diz finalmente, em tom de desculpas. — Você é minha melhor amiga, Jess. Desculpe ter perdido o controle. Sei que você quer o meu bem. Acontece que você realmente não consegue entender.

— O que eu não consigo entender? — pergunto, não muito pronta para descruzar os braços.

— Como a minha vida é.

— Não muito diferente da vida de qualquer outra pessoa — rebato. Mas aí faço uma pausa. — Bem, você realmente tem mais homens do que o resto de nós.

Nós duas rimos e o inferno degela. Lucy inclina-se para a frente e esfrega meu braço.

— Jess, pare de se preocupar comigo. Sei o que estou fazendo. Eu amo Dan, realmente amo. E isso nunca vai mudar. Tenho tudo sob controle.

Isso é o que todos pensam. Decido dar um último golpe.

— Quer saber como a coisa parece para quem está do outro lado? — pergunto. Colocamos nossos pés totalmente massageados e relaxados de volta nas sandálias e vamos até a praia. — Nunca contei a ninguém sobre isso. Mas sabe todas aquelas razões que sempre dei para ter deixado Jacques? Nós não tínhamos muito em comum, sabe? Ele não queria um filho. Tudo isso? Bem, é tudo verdade. Mas teve mais uma coisa. Ele também não achou que me magoaria.

Lucy congela no caminho.

— Ele estava tendo um caso?

— Sim. Eu jamais tinha sido capaz de falar disso. Mesmo para você. Fiquei muito envergonhada. Achei que, de alguma forma, era minha culpa. Mas Jacques nem mesmo pensou que era grande coisa. Ele disse que não tinha nada a ver comigo. Não mudaria nossa relação. Ele me amava.

— Aposto que sim — Lucy diz com fervor. — Quem não amaria você?

— Engraçado, você não se sente tão amada quando descobre alguma coisa assim — eu digo, mergulhada nas lembranças. Todas as más lembranças que venho tentando manter guardadas desde que Jacques voltou a minha vida.

— Sinto muito por você ter se magoado. Mas Dan não vai descobrir — promete Lucy.

Damos alguns passos em silêncio e Lucy engancha seu braço no meu. Talvez alguma coisa do que eu disse esteja começando a penetrar nela.

— Você nunca perdoou Jacques? — Lucy finalmente pergunta.

— Difícil dizer — admito. — No momento, toda essa história está no ar.

Capítulo 8

Q<small>UANDO VOLTO DE</small> P<small>UERTO</small> V<small>ALLARTA</small>, a luz de mensagens em minha secretária eletrônica está piscando como uma máquina caça-níqueis de Las Vegas. Tento contar as piscadas da luz, mas desisto quando chego ao 17 e pressiono o PLAY. Primeiro vem uma rodada de telefonemas irados das mães da peça da Park Avenue, chocadas — chocadas — com o fato de que os talentos de suas crianças cantando, atuando e dançando não tenham sido propriamente recompensados com um papel principal em *My Fair Lady*. Estou tentando adivinhar como elas descobriram meu telefone quando uma das mães revela que meu número estava no topo do anúncio de escalação do elenco, colocado ali por nosso sempre-esperto diretor Vincent. Que aparentemente só recebe telefonemas de Nathan Line.

Depois vem uma série de mensagens crescentemente agitadas de Jacques. Ele teve uma mudança de planos. Ao invés de Nova York, sua reunião de trabalho será em Dubai.

Desculpe desapontar você, ma chérie, ele diz, pesarosamente. *Você estava querendo me ver, não é? Outra vez. Logo. Prometo. Ligue para mim.*

Na próxima mensagem — uma hora mais tarde? No dia seguinte? — ele não está *très content*. Por que não liguei para ele *immédiatement*?

Sei que você está fora da cidade, ele diz, a voz agora levemente agitada. *Mas você deve me ligar.*

Aparentemente ele não sabe que sou a única pessoa no universo que gasta 150 dólares por mês com a Verizon e ainda não aprendeu a arte de bipar a secretária. A revista *Time* poderia me colocar na capa.

Você está com raiva de moi? Ele pergunta na próxima mensagem, uma fagulha de pânico aparecendo em seu tom de voz: Je t'aime. Je t'aime. *Não fique com raiva de* moi.

Dois outros telefonemas para me dizer que eu não devia ficar aborrecida. Ele teve uma mudança de planos, não de coração. Ele vai resolver tudo para mim. Ele me ama.

Chuto meus sapatos para longe e me sento. Isso vai durar mais do que eu esperava.

Aqui está o que vamos fazer — ele diz, já sem nenhum pânico e com a confiança restaurada. — *Você virá comigo a Dubai na quinta-feira. Estou mandando a passagem. Você vai recebê-la amanhã.*

Aí está um plano. Voar na quinta-feira para Dubai. Que fica exatamente onde? Parece que me lembro de que é na África. Ou talvez na Arábia. Ainda existe uma Arábia? Talvez eu esteja pensando em Abu Dhabu. Abba Dabba? *Yabba dabba doo.* Não, isso era o que Fred Flintstone dizia.

Respiro fundo. Não importa para onde Jacques queira me levar, minha mente parece vagar por conta própria.

Próximo bipe. Próxima mensagem.

Meu Chauncey não vai para Dalton, então ele pode ser escalado como peixeiro! grita uma voz furiosa de mãe. *Chauncey não estará na peça! Em vez disso, ele vai juntar-se ao time de Lacrosse! Consiga alguém de Stuyvesant para ser seu peixeiro.*

Acho que esse não é Jacques.

Mas talvez esse último seja.

Quinta-feira, ma chérie. *Meu carro vai encontrá-la no aeroporto.* A voz de Jacques é macia como *crème frâiche. Vamos fazer amor todas as noites. Durante o dia eu tenho reuniões, mas você pode fazer compras. Um* tour *na cidade. Uma caminhada nas montanhas. Vou arranjar um passeio de camelo no deserto,* je promis.

O deserto. Pelo menos aquilo me ajuda a encontrar o continente. E aqui estou eu desejando um homem que me promete passeios de camelo. Mas chega. Desligo a secretária e noto o pacote internacional da FedEx destacando-se de minha pilha de cartas fechadas. A secretária de Jacques sempre foi eficiente. Como é que isso acontece de repente, me tornar a companhia favorita de viagem de todo mundo? Minha maior viagem no ano passado foi para a abertura do Sam's Club. Agora, entre Jacques e Lucy, estão chovendo passagens de avião.

Mesmo assim, encontrar Jacques em Dubai, Dubuque, Des Moines, ou onde diabos ele quer que eu vá, está fora de questão. Sim, porque, a menos que alguma família em Appalachia tenha decidido acolhê-la, Jen vai chegar esta tarde. Mal posso esperar para tê-la de volta. Vamos lá, Jacques

Por favor, me diga que você se lembra de que eu tenho uma filha, e que não posso sair e voar 6.000 milhas para fazer sexo com você. Embora Deus saiba o quanto eu gostaria.

Pego minha mala para desfazê-la e, como se tivesse sido combinado, o telefone toca. Gostaria de ter identificador de chamadas. Não quero falar com a mãe de Chauncey sobre a indignidade de seu precioso filho fazendo o papel de um peixeiro. E não estou preparada para Jacques nesse momento. Mas e se for uma ligação de Appalachia e a babá estiver na linha? Alertei Jen sobre aquelas ferramentas pesadas. Pode ter havido um acidente, um acidente horrível e sangrento. Meu pobre bebê está machucado.

Solto minha mala e agarro o telefone, quase arrancando-o da mesa.

— Alô, está tudo bem? — pergunto ansiosamente.

— *Oui, oui, mon amour*. Agora que falei com você estou feliz de novo — diz Jacques, sua voz açucarada me acalmando mesmo vindo de tão longe. — Então, você recebeu a passagem? Vejo você em dois dias?

— Eu gostaria — digo, surpresa com o quanto fico feliz por escutá-lo. — Mas é impossível.

— Nada é impossível. Não quando se trata de nós.

— Não posso encontrar você desta vez. Minha filha. Você se esqueceu de Jen.

— Ah, Jen. Seu pequeno passarinho. Mas isso é fácil! Outra passagem! Pense no quanto ela vai adorar o passeio de camelo!

Eu rio e puxo o telefone para mais perto do meu ouvido. Sim, eu adoraria ver Jacques na quinta-feira. Faria qualquer coisa para vê-lo. Menos deixar minha filha.

— Infelizmente, as férias da escola estão terminando e vai ser uma semana importante na aula de História — explico, já pensando na agenda da semana seguinte. — Eles vão dar Lewis e Clark.

— Lewis? Jerry Lewis? — Jack pergunta, animando-se com as aulas de Jen.

Oh, por favor, não aquela coisa francesa com Jerry Lewis de novo. É melhor simplesmente ignorar isso.

— Desculpe, Jacques — eu peço. — Gostaria de que você pudesse vir para cá. Sinto sua falta.

— *Moi aussi* — diz Jacques, desapontado. — Tenho sonhado com nós dois juntos. Mas *c'est d'accord*, eu entendo. Sua garotinha. Ela é a única razão pela qual eu aceitaria um não como resposta. Mas quero apertar você em meus braços em breve.

— Eu também quero isso.

— Mil beijos.

Nos primeiros três dias depois da volta para casa, Jen me deixa louca e não consigo descobrir o que está acontecendo. Talvez eu devesse ter ido para Dubai. Ela insiste em me arrastar para o *shopping* e tenta alcançar o limite do meu cartão Discover. A Limited Too não é boa o suficiente para vestidos e temos que ir para a Betsey Johnson. Não importa que os modelos sejam muito sofisticados para ela e muito adolescentes para mim, ela os adora. Ela quer sandálias bonitas com saltos, e eu também devo comprar o mesmo par. Sua lista de desejos inclui brincos balouçantes para mim, uma pulseira cintilante para ela, brilho labial cor-de-rosa para as duas, delineador de longa duração (o que nem vou discutir) e cortes de cabelo de 75 dólares no José Eber. Achando que estou sendo uma boa garota, cedo nos vestidos e gasto com a pulseira. Mas quando não carrego o resto, minha filha, que normalmente é uma doçura de bom temperamento sai batendo os pés, bufando de raiva.

— Você não entende. Você não entende nada — ela diz, zangada, ficando de costas para mim na escada rolante.

Desta vez ela está certa. Não entendo.

Domingo de manhã, por alguma razão, Jen me acorda extraordinariamente mais cedo. Ela está uma beleza com o novo Betsey Johnson, a pulseira cintilante e os seis pregadores de cabelo enfeitados que Lily deu a ela no último aniversário.

— Você tem que levantar, mãe — ela chama com urgência. — Coloque seu vestido novo. Já peguei um par de sapatos para você. Não são tão bons quanto as sandálias que você não quis comprar, mas você vai ficar bem.

Eu pisco, tentando descobrir o que está acontecendo. Por que ela está toda vestida assim? A Páscoa já chegou?

— Vou ficar bem para quê? — pergunto.

— Mais tarde eu conto. Vamos. Você tem que fazer panquecas. Tem que se apressar.

Jen e eu sempre comemos panquecas no domingo de manhã, mas hoje ela está tão nervosa que mal consegue ficar sentada tempo suficiente para comer uma, muito menos seu pacote normal de quatro panquecas com calda de banana fresca.

Quando a campainha toca, ela dispara como um foguete.

— Atenda! Atenda! — ela grita, tão precipitada que se

poderia pensar que Clay Aiken estava chegando para um encontro. — Você devia ter colocado o vestido novo, mas acho que seus *jeans* estão legais.

— Por quê? Quem está aqui? — pergunto, tentando descobrir o que ela sabe que eu não sei.

— Simplesmente abra a porta. Agora!

Eu cruzo os braços.

— Conte-me o que está acontecendo, mocinha.

Agora Jen fica apoplética.

— Abra! Abra! — ela grita.

Então eu abro.

De pé do lado de fora vejo um cara com uma beleza de modelo, cabelos salpicados de mechas de sol, um sorriso aberto no rosto e um ramo de rosas cor-de-rosa em seus braços.

— Parabéns! — ele diz, me dando um grande beijo molhado no rosto. Ele é cerca de duas cabeças mais alto que eu, tem aparência atlética e usa uma camiseta sem mangas Abercrombie & Fitch que declara que ele é um "surfista bacana".

— Sou o Boulder! — ele exclama, como se eu devesse ficar tão excitada com as novidades como ele. — Você ganhou! Sou seu namorado!

Ele se aproxima para um abraço e, esquecendo a braçada de flores, esmaga as rosas entre nós. Seria um espinho o que agora se encontra alojado entre os meus seios? Sempre preferi orquídeas.

— Olhe! Dê-nos um grande sorriso! — diz Boulder.

Ele me faz girar e eu vejo fotógrafos ávidos, homens fortões com câmeras e mulheres jovens e bem-vestidas carregadas de *notebooks* e cronômetros formigando no meu gramado. Na rua, a banda da escola, vestida com o traje de gala ornado de fitas, toca a única música que realmente sabe: "Stars and Stripes Forever".

Subitamente um microfone, uma prancheta e um pincel de maquiagem são simultaneamente jogados em meu rosto.

— Que inferno... quer dizer, que diabo está acontecendo? — eu pergunto, empurrando o microfone. Um dos câmeras avança tão perto que não sei se ele quer um close de meus pés de galinha ou uma tomada do espinho encravado entre meus seios. Estendo a mão para empurrá-lo e depois percebo que este é o movimento errado. Você só vê uma mão bloqueando a câmera quando algum executivo mau-caráter está tentando esconder seu rosto do *60 minutos*.

— O que é isso? — pergunto novamente. — O que está acontecendo?

— Eu escolhi você! — exclama Boulder, a luz do sol refletindo-se em seus dentes brancos antinaturais. — Sete mil cartas. Ou talvez 700 mil. — Ele procura uma das jovens com *notebooks*. — Mindy, quantas pessoas eu devo dizer que escreveram para namorar comigo?

— Quantas você quiser — ela responde.

— Milhões de cartas! — diz Boulder com entusiasmo. — E você é o meu par perfeito! O Solteiro Mais Cobiçado da *Cosmo* encontrou sua garota!

Tudo está vindo à minha cabeça agora. O namoro que Jen descobriu na revista. A carta que ela escreveu em meu nome e deve ter sido enviada mesmo sem eu ter feito a correção gramatical. Mas talvez Boulder não tenha notado.

— Jen! — Eu procuro dentro do mar de luzes de lentes. — Jen, onde está você? Venha aqui, agora!

Ela aparece na minha frente, rindo e se balançando de um pé para o outro em seus sapatinhos brancos sem saltos. Certo, talvez ela esteja ficando um pouco velha para eles. Eu devia ter comprado aquelas sandálias de saltos altos.

— Mãe, eu guardei segredo! Guardei, não foi? Você não sabia de nada, sabia? Eu prometi não contar e não contei.

— Reação muito natural — afirma Boulder me olhando, com admiração. — Você pareceu exatamente uma mãe su-burbana.

Fico feliz que dez anos em Pine Hills tenham sentido algum efeito, embora nem todo mundo tomasse aquilo como um cumprimento. Mas então Mindy se aproxima, acenando sua prancheta marcada como PRODUTORA DE SEGMENTO.

— Perfeito, Jess, você foi ótima — ela cumprimenta, satisfeita. — Estou tão feliz por não termos que refilmar a cena da chegada. Conseguimos no primeiro *take*. Você realmente pareceu surpresa.

— Eu *estava* surpresa — retruco, dando uma explicação que obviamente não ocorreu a ninguém ainda. — Mas o que está acontecendo aqui? Você não pode simplesmente aparecer na minha porta desta maneira.

— Temos todas as permissões de que precisamos — Mindy sorri. — De sua filha.

— Ela só tem 11 anos.

— Certo! — Mindy dá um sorriso brilhante.

Como é que Jen sabia disso tudo e não me contou? Talvez eu tenha exagerado ensinando-a a manter suas promessas. Melhor acrescentar uma alteração: lições dominicais não se aplicam quando estamos lidando com produtores de um *reality-show*.

— Agora você e Boulder podem entrar e conversar um pouco enquanto nós nos reorganizamos. Mas não revele nenhum segredo — alerta Mindy. — Queremos capturar toda essa coisa de estarem se conhecendo na fita.

— Claro. Maneira perfeita de começar um relacionamento. Ficar íntimo na fita.

— E por sinal — continua Mindy —, gostaria de fazer a próxima tomada na cozinha, se estiver tudo bem para você.

— Não, não está tudo bem para mim — respondo enfurecida. — Há massa de panqueca por toda parte. Deixe-me limpar um pouco primeiro.

— O pessoal dos figurinos e dois caras do suporte estão aqui para deixar a cozinha pronta — explica Mindy, como se toda vida doméstica incluísse uma equipe de limpeza com três motoristas de caminhão. — Trouxemos até aveia para o caso de você não ter. A Aveia Quaker pagou pelo *merchandising*.

E eu pensava que tudo o que eu estava ganhando era o Boulder.

Lá dentro, longe das luzes brilhantes e da luz do sol (um duplo olho grande que deve ser muito bom comigo sem maquiagem), eu tento recuperar minha compostura.

— Você gostaria de beber alguma coisa? — pergunto a Boulder, entrando em meu melhor modo anfitriã-oferece-o-melhor.

— Não, obrigado, estou no AA. — ele diz, feliz.

— Que tal suco de laranja? — sugiro, já que era isso o que queria dizer a princípio.

— Também não costumo beber isso. — Ele sorri. — Mas, se não forem ácidas, talvez. Você tem leite de soja?

— Não. Você bebe água?

— Claro. Se for Perrier ou Pellegrino Ou até mesmo a Poland Spring — ele diz, todo natural.

— Que tal Pine Hills?

— Nunca ouvi falar, mas posso tomar um gole — ele resolve, aventurando-se.

Entrego a ele um copo de água da torneira e tento pensar no que temos em comum. Nada.

— Você é mesmo surfista? — pergunto, lembrando da reportagem na revista.

— Com certeza. Estou lá fora pegando onda em Malibu todos os dias. Mas o que realmente quero é aparecer no cinema — ele afirma, como se fosse a primeira pessoa a ter aquela idéia. — Por falar nisso, só para você saber, só estou no AA por causa dos contatos. As reuniões das sete da manhã em Santa Monica no Shutter on the Beach reúnem todos os executivos de estúdio. É lá que todo mundo é descoberto.

— Vou me lembrar disso — garanto, embora não tenha certeza do motivo pelo qual eu usaria células preciosas do cérebro para aquilo.

— E fique longe das reuniões das quatro da tarde em Venice Beach — ele acrescenta, querendo ajudar. — Todos os bêbados pobres estão lá.

Olho a cozinha, que os caras da produção já limparam. Eles fizeram um bom trabalho na pia. Talvez pudéssemos filmar no banheiro da Jen da próxima vez.

185

Boulder se espreme para passar pelo tripé da câmera que foi instalada perto da mesa e depois me agarra em outro abraço de urso.

— Dá para acreditar nisso? — ele pergunta, profundamente entusiasmado consigo mesmo. — Nós conseguimos! Você e eu! Não apenas na revista, estamos no programa de TV!

— É, estou muito surpresa também — comento, exercitando minha capacidade de abrandar os fatos.— Quer dizer, eu sei por que escolheram você, mas o que fez você me escolher?

— Fui muito inteligente quanto a isso — explica Boulder, tão satisfeito consigo mesmo que o sorriso se espalha (não acho que isso seja possível) ainda mais. — Descobri que todos os outros solteiros da *Cosmo* tinham escolhido as garotas gostosas. Mas só dez de nós seriam relacionados para aparecer no programa da TV. E eu pensei, procure uma velha! Uma mãe! Alguém que ninguém mais queira escolher! Alguém que você nunca esperaria! Eles vão adorar!

— Acho que funcionou — eu digo, abalada. Quem poderia saber que ser velha o suficiente para ter minha memória e meu colágeno em decomposição iria me fazer acabar arranjando um namoro? Mas espere aí. Não estou procurando namorado. E esse é pior do que aqueles arranjos da Lucy. Por que eu continuaria com isso?

— Sabe, essa coisa toda foi idéia da minha filha — explico, me afastando dele. — Talvez você devesse escolher outra pessoa. Alguém sensual. Da sua própria idade.

— Não, ei, eu realmente quis você — diz Boulder ardentemente. — Eu gosto de mães. E você me lembra minha própria mãe. Ela é muito legal.

186

— Talvez ela e eu possamos almoçar um dia desses — retruco friamente. — Mas vamos encarar as coisas. Você e eu nunca vamos dar certo.

— Não, não me leve a mal — ele pede, ajustando a camiseta Surfista Bacana em seu abdômen sarado que, no caso dele, é sarado em dobro. — Você é muito bonita. Você realmente se manteve conservada para alguém da sua idade. — Ele me dá um tapinha nas costas com quase tanta paixão quanto um garoto de dez anos tem por seu são-bernardo.

Minha paciência está indo embora.

— Obrigada, mas acho que todo mundo deveria simplesmente sair daqui, sabe? — Eu balanço os braços largamente, como se isso fosse suficiente para afugentá-lo.

— Sem chance. Você tem que fazer isso. Essa é a nossa grande oportunidade.

— Minha oportunidade para quê? — deixo escapar. — Sou uma mãe solteira feliz. Adoro minha vida. Amo minha filha. Acabo de dispensar uma viagem para Dubai. Estou falando sério. Quero todo mundo fora daqui.

— Ei, por favor? — ele implora. — Eu realmente preciso disso. Não diga não.

Agora, o lábio inferior de Boulder está tremendo e sua sobrancelha começa a ficar franzida. De repente ele é um garotinho e todos os meus instintos maternais vêm subitamente à tona.

— Você tem que me ajudar com isso — ele insiste tristemente. — Não ganho nenhum dinheiro surfando, e meu agente aposta que devo conseguir fazer um comercial depois disso. — Seus olhos azuis de bebê brilham e ele pisca com força.

187

Dez passos adiante, vejo Jen parecendo igualmente assustada, chocada por eu estar ficando com raiva em vez de me casar. Ela estava tentando me fazer feliz. Ela tinha um plano sobre Boulder e seria uma maldição se ela não o trouxesse aqui.

Não posso desapontar Jen. Simplesmente não posso. E, além do mais, estou desesperada para Boulder não começar a chorar bem aqui em minha cozinha.

— Está bem, está bem — eu digo, capitulando. — Vou fazer isso. Apenas peça à equipe para não arranhar meu chão.

— Obrigado — Boulder sorri. — Não vou esquecer isso.

— E assim tudo fica certo com o mundo novamente. Ele deve ter sido uma criança fácil.

— Então essa coisa toda não é realmente fabulosa, Jessica? — Mindy sorri enquanto corre para mim. — Em seus sonhos mais incríveis, você poderia ter imaginado que hoje as coisas iam acontecer assim? Adoro fazer os sonhos das pessoas tornarem-se realidade.

Boulder olha para mim nervosamente, mas sou uma pessoa de palavra e não revelo nada sobre este não ser o namoro dos meus sonhos.

— De qualquer maneira, estamos prontos para começar de novo — diz Mindy, arrumando o colarinho da minha blusa. — Cena 2. Café da manhã. O cenário está pronto.

O "cenário"? Eu normalmente me refiro àquele espaço como minha cozinha.

— Sua carta diz que você é uma grande cozinheira — comenta Mindy, agora ajeitando meus cabelos. Ela me leva para a mesa de café da manhã e arruma o medalhão de ouro de coração que estou usando.

— Não era a minha carta — eu digo, repetindo o meu mantra do dia. — Foi Jen quem escreveu. Na verdade, ela devia participar disso. — Olho em torno do aposento para ver o que aconteceu com minha filha participante da competição e a vejo de pé animadamente na porta.

— Venha tomar café da manhã conosco — eu chamo. Jen começa a correr na minha direção mas Mindy a segura.

— Ainda não, querida! — diz Mindy. — Vamos fazer Boulder andar de bicicleta com você mais tarde. Não precisamos ver você duas vezes.

Eu fico de pé. Cenário ou não, isso ainda é minha casa, e quero impor algumas das regras.

— Preciso de Jen comigo — coloco firmemente. — Não vou fazer nada sem ela.

— Como queira — diz Mindy. — Mas eu tenho uma idéia melhor. — Virando-se para Jen, ela pergunta: — Você gostaria de ser minha assistente?

— Maneiro! — responde Jen.

Derrotada, sento-me de novo e noto como minha mesa de cozinha agora parece com a *Elle Decor*. Eu desviro uma das xícaras. Onde eu tinha escondido essas louças Wedgwood? Sem mencionar o jogo americano de linho irlandês com os guardanapos combinando e os copos de cristal Kosta Boda.

— Boulder, antes de rodarmos, o roteirista tem algumas observações — avisa Mindy, mostrando um cara magrelo de pé perto dela. — Ele é muito bom. Acaba de sair de um trabalho no *Survivor*.

— O *Survivor* tem roteiristas? — indago, surpresa. — Mas não é um *reality show*?

— Claro — diz Mindy. — Mas você não pode contar com pessoas de verdade. Elas simplesmente nunca soam autênticas sem um roteiro.

O roteirista, previsivelmente enfeitado com óculos grossos, tênis Keds pretos e camisa amarrotada, dá um passo à frente.

— Ei, Boulder, lembre-se de que seu caminho para a fama está no fato de ser um solteiro que ama as crianças — ele orienta, remexendo em seu bloco amarelo. — Diga a ela como a criança é bonitinha. — Ele olha para Jen. — Qual é o seu nome mesmo, gatinha?

— Jen — ela responde, querendo ajudar. Ótimo. A equipe de televisão está em minha casa há menos de uma hora e minha filha de 11 anos já atende quando chamam "gatinha".

— Certo. E lembre-se de ficar fazendo galanteios a sua namorada. Diga a ela que gosta de seus cabelos e de seus grandes olhos castanhos. Ou talvez eles sejam azuis. Verdes? Não consigo ver daqui. Alguém pode descobrir de que cor são os olhos da namorada?

— Vou conferir — diz Mindy, fazendo uma anotação para si mesma. — Imagino que nem pensaram em me perguntar. Posso dizer a cor errada.

— Enfim, fale dos olhos dela — resume o roteirista, continuando. — Garotas engolem essa coisa de elogios.

Então é isso o que querem dizer com a vingança dos *nerds*. O roteirista CDF é quem fala ao garanhão gostoso como me seduzir.

— E não esqueça de que uma das razões pelas quais você escolheu Jess é que ela é uma cozinheira muito boa — con-

190

tinua o Sr. Como-Ganhar-Uma-Mulher. — Isso é importante para você numa esposa. Então para o café da manhã ela fez para você uma salada de frutas dentro de um abacaxi, uma omelete de claras e panquecas de aveia. Panquecas de Aveia Quaker. Tenha certeza de que vai mencionar como elas parecem saudáveis e deliciosas.

O homem da produção vem à mesa para entregar meu café da manhã feito em casa e duas xícaras de *cappuccino* duplo.

— Certo, vamos gravar — chama Mindy. — Estamos prontos. Vamos, Boulder.

Na marca, Boulder estende a mão sobre os talheres para colocá-la sobre a minha.

— Que café da manhã maravilhoso você fez para mim — ele diz. — E quero que você saiba antes de tudo que não me importa nem um pouco você ser oito anos mais velha que eu.

Espere aí. Concordo em lhe fazer um favor e ele me agradece contando à América que estou crescida. Por que nós dois simplesmente não pintamos na minha cabeça MAIS DE 40? Ou talvez a Mãe Natureza já o tenha feito.

— Mulheres mais velhas têm suas vantagens — afirmo, tentando ganhar alguns pontos. — Temos experiência, sabe? Aprendemos como fazer uma ou outra coisa.

— Uh, uh! — berra Boulder. — Gostaria de ver essa experiência mais tarde. — Ele pisca para mim, ou talvez para a câmera. — Tenho algumas coisas que gostaria de mostrar também, se você entende o que quero dizer.

Eu faço uma careta. Nós não devíamos estar falando sobre meus maravilhosos dotes culinários? Eu olho a omelete

191

de claras diante de Boulder. Parece meio suave. Talvez eu deva oferecer sal e pimenta. Isso parece seguro.

— Não sabia se você gostava de coisas picantes — eu digo.

— Gosto de tudo picante — ele retruca, fazendo outra jovem piada de duplo sentido.

Onde está aquele roteirista CDF quando você precisa dele? Provavelmente do lado de fora limpando seus tênis Keds.

Esperando ir em frente, passo a Boulder o enorme e exagerado moedor de pimenta fornecido pelo homem da produção. Eles não poderiam ter encontrado um maior?

— Bem grosso, não é? — comenta Boulder lascivamente. — Precisa das duas mãos, hein?

Isso me quebra. Não, na verdade eu é que quebro. Num milésimo de segundo, o moedor de pimenta sai voando até o cristal, fazendo o suco de laranja fresco voar por todo o linho irlandês não absorvente e arruinando a omelete mais-que-perfeita.

— CORTA! — grita Mindy.

Eu me recosto, observando os riachos de suco de laranja escorregando para fora da mesa e em cima das calças cáqui listradas de Boulder. Por uma vez na minha vida, não peço desculpas. E tendo aprendido minha lição no Dr. Paulo, tampouco vou ficar de joelhos para limpar.

Os caras da produção correm para tomar conta da bagunça, e instantaneamente novas taças, guardanapos, jogos americanos e suco de laranja aparecem.

— Vamos fazer mais uma vez — pede Mindy. — Estamos prontos para gravar novamente.

— Mas minhas calças estão ensopadas — reclama Boulder.

— Não estamos filmando abaixo da cintura — explica Mindy, eficientemente. — Pode tirá-las.

Sem a menor vergonha, Boulder faz o que lhe mandam, tirando as calças cáqui listradas. Suco de laranja derramado provavelmente não é o tipo de acidente que sua mãe tinha em mente quando disse a ele para sempre usar roupas de baixo limpas. Mas pelo menos isso compensa ele ter falado da idade. Ele usa cuecas samba-canção, e não cuecas curtas.

Mas agora uma crise de verdade surge.

— Estamos sem claras de ovo — reporta um assistente trêmulo, correndo para Mindy. — Não posso fazer outra omelete de claras para ele.

— Então faça uma porcaria de omelete de *gemas* para ele — explode Mindy.

Boulder, que se dispôs a cortejar uma mulher mais velha, a recitar as falas de um CDF e sentar-se em minha mesa de café da manhã de roupa de baixo, agora fica de pé.

— Não vou comer omelete de gemas — ele declara. — Não como gemas há um ano e meio!

Aquilo basta. Eu deveria ficar aborrecida, mas, ao contrário, explodo em gargalhadas. Alto, com risos que continuam crescendo. Boulder parece chocado, o que apenas me faz rir ainda mais.

— Não é você — eu solto, entre arfadas —, não é a gema, não são nem mesmo as cuecas. Ou talvez sejam as cuecas — corrijo, caindo na gargalhada de novo. — Eu teria imaginado cuecas curtas.

Do outro lado do cenário, escuto ondas de risos enquanto Jen e vários membros da equipe explodem em mais gargalhadas. Num instante, toda a cozinha está rolando de rir. Meu namorado Surfista Bacana parece embaraçado, mas depois sua boa natureza ganha e ele também se dobra de rir.

— Desculpe — ele me pede. — Raramente tiro minhas calças tão cedo num primeiro encontro. Você é divertida.

Que diabos, sou mesmo.

Mas agora o escritor soa. Novamente.

— Ei, Mindy — ele chama, sabendo que seu pagamento depende de suas idéias brilhantes. — Já que Boulder está sem as calças, vamos querer que ele durma com Jess?

Isso é outra oportunidade de *merchandising*? Eles trouxeram camisinhas junto com a Aveia Quaker?

Mindy consulta seu *notebook*.

— Boa idéia, mas três dos outros solteiros acabaram na cama com suas namoradas — ela conta ao escritor. — Esse é o candidato ao segmento romântico. Nada de sexo. Apenas coisas sentimentais de família.

Isso é um peso a menos em minha cabeça. Não posso fazer tantas coisas novas num dia só.

Nós terminamos as tomadas na casa e seguimos em direção ao parque para o que aparentemente são as coisas sentimentais de família. O escritor, sem idéias, se encosta numa árvore. Mas Jen não precisa de nenhuma ajuda com sentimentalismos. E nem — Deus o abençoe — Boulder. Eles andam de bicicleta e jogam bola. Eles pegam Fudgsicles no carro do Good Humor. E eles até fazem uma guerra de armas de água que a faz gritar de alegria.

Claramente Jen escolheu o cara certo, se não para mim, pelo menos para ela. Em vez de me casar com Boulder, eu deveria simplesmente adotá-lo.

Seis horas, cinco locações e quatro ataques de Mindy mais tarde, nós empacotamos tudo.

— Quando esse programa vai ao ar? — pergunta Jen, enquanto a equipe arruma minha casa uma última vez antes de sair.

— Vamos ao ar no fim de agosto — diz Mindy. — Um especial de uma hora.

— Uma hora inteira? — pergunto, impressionada.

— Bem, na verdade são 44 minutos, depois dos comerciais — emenda Mindy. — Depois deixamos dez minutos para notícias quentes. Três minutos com os editores da *Cosmo*. Talvez quatro. Dois minutos e meio de uma fita com todas as cartas que chegaram. Entrevistas com cada um dos dez solteiros. E finalmente a parte dos encontros. O de vocês deve ter... — ela hesita. — Bem, a coisa foi boa. Podemos talvez conseguir dois minutos.

Dois minutos? É demais para meus 15 minutos de fama.

Mas Boulder está feliz. E ele é o último a ir embora.

— Você é uma garota legal — ele diz a Jen, que já está enroscada no sofá, exausta com as atividades do dia.

— Eu me diverti — ela diz, feliz. — Obrigada pelo passeio de bicicleta.

Boulder, seu novo amigo, dá um beijo no alto da cabeça dela, depois vem até mim e me abraça.

— Eu realmente me diverti. Talvez possamos fazer isso de novo — ele sugere, me dando o sorriso Boulder final do dia. — E falei sério antes. Você realmente está bem para alguém da sua idade.

— Obrigada — agradeço, e não consigo deixar de sorrir.

Quando ele está saindo pela porta dianteira, eu lembro:

— Diga oi à sua mãe por mim, OK?

Capítulo 9

NA SEMANA SEGUINTE, Jen é a heroína da escola e suas amigas estão convencidas de que sou a nova garota *Cosmo*. Uma de suas amiguinhas me manda uma escultura de papel brilhante em forma de coração onde está escrito "Boulder ama Jess". A loja de noivas da cidade liga para oferecer um desconto no vestido, se eu conseguir um crédito para eles no programa. Eles não acreditam em mim quando digo que não vou me casar. E se estivesse querendo anunciar algum produto, telefonaria para Vera Wang.

— Fique com o vestido — Lucy encoraja. — Nunca se sabe. Melhor Boulder do que Jacques.

— Achei que você gostasse do Jacques.

— Não desde que você me contou sobre o caso dele — ela responde com veemência. — Eu o *odeio* agora.

— Tudo o que ele fez na época é o que você está fazendo agora — eu digo com simplicidade.

— É diferente. Ele magoou você. Eu nunca vou magoar Dan.

E talvez ela tenha aprendido uma lição, porque quando vejo Lucy e Dan alguns dias mais tarde na escola, na Feira de Ciência e Tecnologia, eles estão abraçados, bem próximos e de mãos dadas. Quando Dan sussurra algo para ela, Lucy passa seus dedos manicurados sobre o peito dele. Eles parecem o casal mais aconchegante dali. Tento decidir se devo interrompê-los. Sim, já vi Lucy fazendo sexo tântrico, mas esta cena parece muito mais íntima. E menos falsa.

Circulo pela feira da escola, olhando os vulcões explosivos feitos com soda e vinagre, os foguetes explosivos feitos de fios e plástico e os gráficos de explosão demográfica inspirados em Malthus. Eu não fiz aquele mesmo vulcão um milhão de anos atrás? A ciência evolui, mas os projetos das feiras de ciência não mudam desde que Arquimedes pulou da banheira gritando "Eureka!"

Vou conferir o trabalho de Jen. Montar seus gráficos num cartaz com motivos florais foi um toque bonito. Embora o resto seja bastante defeituoso.

— Belo projeto — elogia Dan, chegando perto de mim.

— Parece bom, mas são dados falsos admito.

Dan sorri, achando que é uma piada, mas não estou brincando. O projeto de Jen deveria ser simples. Três plantas idênticas. Uma planta regada regularmente durante dez dias. Uma regada em excesso. Outra sem receber nenhuma gota de água. O que aconteceria? Nós conferimos todas as manhãs, mas quem poderia saber que as plantas da Home Depot poderiam sobreviver até mesmo a Cruela Cruel? Dez dias sem água e o Philodendron 3 estava seco como poeira, mas ainda vivo. Pobre Jen. Eu não tive escolha.

— Está vendo aquela planta que não tem folhas? — pergunto a Dan. — Ela as tinha até a noite passada. Arranquei todas.

Dan me olha com suspeita.

— É mesmo? — ele questiona.

Eu dou de ombros.

— A feira de ciências era hoje. Eu tinha que fazer alguma coisa.

— Sei — diz Dan, tentando engolir minha confissão. — Que bom que você não resolveu cuidar do Projeto Genoma Humano.

— É, com meus dados eu teria feito todos nós virarmos parentes de Yoda.

Dan olha para mim cuidadosamente.

— Ainda não há semelhança de traços familiares — ele diz amigavelmente.

— Espere 900 anos — alerto. Pensativamente, acaricio meu rosto, imaginando se minhas rugas poderiam parecer tão bonitas em mim quanto são em Yoda. É bom que ele não use Botox. Spielberg jamais o teria escalado para o elenco.

Nós passeamos até encontrar Lucy. Ela está perto do projeto de Lily, que tem uma grande faixa azul de primeiro lugar orgulhosamente ficada no canto.

— "Os efeitos da destruição do hábitat em espécies em extinção" — eu digo, lendo o título do cartaz. — Uau. Parece complicado.

— Mas é importante — afirma Lily com a paixão de uma nova ativista do Greenpeace. — Tudo na Terra tem mudado tão rápido que muitas espécies não conseguem se preservar.

É. Sei exatamente como se sentem.

Eu analiso o cartaz de Lily, que mostra quantas "fêmeas procriando" restam na Terra de seis espécies em extinção. Entendo. Os projetos dos garotos explodem. Os projetos das garotas procriam.

Mas Lily não está falando tolices aqui. Ela está levando o destino do dragão de Komodo e do sapo Goliath muito a sério. Alguém precisa fazer isso. E olhe só. Restam apenas 100 mil fêmeas de tartarugas marinhas. Exatamente de quantas nós precisamos? Cinqüenta mil parecem muito boas para mim. Mas é só um pensamento, que não vou partilhar com Lily.

— Ei, Jess — chama um jovem atrás de mim. — O que uma grande estrela da televisão como você está fazendo na feira de ciências?

Eu me viro enquanto Dean e Dave, os irmãos de Lily, gêmeos altos e bonitos, aproximam-se, cheios de confiança e com uma animação bem jocosa.

— Achei que devia me preparar para o caso de o Discovey Channel telefonar — eu rio.

Eles brincam comigo por alguns minutos — garotos adolescentes devem ser educados assim? — e depois passam os braços em torno de sua irmãzinha. Eles são enormes perto dela, que olha para cima com adoração.

— Minha irmã, a grande vencedora — diz um dos garotos, bem-humorado. Não sei qual. Nunca consigo diferenciá-los. Era mais fácil quando Lucy colocava Dean num casaco de neve vermelho e Dave num azul.

— Não tão grande quanto sua faixa azul no tênis, mas nada mau — diz Lily, feliz.

— Você teria conquistado um prêmio melhor se tivesse me deixado ajudar — o outro brinca, dando um soco brincalhão no braço de Lily. — Fui eu que tirei um A + em física.

Lily devolve o soco, rindo.

— É. Legal, Dave. Se você tivesse ajudado, eu teria provado que a Terra é plana.

Dave ri e lhe entrega uma pequena caixa brilhante que ele tira do bolso.

— De mim e de Dean — ele diz. — É um alfinete de sapo muito legal e brilhante. Para nossa irmã que vai salvar o mundo.

— Nós procuramos um sapo num monte de *lírios*[1], mas não conseguimos encontrar — provoca Dean. — Entendeu? De qualquer maneira, estamos muito orgulhosos de você. Falando sério. Realmente orgulhosos.

Qual é o problema com esses garotos? Nunca ouviram falar de rivalidade entre irmãos? Eles não leram o manual?

Lucy e Dan estão brilhando de felicidade e enlaçam os braços em torno um do outro, trocando um cálido olhar nossos-filhos-não-são-os-melhores-do-mundo? Acho que é o olhar que se consegue partilhar quando se está casado há muito tempo e se conseguiu passar por todos os dias duros e os dias comuns, as noites sem dormir e as brigas em família, e aí alguém dá a você uma faixa azul. O que quer que Lucy e Dan tenham feito de errado, fizeram uma coisa — a maior delas — muito certa.

— Você é uma grande mãe, Sra. Baldor — elogia Dan, abraçando-a com força.

---

[1] Trocadilho com o nome Lily, que também significa Lírio. (*N. da T.*)

— E você é um grande pai — retribui Lucy, carinhosamente. — Fizemos um excelente trabalho com essas crianças.

Seria um verdadeiro cartão de Natal *Família Walton*, se houvesse um. E eu deveria sentir inveja, se não estivesse tão feliz por ver Lucy e Dan felizes assim juntos.

Enquanto Lily está grudada no local em frente a seu projeto de primeiro lugar, tentando convencer todos os que chegam perto para não esquecerem o dragão de Komodo, vejo Jen do outro lado do salão com um grupo de amigos. Continuo rodando pelo resto da feira, esperando ter algumas idéias que possamos usar da próxima vez. Tendo em vista o nosso fracasso com as plantas, talvez eu devesse contratar Dave e Dean para supervisionar o próximo projeto de ciência de Jen e pronto.

Sobre o ruído da feira de ciências, escuto a voz aguda de Cynthia, a temerosa presidente da Associação de Pais e Professores.

— Não acredito que Lily Baldor ganhou — Cynthia lamenta alto para uma de suas assecias. — Ela não podia merecer o primeiro lugar. A mãe dela nem estava em casa na semana passada.

Isso é uma deformação interessante. Lucy tinha que estar em casa para Lily ganhar? Era contra as regras que os filhos fizessem seus projetos sozinhos?

— Ouvi dizer que a mãe de Lily não trabalha apenas. Ela *viaja* — diz a auxiliar de Cynthia, a supermãe-em-treinamento Martha, revirando os olhos com desgosto.

Agora, essa mulher provavelmente precisa sair mais de casa. E a mãe dela jamais lhe disse que se ela revirar os olhos daquele jeito eles podem ficar presos assim para sempre?

— Achei o projeto da sua Isabella fabuloso — elogia Martha, arrastando-se para ficar no melhor lado de Cynthia. Como se ela tivesse um. — Eu teria dado o primeiro lugar a Isabella.

— Eu também — Cynthia concorda, alto. — Nós recebemos Bill Nye, o cientista, para jantar, e ele disse que o móbile de planetas dela era mais criativo do que qualquer outro que ele tenha visto.

Móbile de planetas. Agora está tudo voltando. *Aquele* era o meu projeto do primeiro ano, não o vulcão. Claro, Plutão ainda era um planeta no meu tempo. O que significa que Isabella tinha uma bola de isopor a menos para se preocupar.

— Talvez devêssemos pensar em deixar Lily entrar em nosso clube do livro mãe e filha — propõe Martha. — Ainda não tenho certeza sobre a mãe, mas Lily pode acrescentar algum *status*. Afinal, ela ficou com o primeiro lugar.

— Ótimo, mas todas nós achamos que ela não *mereceu* isso — lembra Cynthia, ofensivamente.

Captando meu olhar — e provavelmente se dando conta de que eu tinha escutado cada palavra —, Cynthia me lança um sorriso plástico e faz um aceno para eu me aproximar.

— Jess, você é amiga de Lucy, não é? Pode dar a ela a boa notícia. Ela está no clube do livro.

Yabba-dabba-doo. Lucy vai ficar muito animada. Mas, para parafrasear Grouxo Marx, por que ela iria querer se juntar a qualquer clube que tem Cynthia como membro?

— Claro, vou correr para dar a ela as boas notícias — eu digo, me agarrando à desculpa para escapar. — Na verdade, vou encontrá-la agora.

— Eu a vi tomando café com o marido um minuto atrás — Cynthia diz prontamente. — Usando um novo colar de diamantes, acho. Muito bonito, mas um pouco demais para um evento escolar, se você quer minha opinião.

Não, não quero sua opinião. E além do mais, para quem quiser saber, não são diamantes, e sim cristal Swarovski. Uma vez que Cynthia supostamente detesta Lucy, ela certamente presta muita atenção nela. Mas e daí, quem não presta?

Estou prestes a dizer adeus e a procurar aquela garrafa de café quando Martha segura meu braço.

— Ah, Jess, antes que você saia. Eu ia mesmo ligar para você. Pode levar minha Marian de carro para a aula de dança no sábado de manhã? É que Cynthia convocou uma reunião de emergência da Associação de Pais e Professores.

Emergência da Associação de Pais e Professores? Para decidir se será servido limonada ou suco de frutas no piquenique da escola? Aquilo poderia levar horas.

— Claro que posso levá-la. Sempre levo Jen — digo, generosamente.

— Aula de dança? Sábado? — pergunta Cynthia, num tom que sugere que ela é Mãe Superior. — Não me diga que vocês duas ainda vão a *Miss* Adelaide.

Martha parece levemente assustada, mas segura suas armas.

— Claro que vamos a *Miss* Adelaide — ela garante. — Todo mundo diz que *Miss* Adelaide é a melhor.

— Não é mais — retruca Cynthia triunfante. — Agora é *Miss* Danielle, em Glendale, 45 minutos de carro, só de ida, mas vale a pena. Ela é *definitivamente* a melhor.

204

Martha parece surpresa.

— Eu não a conhecia — murmura ela. — Vou trocar Marian imediatamente. Se *Miss* Danielle é a melhor, estaremos lá.

Ah, sim. A Melhor. Aqui vamos novamente. Alguma de nós arranja alguma coisa que não seja A Melhor? Cynthia uma vez derramou toda a sua vodca Absolut no meio de uma festa porque alguém disse a ela que Grey Goose era melhor. Eu normalmente me arrasto até o Upper West Side em Manhattan para provar que posso comprar os melhores *bagels* de Nova York. Não precisa dizer que ninguém ousaria deixar os dentes defeituosos de sua filha serem corrigidos pelo "segundo melhor" ortodontista. E desde que uma quadrilha de mães declarou Sal o melhor barbeiro em Pine Hills, ninguém vai a mais nenhum. Agora todos os garotos da cidade têm cortes de cabelos idênticos que os fazem parecer os vilões clonados de *Matrix*.

Então ouso perguntar por que Marian de Martha, a garotinha gorducha que está na aula de principiantes de balé, precisa da melhor professora de dança? A melhor nutricionista, isso sim, eu poderia apoiar.

Martha suspira pesadamente e vira-se para mim.

— Você vai mudar também, Jess, certo?

Não, não vou. Gosto de *Miss* Adelaide, de todos os seus tirânicos 46 quilos. E a vida é muito curta para ficar correndo atrás da nova melhor.

— Balé não é muito importante agora — respondo com desinteresse, tomando imediatamente a decisão de que Jen pode entrar para o coro de nosso espetáculo beneficente *My Fair Lady*. Ela anda implorando por isso e Vincent não vai se importar. — Eu não contei a você? Jen vai fazer sua estréia musical na Broadway dentro de algumas semanas.

Cynthia parece chocada. Vencida duas vezes. Primeiro a faixa azul de Lily e agora a foto de Jen no Tony Award.

— Sua filha canta? — Marian pergunta com reverência, tentando desesperadamente descobrir por que minha filha, e não a dela, está escalada para a Broadway.

Cynthia está meio na frente dela.

— Definitivamente vou conseguir um professor de canto para Isabella — ela diz, puxando seu PalmPilot e eficientemente acrescentando outro círculo para Isabella saltar. — Você deve ter um bom. Vamos a ele.

— Infelizmente não vai dar, desculpe. Jen está ensaiando com um diretor famoso que simplesmente não está aceitando novos alunos — eu digo, condescendente. — Tenho certeza de que você vai encontrar um professor para Isabella; alguém capaz. Pena. Porque nosso Vincent é... o *melhor*.

Alguém deveria me oferecer minha própria faixa azul. Sim, porque, pela primeira vez, as supermães não têm o que falar.

Estou tendo uma dor de estômago. Joshua Gordon, o novo vice-presidente da Diretoria do Conselho de Arte para Crianças, me deixou três recados gelados. Tenho certeza de que fiz algo errado, mas juro pela minha própria vida que não consigo descobrir o que foi. Meu pequeno emprego de meio expediente normalmente não requer doses grandes de Pepto-Bismol. Mas todas as vezes que escuto a voz firme do Sr. Gordon, fico querendo encontrar aquele frasco rosa brilhante.

— Estou finalmente falando com a Sra. Taylor de *verda-de* e não com a sua secretária eletrônica? — ele pergunta, mandão, depois que sua assistente com voz esgotada o coloca na linha às nove da noite de quarta-feira. Então o homem trabalha até tarde. Estou impressionada. Imagino como sua assistente se sente. — Não tenho muito tempo, mas há um assunto que precisamos falar. Tenho certeza de que poderemos acertá-lo pessoalmente. Amanhã às cinco é um bom horário para você?

Cinco da tarde? Deve ser a hora do lanche dele.

— Claro — confirmo, tentando ser obsequiosa. — Estarei na cidade. Você se importa se for em algum lugar perto da estação Grand Central?

— A Grand Central está bem. Que tal o Bar Oyster? Isso não vai levar mais de dez minutos.

Ah, vai, eu penso, quando desligamos. Ele vai sair de seu escritório. Mas eu vou passar a manhã fazendo escova no cabelo, trocando de roupa, pescando em minhas gavetas minhas melhores jóias, enfiando um prego no primeiro par de meias-calças que vestir — por dez pratas, a DKNY não poderia fazê-las durar mais que dez minutos? — e mudando de roupa novamente. Se eu tiver tempo, provavelmente vou correr e comprar um novo par de sapatos. Lucy insiste que meus Nine Wests são embaraçosos para usar na frente de membros da diretoria.

Às 15h10, estou de pé no meio da Grand Central tentando descobrir que profundo trauma da minha infância exige que eu chegue cedo para tudo. Será que devo deixar tempo suficiente para o trânsito, paradas do trem e tornados toda vez que viajo? E realmente me superei hoje. Chegar aqui uma hora e cinqüenta minutos mais cedo pode ser um novo recorde, mesmo para mim. Não tenho certeza do motivo pelo qual este Joshua Gordon está me causando tal ansiedade. Normalmente eu tenho de sair com um homem antes que ele possa me deixar louca.

Passo meia hora na livraria da Grand Central, lendo as primeiras vinte páginas de um *bestseller* que sou pobre demais para comprar. Claro que é divertido, mas vou esperar até que saia em brochura. Passeio por uma loja de canetas, um empório de cigarros e chocolates e uma loja cara de artigos de escritório. Quem decidiu que é disso que todo viajante precisa? A loja The Origins pelo menos é do meu estilo. Percorro as estantes, pegando o hidratante de corpo Não-Se-Irrite e o sabonete Mande-A-Tristeza-Embora. Por que mandar um Xanax quando você pode simplesmente lavar o rosto? Encontro um que tem o nome de Lucy escrito nele — o *spray* Nunca Seja Burra. A etiqueta garante que o papaya esmagado nele engole células sem vida da pele. Minha sorte, o papaya vai comer todas as células erradas. E outra que não se deve perder — a coleção Presente Perfeito do Mundo. Embora eu ache que esteja criando um pouco de expectativa para banhos de espuma. Apesar disso, fico louca, comprando esponja para o corpo de *grapefruit* para Jen, velas com odor de tangerina para duas amigas que fazem aniversário em breve, a linha completa de loções Paixão de Ameixa para minha mãe e um escovão de fibras vegetais para as costas com um cabo extralongo para mim. Porque nos últimos tempos ninguém está por perto para esfregar minhas costas.

— Se você tiver tempo, eu poderia fazer uma maquiagem e lhe dar algumas amostras de nossos produtos — diz a vendedora sempre-às-ordens.

— Tenho bastante tempo — admito, olhando para meu relógio e vendo que não são nem quatro horas ainda.

— Mesmo? — Ela parece chocada. Serei eu a única pessoa na Grand Central que não está correndo para algum lugar? — Eu poderia fazer uma espuma facial rápida, que leva uns dez minutos. Depois sua maquiagem deve levar mais 15. Tudo bem?

— Bem, eu não estava planejando isso, mas por que não? — Eu digo, subindo na banqueta de maquiagem. Talvez isso me ajude a relaxar. É melhor esperar aqui do que na loja de charutos.

— Por sinal — diz minha vendedora-esteticista-maquiadora-artista —, meu nome é Eva.

Isso é muito bom. Imagino se todo mundo na Origins se chama Eva.

Em segundos, Eva está espalhando uma gororoba grossa com cheiro de gengibre em todo o meu rosto.

— Deve formigar, mas é bom — ela diz, satisfeita. Coloca duas fatias finas de pepinos em meus olhos e um *spray* de bálsamo cítrico em meus lábios. Estou começando a me transformar no prato especial de frutas.

— Fique aqui sentada por alguns instantes e deixe todos os elementos botânicos fazerem você parecer mais jovem — ela ensina. Como se eu pudesse sair dali assim. Mas tenho medo de, se ficar sentada aqui muito tempo, começar a fermentar.

Eu me recosto na cadeira, gostando da sensação de meus poros se abrindo e meus lábios se suavizando. Mas exata-

209

mente como essa coisa de fruta no rosto vai me fazer parecer mais jovem? Frutas não parecem envelhecer tão bem, é o que acho. Nunca vi uma uva-passa sem rugas ou uma ameixa em calda lisa. E também tem aquela velha maçã enrugada no topo da minha geladeira. Mas bom, pelo menos fruta facial é mais barato do que o botox de Lucy.

— Sentindo-se bonita? — pergunta Eva, quando volta para mim. — Vamos tirar a máscara em um minuto. Embalei suas compras. Estão no caixa.

— Você está com meu cartão de crédito? — pergunto, lembrando que não o tinha pegado de volta.

— Deixei o cartão de Jessica Taylor aí? — Eva chama alto uma colega do outro lado da loja.

— Sim, está bem aqui — outra vendedora canta de volta. — Jessica Taylor. Peguei.

Eva remove as fatias de pepino de meus olhos bem a tempo de eu ver um homem de cabelos prateados, impecavelmente vestido, deixar de lado a enorme cesta de presentes que estava analisando e olhar para mim zombeteiramente.

— Jessica Taylor? A Jessica Taylor com quem tenho um encontro marcado às cinco? — ele pergunta, dando alguns passos na minha direção.

— Hmm, não — eu nego, mortificada, virando a cadeira giratória para o outro lado e furiosamente retirando a pasta pegajosa de meu rosto com o chumaço de algodão mais próximo. — Eu não. Encontro marcado, não.

Ele faz uma pausa e olha conspicuamente para minha sacola azul do Conselho de Arte que está no caixa. Meu Deus, o homem é bonito. Formas esculpidas. Perfil impecável.

Aposto que sua foto parece ótima no relatório anual. E eu? Uma bagunça melada com a máscara de gengibre colando em torno de meus ouvidos. Tento puxar meus cabelos para trás e termino com um punhado de espuma na mão.

— Você não é a Jessica Taylor que trabalha com fundos? Tem certeza disso? — ele pergunta duvidosamente.

— Não, eu não trabalho com fundos. Eu trabalho com... *poodles* — eu digo, totalmente me humilhando. — Sou a criadora de *poodles* Jessica Taylor.

Ele não está acreditando. Qual é o problema, não pareço uma criadora de cães?

— Escute, Jessica — ele diz, olhando explicitamente para seu relógio. — Podemos falar aqui mesmo e economizar algum tempo.

Este não pode ser Joshua Gordon. Simplesmente não pode. Não agora, não assim. Venho planejando o dia inteiro como vou parecer profissional quando ele me vir. Estou com meu melhor traje de trabalho e trouxe uma maleta em vez de um livro de bolso. A única razão pela qual concordei com a maquiagem em primeiro lugar foi porque pensei que Eva poderia me dar aquela aparência de mulher-de-negócios-do-mundo-casual-mas-enfeitada que Lucy sabe fazer sozinha.

— Não sei do que você está falando — digo, enfiando meu queixo para baixo o mais possível. Vá embora, por favor, vá embora e pronto. — Não — sacudo a cabeça vigorosamente.

— Desculpe — ele diz, retrocedendo. — Devo encontrar uma pessoa com o mesmo nome que o seu. Erro meu. Acho que nenhuma levantadora de fundos de alto nível seria tão frívola a ponto de fazer uma máscara facial no meio de um dia de trabalho, seria?

Ele sai e eu o observo se dissolver na multidão da Grand Central. No que eu estava pensando, fazendo minha maquiagem aqui? Quantas pessoas passam neste terminal durante o dia? Vamos fazer uma estimativa maluca. Dez mil? Cem mil? Um milhão? Mas de todas as pessoas, por que Joshua Gordon? Por que ele? A grande surpresa é que eu não vi mais pessoas que conheço. Ou essas pessoas não me viram. Talvez tivessem visto. Eles provavelmente vão publicar uma foto minha fazendo uma máscara facial na primeira página do *Pine Hills Weekly*.

Mas agora estou largada aqui, sentada, lambendo minhas feridas. Sem mencionar que estou lambendo o bálsamo cítrico dos meus lábios. É demais para minha dignidade. Quero desaparecer, mas de alguma maneira tenho que me obrigar a ir a este encontro. E não vai ajudar aparecer sem maquiagem, mesmo se eu estiver com a pele limpa e fresca. Tento ficar sentada pacientemente enquanto Eva aplica seus cremes mágicos e bate papo sobre os últimos cremes de reflexos no cabelo, o creme para os olhos de silicone amaciante e o *moisturizer* de retinol que é capaz de tirar dez anos de meu rosto. Com isso e o creme de frutas, vou terminar parecendo mais jovem do que Jen.

Os 15 minutos de maquiagem se transformam em 30, porque Eva me diz que colocar maquiagem suficiente para ter uma aparência natural leva tempo. Não quero parecer natural. Quero parecer alguém que Joshua Gordon nunca viu em toda a sua vida. Talvez ele não vá me reconhecer, de qualquer maneira. Foi apenas uma olhada rápida.

Enquanto Eva está ocupada aplicando três diferentes *blushes* para acentuar as maçãs de meu rosto, passo meu próprio batom ChapStick e pulo da cadeira. Chega. Tenho que sair daqui.

— Você parece ótima — diz Eva. — Espero que vá a algum lugar especial.

— Um encontro de negócios — digo, disparando para a porta. Então eu paro. — Mas que droga, não posso ir a uma reunião de negócios carregando bolsas de compras da Origins. Posso deixá-las aqui um pouco?

— Claro, mas elas são bolsas excelentes — explica Eva inocentemente. — Recicláveis. Naturais. Nada que possa embaraçar você.

Bem, esse seria o único motivo para não ficar embaraçada hoje.

Apesar de tudo, chego ao Oyster Bar às cinco horas em ponto, mas Joshua Gordon já está sentado, tamborilando seus dedos numa mesa.

Eu respiro fundo. Posso fazer isso. Criei uma criança sozinha. Namorei na televisão. Escalei o Kilimanjaro. Não de verdade, mas li sobre alguém que fez isso. E tudo o que é necessário é um pouco de fé em mim mesma. Eu ando até a mesa.

— Olá — cumprimento, florescendo de confiança quando estendo minha mão. — Sou Jessica Taylor. Você deve ser Gordon Joshua.

— Joshua Gordon — ele me corrige.

— Certo. Desculpe. Você tem dois primeiros nomes. Poderia ser dito de qualquer maneira.

— Não, não poderia. É Joshua Gordon.

— Aposto que as pessoas fazem isso o tempo todo.

— Não, esta é a primeira vez, na verdade.

— Claro. Joshua Gordon. Entendi. Registrei. — Espero, sabendo que é a vez dele dizer alguma coisa. Mas a ansiedade toma conta de mim.

— Tive outro amigo com dois primeiros nomes — eu digo, balbuciando no silêncio. — Steve Roberts. Só que o nome dele de verdade era Steve Robert Gravano. Mas ele tirou o Gravano quando estava comprando um apartamento na Quinta Avenida porque achou que parecia muito italiano.

— Não sou italiano.

— Não, claro que não é — concordo. — Quer dizer, você poderia ser. Eu também poderia ser. Mas também não sou. Não que isso importe. Para nenhum de nós. Sabe, alguns dos meus melhores amigos são. Italianos, quer dizer. E alguns não são. Italianos. E sou amiga de, bem, todos os meus amigos.

Estou com vontade de morrer. Deus, por favor me mate agora mesmo. Neste minuto. Faça essa coisa tão raio-de-luz que você faz tão bem. Mas não tenho tanta sorte.

— Fico feliz por você. Aliás, fico aliviado de ouvir que você tem amigos. — Eu gostaria de achar que há um pequeno vislumbre de sorriso quando ele diz isso, mas provavelmente estou me iludindo.

— Enfim, é bom conhecer você — eu digo. — Depois de todos aqueles telefonemas.

— Você está certa, sinto como se já tivéssemos nos conhecido — afirma Joshua. Ele olha significativamente na direção da minha sacola do Conselho de Arte para Crianças para me fazer saber que ele sabe. Eu sei que ele sabe. E ele sabe que eu sei que ele sabe. Mas a civilização impera e o assunto é ignorado. Com nós dois sabendo tanto e sendo tão inteligentes, seria possível imaginar que essa conversa poderia chegar a uma encruzilhada.

Mas em vez disso ela se torna monossilábica.

— Peixeiro — ele diz, finalmente voltando ao trabalho.

— Perdão?

— Peixeiro — ele repete. Como se isso explicasse tudo.

— Você realmente escalou o filho de Lowell Cabot III para o papel de peixeiro?

Agora sou eu que fico em silêncio. Boa técnica, me parece, porque ele continua falando.

— O filho dele é o Chauncey. Vai para Dalton. Fez teste para sua peça. A mãe tentou falar com você.

Entendo. Aquele telefonema que ignorei no meio de todas as mensagens de Jacques. Embora eu tenha entendido seu aviso. Escalar um garoto de Stuyvesant como peixeiro.

— Não ficou feliz com o papel e sua mãe o retirou do elenco — eu completo, para provar que estou mantendo o ritmo.

Joshua assente.

— O pai dele é um de meus sócios. Bom homem. Mas ele e a mulher estão furiosos e ameaçando não fazer uma doação para o Conselho de Artes este ano. Então sua pequena produção fez nossos maiores benfeitores ficarem com raiva, o que não é exatamente a idéia de se angariar benefícios.

— Eu sei qual é a idéia de se angariar benefícios — eu digo com sarcasmo.

— Você precisa levantar dinheiro, e não alienar doadores — Joshua diz com arrogância.

215

— Sinto muito se o seu sócio não está feliz, mas muitas outras pessoas estão — eu me pronuncio com firmeza, e me surpreendo com a maneira forte com a qual estou reagindo. — O comitê beneficente está realmente trabalhando bastante, o que é mais do que posso dizer de um monte de comitês beneficentes. Ele está levantando muito dinheiro e conseguindo que novas pessoas se envolvam. — Depois, indo apenas um pouco mais adiante, acrescento: — Elas conseguiram que Kate Spade doasse suas carteiras.

Ele ignora as carteiras. Na verdade, ignora toda a minha fala.

— O ponto principal aqui é o ponto principal — ele diz. — Você precisa se desculpar com os Cabots.

— Pelo quê? — indago. — Por deixá-los saber que o dinheiro não pode comprar tudo?

Ele faz uma pausa e imagino se está decidindo se deve me despedir naquele exato instante. Por outro lado, eles não me pagam o suficiente para me despedir.

— Olhe, diga a eles o que você quiser — ele diz, dando uma ordem executiva. — Apenas cuide disso.

— Não se preocupe. Eu sempre cuido de tudo — garanto.

— Ótimo.

— Este vai ser o melhor espetáculo beneficente que o Conselho de Artes jamais viu — acrescento entusiasmada. Entusiasmada demais. — Você vai ver. Todo mundo vai amar. — Quando foi que me transformei na animadora de torcida do Delta Delta Delta? E pensar que eles me rejeitaram tantos anos atrás.

— Fico feliz de ouvir este espírito vamos-lá — comenta Joshua. Ele está falando sério ou apenas me gozando?

— Vou pensar em algo para os Cabot — prometo a ele. Não sei como, mas vou.

— Obrigado. Escute, já que estamos aqui, posso pedir algo para você comer? Um caldo de moluscos?

Estou faminta, mas não ouso arriscar ter sopa escorrendo do meu queixo. Talvez uma salada. Algo pequeno e verde com um atum fresco grelhado? Não, não vou comer com o arrogante Joshua Gordon.

— Eu realmente tenho que ir — digo, reunindo minhas coisas. — Nós dissemos dez minutos e não quero ocupar você.

— Talvez uma outra vez — ele oferece, distraidamente. Mas já tirou seu celular e se movimenta para sua próxima tarefa.

— Aliás — enfrento corajosamente, antes que ele termine de discar. — O que você estava fazendo na Origins?

Ele levanta os olhos, surpreso com a minha admissão, depois se recosta em sua cadeira e me olha de cima a baixo.

— Cheguei mais cedo na Grand Central. Achei que poderia comprar um presente para minha assistente. Tenho feito com que ela trabalhe até tarde muitas vezes.

— Bem pensado — eu apóio.

— Mas acabei não comprando nada. Não consegui me decidir. É bom que meus clientes não me vejam tentando fazer compras. Eles nunca me confiariam fusões de empresas de milhões de dólares.

— Olhe — eu digo, procurando em minha bolsa. — Você pode querer dar isso a sua assistente. Chicletes Paz na Mente da Origins. Não sei realmente se eles funcionam como anunciado. Mas merece uma prova.

217

Ele coloca um na boca.

— Nada mau. Paz na Mente, hein? Já me sinto melhor a respeito do espetáculo beneficente.

— Eu devia ter pensado nisso quando cheguei — afirmo, rindo, entregando a caixa inteira para ele.

Ele abre e fecha a caixa algumas vezes, depois pega o celular para voltar ao trabalho.

— Nunca estive na Origins antes — diz Joshua, lançando-me um significativo último olhar. — Mas, pelo que vejo, eles fazem um bom trabalho.

Capítulo 10

LUCY ESTÁ EMPOLEIRADA no balcão cintilante de sua perfeita cozinha Poggenpohl, folheando *O livro de cozinha da Condessa Descalça*, enquanto estou acotovelada em seu balcão de granito e travertina, olhando sem acreditar para o *New York Post*.

— Lucy, precisamos falar sobre isso — eu digo.

— Claro, em algum momento. Mas agora nós precisamos voltar a fazer o molho — ela diz.

— Nós? — questiono, em dúvida.

— Certo, você precisa — ela concorda, com um meio sorriso. — De qualquer maneira, tenho muitas receitas, se você quiser alguma diferente.

— Não quero, mas para que exatamente você coleciona livros de culinária? — eu pergunto, olhando para o monte de livros na frente dela. — Você nunca cozinha. Você é como uma nudista assinando a *Women's Wear Daily*.

— É o meu grande vício. Receitas pornográficas. Eu leio e babo. Tipo escutar isso — ela explica, abrindo outro livro de sua pilha. — Rica Luxúria Vitrificada com Açúcar em Ninho de Frutas. Misture framboesas com açúcar mascavo e melado, cozinhe tudo em manteiga e sirva quente com sorvete de baunilha. Mmm. Nem preciso comer para ficar satisfeita.

— E você só comeria se estivesse na Dieta Só Açúcar. *Seguidores do Açúcar*. Este é o livro que estou esperando que alguém publique.

— Venderia milhões — ela concorda, estalando seus lábios sedutoramente.

— Eu também tenho minha situação pornográfica — admito. — Ler listas de casas de campo, não posso evitar. Desejar mansões de seis quartos com três lareiras e jardins de 200 metros quadrados. E provavelmente coisinhas como esta — acrescento, puxando um cintilante instrumento de aço de seu recipiente de madeira.

— Use quando quiser — oferece Lucy enquanto vou até a tábua de cortar embutida a fim de preparar os temperos do jantar que ela vai fazer hoje para Dan.

— O que é essa coisa verde que você está cortando? — ela pergunta.

— Estou picando. E é coentro.

— E a outra coisa?

— Basílico. E essa é salsa — apresento, apontando com a faca. — Por favor, você já viu salsa antes.

— Por que vem tudo verde? Isso só confunde — Lucy diz, brincando com o ralador de limão que deixei diante dela, acreditando idiotamente que ela poderia de fato ralar. —

Mesmo essas outras coisas que você tem aí. Essas que parecem decorações de Natal. Verdes.

— São *chilis* serranos, importados do México e duas vezes mais picantes que *jalapeños* — explico, parecendo que estou fazendo um teste para o trabalho de Nigella Lawson na Style Network.

— *Jalapeños* são muito picantes? — pergunta Lucy.

Eu deixo de lado a faca de picar.

— Lucy, você não deveria se importar. O molho vai estar delicioso, prometo. Dan vai ficar animado. Seus convidados vão ficar deliciados. Agora vamos falar sobre salsa ou sobre aquela foto sua com Hunter no *Post*?

— Salsa — escolhe Lucy. — Muito mais interessante. Fotos no *Post*, há muitas. Mas ninguém jamais havia cortado ervas em minha cozinha antes. Ou usado essa Faca Chef de Culinária Wüsthof, se você puder acreditar.

— Por que eu não acreditaria? Vi cozinhas no Expo Showroom que são mais usadas do que a sua. Se o pessoal da cadeia Viking soubesse que você tentou fritar galinha no microondas, eles provavelmente viriam pegar esse neném e tirá-lo daqui — comento, dando um tapinha no forno de cozinha profissional quase sem uso de dez mil dólares.

— Você o quer? — Lucy pergunta, como se eu pudesse carregar a montanha de 30 mil BTUs junto com a pilha de suéteres de *cashmere* quase sem uso que ela está doando para o Fundo de Ajuda para Aruba. Bonito da parte dela querer ajudar. Mas só Lucy mandaria ajuda de *cashmere* para vítimas de um furacão no Caribe.

— O que eu quero é que você me fale sobre o *New York Post*. Eu avisei que algo assim iria acontecer — insisto, obstinada, sacudindo a cabeça.

— Não foi nada — ela insiste. — Só uma foto minha e do Hunter na festa da Cher. Nós trabalhamos juntos, lembra?

— Você não está querendo aceitar. Hunter está com o braço em torno de você. Ele está sorrindo. Ele está olhando você como se você fosse o açúcar cristalizado de um bolinho. O que Dan vai pensar?

— Dan? Esquece. Se não estiver no alto da capa do *Wall Street Journal*, ele nunca vê.

— Você não me deixava nem sussurrar o nome de Hunter na sua casa. Agora uma foto no *Post* nem mesmo amedronta você?

— Pare de se preocupar com isso. Nós temos coisas mais importantes para fazer. Passei o dia inteiro esperando ver você fazer a borboleta de peixe — ela diz, mudando de assunto. — Para mim, parece vagamente contra as leis da natureza.

— É mesmo — eu digo, delicadamente retirando os filés do peixe vermelho com o estilo de alta culinária que aprendi quando estava casada com Jacques. Nunca havia feito este Vermelho Vera Cruz antes, mas está parecendo bom. Talvez eu o faça para Jacques quando ele voltar a Nova York. Não vou contar a Lucy que estou usando seu jantar como um teste.

Ela se aproxima e coloca seu braço em torno de mim.

— Você é uma ótima amiga, Jess — ela diz. — Você se preocupa comigo mesmo quando não é necessário. E vou dizer novamente, este é o melhor presente de aniversário que qualquer pessoa poderia me dar. Um jantar feito em minha própria cozinha. Uma *personal chef*. Eu me sinto como o Oprah.

— Não fique muito acostumada com isso — eu brinco.

— É só esta noite. Alias, achei que a festa seria para você. Gentil de sua parte fazê-la para os clientes de Dan.

— Achei que isso significaria muito para ele — explica Lucy com ternura. — Nunca preparei uma refeição gastronômica para ele antes.

— Você continua sem ter feito isso.

— Tecnicamente — corrige Lucy, rindo. — E você não se importa de ser usada como presente, se importa? Você está em boa companhia. Eu normalmente só faço isso com vinhos Gallo e chocolates Godiva.

Eu termino de tirar os filés do peixe e começo a escurecer o *chili* em uma das dezenas de caçarolas de cobre que Lucy tem penduradas por ali. Acho que é fácil mantê-las brilhando quando nunca são usadas, mas devem ser um ótimo recipiente para a poeira.

— Então, o que Dan pretende lhe dar de aniversário? — pergunto, olhando dentro da panela e tentando decidir se o *chili* está parecendo apropriadamente escuro.

— Vamos ver. Ele quer me levar para fazer compras domingo — ela conta, com indiferença. — Mas não há nada de que eu realmente precise. — Depois, alegrando-se, acrescenta. — A grande pergunta é o que vou ganhar de Hunter.

— Um coração partido? — sugiro.

— Muito engraçado — responde Lucy. — De qualquer forma, estou esperando algo fabuloso. Ele levou uma garrafa de vinho de 900 dólares para celebrar o retorno da Cher.

— Essa mulher volta a cada dois meses. Hunter vai acabar indo à falência — comento, procurando o pacote transparente de sal marinho. O único ingrediente que esqueci de trazer. Mas não importa o sal marinho, não consigo encontrar nem mesmo uma caixa de sal Morton's. Talvez Lucy se preocupe com hipertensão.

— Ela tinha um gosto diferente do que o de uma garrafa de vinho de 800 dólares? — questiono alegremente, tentando descobrir se mais cebola poderá substituir a ausência de sal.

— Não era para beber, era para mostrar. Você devia ter visto o jeito com que ele a carregava, deitada no braço, como se fosse o filho amado de Michael Jackson. Ele estava tão orgulhoso de si mesmo.

— Estou escutando um toque de desaprovação? — pergunto, esperançosamente.

Lucy leva um instante para se explicar.

— Hunter quer que todo mundo goste dele. Eu sei disso. Ele sempre faz aquele grande gesto, o que pode torná-lo meio superficial na aparência. Por outro lado — ela continua —, ser superficial tem suas vantagens. Estar com ele torna os aniversários mais interessantes.

— Dan lhe compraria qualquer coisa que você quisesse de aniversário — lembro a ela. — Você não precisa de Hunter.

— Presentes do amante são diferentes de presentes do marido — explica Lucy pacientemente. — Quando seu marido fica romântico, acaba virando um controle de gastos. Lembra quando Dan comprou para mim aquela pulseira de diamantes da Cartier no ano passado? Tudo em que eu pude pensar foi que nós deveríamos ter colocado aquele dinheiro numa aplicação. Mas Hunter pode me cobrir com uma fortuna que não me sentirei culpada. É indulgência total.

— Ter um caso é tudo, menos indulgência — observo, parafraseando Pat Robertson. E minha mãe.

— Bem, talvez seja — diz Lucy, na defensiva. — Mas isso é que é incrível em ter um amante. Com Hunter eu me sinto totalmente mimada. Tomamos banhos de espuma juntos. Fazemos sexo à tarde. Quando foi a última vez que Dan passou creme *chantilly* em todo o meu corpo e depois lambeu tudo?

— Você quer dizer que Hunter fez isso? — pergunto, interessada. No fim das contas talvez haja alguma coisa boa nessa história de ter um caso.

— Ainda não, mas já falamos sobre isso. Só que vamos ter de usar creme de soja. Hunter tem intolerância à lactose.

— Ah, pelo amor de Deus, Lucy — exclamo, colocando a faca de volta no seu lugar. — O problema é que você parou de tentar com Dan. Acha que ele está garantido. Você não percebe que grande cara você tem.

— Claro que percebo. Dan é o melhor. Quero ficar com ele para sempre. Só quero fazer sexo com outra pessoa para variar. Tem alguma coisa errada nisso? Estou com 42 anos agora, que é mais ou menos o pico sexual de uma mulher. Você não está tendo os melhores orgasmos da sua vida?

— Provavelmente eu estaria se tivesse alguém para tê-los comigo — confesso com melancolia. — Meu vibrador não está dando conta ultimamente.

— Troque as pilhas — alerta Lucy. — Duracell nunca deixa você na mão.

— Obrigada pelo conselho. E aqui está um para você: quer ter um sexo maravilhoso? Da próxima vez em que for ao Le Retreat, leve o Dan. Ou vá ao Mandarim Oriental para um fim de semana e tenha orgasmos crescentes por dois dias sem se preocupar com as crianças. Leve Reddi-Wip, se quiser. Até onde eu sei, a melhor coisa de ter um caso é fazer sexo em quartos de hotel sedutores e não ter que arrumar a cama depois.

— Eu realmente adoro o serviço de quarto — diz Lucy.

— Especialmente aquelas bandejas com rodas com uma única rosa vermelha.

Ela não entendeu o ponto. Eu pego o filme de PVC na gaveta para embrulhar as ervas que sobraram — não que eu ache que Lucy vá usá-las no jantar de amanhã — e depois aceno com a caixa para ela.

— Saran Embalagens — digo, como se tivesse acabado de descobrir uma nova curva no DNA. — Eis a solução. Eu me lembro de ler sobre isso anos atrás. Você encontra seu marido na porta vestida apenas com embalagem plástica e um sorriso. Depois ele a joga no chão e faz um amor louco e apaixonado. *Voilá*. O casamento está salvo. Funciona o tempo todo.

— Eu li sobre isso também, mas nunca entendi — diz Lucy. Não parece prático. No mínimo, Saran engorda. Eu provavelmente pareceria um pedaço de carne.

— Filé *mignon* — eu sugiro, subindo um nível.

— Tudo bem, mas depois tem todas aquelas camadas grudentas de plástico. Dan desistiria. Levou tempo demais para ele aprender como desabotoar meu sutiã.

— Você é impossível — eu digo, indo para a sala com uma tigela de molho de lima e tomilho para os *crudités*. A caminho, paro na mesa de jantar, que Lucy criativamente decorou com sua coleção de louças e prataria antigas. Para Lucy, comer bem tem mais a ver com os pratos do que com o que está dentro eles. Cada prato é diferente, com peças raras que ela descobriu nas lojas de antiguidades de New England e nos mercados das pulgas tipo chegue-antes-do-anoitecer. Se eu tentasse fazer isso, teria uma confusão de louças descombinadas. Mas Lucy transforma a mistura numa obra de arte. A Judy Chicago's Dinner Party não chega aos pés dela.

— Você arrumou uma mesa bonita, mas ainda é impossível — repito. — Tem uma colher para o molho?

— Tente essa. Modelo violino de Londres, cerca de 1845. Comprei de um importador inglês em Vermont, mas tenho certeza de que é autêntica.

— O molho também — garanto, colocando o pote na mesa. — Tomates de Nova Jersey. Comprados no ShopRite.

Lucy sobe para mudar de roupa e eu começo a trabalhar no primeiro prato, *tarteletes* individuais de queijo de cabra e pinhas chuviscadas de vinagrete de framboesa. No tempo que se leva para fazer isso, eu provavelmente poderia resolver a crise da dívida nacional. Estou exatamente colocando as crostas da torta no forno para assar quando escuto a porta dos fundos se abrir.

— O que é isso? — Dan fala, enquanto entra. — Está cheirando muito bem. Você resolveu *cozinhar* de verdade hoje, meu bem?

Tiro minha cabeça do forno — as massas vão ficar boas — e me viro, o rosto corado do calor. Dan pára, surpreso, e deposita no chão a caixa de vinho que está carregando.

— Uau, Jess. Desculpe. De costas, achei que você fosse minha esposa.

— Não, querido, eu sou sua esposa — diz Lucy, entrando na cozinha, vestida com uma blusa transparente branca, calças pretas Palazzo flutuantes e saltos-agulha Jimmy Choos. Acho que ela não planeja levantar-se para servir.

Dan dá uma bitoca na bochecha dela e depois vem até mim e me beija também.

— Bem, isso aqui está cheirando realmente muito bem. Essa parte parece estar funcionando — ele diz.

— Tudo vai estar ótimo — eu digo, falando sobre a comida. — Tudo sob controle.

Dan assente, depois estende para Lucy o *Post* que ele havia colocado embaixo do braço.

— Então, o que você achou da sua foto no jornal? — ele pergunta casualmente.

— Péssima — ela responde sem perder uma pulsação. — Meu nariz parece engraçado desse ângulo.

Eu engasgo e começo a retirar as pimentas, mas Lucy permanece inabalável.

— Todo mundo pareceu gostar — afirma Dan. — Pelo menos quatro pessoas no meu escritório me levaram a foto. Então, se você precisar, tenho cópias extras.

Tento desesperadamente captar se há um tom de ansiedade na voz de Dan, mas, ao contrário, ele começa a desembalar as garrafas de vinho.

— Heitz Cellar. Ótima safra — ele diz, segurando uma das garrafas. — Um bom Cabernet Sauvignon.

Ou bom o suficiente. Provavelmente não custa 900 dólares a garrafa.

Lucy franze a testa.

— Jess está fazendo peixe para o jantar — ela diz, com ar de desaprovação. — Nós não deveríamos servir vinho branco?

— Oh — murmura Dan, levemente confuso. — Achei que você gostaria do Heitz. Mas a outra metade da caixa é de Sonoma Chardonnay. Fica melhor para você?

— Ambos são perfeitos — afirmo. — O molho do peixe é picante e um pouco pesado. Por que não servir os dois?

Com o estado de espírito recuperado, Dan se retira com o vinho e, assim que ele sai da cozinha, sibilo para Lucy:

— Você disse que ele nunca lê o *Post*. Ele leu. Agora você se sente mal?

— Claro que não. Não foi nada — ela sibila de volta. — Exatamente como eu lhe disse.

— Você teve sorte, mas ela pode não durar para sempre — observo.

Os convidados chegam e sou apresentada a todos, mas na hora em que nos sentamos à mesa, que Lucy enfeitou com uma dúzia de velas acesas, não consigo lembrar de um único nome. E tudo o que tomei foi um copo de Diet Coke. O que acontece comigo em relação aos nomes ultimamente? Desta vez eu estava tentando. Quando Dan me apresentou ao homem que agora está sentado à minha esquerda, fiz aquela coisa de lembrança-por-associação. Ele é careca, então visualizei uma águia careca. Águia. América. Tio Sam. O nome dele era Sam? Provavelmente não. Talvez eu tenha passado da águia careca direto para os pássaros. Robin? Não, muito inglês. Woody? Nesse caso, eu teria visualizado o seu... ah, não importa.

229

Depois dos apropriados oohs e aahs emitidos diante da bela mesa de Lucy e das minhas *tarteletes* deliciosas, a mulher com cara de rato em frente a mim baixa seu segundo copo de vinho e pede um terceiro. Tenho quase certeza de que ela é casada com o águia careca — ela é pequena e tímida, então visualizei uma águia comendo um rato. Talvez ela seja Mickey. É isso.

— Vi sua foto no jornal — ela diz para Lucy, num ímpeto de confiança regada a vinho. — Sua vida deve ser tão glamourosa. Uma festa na casa de Cher e você lá com Hunter Green. Eu o vejo na TV todas as manhãs. Simplesmente o adoro. Parece o melhor homem do mundo. Tão charmoso. Realmente é a coisa mais fabulosa do mundo trabalhar com ele?

— Ele é um tanto egocêntrico — diz Lucy pomposamente, rolando o *chèvre* quente em sua língua. — Mas todo mundo com quem eu trabalho é assim também. E dá para acreditar nesses tablóides? Não posso mais ficar perto de alguém numa festa.

— Você quer dizer que não chegaram juntos? — questiona a mulher que eu agora penso que seja Mickey.

— Fatias de pão, alguém quer? — pergunto alto, acreditando que posso desviar a conversa. O que seria mais neutro do que fatias de pão?

— Por favor, não! Tire isso da mesa imediatamente! — exclama uma mulher com cara de lua, de vestido azul. — Você não sabe que carboidratos matam?

Isso é demais para um tópico neutro. Estou feliz por não ter mencionado o bolo de sete camadas. A mulher teria sofrido uma parada cardíaca.

Mickey ignora a controvérsia do carboidrato e mantém sua atenção colada em Lucy.

— Uma vez tentei entrar no programa de Hunter — ela diz. — Fiz o jogo pela Internet, mas nunca recebi retorno. Alguma chance de você poder falar bem de mim para ele quando o vir novamente? Vocês dois são realmente íntimos?

— Vinho? Quem precisa de mais vinho? — Eu salto, agarrando as garrafas. — Dan tem tinto e branco — revelo, como se estas fossem as duas cores mais originais a chegarem nas lojas de vinhos nos últimos 50 anos.

Mas Mickey — o que me fez pensar que ela tinha cara de rato? A mulher está começando a parecer Janet Reno — fica fixada em Lucy e persiste em sua linha de questionamento.

— Hunter não é o apresentador do seu novo programa? Vocês devem ficar juntos dia e noite.

— Ah, você conhece Lucy: sempre ocupada, ocupada, ocupada — eu digo, interrompendo mais uma vez. — Aliás, onde você consegue tantas informações? — pergunto a Mickey, esperando distrair sua atenção. — Você parece saber bastante sobre televisão.

— Eu entro nos *sites* de fãs da Internet o tempo todo — diz Mickey, como se isso fosse o primeiro passo na direção de seu prêmio Emmy. — Sei tudo sobre Hunter Green. Sua cor favorita, que não é verde. Onde ele compra suas gravatas. O tamanho de seus sapatos. — Ela pára por um instante, tentando decidir se deve compartilhar sua informação, depois decide ser ousada. — A única coisa ruim é que ele tem pés muito pequenos — ela confidencia. — E você sabe o que isso significa.

— Meias muito pequenas? — pergunto, esperançosamente.

— Mas a boa notícia é que ele acaba de voltar de um fim de semana fabuloso com sua namorada secreta num lugar realmente romântico. Esqueci como se chama. Ah, sim — ela exclama triunfante. — Le Retreat.

Lucy tenta não cuspir o vinho, mas levanta os olhos apenas um pouco ansiosamente demais para Dan. E os olhos deles se encontrem por um tempo longo demais.

— Que interessante — diz Dan calmamente. — Lucy esteve lá no último fim de semana.

Pela primeira vez a imperturbável Lucy parece abalada. Suas respostas normalmente rápidas não saem e ela cuidadosamente acaricia o guardanapo em seu colo com as palmas das mãos. Um gesto nervoso ou uma tentativa de enxugar o suor? Vamos, Lucy, diga alguma coisa.

— Jess estava lá comigo — ela fala debilmente.

— É, eu estava — confirmo corajosamente, falando em defesa de minha cliente muito, muito culpada. — E não me pareceu nem um pouco romântico.

— Nem a mim — Lucy concorda rapidamente. — Pode me explicar como esses lugares ganham essa reputação?

Eu me levanto para limpar os primeiros pratos. E, espero, o ar.

— Vermelho Vera Cruz é o próximo — declaro. — Mickey? Você se importaria de me ajudar a limpar? — Olho para a fã número um de Hunter mas ela não responde. Nikki. Era isso. Nikki. Acho que vou limpar os pratos sozinha.

Quando finalmente volto para casa, depois do jantar, encontro Boulder adormecido profundamente em meu sofá estilo moderno anos 1950. Paguei uma pequena fortuna por ele, e se parece exatamente com aquele que minha mãe comprou na Sears quando eu era criança. Eu o odiava na época. O que me fez pensar que eu gostaria dele agora? E não sei por que Boulder está dormindo ali.

— Tive que usar meu bom senso, e pensei que não haveria problema em deixar Boulder entrar — diz a *baby-sitter* de Jen, Maggie, entrando na sala. — Todo mundo na cidade sabe sobre vocês dois.

— Tudo bem — eu digo, imaginando o que trouxe Boulder à minha porta quando não há uma equipe de filmagem à vista. — Desculpe ter chegado tão tarde. — O jantar terminou por volta da meia-noite, mas eu não estava com pressa de sair. Achei melhor ficar por perto para o caso de Dan ter mais alguma coisa a dizer sobre o fim de semana de Lucy, a foto no *Post* ou o *affaire* Le Retreat. Mas Dan parecia cansado e, depois de enxugar algumas louças, foi para a cama. Com ou sem Lucy, não posso dizer, embora eu tenha certeza de que ela vai me contar amanhã.

Esvazio minha carteira para pagar Maggie. Quando as *baby sitters* começaram a ganhar dez pratas por hora? Sei que ela está guardando o dinheiro para a faculdade, mas será que eu deveria lhe dizer que qualquer trabalho que ela conseguir depois de se formar não vai pagar isso nem de longe? Quando Maggie sai, volto minha atenção para Boulder, que está enroscado como um cachorrinho adormecido. Ele parece tão confortável que eu certamente não vou acordá-lo. Jogo uma coberta leve sobre seus pés descalços, começo a enrolá-la em torno de seus calcanhares, depois me interrompo. Espere um minuto. Certamente eu *vou* acordá-lo. Que diabos o garoto está fazendo em meu sofá às duas da madrugada?

Mas como acordá-lo? Uma sacudida gentil no ombro? Um beijo no rosto? Um copo de água fria na cabeça? Escolho a sacudida no ombro. Que não faz nenhum efeito. Que bom ser jovem e homem e dormir profundamente.

— Boulder? — eu chamo alto. — Boulder? *Boulder*?

Ele finalmente se senta, imediatamente semidesperto. Bom ser jovem e homem e acordar rápido.

— Ei, Jess, como é que você está? Já sabe que nosso programa vai ao ar na próxima semana?

— Não, é mesmo? Achei que estava marcado para agosto.

— Todo mundo na emissora adorou e eles resolveram programá-lo na frente dos outros — ele diz, espreguiçando-se. — Achei que poderíamos todos assistir juntos. Seria legal.

— Legal — concordo, imaginando se ele está planejando ficar sentado no sofá até a semana que vem. — Por isso você veio aqui, para me contar? Está meio tarde. — Eu esfrego os olhos e bocejo para dar mais ênfase.

— Você certamente foi a uma festa — ele diz com um sorriso. Aqui vamos nós de novo com o sorriso. — Você pode me contar se quiser.

— Nada a declarar — eu digo. Ainda por cima, as boas maneiras pedem que eu ofereça a ele algo para comer. Tratar-se de um rapaz crescido que provavelmente está com fome. Mas não vou voltar para a cozinha a essa hora para fazer nada. Bem, talvez algumas uvas.

— Então, o que está acontecendo? Por que veio aqui?

— Na verdade, quero falar com você a sério — ele diz.

Então, nada de uvas. Tenho algum estrogonofe de carne que sobrou. Isso parece sério. — Mas agora o sorriso foi embora e sua expressão se tornou solene. Seu raio de ação está crescendo. Ele deve estar estudando muito nas aulas de interpretação.

Boulder pigarreia e reúne suas informações.

— Escute, Jess, sei que depois que o programa for ao ar, todo mundo vai pensar que somos um casal. E gosto muito de você. Realmente gosto. Adoro Jen, também. Nós todos poderíamos ser muito felizes juntos.

Não, não poderíamos. Mas não quero interromper sua grande cena.

— Infelizmente, ficar junto assim não pode acontecer agora, e eu queria contar a verdade a você. — Ele faz uma pausa para dar efeito, acariciando seu queixo perfeitamente barbeado.

— Já estou envolvido com alguém.

Isso não parece tão ruim. Eu já fui beijada antes. E por pessoas que também beijei.

— Tudo bem — eu digo, provavelmente um pouco rápido demais.

— Verdade? Você não está aborrecida?

— Não. Eu entendo. Nós nos conhecemos no programa de TV. Essas coisas não podem durar — concluo, filosoficamente. Será que devo acrescentar como estava sendo bom conhecê-lo? E que aprendi com a experiência? Não, acho que vou deixar por isso mesmo.

— Foi meu agente que me fez fazer tudo isso — confessa Boulder, ainda se desculpando. — Eu deixei claro que não queria magoar ninguém, mas ele disse que uma oportunidade é uma oportunidade.

— É um trabalho duro. Você faz o que pode — eu falo, tentando fazê-lo sentir-se melhor.

— Então podemos ser apenas amigos? — pergunta Boulder. — Eu odiaria perder você. Especialmente agora que vou passar um tempo em Nova York para fazer alguns testes.

Estranhamente, percebo que ficaria feliz de ter aquele Boulder doce e de cabelos espetados como amigo. Ele é engraçado e eu não me importaria de entrar de braços dados com ele no Baile de Primavera da Associação de Pais e Professores. Pelo menos uma vez eu me divertiria muito dançando, e Cynthia teria um ataque tentando descobrir o que estava acontecendo entre mim e o Surfista Bacana.

— Fico feliz de sermos amigos — declaro. E agora que somos confidentes, pergunto: — Então, com quem você está saindo? Você está feliz?

— Feliz a maior parte do tempo — ele diz, aconchegando-se novamente no sofá. — Temos muito em comum. Nós nos conhecemos surfando. Estamos os dois tentando virar atores.

Surfar e atuar. Outros relacionamentos foram construídos com menos do que isso. Embora não muitos.

— Parece bom — eu apóio.

— É — ele diz, pensativamente. — Só não tenho certeza se ele é a pessoa que vai durar para sempre.

Ele? Eu ouvi direito? Certo, nasci em Ohio, mas vivo em Nova York há muito tempo. Faço compras na Christopher Street. Assisto a *Will & Grace*. Não estou chocada. Mas "ele" parece muito com "ela" e não quero tirar qualquer conclusão.

— Então, me conte sobre sua... a pessoa que vai durar para sempre. Qual é o seu nome? — pergunto, procurando a palavra certa.

— Cliff — responde Boulder, feliz. — Ele é lindo. É igualzinho a mim. E nós dois somos de Áries.

— E eu sou Sagitário. Acho que você e eu não estávamos escritos nas estrelas, Boulder.

— Talvez seja isso — ele diz, assentindo. Obviamente era a astrologia e não nossa leve diferença de orientação sexual que nos mantinha separados.

— Então por que Cliff não é a pessoa que vai durar para sempre? — indago.

— Talvez ele seja — diz Boulder. — Ficamos tão bem juntos. O único grande problema do relacionamento é minha mãe.

Isso eu posso entender.

— Ela está tendo problemas para aceitar Cliff? — eu pergunto, com simpatia. — Pelo menos ela não vai ter que lidar com uma nora.

— Ah, ela realmente adora o Cliff — afirma Boulder, apaixonadamente. — Ela adora tudo nele. Só não consegue aceitar o fato de que ele não seja católico. Ela é muito rígida nesse ponto: não quer que eu namore caras fora da nossa religião.

Uma bela mistura pós-moderna. Mamãe aceita que ele seja *gay*. Mas é tradicionalista. Ainda sonha com um casamento na igreja. Não importa o que o Papa diga.

— Sua mãe é muito devota? — pergunto.

— Pode apostar. Ela é a última pessoa que conheço que ainda come peixe na sexta-feira. Para ela, não importa que o

Concílio Vaticano II tenha declarado que a missa pode ser em inglês, ela ainda faz questão de lê-la em latim. Bem, não que ela leia realmente latim. Tudo o que ela sabe é *veni, vidi, vici.* Isso não a leva muito longe.

— A única frase latina que eu conheço é *Carpe diem.* Aproveite a vida — traduzo. — Que é exatamente o que você precisa fazer.

— Vou fazer — diz Boulder, com paixão. Depois, fazendo uma pausa, ele pergunta — Mas fazer o quê?

— Agir. Buscar o que você quer. Já conversou com Cliff a respeito de uma conversão? Talvez possa resolver o problema para sua mãe.

— Nunca pensei em pedir — diz Boulder.

— Você tem que fazer isso — eu digo, resolutamente. — Se este é um relacionamento sério, tudo tem que ser colocado na mesa. Vocês fazem sacrifícios um pelo outro. Todo relacionamento tem obstáculos, mas se você quer ficar junto, precisa superá-los.

Boulder olha para mim de olhos arregalados.

— Você está certa, vou falar com Cliff. Obrigado, Jess. Você é inteligente. Como aprendeu tantas coisas?

Essa é a pergunta da noite. Pareço ser boa com o relacionamento de todo mundo, menos com o meu.

— A maior parte eu li — digo. — Tudo o que sei vem de Tchecov.

Boulder me olha sem entender. É melhor eu explicar de forma que ele possa entender.

— Tchecov. Pense nele como o cara que escreveu o *Sex and the City* original. Versão russa.

Boulder sorri com afeto.

— Está vendo? Você é realmente inteligente. E eu fui muito inteligente ao escolher você como minha namorada. Vamos ser MAPS.

Agora sou eu que não entendo. É tarde e ele está falando através de siglas.

— Que tal me ajudar nessa? — eu peço.

— MAPS — repete Boulder, vindo até mim e prendendo seu mindinho no meu. — Melhores Amigos Para Sempre.

Boulder passa a noite no sofá e, de manhã, coa um bule de café, deixa um bilhete assinado com uma carinha sorridente e sai antes que Jen ou eu acordemos. Tenho que sair de casa rapidamente, também. Vou encontrar minhas amigas da obra beneficente da Park Avenue, Amanda Beasley-Smith e Pamela Barone, para um desfile de Chanel. E o que, em nome dos céus, devo usar? Li sobre os dilemas que as celebridades enfrentam antes desses eventos: colocar um Versace para o desfile de Versace e um Prada para o de Prada ou isso é muito puxa-saquismo? Desprovida de costureiros que sou, coloco um pretinho básico. Não é Chanel, mas penso nele como minha homenagem à grande Madame Coco, que, após a morte de seu amante, fez o voto de colocar a nação inteira de luto. E pouco me importa se as mulheres na moda em Nova York não estão mais usando preto.

A três quadras da loja, percebo que esqueci meu convite e meu nome provavelmente não estará na porta. Até o segurança vai saber com um simples olhar que o vestido é falso. Mas não tenho que me preocupar porque Amanda e Pamela estão do lado de fora, educadamente me esperando. Essas garotas foram bem criadas. Escolas suíças não são boas apenas para atrair maridos ricos.

— Obrigada pelo convite — agradeço enquanto vamos em direção à grande escadaria rumo à sala de desfiles privados.

— Achamos que seria divertido — diz Pamela. — Esses desfiles são sempre muito melhores do que aquelas grandes produções semanais de moda.

— Estão sempre lotadas por uma multidão horrível — concorda Amanda. — Você nunca consegue comprar nada. Já os desfiles privados foram feitos para comprar.

Eu adoraria fazer compras, mas esqueci de trazer o meu fundo de investimentos. O melhor que posso fazer é ficar com o esmalte de unha Chanel Pink Mink. Mas por 16 dólares será que realmente vale a pena? Será melhor do que meu Wet'n Wild de 2,50 dólares? Sei que este evento é a maneira de Amanda me agradecer por todo o meu trabalho no espetáculo beneficente, além de me fazer sentir como se fosse uma das garotas. Só que está me fazendo sentir como se fosse uma das garotas pobres.

Quando entramos na sala de desfiles privados, uma vendedora, que é um pouco mais velha do que Jen, estende para nós um bloco de papel elegantemente encadernado. — definitivamente melhor do que os usados nos meus convites de casamento — e uma caneta dourada.

— Sintam-se à vontade para marcar os números de quantos trajes quiserem — ela diz, colocando-se numa pose perfeita para mostrar o clássico traje Chanel cor-de-rosa que está usando. Imagino se as regras aqui são como no McDonald's e ela tiver que pagar seu próprio uniforme. Se for assim, aquela peça cor-de-rosa estará quitada quando ela comple-tar 90 anos. Talvez eu deva contar a ela sobre as vantagens econômicas de ser *baby-sitter* em Pine Hills. E ela pode fa-zer isso de calças *jeans*.

O desfile começa, anunciado por uma música *hip hop* pulsando tão alto que imagino se eles estão tentando expul-sar todo mundo acima dos 30. As cinqüenta e tantas jovens *socialites* na platéia aplaudem superficialmente enquanto as modelos movem-se rapidamente usando as últimas variações do clássico traje Chanel — nesta estação, micromini *short*, *body* apertado tipo Pilates e finalizando — ou não finalizan-do — bordas desfiadas. Talvez bainhas custem mais caro. As tradicionais argolas femininas que costumavam ser usadas delicadamente na cintura foram substituídas por pesadas correntes de bicicleta arrancadas dos Hell's Angels. Eu pen-sava que era preciso ser velha o suficiente para usar Chanel. Agora é preciso ser jovem o bastante.

Amanda e Pamela, obviamente dentro de seu ambiente, estão deliciadamente cutucando uma à outra e rabiscando notas mais rápido do que Joyce Carol Oates escreveria um novo romance. Também estou muito ocupada tentando iden-tificar a adorável mulher loura e magra, usando *jeans* e uma blusa pequena e transparente com ramos de flores. Seus cabelos com reflexos perfeitos estão mais ou menos presos por um elástico. Não poderia ser Gwyneth Paltrow. Talvez seja Gwynnie sim. Meu Deus, seus traços pálidos parecem lava-dos quando ela está sem a maquiagem do cinema, e aquele pingente de porcelana pintada pendente de seu pescoço definitivamente não veio de Harry Winston. Olhe para isso: cinco minutos de Chanel e já fiquei esnobe.

Cada modelo — nenhuma delas pesando mais do que uma folha de verdura — passa empertigada, empurrando seus ossos angulosos de um lado para o outro, mostrando os últimos dois grupos do dia. Depois a música *hip hop* muda para Ella Fitzgerald, as luzes passam de um branco brilhante para âmbar e uma modelo ondula em nossa direção, enrolada numa coluna transparente de *chiffon* flutuante. Há um murmúrio de prazer e um movimento de excitação enquanto páginas de blocos são viradas e números são furiosamente escritos. Hipnotizada, faço uma anotação sobre o traje diáfano verde-menta sem alças. Aquilo não ficaria espetacular pendurado em meu armário? Talvez não, porque não tenho nada para pendurar perto dele. Aposto que metade dessas mulheres têm aposentos inteiros dedicados exclusivamente a seus trajes de noite de alta-costura. Como elas disseram na Park Avenue, não se pode ter muitos trajes de gala.

A música pára, as luzes se acendem e há uma pausa na ação enquanto as modelos se reagrupam (talvez seja hora de tomar as vitaminas), e a primeira leva de pedidos é feita.

— Tenho que ficar com aquele *chiffon* flutuante — diz Pamela apaixonadamente. — Lindo, não era? E tão romântico. Ele me lembra a saia de tule que usei no último ano no baile do Metropolitan Opera.

— Você não a guardou? — pergunto.

Ela olha para mim, incrédula.

— Eu jamais poderia usar nada da última estação — admite.

Eu poderia. E aceito doações. Porque, ainda que eu ganhasse na loteria, será que jogaria daria quatro mil dólares num vestido exclusivo? Parece tão frívolo. Mas só olhar para roupas tão bonitas assim me faz sentir bem, então posso imaginar como me sentiria usando-as. Completamente espetacular. Absolutamente invencível. Pronta para dominar o mundo. Mas, por enquanto, acho que tenho que conquistar o mundo de calças cáqui. É mais fácil para entrar e sair do metrô.

Amanda e Pamela trocam anotações, certificando-se de que não vão terminar em algum evento de gala com vestidos idênticos. Há um pequeno entrevero sobre o absolutamente divino número 19. Nenhuma delas consegue se lembrar exatamente do que era, mas ambas têm certeza de que têm que ficar com ele.

— Par ou ímpar? — sugiro, tentando ajudar.

— Não, tudo bem — diz Pamela com um pequeno sorriso. — Amanda pode ficar com este. Mas o próximo que nós duas quisermos, fica para mim. — Imagino se o pacto se aplica apenas aos modelos Chanel ou se Pamela vai invocá-lo para ficar com a melhor babá, o mais seleto aluguel de esqui de Aspen ou o apartamento térreo que as duas vêm morrendo de vontade de comprar para suas governantas.

Elas entregam seus formulários para a garota de rosa, que parece surpresa quandou não ofereço o meu também.

— Você não encontrou nada que gostasse? — ela pergunta, preocupada. — Existe algo que eu deva comunicar ao Sr. Lagerfeld? Ele sempre gosta de receber um retorno.

— Não que ele faça nada a respeito — suspira Pamela, que obviamente já expressou suas opiniões antes.

— É verdade — concorda Amanda educadamente. — Calvin leva nossos comentários muito mais a sério.

— Ralph também.

— E Oscar.

— O Sr. Lagerfeld tem estado muito ocupado ultimamente. — A jovem vendedora parte em sua defesa. — Vocês sabem que ele acaba de perder 40 quilos.

Amanda e Pamela assentem, como se este *non sequitur* realmente significasse alguma coisa. Talvez signifique. Difícil conseguir retorno de um estômago vazio.

A vendedora sai rebolando com suas *mules* de pelúcia e seus saltos *stiletto* e Amanda e Pamela rodopiam nas cadeiras douradas de encosto duro. Como tudo o que vi aqui, as cadeiras são um triunfo da forma sobre a funcionalidade.

— A propósito — Pamela me diz com seu melhor sorriso de gata Cheshire —, Amanda e eu temos algo para você depois do desfile. Um presentinho para lhe agradecer pelo espetáculo beneficente. Você merece. Todo mundo na diretoria vem elogiando o seu trabalho.

— Todo mundo? — pergunto. — Isso é realmente bom. Mas acho que existe uma exceção.

— Por que você pensaria isso? — indaga Amanda, me examinando.

Eu mordo o lábio. Devo admitir?

— Eu tive um pequeno problema. Com Josh Gordon — revelo, tentando descobrir o quanto devo contar a elas. — O homem já me odiava sem me ver, e assim que me viu — com meu rosto emplastrado com gosma de fruta (certo, algumas coisas você não divide nem com as mulheres) — assim que me viu, ficou pior ainda.

— Não ouvi nem uma palavra a respeito disso — diz Pamela, dando de ombros.

— Provavelmente não é sua culpa. Josh está passando maus momentos ultimamente — conta Amanda, olhando

244

para Pamela para ver se ela sabe da fofoca. Mas Pamela tem um olhar vazio e, percebendo que é dela o furo de reportagem, Amanda acrescenta, atormentada: — Alden me contou tudo o que aconteceu com a mulher de Josh. Todo mundo manteve isso em segredo por muito tempo. É tão triste.

— Deus do Céu, o que foi? — pergunta Pamela, preocupada. — Um acidente? Ela está doente?

— Pior — diz Amanda, serenamente cruzando suas mãos no colo. — Ela o abandonou e fugiu com o professor de tênis.

Isso acontece na vida real? Esposas ainda fogem com o professor de tênis? Agora que estamos num novo milênio, eu teria pensado num instrutor de Bikram Ioga.

— Ai, meu Deus — suspira Pamela. — Ela fugiu com Dawson? Aquele cara com rabo-de-cavalo e brinco de prata em forma de prego? Ele é o melhor professor do clube. Sempre gostei dele.

— Todo mundo gosta. Ou gostava. Ele é adorável — elogia Amanda.

— Mas ele vai sofrer — diz Pamela, esperta. — Não ligo se ele tem uma grande *backhand*. Ninguém mais vai fazer aula com ele.

— Você está certa. Um escândalo desses — diz Amanda, franzindo os lábios.

— Não, não, não é isso — reage Pamela maliciosamente. — Se Dawson se juntou com Mia, ele simplesmente não vai mais estar disponível fora da quadra. Então como ele vai ser bom? Não vai poder sair para almoçar. Ou para nos acompanhar naqueles programas de gala que nossos maridos consideram tão chato. Ele tem o maior dom. Levei Dawson comigo para o baile de Pólo dois verões atrás e, tenho que dizer, ele foi divino. — Ela tem o olhar brilhante, o que nos leva a imaginar onde mais Dawson poderia ter sido divino.

Mas Amanda não está preocupada com a carreira de Dawson ou a necessidade de Pamela de arranjar um novo professor. Ela tem mais detalhes que devem ser divididos.

— Enfim, Josh ficou destruído. Como vocês podem imaginar. Ele não fazia a menor idéia. Nem mesmo sabia que ela estava tendo aulas de tênis.

— Mia é uma idiota — diz Pamela. — Você ter seu casinho, tudo bem. Mas não se troca um bom marido por um professor de tênis. Tenho certeza de que ela vai voltar.

— Josh não vai permitir. Já está na fila do divórcio. Alden disse que ele deu a ela uma enorme quantia e acabou.

Pamela faz uma pausa, muito bem-educada, para perguntar quanto.

— Quem ficou com a Irlanda? — ela pergunta, ao invés disso.

— O país? — pergunto, pensando que essas pessoas são tão ricas que até são capazes de dividir a Europa entre elas.

— Não, a filha — explica Pamela.

— Guarda compartilhada. Josh é tão querido — diz Amanda, com lealdade. — Ele tem um bom coração e toma conta de todo mundo. Incluindo Mia. O que ela estava pensando?

— Apenas outra mulher encarando os 40 e entrando em pânico. Prometa que vamos ficar com nossos maridos — ela diz para Amanda. Se precisarmos de algum rejuvenescimento, simplesmente faremos plásticas juntas.

— Vamos começar com os olhos e, a partir daí fazer o resto — resolve Amanda de forma engraçada. Depois, virando-se para mim, ela explica: — Com tudo isso, você há de entender que Josh não está muito ele. Vive no limite o ano inteiro. Tenho certeza de que não foi nada pessoal contra você.

Abruptamente, a música volta a tocar e mais fofocas sobre Josh Gordon são espalhadas enquanto as modelos giram para nos tentar mais algumas vezes.

— Então, escolheu seu favorito? — Amanda me pergunta quando tudo termina.

— Adorei tudo — digo, rindo. — Não que isso importe.

— Claro que importa — retruca Amanda alegremente. — Essa é a nossa surpresa. Fizemos um acordo com o publicitário da Chanel: ele vai nos emprestar um traje para você usar no espetáculo beneficente.

Pamela e Amanda sorriem deliciadas esperando minha reação.

— Vocês estão falando sério? Vocês não tinham que fazer isso. Mas estou tão feliz por terem feito — exclamo, verdadeiramente satisfeita com a perspectiva de minha noite de Cinderela.

— Acho que o traje damasco sem alças ficaria perfeito em você. Mas, se realmente quiser — Pamela diz, caridosamente, olhando para pedir a aprovação de Amanda —, podemos deixar você ficar com o *chiffon* flutuante.

— Não, esse é seu — afirmo. — Qualquer traje Chanel seria mais do que eu jamais sonharia. — E realmente seria. Mas agora estou imaginando se elas podem negociar os sapatos também.

Capítulo 11

QUARTA-FEIRA DE MANHÃ, quando vejo Dan na estação de trem de Pine Hills, dou um tapinha em seu ombro, estendendo a mão por sobre o grupo apertado de passageiros amontoados no local exato em que as portas do primeiro vagão serão abertas para o expresso das 7:57.

— Ei, bonitão. Você vem sempre aqui? — pergunto.

Dois homens mal-humorados levantam os olhos de seus jornais, irritados com o fato de que alguém possa estar brincando de manhã tão cedo bem ao alcance de seus ouvidos.

— Oi, Jess — responde Dan, indiferente. Seus ombros estão caídos, ele parece inchado e tem os olhos enevoados.

— Você está bem? — duvido.

Em vez de responder, ele mexe distraidamente na chave do carro em seu bolso, a mente obviamente muito longe dali.

— Dan, você está bem? — pergunto de novo, preocupada.

— Não muito — ele admite.

— Qual é o problema? Alguma coisa que eu possa fazer? Você quer conversar?

Ele faz uma pausa.

— Acho que quero.

O trem entra na estação e começo a pressionar o grupo à minha frente, achando que posso conseguir um assento duplo. Mas quando os outros passageiros se apertam em torno de nós, Dan coloca a mão em meu braço.

— Podemos sair daqui? Você tem tempo para uma xícara de café?

— Perder este trem? — pergunto, sem acreditar. Ele deve ter algum grande problema para contar. — Quer dizer, claro. Claro. — Sempre tem o das 8:17. Ou, se for um problema realmente grande, o das 8:41. E tomar mais café (tomei apenas duas xícaras esta manhã) não machuca ninguém. É um ótimo diurético. Com Jacques chegando dentro de poucos dias, preciso me livrar desse inchaço, seja lá como for.

No Starbucks do outro lado da estação do trem, peço um café com leite sem açúcar (não pedir chocolate me faz economizar 50 calorias) e Dan escolhe um pequeno chá Earl Grey.

— Vou me separar de Lucy — diz Dan assim que nos sentamos.

— *O quê?*

Ele não repete. Coloco a xícara na mesa e enxugo a espuma de minha boca com um guardanapo amassado. Devia ter pedido o chocolate. Poderia usá-lo para aumentar minha serotonina.

— Não. Não, você não vai. Sem chance — digo. — Você não devia nunca sair de casa. Você a ama.

— Lucy está tendo um caso. O que você provavelmente já sabe. Eu devo ser a única pessoa na Terra que não sabia.

Não digo nada por um longo tempo. Depois me dou conta de que o fato de eu saber ou não é o que menos importa aqui.

— As pessoas têm casos o tempo todo — comento, finalmente. — Isso não precisa fazer com que um casamento termine. Às vezes é só estupidez. Um caso que não significa realmente muita coisa.

— Sei disso — diz Dan. Mas nesse momento ele não parece saber de nada. Ele encara seu chá como se estivesse confuso sobre como deveria bebê-lo através do buraco na tampa.

— É loucura sair de casa. — Estendo a mão sobre a mesa para tirar a tampa da xícara para ele. — Tem que haver uma solução melhor.

— Não acho. Pelo menos não agora.

— Lucy não me disse uma palavra sobre você estar indo embora — eu digo, imaginando como minha melhor amiga esqueceu de compartilhar comigo essa pequena parte de sua vida.

— Acabou de acontecer. Ficamos acordados a noite inteira. Eu descobri e finalmente a confrontei. Eu estava sentindo que alguma coisa estava errada, mas acho que não queria saber. Mas se é assim que ela se comporta, agindo como se não me amasse, então dane-se, melhor terminar.

— Claro que Lucy o ama — rebato com firmeza. — Quer dizer, eu vi vocês dois na feira de ciências naquela noite. Vocês pareciam tão felizes juntos. Com as crianças e tudo o mais. Cheguei em casa pensando em como vocês, depois de todos esses anos, ainda estão apaixonados.

— *Estávamos* apaixonados. Tempo passado — corrige Dan. — Claro, a gente se entende bem com essa coisa de família. Mas Lucy diz que quer aventura. Excitação. Algo novo todos os dias. E ela não consegue ter isso comigo.

— Ela disse isso? — exclamo, surpresa com o fato de Lucy ter sido tão insensível, mesmo sendo ela.

— Não imediatamente. Primeiro pediu desculpas e ficou dizendo que me ama. Mas não acreditei. Se você ama seu marido, não sai transando por aí. Depois ficou tentando explicar. Como se isso pudesse ser explicado. Ela está entediada. Estamos casados há muito tempo. As crianças logo irão embora. Muito bem, ótimo, ela é praticamente um clichê. Mas isso não significa que eu tenha que representar o papel do marido eternamente sofredor.

— Talvez seja apenas uma fase. Uma fase não muito boa, admito, mas só uma fase. Você tem que superar. Você e Lucy vão conseguir passar por isso.

— Não tenho certeza se quero passar por isso — diz Dan, desafiadoramente. — Isso não aconteceu simplesmente durante a noite. Nós estamos descendo a ladeira há meses. Ela tem estado distante. Eu vou trabalhar, ela vai trabalhar. Quando conversamos, é apenas para planejar nossa logística em relação às crianças. A última vez que nos divertimos foi provavelmente em Coney Island, em 1997.

— Vocês foram a Coney Island? — indago, distraída por um instante pela imagem de Lucy comendo um cachorro quente no Nathan's, com ou sem o repolho azedo, e dirigindo o Cyclone.

— Sim, uma vez.

— É seguro? Nunca fui ao Brooklyn.

— Nunca? — pergunta Dan, momentaneamente distraído. — Espere. Nós não fomos todos uma vez para assistir a um concerto de Lou Reed no BAM?

— Isso foi no Brooklyn?

— Brooklyn Academy of Music — diz Dan, finalmente sorrindo. — Lembra que você cruzou uma ponte? Ponte do Brooklyn?

— Pelo menos eu não acreditei nisso — digo, de bom humor. — E veja, aquela foi uma noite divertida. E aconteceu apenas dois anos atrás.

Dan assente solenemente, caindo novamente em seu jeito sério.

— Okay, tivemos nossos bons momentos. Fico feliz por termos os vídeos. Mas não vejo mais nenhum momento maravilhoso no futuro para nós dois. Se ela quer sua própria vida, eu também quero a minha. Terei minhas próprias aventuras. Vejamos se ela vai gostar disso.

— Ela não vai gostar — afirmo. — Você só está magoado agora. Não tome nenhuma decisão apressada. Dê um tempo a você mesmo.

— Claro — Dan resmunga. — Só vou ligar para o corretor hoje à tarde.

Escuto o celular tocando em minha bolsa. Provavelmente é o outro lado entrando na fila e aposto que Lucy está ainda mais chateada do que Dan. Por enquanto eu fiz tudo o que podia aqui e meus serviços são necessários em outro lugar. Boulder, Dan, Lucy. Se eu pegar mais algum cliente, o estado de Nova York vai me exigir uma licença para trabalhar como psicanalista.

Dan olha para seu Rolex, presente de aniversário de Lucy. Imagino se ele vai jogá-lo fora agora e substituí-lo por um símbolo de sua nova vida de aventuras. Provavelmente por um TAG Heuer com cronômetro, que vai dizer a ele a hora em seis fusos, a altitude quando ele estiver escalando montanhas e a profundidade do profundo mar azul quando estiver mergulhando. E ele vai precisar disso. Está prestes a viver extremos de altos e baixos.

— Podemos pegar o próximo trem? — pergunto a Dan, terminando meu café e louca para ligar de volta para Lucy.

— Não. Vá você — diz Dan, colocando a tampa de volta em seu chá. — Vou ficar por aqui. Vou tirar o dia de folga.

— O dia inteiro de folga? Isso não parece com você. O que vai fazer?

— Qualquer coisa que eu queira. Exatamente como Lucy. Posso fazer qualquer coisa que eu quiser. Assim que conseguir descobrir o que eu quero.

Quando ligo para Lucy do trem e conto a ela que acabo de estar no Starbucks com Dan, ela fica aliviada por não ter que me contar as novidades.

— Estou tão chateada. Estou comendo *blueberries* e Ativan a manhã inteira — ela revela.

— Ativan? Além de tudo suas alergias estão voltando?

— Não, para alergia é o Claritin. Embora provavelmente eu devesse tomar um deles também. Meu nariz está entupido.

— Chorando? — eu pergunto.

— Ah, certo, provavelmente é por isso. Qualquer coisa que eu possa tomar?

— Não sei. O que faz esse Ativan?

— É um benzodiazepan — ela diz, tentando ajudar, como se isso explicasse tudo.

— Sei... — respondo.

— Não sei exatamente. Minha assistente Tracey me deu um com Diet Coke. Diz que toma isso toda vez que eu grito com ela. Acalma você. Faz você sair da crise.

— E as *blueberries*? — Sei que vamos acabar chegando a Dan.

— Atkins.

— Achei que essa era a dieta em que você come *cheeseburgers* de *bacon* sem o pão.

— Muitas pessoas estão mudando para os Vigilantes do Peso. Atkins teve que acrescentar *blueberries* para competir.

— Quando ele acrescentar sorvete, me inscreva.

Lucy suspira.

— Você está certa. Dane-se Atkins. Quer me encontrar para um sorvete assim que você chegar à cidade?

— Isso será às 9:42.

— Perfeito — diz Lucy, obviamente fora de sua dieta e levemente fora de si.

Como previsto, quando eu chego ao Serendipity 3, Lucy está sentada com um enorme *sundae* à sua frente.

— Ele se chama "pia da cozinha" — ela diz. — Posso pedir um para você? — Ela mergulha a colher na taça, revirando a boca cheia com os seis sabores de sorvete, calda quente de bombom, caramelo, bananas, *chantilly*, nozes e cerejas Maraschino. Quatro delas. Pelo menos elas não têm mais aquele vermelho mortal nº 3.

— Não acho que eu precise de uma pia inteira — digo diplomaticamente. — Talvez apenas prove um pouco do seu.

Lucy olha para baixo tentando decidir se ela pode dividir uma colher.

— Não, vou pedir um para você — resolve. — Acho que vou precisar tomar esse aqui inteiro. Parece estar funcionando melhor que o Ativan.

Ou talvez tudo esteja apenas começando a bater. Incluindo a realidade do que ela fez.

— Dan parecia muito chateado quando vocês conversaram? — ela pergunta.

— Ele estava ameaçando sair de casa, mas tenho certeza de que não vai fazer isso. — Ela dá outra mexida na taça e depois mergulha a colher no sorvete de novo. — Aquele Le Retreat estúpido. É tudo culpa deles. Espera-se que eles sejam discretos. E, em vez disso, são um monte de idiotas. O quarto estava registrado em nome de nós dois, sabe? Hunter Green não é "Sr. Baldor".

— Hã? — pergunto, sentindo que meus neurônios estão ficando confusos. — O que aconteceu?

Ela lambe um pouco de calda da borda da colher, depois suspira.

— Hunter esqueceu o relógio no quarto e, por alguma razão imbecil eles o mandaram para Pine Hills endereçado a "Sr. Baldor". Dan abre o pacote crente que é para ele e encontra o Rolex de Hunter. O que dei para ele de aniversário com a inscrição no fundo: PARA HUNTER, ABRAÇOS E BEIJOS, L.

— Lucy, você está louca? Comprou um Rolex para Dan e outro para Hunter?

— Coloquei o de Hunter na conta do programa de TV — ela comenta, sem o menor interesse. — Ele vai usar quando estiver no ar.

— Você não tem decência? Não se compra o mesmo relógio para dois homens — explico, como se tivesse experiência com essas coisas.

— Eu sei — assente Lucy melancolicamente. — Faria qualquer coisa para ter outra chance. Definitivamente eu teria comprado para Hunter o Baume & Mercier.

— Você está com problemas — eu digo a ela, asperamente.

— Dan está furioso?

— Sim, Dan está furioso. E a ameaça de sair de casa pareceu muito real para mim.

— Hunter diz que vai se casar comigo — anuncia Lucy. — Foi a primeira coisa que ele falou hoje de manhã quando eu disse o que tinha acontecido. Na verdade, foi a segunda. Ele ficou realmente feliz por terem encontrado o Rolex.

— E casar com Hunter vai ser sua solução? — pergunto, embasbacada.

— Não, não acho que queira me casar com ele. Mas nunca se sabe. Se com Dan vai ficar impossível, tudo pode acontecer. É impressionante, não é? Achei que meu marido me amava, e agora... isso. — Ela brinca com uma colher de sorvete e depois decide botá-la na boca. E outra. E mais outra.

— Lucy, posso lembrá-la de que é você que está tendo um caso? Jamais lhe ocorreu que talvez Dan pense que você não o ama?

— Não seja ridícula. Nós estamos casados desde sempre. Ele sabe que eu o amo. Digo isso a ele todos os dias. Bem, talvez não todos os dias. Mas ele sabe.

Isso está começando a me dar dor de cabeça. Talvez aquela licença de psicanalista não seja uma boa idéia.

— Você tem que entender que isso é sério, Lucy. Pare de fingir que é alguma pequena discussão tipo não colocar a tampa na pasta de dentes. Dan está falando em ligar para o corretor e você está sentada aqui se automedicando.

— Automedicando? Não seja dramática. Só tomei um Ativan.

— Não estou falando do remédio, e sim do sorvete. Você comeu o suficiente para fazer toda a linha de defesa dos Pittsburgh Steelers ter um choque de glicose. E você não parece estar dando nem um gemido. Dois dias atrás você teria corrido cinco quilômetros se tivesse se enganado e tomado um picolé de laranja.

— Certo, vou correr esta tarde — diz Lucy indiferente, absolutamente sem entender o que eu estou dizendo. — De qualquer maneira, não quero falar mais sobre isso. Alegre-me. Dê-me alguma boa notícia. O que está acontecendo com Jacques?

Eu suspiro.

— Não sei se isso vai iluminar seu dia ou não. Mas ele vai me levar para um hotel charmoso em Vermont. Quando chegar na sexta à noite.

— Jacques em Vermont? — diz Lucy, realmente se alegrando. — Ele sabe que há vacas por lá?

— Ele achou que seria romântico — eu rio. — Um lugar bem longe, onde tudo em que temos que pensar é um no outro.

— Ele tomou todas as vacinas?

— Ele está totalmente em dia. Malária. Dengue. Leptospirose. Mal da vaca louca. Só para prevenir.

— Então, quando vou conhecê-lo? — pergunta Lucy. — Nós quatro não deveríamos jantar? Lembro que Dan falou sobre isso.

O sorvete está funcionando: realmente ele adormeceu seu cérebro. Como poderemos ter um encontro a quatro quando não está claro se Lucy terá um encontro a dois?

— Você vai conhecê-lo — prometo vagamente. — Por sinal, com tudo isso acontecendo, você ainda pode ficar com Jen este fim de semana? Tudo bem sobre isso?

— Por que não estaria? — pergunta a Princesa da Negação. Ou melhor, a Rainha. Lucy é sempre a melhor em tudo o que faz.

— Escute — suspira Lucy. — Você deveria ir. Já tomou conta de mim o suficiente. Você deve ter coisas a fazer. — Ela olha tristemente para o resto da enorme vasilha à sua frente. — E eu tenho pelo menos mais quatro mil calorias para enfrentar.

— Bem, divirta-se — desejo. — E não desista. Ouvi dizer que, se você tomar um Pia da Cozinha inteiro, pode ganhar outro. Por conta da casa.

Da última vez que fui a Vermont, passei seis horas trancada num carro, parei duas vezes para usar banheiros sujos, consegui uma multa num redutor de velocidade e derrubei um *milk-shake* de chocolate Roy Rogers em cima dos meus *shorts* brancos quando enfiei o pé no freio para evitar dois gansos canadenses cruzando a estrada. Devia ter processado alguém, mas quem? O Canadá? Mamãe Ganso? Roy Rogers? Dale Evans? Enfim, os *shorts* ficaram meio bacanas com aquele visual listrado de marrom e branco.

Mas nesta viagem estou aconchegada perto de Jacques a seis mil pés de altura, olhando pela janela do helicóptero, admirando as montanhas, os rios serpenteando e, sim, as vacas. Estou adorando Vermont, ou talvez esteja adorando que Jacques e eu estejamos nos beijando e acariciando durante toda a hora que dura a viagem. Quando aterrissamos, consigo sair de sob as hélices girantes com a cabeça intacta, mas não o penteado. Enquanto nos lançamos para fora, Jacques passa seu braço protetoramente em torno de meus ombros e me sinto como uma heroína de cinema dos anos 1940 sendo levada por Cary Grant.

O Bradford Inn também poderia ter sido retirado diretamente de um filme. Mas não dos anos 1940. Parece mais ter sido decorado por Betsy Ross e renovado por Terence Conran. Há uma enorme cama antiga de metal, mas, em vez de uma colcha de renda feita a mão, é coberta por um acolchoado nitidamente moderno e, de formas geométricas. Um autêntico tapete tecido a mão descansa graciosamente perto da cama, mas em cima de um carpete de veludo que cobre todo o piso. Uma exagerada arca de madeira Easy American sustenta uma TV de tela plana, um DVD *player* e um som Bose, todos acionados por controles remotos de ambos os lados da cama. Outro dilema moderno. Quem fica com o controle se cada um tem o seu?

Mas Jacques não precisa de nada remoto para tomar o controle. Mal fechamos a porta ele me imprensa contra a parede.

— Finalmente — ele diz, me beijando com força e urgência, pressionando seu corpo contra o meu.

Eu solto o cardigã de *cashmere* que estava segurando e passo meus braços em torno do tórax de Jacques, inclinando-me para beijá-lo languidamente. Mas o ritmo normalmente lento de Jacques parece estar em velocidade máxima. Com um pequeno prelúdio, ele arranca minha camiseta pela cabeça e agarra meus seios, faminto.

— Quero fazer amor com você bem aqui — ele diz, desafivelando seu cinto e me empurrando com força contra a parede.

Bem, tudo bem. Parece interessante. Mas ele poderia ter um pouco mais de trabalho. Talvez ele esteja contando aquela hora de beijos no helicóptero como preliminares. Mas aquilo era no ar. Será que não existem regras sobre começar de novo quando você muda de altitude? É melhor parar de pensar e simplesmente aproveitar.

Jacques está de pé na minha frente, completamente nu agora. Obviamente pronto para agir. Estou alguns passos atrás.

— Tudo bem, minha querida? — ele pergunta.

"Não" parece uma resposta muito complicada. Podemos fazer amor, se é isso o que ele quer. E daí se eu não tiver um orgasmo? Será um longo fim de semana. Minha hora vai chegar. E me lembro de ter lido em algum lugar que sexo praticado de pé é um bom exercício para os quadris.

Jacques parece não perceber que não estou totalmente preparada, e dentro de alguns minutos explode de prazer dentro de mim. Eu não finjo exatamente, mas dou alguns murmúrios de satisfação, verdadeiramente saboreando sua excitação.

— Isso foi maravilhoso, não é mesmo, querida? — ele pergunta, agora gentilmente acariciando meu rosto.

— É — sussurro de volta, olhando a cama e pensando como seria bom simplesmente deitar embaixo daquele acolchoado e mergulhar na luxúria em seus braços fortes.

Mas hoje nós parecemos estar totalmente fora de sincronia porque Jacques tem outras idéias.

— Muito bem — ele diz, levantando-se e indo na direção do banheiro. — Tenho um plano. Canoagem?

Canoagem? Podemos transformar aquilo em carinhagem? Mais uma vez olho com desejo para a cama, que claramente vai ficar sem ser amarrotada por mais um tempo. Talvez nós dois estejamos ficando mais velhos. Levou muito tempo para entrar no espírito e agora ele quer uma trégua antes do segundo *round*. Nos velhos tempos, fazer amor comigo era a única atividade na qual ele parecia interessado. Agora é apenas um item da lista.

Ele rapidamente coloca um par de shorts — Nautica, claro, vamos navegar — e eu me dirijo para o enorme banheiro com duas pias para tomar um banho rápido.

— Não demora — ele chama enquanto estou me ensaboando.

— Por que estamos com pressa? — questiono.

— Não quero que o rio seque — ele grita de volta, brincando.

Descemos para a casa de barcos com tempo de sobra e água em excesso, e Jacques leva uma canoa de duas pessoas para a ponta da praia.

— Entre — ele convida, colocando dois remos no fundo do barco e estendendo a mão para me ajudar.

Escalo desajeitadamente rumo ao interior do barco e me coloco precariamente no assento da frente.

— Fique de joelhos — ele comanda.

Entendi. Acabo de tomar banho e agora ele está pronto para outra rodada.

Mas ele dá a volta para a popa, explicando que preciso ficar de joelhos para pegar o balanço do barco. Com seu jeito másculo ele empurra a canoa para longe do cais, correndo até ficar com água pelos joelhos, e depois pula para dentro do barco.

— Você sabe remar? — ele pergunta, me entregando um remo e pegando o outro. E me dá uma lição de 60 segundos sobre técnicas de remo, lembrando que, já que ele está na popa, vai ditar o ritmo, e tenho que segui-lo. Este é o enredo do dia.

— Empurre, solte, empurre, solte! — ele grita. Tento manter o ritmo e o bote se move ligeiramente, cortando as águas devagar. Isso é mais divertido do que pensei. Mas em alguns minutos meus braços não malhados começam a queimar e meu ritmo diminui, o que não parece fazer a menor diferença. O barco ainda segue rápido e para a frente.

— Você pode relaxar, *mon amour* — avisa Jacques lá da frente. — Posso fazer isso sozinho. Deixe-me cuidar de você.

Posso viver assim. Eu me reclino, aproveitando o calor do dia, o sol brilhando sobre a água fria e o glorioso pano de fundo de montanhas verdes. Nós deslizamos abençoadamente através da corrente rápida, a água produzindo um som tranqüilo enquanto bate contra os lados da canoa de alumínio. Olhando para o panorama que corre no horizonte de finas árvores, fazendas distantes e passarinhos cantando, percebo o quanto é bom ter um homem forte ao meu lado, guiando o caminho.

Fecho os olhos e mergulho no instante. Como a vida pode ser fácil quando você é parte de um casal. Quando existe a força de outra pessoa na qual se apoiar. Minha mente está mergulhando quando subitamente escuto um forte ruído na água e sinto o bote sacudir precipitadamente para o lado.

— O que... — Olho em volta e vejo Jacques nadando vigorosamente perto do barco.

— A água está deliciosa — ele chama. — Não pude resistir. Apenas uma nadada rápida. Volto já.

Era demais para ser verdade.

Supondo que posso manter o ritmo de Jacques, mergulho o remo na água plácida. Só que em vez de ir para a frente, o bote gira num círculo para a esquerda. Será que não aprendi nada no acampamento Nepakawanee? Não, não aprendi. A menos que trançar cordas conte pontos. Tento colocar o remo do outro lado e agora o bote faz um círculo para a direita.

Maldito Jacques. Por que ele me deixou sozinha aqui?

Certo, posso lidar com isso. Flexionando meu braço, faço o bote ficar reto de novo e, para minha grande surpresa, começo a me movimentar para a frente. Estou me sentindo confiante e começo a sussurrar uma miscelânea de músicas aquáticas — "Michael Row Your Boat Ashore", "Bridge Over Troubled Waters" e "Down by the River I Shot My Baby". Ao cantarolar esta última, percebo que talvez esteja mais irritada com Jacques do que me imaginava. A corrente fica mais veloz, tornando o ato de remar mais fácil. Noto algumas pedras bem adiante e me desvio delas. Deus, sou boa nisso. Um pequeno redemoinho vindo rapidamente não parece muito perigoso, mas, só para me assegurar, empurro o bote na direção oposta.

A canoa se choca violentamente contra uma laje de pedras que se sobressaem da água e escuto um estrondo de metal capaz de parar o coração enquanto o barco voa no ar, dá um salto mortal e vira de cabeça para baixo.

Subitamente está tudo escuro e estou me debatendo no fundo do rio, batendo os braços furiosamente, como uma lontra numa armadilha. A água penetra em meu nariz e meus pulmões parecem que vão explodir. Posso me afogar assim tão rápido? Meu pé parece preso entre duas pedras e não consigo desprendê-lo. Definitivamente estou me afogando, exceto pelo fato de que minha vida não está passando diante dos meus olhos. Não posso entrar em pânico. Ah, posso sim. Não foi assim que Meryl Streep morreu em *Rio selvagem*? Não, ela não pode ter morrido. Aquele foi seu único filme comercial.

Estendo o braço e, com uma força que jamais soube que tinha, empurro a pedra e liberto meu pé. Estou tão desorientada que não sei mais qual é o caminho para cima, mas chuto o mais forte que posso e me impulsiono para o que acho que é a superfície. Só que não há céu ou sol, ainda está escuro. Estendo meu braço sobre minha cabeça e escuto o eco de minha mão batendo no barco de alumínio. Certo, graças a Deus estou salva. Estou numa bolsa de ar. Respiro fundo e torno a mergulhar para sair de baixo do bote quando subitamente sinto um par de braços fortes em torno de meu peito, me levando de volta. Deve ser Jacques, tentando me resgatar, mas esse não é o jeito de fazê-lo. Tento me livrar, mas quanto mais me afasto, mais ele me aperta.

Agora vejo minha vida passando na minha frente. Como diabos você grita "me solta!" debaixo d'água? Nós lutamos, ele puxando, eu empurrando, mas finalmente borbulhamos até a superfície, cuspindo e tossindo.

— Peguei você! — fala Jacques, passando seu braço em torno do meu peito na posição aprovada pela Cruz Vermelha e arrastando meu corpo cheio de água. — O cais não está longe. Aguente firme. Apenas *deux minutes*.

O cais? E o barco? Eu tenho uma visão dele, ainda virado, sendo varrido pela corrente para longe de nossa posição.

Então, quando chegamos ao banco de areia na margem do rio, solto minhas primeiras palavras desde que a tragédia aconteceu.

— Minhas sandálias Stephane Kelian! — grito para Jacques. — Comprei só para essa viagem! Por que você não as resgatou?

— Resgatei você — ele responde, afobadamente. — Salvei sua vida. E não sou seu herói?

Olho para meus pé sem sandálias, arranhados e sangrando. É justo colocar a culpa em Jacques? Pode apostar que sim. Quem deixou quem sozinha no barco?

— O que fazemos agora, meu herói? — pergunto, olhando para o rio à esquerda e a floresta cerrada à direita.

— Muito longe para nadar de volta. Vamos andando. *Marchons* — diz ele, indo na direção das árvores.

Eu o sigo e passamos em fila indiana pelos arbustos cerrados. Estou ensopada e resfriada até os ossos. Provavelmente deveria tirar essa camiseta molhada, mas não estou pronta para Jacques me ver em traje de banho. Mesmo que ele me veja nua quando estamos fazendo amor. Quem sabe se eu tivesse perdido mais peso ele pelo menos se oferecesse para me carregar?...

Damos a volta pelo que parecem quilômetros, mas não são, até que mais acima espio um raio de luz e uma clareira. Dirijo-me feliz para o campo ensolarado e a civilização.

— Uma casa de fazenda! — exclamo, animada. Começo a correr, mancando, mas sou logo interrompida por uma cerca de arame farpado que contém um rebanho de — pode ser? — vacas fictícias de Vermont. Pintadas de marrom e branco, exatamente como meu Roy Rogers manchado.

— Não chegue muito perto, essas cercas são sempre eletrificadas — alerta Jacques sabiamente atrás de mim. Quando meu herói se transformou no fazendeiro Jack? Ele caminha paralelamente à cerca, a alguns pés de distância.

— Olhe — ele mostra, encorajadoramente. — Essa parte está levemente levantada. Podemos nos arrastar aqui sobre a barriga esticada.

Não tenho barriga esticada. E também tem esse problema da minha bunda grande. Mas Jacques já está no chão e, em um instante, desliza feito uma cobra por baixo da cerca. Não escuto nenhum chiado, então me preparo para segui-lo. Encolho o bumbum e empurro minha barriga para dentro, exatamente como me ensinaram no Lotte Berk. A instrutora dizia sempre que a boa postura salva vidas — embora eu não ache que era isso o que ela tinha em mente.

Passada a cerca eletrificada, fico de pé orgulhosamente, apenas para confrontar o próximo obstáculo. Uma horda de vacas curiosas vem em nossa direção.

— Tire seu *short*! — grito para Jacques. — Rápido!

— Não aqui, querida — ele responde, pegando minha mão. — Vamos esperar até voltarmos para o hotel.

— Não, o *short*! Ele é vermelho! — digo freneticamente, puxando seu cinto. — Tire-o agora! As vacas vão atacar!

— *Non, non, mon petit chouchou* — ele diz, desarrumando meus cachos molhados e beijando meu nariz. — Elas são fêmeas. Completamente dóceis. São os touros que atacam.

Dóceis? Vou mostrar minha docilidade a ele. Embora eu esteja mais do que aliviada ao descobrir que Elsie não é uma assassina.

Mas então um novo pensamento cruza minha mente.

— Como você sabe que não há nenhum touro por aqui?

— Eles nunca ficam no mesmo pasto. Só ficam juntos para cruzar. De outra forma, os machos ficam muito agressivos.

Conte-me mais a respeito.

Distribuímos cotoveladas no rebanho curioso e abrimos caminho através das vaquinhas. Bem, isso é agradável. Agora estou sangrando, enlameada e provavelmente cheirando a estrume, o que é obviamente afrodisíaco, porque Jacques escolhe este preciso minuto para me envolver com meus braços e me puxar para perto dele num beijo profundo.

— Sabe, *ma petite*? Você está certa. Devemos fazer amor bem aqui.

— No pasto? Nós já não pagamos pelo quarto? — giro a cabeça de um lado ao outro. — Você não acha que o dia já teve drama suficiente?

— Drama? Que drama? — pergunta ele, levantando uma sobrancelha.

Certamente ele está brincando.

— Quase me afoguei — respondo severamente. — A cerca elétrica poderia ter nos matado. E se essas vacas resolverem fugir em pânico?

Jacques cai na gargalhada.

— Ah, isso não foi nada mais do que um... como se diz? Passeio de escoteiro.

E meu escoteiro está sempre alerta. Portanto, por que não? O sol está brilhando, as vacas estão mugindo e ele decide que, afinal, eu estava certa sobre o *short* vermelho. Ele está sendo retirado.

Naquela noite, depois de um de nossos famosos banhos de espuma, estou finalmente aninhada embaixo do acolchoado Pratesi com minha cabeça apoiada no ombro de Jacques. Tudo foi perdoado. Dois orgasmos, uma garrafa de Veuve Cliquot e um jantar à luz de velas fazem isso por você. Estamos caindo no sono quando um bipe alto me faz levantar a cabeça, sonolenta.

— Alarme de fogo? — pergunto, sem saber se fico preocupada ou aborrecida. Achei que as aventuras de hoje tinham acabado.

— Não, é só meu celular — fala Jacques, saindo da cama. Ele olha para o identificador de chamadas, vai até o canto mais distante do quarto e então, numa voz abafada, sussurra no celular: — *Bonjour, ma chérie.*

Bem, talvez seja outra aventura. Apenas não do tipo que eu planejava. Eu me viro e finjo voltar a dormir.

— *Oui, Vermont est très belle. J'ai vu les vaches aujourd'hui.*

Ele viu as vacas hoje. Isso não parece muito romântico.

— *J'ai nagé, aussi.*

Pode apostar que ele foi nadar. Mas quem iria se importar com isso? A irmã? A secretária? A namorada? Só se for outra namorada além de mim.

Ele continua a falar por alguns minutos, mas a conversa não fica mais excitante. Até o fim.

— *Je reviens tout de suite.* — Volto logo. E, depois de uma longa pausa, ele acrescenta. — *Moi aussi.*

Eu também? Eu também o quê? Não é um bom sinal.

Ele volta para a cama, se enrosca em mim e acaricia meu cabelo.

— Desculpe, *ma petite*. Apenas tive que cuidar de um trabalho inacabado. Desculpe se perturbei você.

Quanto perturbada eu deveria ficar? Não sei, mas quero saber.

— Quem era? — pergunto baixinho. — Você se importa de eu perguntar?

— Claro que não me importo — ele diz, gentilmente beijando meu pescoço. — Você pode me perguntar qualquer coisa. Sempre vou contar a você. Quero que você fique feliz. Nós não devemos ter segredos. *Bien?*

Bien, eu penso, amolecida, e adormeço nos braços dele. E só quando acordo muito mais tarde é que percebo que ele não respondeu à minha pergunta.

Capítulo 12

— VOCÊ ESTÁ SOZINHA?

É Lucy, ligando na segunda-feira à meia-noite. Como a Wal-Mart, ela está acordada e funcionando 24 horas por dia. E desta vez ela nem está em L.A.

— Sim, estou sozinha. Por quê? — Eu tiro o Jon Stewart. Agora que me liguei em Boulder, estou moderna demais para Jay Leno.

— Estou procurando Dan — ela diz, ansiosa. — Você sabe onde ele está?

— Não aqui — aviso, caso seja isso o que ela está sugerindo.

— Sei que ele não está *aí*. — Ela parece tão autoritária que por um instante imagino por que Dan *não poderia* estar aqui. Qual é o problema? Não sou bonita o suficiente?

— Dan não voltou para casa a noite passada — conta Lucy. — Estou totalmente sozinha. Ele não ligou. Estou preocupada que ele tenha sofrido um acidente de carro.

271

— Mas ele não dirige — eu lembro. — Sempre pega o trem.

— Então um acidente de trem — diz Lucy. — Talvez ele tenha encostado nos trilhos. O que mais pode ter acontecido com ele?

Tenho muitas respostas, nenhuma delas capaz de agradar Lucy.

— Pode ser que ele esteja querendo algum tempo para pensar — sugiro.

— É para isso que serve o estúdio dele — ela retruca, parecendo levemente irritada. — Um lugar para relaxar. Acabei de redecorá-lo no ano passado. Em tons de terra, muito masculino. E ele tem sua própria cadeira Herman Miller. Original.

— Sempre gostei dessa cadeira.

— Eu sei. Você também tem uma.

— Não, não tenho. A minha é cópia. Mas poupei dois mil dólares e você não seria capaz de perceber a diferença.

— Seria, sim. Se tivesse olhado. Os encostos de braço são sempre diferentes — afirma Lucy, dividida entre ficar na defensiva, distraída ou preocupada. — Mas, enfim, você acha que Dan está bem? Ele não está no escritório. Não atende o celular. Já é meia-noite, droga. Será que ele não se importa com o fato de eu estar preocupada com ele?

Os sentimentos de Lucy podem não estar na lista das maiores preocupações de Dan agora. Se conheço o sempre-prático Dan, os custos altos dos aluguéis em Manhattan e o fato de que ele não tem um par de meias limpas para usar amanhã são provavelmente tudo em que ele pode pensar hoje. Pelo que eu sei, ele teve uma overdose de emoção alguns dias atrás. Agora está provavelmente partindo para um plano de ação. Qualquer ação.

— Tenho certeza de que ele está bem — eu digo. Mas também fico imaginando onde ele está. No Carlyle? No Pussycat Club? Acampado no Central Park com uma garrafa de gim? Não Dan. Aposto que ele está largado no sofá de seu escritório.

— Alguém deveria dizer a ele que essa não é a maneira de me reconquistar — resmunga Lucy. — Mas, se você está sozinha, isso quer dizer que Jacques não está aí. Como está indo?

— Ele teve que voar para Washington para algumas reuniões. Vai voltar este fim de semana. E nós não vamos fazer nada que tenha a ver com canoas ou vacas.

— Quer surpreendê-lo quando ele voltar? — pergunta Lucy. — Podíamos fazer alguma coisa para você ficar realmente bonita.

Não sou bonita o suficiente nem para Dan nem para Jacques, imagino. Impressionante que me deixem sair de casa.

— Não sabia que parecia tão ruim — digo.

— Não foi isso o que eu quis dizer, claro que não. — Ela tenta apaziguar. — É só que agora que estamos com mais de 40 — e odeio dizer esse número em voz alta —, temos que ser realistas. Dar uma ajudinha à Mãe Natureza.

— Ela conseguiu fazer muito bem as árvores, as flores e o Monte Rushmore — digo. — Será que ela foi tão ruim assim comigo?

— Querida, a Mãe Natureza não fez o Monte Rushmore. Esta é aquela montanha que tem os presidentes. Veja, até as montanhas precisaram de um certo trabalho cosmético.

Uma esculpidazinha, uma acertadinha, umas injeçõezinhas aqui e ali.

Eu suspiro. Já passamos por isso antes.

— Sem chance de eu tomar injeções de botox — lembro. — E sem chance de eu encontrar novamente seu cirurgião plástico favorito. Uma vez no apartamento do Dr. Peter Paulo foi suficiente, obrigada. Não preciso ir ao consultório dele.

— Ah, esqueça Peter. Não freqüento mais seu consultório — diz Lucy, dispensando o Dr. Paulo como se fosse tão passado quanto Jenny Jones ou Susan Powter. Imagino o que aconteceu com esta: desapareceu mais rápido do que os quilos que deveria ajudar você a perder.

— Então quem é o novo fazedor de milagres? — pergunto. — Annie Sullivan?

— Melhor — ri Lucy. — Dr. Herb Parnell. Acabou de escrever um livro que vai ser um estouro: *A agulha da juventude*. Vai haver uma noite de autógrafos dele amanhã, tipo *bagels*-com-botox.

— Um menu interessante — comento. — Na verdade, prefiro meus *bagels* com *cream cheese*.

— Mas isso é tão mais divertido — diz Lucy. — Você come um pouco, participa de uma *happy hour* e aproveita para aplicar o seu botox.

— Claro que é uma *happy hour*. Você não pode movimentar seu rosto para fechar a cara — observo. — De qualquer maneira, quanto custa este pequeno evento botox-com-salmão?

— Ou e salmão, isso é em Connecticut — diz Lucy. — E como se trata de uma noite de autógrafos, os drinques são de graça. Além do mais, é na casa de Dahlia Hammerschmidt. Você vai adorar conhecer a casa de campo dela.

— Dahlia Hammerschmidt? Achei que ela era paciente do Dr. Paulo.

Lucy faz uma pausa, apropriadamente impressionada.

— Jess, você nunca sabe nada sobre ninguém. Como, em nome dos céus, soube disso?

Pela primeira vez, estou me sentindo insuportavelmente convencida. Liz Smith não deve nada a mim. Pelo menos não acho que deva.

— Não revelo minhas fontes — digo.

— Ah, entendi — diz Lucy, fazendo uma dedução rápida. — Aposto que Peter andou lançando nomes durante seu encontro. Sedução através da associação a celebridades. Isso é tão típico de Nova Jersey nele. Apenas uma das razões pelas quais todas nós mudamos. Bem, isso e o rumor sobre a pálpebra deformada de Farrah Fawcett. Não que eu jamais tenha acreditado.

Eu suspiro.

— Então, o que há de bom neste último Merlin? A não ser o fato dele ser mais novo do que o antigo?

— Ele tem as últimas novidades — conta Lucy, em tom de conspiração. — Todas as drogas que ainda não foram aprovadas pelo FDA.

— Isso inspira muita confiança. Achei que a aprovação pelo FDA era uma coisa boa.

— Ah, por favor, eles se movimentam muito devagar para nós. Na nossa idade não podemos esperar esses estudos que duram dez anos. Que mal pode haver? Você gastar alguns dólares e não funcionar?

— Ou você gastar alguns dólares e terminar morta. Mas com uma compleição perfeitamente alinhada.

— Pelo menos você vai estar bem para o seu funeral — retruca Lucy com irreverência. — Esteja pronta. Pego você às três.

Lucy passa na minha casa num reluzente Porsche Carrera 911 prateado conversível. O teto está rebaixado e ela usa óculos escuros enormes com um lenço amarrado no cabelo.

— Não sabia que ia para Connecticut com Grace Kelly — digo, subindo no carro e aterrissando no assento fundo com uma pancada. — O que significa isso?

— Troquei o Mercedes. Era meio matrona demais. A aceleração é fabulosa nessa coisinha aqui — diz Lucy, saindo em disparada da beira da calçada.

— Mas um Porsche prateado?

— Banal, não é? — diz Lucy, sorrindo forçado enquanto desvia de um boquiaberto adolescente num Honda Accord. — Faço 42 anos e compro um carro esporte para tentar provar que ainda sou jovem. Exatamente como os caras fazem. Hoje em dia as crises de meia-idade dão oportunidades iguais.

— Eu havia entendido que, durante a crise da meia-idade, ou você teria um caso *ou* compraria o carro. Como conseguiu fazer as duas coisas?

— Sorte — ela responde adoravelmente acariciando a marcha.

— Imagino que, quando eu tiver a minha crise de meia-idade, vou fazer uma tatuagem ou pintar o cabelo de roxo. Nunca aprendi a dirigir um carro que não fosse automático.

— Nem eu — admite Lucy. — Você pode deixar esse carro no automático. A marcha fica aqui só para ser mostrada.

— Imagino se Mario Andretti a usava desta maneira. — Quero esticar minhas pernas que estão dormentes, mas não há espaço. Lucy entra na auto-estrada e chicoteia para a esquerda. Meus cabelos voam selvagemente em torno da cabeça e tento amarrá-lo para trás com os dedos. Lucy franze os lábios, enfia o pé na tábua e alcança os 130 km/h.

— Um pouco afoita hoje? — pergunto, agarrando os lados do banco.

— Desculpe — ela diz, voltando aos 120. — Veja no porta-luvas. Tenho exatamente o que você precisa.

— Um capacete de aço, espero. — Mas eu deveria saber. Procuro e encontro outro lenço de cabeça. Não vai salvar minha vida, mas pelo menos é um Gucci.

Quando alcançamos a Route 7, em Connectitut, gosto do vento no rosto e do olhar invejoso de todos os homens pelos quais passamos, presos em seus sedãs de família. Estou começando a me sentir como a garota mais interessante da escola — se apenas meus joelhos esmagados e doloridos não estivessem me lembrando de que não vou fazer nenhum teste para o time de animadoras de torcida tão cedo. Com o som do Metallica retumbando no CD *player*, alcançamos a entrada circular da casa de Dahlia Hammerschmidt, e o jovem criado nos olha — ou talvez olhe o carro — com aprovação. Lucy pula para fora e joga as chaves para ele.

— Espero que você saiba dirigir com marcha — ela desafia, enquanto move-se levemente para a frente.

Passamos por cercas vivas perfeitamente podadas que devem manter uma equipe de jardineiros japoneses trabalhando 24 horas, sete dias por semana. Nem consigo fazer com que meus arbustos não invadam o jardim do vizinho, e as plantas de Dahlia são um jardim zoológico de ursos e elefantes. Uma vez próximas da superornamentada porta da frente, um mordomo nos entrega um pequeno panfleto amarrado com uma grande e floreada página de rosto onde se lê "Os Hammerschmidts em Versalhes". Olho para Lucy pedindo ajuda.

— O salão de baile de Dahlia é uma réplica exata da Sala dos Espelhos — sussurra Lucy. — Ela acha que se era bom o suficiente para Maria Antonieta, é bom para ela também.

Percorremos um interminável corredor pavimentado, com dezenas de retratos de ancestrais. Os Hammerschmidts ou têm uma ótima árvore genealógica ou um bom vendedor de arte. Quando chegamos ao salão de baile, do tamanho de um campo de futebol, eu paro, intimidada. Provavelmente o efeito desejado. O aposento é decorado inteiramente em branco e dourado e espelhos — o mesmo tipo de decoração de todos os apartamentos que vi em Miami. Mas essa falsa imagem francesa ostenta uma dúzia de enormes lustres de cristal, duas dúzias de estátuas de ninfas de ouro erguendo candelabros brilhantes e portas e janelas francesas em arco, da altura de três andares, suficientes para manter a companhia Pella ocupada por dois anos. Dahlia copiou até as cordas de veludo vermelho usadas em Versailles para impedir os turistas ávidos de tocar os tesouros dourados. Aparentemente ninguém disse a ela que não foi Luís XVI quem os colocou lá.

Lucy vê um editor da *Allure* do outro lado do salão e vai até ele para comparar anotações de suas aulas de treinamento de pesos-leves. Falam sobre as últimas novidades. Em vez de horas puxando ferro na academia, a nova técnica requer levantamento de peso de algo tipo um pequeno caminhão da Brinks só que apenas uma ou duas vezes. Muuuuuiiiiito deeeevaaaagaaaaar. Não faz sentido, mas aparentemente funciona. Apenas 20 minutos por semana e ambos parecem deuses. Deuses de músculos distendidos, mas deuses. Decido pegar alguma coisa para comer, mas tudo o que posso encontrar aqui no falso Versailles são alguns figos enrolados em *bacon* e uma pequena bandeja de sanduíches de pepino sem as cascas do pão. Dahlia deve ser muito, muito rica, se pode se permitir não alimentar seus convidados e esperar que eles voltem.

Mas obviamente eles voltam. Olhando em torno, percebo que a sala está cheia de celebridades — ou pessoas que acham que são celebridades. Âncoras de jornais da Fox, estrelas de *sitcoms* dos anos 1970 e a Moça do Tempo local da WPIX. Eles não preferem tomar suas injeções de botox em particular? Não, talvez não. Deixar as pessoas saberem que você fez cirurgia plástica é a maneira mais rápida de conquistar uma capa da *People* hoje em dia. Logo seguida por um programa de 12 passos para ficar viciado em sexo. Ou o aluguel de uma substituta para dar à luz seus bebês, de preferência trigêmeos.

Lucy volta flutuando, seguida por um médico atraente, de óculos, usando uma camisa pólo e uma jaqueta de lã. O homem da vez. E vestido corretamente. Se você vai se submeter a uma operação de apêndice, aventais de hospital e casacos brancos de laboratório oferecem segurança. Mas para procedimentos de beleza, boa aparência e um guarda-roupa de bom gosto são fundamentais.

— Jess, querida, este é o fabuloso Dr. Herb Parnell. O melhor amigo de qualquer mulher.

— Prazer em conhecê-la — ele diz, me escrutinizando enquanto estende a mão e me levando a notar seus dedos longos e estreitos. Pianistas de concerto deviam ter tido uma opção de carreira mais realizadora. Ou talvez não.

— Lucy me disse que você é virgem.

— No que diz respeito a cirurgia plástica, claro — acrescenta Lucy afobadamente.

Sempre profissional, o Dr. Parnell avalia meu rosto.

— Mesmo sendo a sua primeira vez, vai ser fácil — ele garante, me pegando pelo queixo. — Um pouco de botox na testa. Um pouco de Cymetra sob as maçãs do rosto. Duas injeções de Restylane em torno dos lábios. E CosmoDerm para preencher as linhas de riso em torno dos olhos. Você é sortuda, ainda não há muitos danos. Duas, três dúzias de injeções e pronto.

Pronto o quê? Alguma chance de lembrar que 40 não são 20 e não precisam ser? As boas coisas de envelhecer — sabedoria, experiência e tudo o mais — são boas, mas acho que ninguém as quer mostradas no rosto. Mesmo assim, como você pode envelhecer graciosamente se vive no consultório médico?

— Por que eu precisaria de uma injeção embaixo das maçãs do rosto? — pergunto ao Dr. Parnell, curiosa sobre mim mesma. — E o que exatamente você disse que colocaria lá? Aquilo que parece uma nova Doença Sexualmente Transmissível?

— Cymetra. Meu novo favorito — ele responde, gostando do assunto. — Puríssimo. Feito de pele humana deteriorada.

Um pouco difícil de conseguir, já que é feito de cadáveres. Estamos lutando pela aprovação da FDA. Mas meu verdadeiro sonho é fazer com que ele seja parte do formulário de doação que fica nas costas da carteira de identidade.

Que idéia. Quem não pularia de alegria com a chance de fazer o derradeiro sacrifício e salvar alguém de uma vida inteira de rugas?

— Ele me recomendou Artefill — borbulha Lucy entusiasmada — para minhas linhas de riso. Dura mais do que o colágeno normal. Tem gotas de acrílico.

— As gotas estimulam sua pele a fazer seu próprio colágeno — explica o Dr. Parnell. — Há um pequena desvantagem, porém. Às vezes as gotas ficam muito à mostra. Especialmente se você tem pele fina.

— Isso não será problema para mim — diz Lucy com arrogância. — Não posso durar no meu emprego se tiver pele fina.

Nós obviamente monopolizamos o médico-escritor tempo suficiente, porque nesse exato instante Dahlia Hammerschmidt resvala até nós. Uma mulher diminuta apenas em tamanho, com cabelos presos num grande coque, seios turbinados e jóias de diamante que pesam mais do que ela, passa um braço de proprietária em torno da cintura do Dr. Parnell.

— Como vai você, *Hoib?* — pergunta Dahlia num perfeito sotaque caipira, o que revela que ela não é uma velha-rica, apenas se casou com um. — Tudo ainda cem por cento?

— Estou ótimo — ele responde, com um sorriso brilhante. Depois se estica um pouco mais — não mais alto, porém mais reto — florescendo sob a cega atenção de Dahlia.

— Todas vocês sabem que esse garoto é o melhor, não sabem? — ela pergunta, apertando seu braço e pressionando seu corpo no dele.

— Você é tão boa para mim — ele diz, fingindo modéstia, mas obviamente se aquecendo com sua adulação.

Sempre imagino como algumas mulheres fazem isso — levar um homem a se sentir com três metros de altura, mesmo se ele mal chega a 1,60. Se eu fosse toda açucarada e me pressionasse contra um cara, não acho que conseguiria o mesmo resultado. Nunca fui boa em obséquios. Posso soletrar isso, entretanto. O que me leva praticamente a lugar algum.

— Outro drinque, coração? — pergunta Dahlia, ainda pendurada, ou escorrendo, em "Hoib".

Outro drinque? Ele não estará manipulando agulhas em breve? Gostaria de pensar que a Associação Americana de Médicos é, pelo menos, tão rígida quanto a união de pilotos. Nada de consumo de álcool seis horas antes de ir trabalhar.

Dahlia faz sinal para um garçom que leva um copo vazio e entrega ao escravizado Herb um refil. Graças a Deus. Seltzer.

— Saúde — brinda Dahlia, servindo-se de vinho e batendo copos com seu convidado de honra. — Assim que você quiser, tenho sete convidadas prontas para o botox. Não se preocupe. Elas já compraram seu livro. Tudo o que você tem que fazer é assinar e injetar.

Herb toma um último gole do Seltzer e, desprovido de uma pia de esterilização, limpa as mãos nas próprias calças. Depois, movendo-se para o centro do salão de baile, ele se senta numa mesa branca e dourada Luís XVI e alinha meia dúzia de canetas esferográficas e um número igual de seringas.

Uma enfermeira — ou pelo menos alguém de uniforme branco — abre caminho através do grupo tagarelante de mulheres que esperam.

— Senhoras, quem vai querer Emla? Alguém quer Emla? — ela pergunta, animadamente.

— Creme anestésico — Lucy traduz para mim.

Muitas mulheres aceitam sua oferta. Usando um longo cotonete de algodão, a enfermeira esfrega suas testas com uma pomada oleosa, depois espalha uma peça de gaze branca por cima.

— Começa a parecer uma zona de guerra — sussurro para Lucy. — O que vai acontecer quando tiverem acabado?

— Apenas umas leves contusões — Lucy dá de ombros. — É o que costuma acontecer. Se bem que, quando apliquei colágeno aquela vez, as marcas das bolhas ficaram parecendo uma fila de buracos de balas.

— Ótimo. Talvez depois desta festa possamos fazer uma pequena encenação da Guerra de 1812.

Será que eu era mesmo a única virgem na sala? Ninguém parecia estar prestando muita atenção ao balcão de injeções no meio da festa. Quanto a mim, não tiro os olhos do — esperamos — bom doutor, que arranca uma luva cirúrgica e pega uma enorme seringa. Sua primeira paciente vem avidamente até ele.

— Então a mulher mais bonita vem primeiro — ele diz com um charme fácil. Uma frase elogiosa atinge sempre um grau de Medicina de Harvard. Especialmente se você quer todas as mulheres ricas de Nova York se aglomerando na sua porta. — Franza esta bela testa para mim e vamos ver se há qualquer coisa que possamos fazer.

Ela franze e ele assente.

— Podemos cuidar deste probleminha agora — ele afirma, e rapidamente começa a injetar a substância na ruga ofensiva. Três, quatro, cinco, seis injeções rápidas. Eu paro de contar.

— Feito — ele diz, sorrindo e ordenando à enfermeira para trazer uma bolsa de gelo. — Você vai ficar perfeita. Mas queremos ter certeza de que o botox não vai se mover. Você conhece as regras. Não se curve ou deite nas próximas quatro horas.

— Outra razão pela qual eu jamais poderia usar botox — digo para Lucy enquanto a primeira paciente se afasta, a bolsa de gelo pressionada na testa. — Como eu poderia ficar quatro horas sem tocar meus dedos dos pés ou fazer sexo?

— Você pode fazer sexo de pé — reage Lucy.

— Eu sei — respondo com raiva. — Fiz isso em Vermont.

— Bom, então não há razão para não usar botox — conclui Lucy, gentilmente me empurrando para a frente. — Você pode ir primeiro.

— Tudo bem. — Pego a última trouxa de *bacon* de um garçom que passa. — Por enquanto vou ficar com a comida para preencher as rugas. Embora normalmente isso acabe preenchendo meus quadris.

— Podemos fazer isso funcionar como uma vantagem — alerta Lucy com um sorriso. — Herb pode lipoaspirar a gordura de suas coxas e injetar em seu rosto. É como ganhar uma diária em dobro.

De pé, próxima a nós, uma octogenária magra e sorridente acena sua bengala, excitada.

— Já fiz três vezes — ela gorjeia. — Você não precisa se preocupar se não tem gordura suficiente. Herb lhe arranja uma lipodoadora.

Lipodoadora. Esse é um trabalho para o qual estou bem equipada. Dou uns tapinhas em minhas coxas saudáveis. Quem poderia imaginar que esses bebês rechonchudos pudessem descolar uma nova carreira para mim?

Uma mulher após a outra vai até o Dr. Parnell para o ato de franzir e injetar. Quando finalmente chega a vez de Lucy, ela lhe entrega sua cópia de *A injeção de juventude*, onde ele rabisca "Acreditamos na Beleza", devolvendo-o em seguida.

— Então o que temos para hoje? — pergunta o Dr. Parnell, rapidamente voltando ao trabalho. — Não vejo muitos problemas, mas franza para mim.

Lucy bem que se esforça, mas não consegue. Sei disso porque vejo suas narinas inflando e seus olhos cerrados. Sua testa, no entanto, está toda preenchida.

— Recebi botox cinco semanas atrás — ela explica, pedindo desculpas. — Mas pensei que pudesse usar uma substância de apoio.

— Acho que não. Nada se move — garante o Dr. Parnell. — Talvez algum outro lugar sem ser a testa?

— Cuidado para não lhe dar uma overdose ou ela vai morrer — opino, como se soubesse do que estou falando.

O Dr. Parnell ri tolerantemente.

— Ninguém jamais morreu com botox — ele afirma.

Certo. Botox só é botulismo. Passei minha vida inteira evitando latas dentadas e agora é a escolha *du jour*.

— Uma coisa *realmente* me preocupa — diz Lucy, baixando os olhos para a gola profundamente cortada em V de seu vestido tipo envelope.

Claro que ela não espera que o Dr. Parnell faça um implante de seios imediatamente. E por que ela iria precisar deles? Outro brinquedo novo? O Porsche e o novo namorado não bastam?

— O topo dos meus seios está começando a ficar enrugado. — Lucy sussurra tão baixo que se poderia suspeitar que ela fosse uma espiã da CIA. — Está vendo essas rugas?

O Dr. Parnell traça uma linha imaginária em seu peito.

— Acho que é só a linha entre os seios. Mas, se está incomodando, considere-a destruída — ele diz.

— Como você pode — Lucy começa a perguntar, mas o Dr. Parnell já parou de falar. Antes que ela termine a sua pergunta, ele crava uma agulha em seu peito.

Lucy solta um berro e olha para cima, muito surpresa para dizer qualquer coisa.

O Dr. Parnell, por sua vez, aponta a brilhante e usada agulha para o ar e sorri orgulhosamente.

— Botox. Adoro isso. Até onde eu saiba, é uma droga milagrosa. Pau a pau com a penicilina. Cura dor de cabeça. Dor nas costas. Rugas. E por que não rugas entre os seios? Sempre se pode achar um novo uso para ele.

— Novo uso? — Lucy pergunta, levemente trêmula pela picada inesperada. E pela descoberta do fato de ter se tornado uma cobaia na guerra contra o envelhecimento.

— A linha está desaparecendo diante de meus olhos — diz o médico, aprovadoramente. A linha que ele nunca viu.

Levemente curvada e esfregando o tenro local da injeção, Lucy se afasta, parecendo vagamente abalada, enquanto a octogenária se adianta para a sua vez. Eu me afasto, já tendo visto o suficiente, quando subitamente percebo Dahlia ao meu lado. Eu a olho de cima a baixo, lembrando que, em meu cego e funesto encontro com o Dr. Peter Paulo, ele me disse que eu o fazia lembrar-se dela. Ele devia estar realmente desesperado por uma boa frase. Sim, porque, a não ser pelos dez dedos da mão e os dez dedos do pé, não consigo enxergar isso.

— Você vai ser a próxima? — Dahlia me pergunta, ansiosa como um operador de telemarketing de Lucille Roberts para me iniciar no clube.

— Não — repito pela milésima vez. — Não hoje.

Embora eu tenha de imaginar por que estou me segurando. As garotas do botox parecem muito bem — de fato, bem demais. Elas não se parecem nem um pouco com os andróides que eu esperava. E ninguém está agindo como se aquilo fosse uma grande coisa. Com o botox se tornando tão comum quanto um cartão American Express, por que deixar a casa sem ele? Ser natural já pode ter sido uma questão de honra, mas agora é uma questão de vergonha. Para essas mulheres, envelhecer sem botox é como usar sandálias Birkenstocks — filosoficamente correto, além de confortável. Mas você não quer que ninguém a veja fazendo isso.

— Eu pensaria duas vezes em dizer não ao botox — observa Dahlia, que tem mais dois dedos de prosa para acrescentar. — Noto que você não possui uma aliança de casamento. Tem que fazer o que puder para competir. — Ela pisca e faz um gesto grandioso para seu palácio. — Acha que consegui tudo isso com meu charme natural? Tornar-me a terceira esposa do Sr. Hammerschmidt não foi exatamente fácil, sabe?

Faço uma pausa reverente para refletir sobre o que pode ter sido envolvido nisso. Os três Bs? Bunda, botox e boquetes?

Levando-se em consideração o tamanho deste lugar, Dahlia provavelmente passou pelo alfabeto inteiro até chegar ali. O que começa com Z?

Lucy se aproxima, parecendo pálida e apertando o peito.

— Acho... — balbucia Lucy, tentando respirar. — Acho que estou tendo um ataque cardíaco. O botox. Deve ter paralisado meus músculos do coração. Não consigo respirar.

— Tenho certeza de que não é isso — retruco, tranqüilizando-a. Mas quem sabe? E se ela se curvou ou fez sexo enquanto eu não estava olhando?

— Aqui não, aqui não! Você vai arruinar a festa de Hoib! — diz a pequenina Dahlia, correndo e agarrando Lucy. Com a força de um comando de fuzileiros navais, ela a arrasta para fora do salão e a joga sem-cerimônia num banheiro real que tem duas vezes o tamanho da minha sala.

— Fique deitada aqui — Dahlia a conduz, fazendo um gesto para uma poltrona tipo namoradeira superestofada. Lucy, sem entender, se instala no bidê.

— Talvez você devesse chamar uma ambulância, só para prevenir — observo, tentando abrir caminho atrás delas.

— Absolutamente não — reage Dahlia com firmeza. — Planejei esse evento durante meses. Há um repórter do *New York Post* aqui. Não vou permitir que ele torne esse encontro conhecido como a festa do ataque cardíaco.

Ela vira seus saltos Christian Louboutin de camurça vermelha e sai, batendo a porta. Eu tenho a sensação de que está trancada.

Lucy se levanta e, apertando o peito, começa a andar pelo banheiro.

— Ai, meu Deus! Que maneira embaraçosa de morrer.

Ela descobre a caixa de medicamentos e resolve abri-la.

— O que você está procurando?

— Aspirina. Ouvi dizer que previne ataque cardíaco. Embora talvez seja tarde demais. — Ela começa a esvaziar os frascos e a ler as etiquetas. — Xanax, Zoloft, Lipitor, Ambien, Ativan, Percocet. Exatamente o que toda casa bem servida precisa. Tudo, menos uma porcaria de uma aspirina. — Ela faz uma pausa, estudando mais dois frascos. — Viagra e pílulas anticoncepcionais. Que combinação dos céus!

Se Lucy está fazendo piada sobre a vida sexual de Dahlia, provavelmente não vai morrer no bidê.

Em vez de engolir um comprimido, Lucy abre a torneira dourada e esfrega água fria nos pulsos. Ela respira fundo algumas vezes, umedece delicadamente as têmporas e senta-se na namoradeira enquanto a cor volta ao seu rosto.

— Está se sentindo melhor? — pergunto.

— Estou me sentindo meio estúpida — ela admite. — Acho que entrei em pânico. Talvez você esteja certa. É muito idiota colocar sua vida em risco por causa da vaidade. Estamos ficando todas obcecadas com a tentativa de parecermos perfeitas.

Ótimo. Estou começando a ver o valor de algum trabalho renovador e ela está voltando ao natural.

Lucy esfrega o peito.

— Ele realmente enfiou aquela agulha meio que fundo — diz ela, se desculpando. — Me assustou. Por um instante tive um *flash* de que diria meu obituário: PRODUTORA DE TV COM MEDO DOS 40 MORRE DE BOTOX NOS PEITOS.

— Posso superar isso — retruco, sacudindo a cabeça. — No último fim de semana, o meu foi quase CANOÍSTA DESAJEITADA PERDE A VIDA E AS SANDÁLIAS.

— Pelo menos nenhuma de nós terminou como MULHER PERDE CABEÇA EM BAR DE *TOPLESS* — diz Lucy, invocando nossa manchete de tablóide favorita.

Nós duas rimos, depois vou até ela e coloco meu braço em torno de seu ombro.

— Claro que você entrou em pânico. Foi uma semana dura — comento com simpatia.

— Mais de uma semana — ela corrige, deprimida.

— Vamos sair daqui — sugiro. — Pegue um Atavin, se quiser. Ou, se preferir, tenho uma idéia melhor: vi uma sorveteria Baskin-Robinns na rua.

Depois da festa de Dahlia, não tenho muito tempo para pensar em linhas de preocupação, porque estou muito ocupada pensando nas linhas do texto que as crianças estão aprendendo para o nosso espetáculo beneficente *My Fair Lady*. Sem muito tempo, elas vão para a sala de ensaios todos os dias, praticando música e pintando cenários. Hoje elas brandem gigantescas escovas como se fossem espadas, enquanto montes de cartazes pintados de vermelho, amarelo e azul voam por toda parte.

— Ei, crianças, façam um pouco dessa pintura no mural — falo alto, por cima do alegre burburinho. Não que eu esteja reclamando. As crianças do Conselho de Arte e da Park Avenue uniram-se tão fortemente que ninguém além de suas mães, consegue mais distingui-las.

— É, vamos continuar — encoraja o novo supervisor de palco. — O mural do Coventry Garden está ótimo. Mas ainda temos que fazer o apartamento do professor Higgins.

290

Espantosamente, as crianças correm e o seguem para o próximo painel de tela esticado. Minha idéia de tornar Chauncey o supervisor de palco foi inspirada, mas nem eu mesma sabia que iria dar tão certo assim. O garoto não consegue cantar, mas certamente sabe organizar. Ele controla a confecção dos figurinos, a construção dos cenários e o horário dos ensaios, garantindo a chegada da equipe na hora certa. Sabe como fazer as pessoas trabalharem. E o Krispy Kremes que ele sempre traz não incomoda.

— Sra. Taylor, de que cor devem ser as flores do papel de parede do professor? — pergunta educadamente Tamika, nossa estrela.

Eis uma decisão executiva que posso tomar.

— Lilás — respondo, baseando minha escolha em absolutamente nada. Mas cinco crianças imediatamente mergulham seus pincéis na tinta roxa-clara. Intoxicada pelo poder, eu me volto para ver a cor do painel de madeira na metade inferior do cenário e acabo beijando o pincel estendido de Pierce. Eu uivo, percebendo que agora estou coberta com tinta cor de laranja até o queixo.

— Meu Deus, desculpe — ele pede. — Vou pegar algumas toalhas de papel.

— Você parece uma boba — diz Tamika, começando a rir.

— Não é a primeira vez — observo, melando a mão no rosto, provavelmente tornando as coisas ainda piores. E definitivamente colorindo minhas mãos da mesma cor.

Vincent, nosso exibido diretor, chega num frenesi para pegar as crianças que devem ensaiar a cena três. Mas é interrompido por meu rosto laranja.

— Deus do Céu, Jess — ele resmunga, desaprovadoramente. — Não me diga que você ainda usa Coppertone.

Ele joga a cabeça para trás exageradamente e gira sua capa sempre presente do Fantasma da Ópera. Enquanto as crianças enxameiam à sua volta, ele olha para o mural recém-iniciado.

— Quem escolheu lilás para as flores do papel de parede? — Ele fala alto, torcendo o nariz de desagrado. — Isso está errado, errado, errado, errado, errado! Ninguém aqui jamais foi a Londres?

— Eu fui — respondem pelo menos nove vozes da Park Avenue.

— Então vocês sabem que as flores do papel de parede *têm* de ser amarelas — diz ele imperiosamente.

Ninguém pergunta por que e, com as crianças da Cena Três na sua cola, Vincent gira dramaticamente para o outro lado do *hall*.

— Certo, garotos, amarelo. — Chauncey instrui as crianças que foram deixadas para trás. — Vamos pintar por cima do lilás.

Isso é demais para minha autoridade. Eu me movimento para observar o ensaio de Vincent, batendo os pés enquanto o palco se enche com os adoráveis sons harmônicos das crianças cantando "I'm Getting Married in the Morning". Este número vai ser aplaudido. Mas aos 12 anos as garotas realmente precisam saber como é duro fazer um cara chegar à igreja na hora?

Atrás de mim, escuto a brusca voz de um homem crescendo sobre os últimos acordes da música.

— Alguém sabe onde está Lowell Chauncey Cabot IV? — ele pergunta autoritário.

Olho por cima do ombro para ninguém menos que Joshua Gordon, que pisa cuidadosamente no chão de concreto, tentando manter limpos seus sapatos perfeitamente polidos no campo minado de tinta esparramada.

— Ele está bem ali — digo, apontando com o queixo na direção do mural.

— Oh, Jess, não percebi que era você — ele diz. Depois, dando uma olhada mais de perto em mim, seu rosto se abre num sorriso irônico. — Visual interessante. Laranja fica bem em você.

Diabos, diabos, diabos. Não de novo. Onde está Pierce com aquelas toalhas de papel?

Imagino como Dahlia, a manipuladora de homens, iria sair dessa situação. Respiro fundo e decido agir com humor.

— A massagem facial da Origins foi tão divertida que resolvi tentar isso — eu digo, travessa. — Poderia abrir um mercado inteiramente novo para Benjamin Moore.

— Direi isso a ele — rebate Joshua. — Eles são meus clientes. E, por sinal, a Aveia Quaker também. — Ele olha para mim significativamente.

Fico sem saber do que ele está falando. Ele quer que eu apareça da próxima vez com papa de aveia?

— Estou pensando em dizer ao diretor que estão fazendo muito *merchandising* na TV — ele comenta. — Não vale o dinheiro que estão gastando. Provavelmente ninguém além de mim notou a caixa de aveia em sua cozinha.

Minha cozinha? Caixa de aveia? Isso quer dizer... Ai, não, não pode querer dizer isso. Limpo a garganta.

— Você me viu no *reality show* do solteiro da *Cosmo*? — pergunto.

— Vi.

Sua expressão não diz mais nada, mas posso imaginar o que ele está pensando.

— Não foi meu melhor momento — eu digo, me desculpando.

— Posso entender que você queira um namorado fogoso. Mas o surfista é meio jovem demais para você. Pegue alguém da sua idade.

— O que há de errado com os jovens e sarados? — pergunto ao homem que obviamente não é nenhum dos dois. Acho que jamais vou fazer um cara se sentir mais alto do que 1,70m. Nem mesmo um como Josh, que tem 1,85m. Foram necessárias menos de nove palavras para me transformar na anti-Dahlia.

— Não sei o que todas vocês mulheres acham tão atraente nesses bonitinhos fortes e sem rendimentos — ele reage, indignado. — Não tiraria pedaço procurar um cara mais velho que ganha a vida.

Uau. Meu encontro na TV realmente tocou um nervo. Mas Josh parece aborrecido demais para estar pensando apenas no Boulder. Depois eu me lembro da ex-mulher de Josh e do professor de tênis. Não me espanta ele estar reagindo assim.

— Acontece que Boulder é *gay* — eu conto, pensando que aquilo pode ser um conforto.

— Você certamente escolhe namorados interessantes — ele diz, curto e grosso.

Nós nos encaramos por alguns instantes horríveis. Eu poderia tentar explicar sobre Boulder. Ou talvez dizer a Josh que não é culpa dele que sua mulher seja louca. Mas Joshua Gordon não está ali esperando um abraço coletivo.

— Escute, estou aqui apenas como membro da diretoria — ele diz, revertendo ao modo apenas-negócios. — Vim observar Chauncey para poder reportar ao pai dele.

— Fiz um bom trabalho com ele — reconheço, me dando o tapinha nas costas que Josh obviamente não vai dar. — Trata-se de um garoto maravilhoso. Logo que falei com ele descobri que daria um bom diretor de palco.

— Solução inteligente — Josh fala com raiva. — Fico feliz que tenha cuidado disso.

— Sempre à sua disposição. É meu trabalho. Sou boa nisso.

— Não fique tão convencida — diz Josh, limpando seus sapatos de couro inglês feitos a mão no concreto, num esforço para retirar alguma gota imaginária de tinta. — Seu julgamento sobre os homens ainda deixa muito a desejar.

Capítulo 13

HUNTER ESTÁ ANDANDO de um lado para o outro no saguão do Regal Hotel como um gato selvagem no novo hábitat Tiger Mountain no Zoológico do Bronx. O ambiente é bom, mas ele não quer estar aqui. E está furioso com seu domador — no caso, Lucy.

— Meu coração... — diz ele através de dentes trincados para Lucy. — Meu coração. *Meu coração.*

— Tudo bem. Vai ficar realmente tudo bem — promete Lucy, enquanto ele continua andando em círculos cada vez mais estreitos na frente dela. Lucy estende a mão para tocar seu braço, mas ele se afasta.

— Meu coração, você é uma produtora fabulosa e confio em você — ele diz, um pouco alto demais para o ambiente refinado. — Você é a melhor. Estou orgulhoso de apresentar seu programa. Mas que porra você estava pensando quando me arrastou até aqui para fazer uma porra de entrevista de segunda categoria?

— Querido, por favor, não xingue. Não é bom para a sua imagem — alerta Lucy.

— Foda-se minha imagem — xinga Hunter, a voz subindo. — Você acha que a merda das gêmeas Olsen são boas para a merda da minha imagem? — Ele está gritando acima dos limites do saguão e dois turistas de pé perto da mesa da portaria levantam os olhos de seu guia *Around New York* para conferir a briga. O espetáculo que acontece no saguão é bem melhor do que *Hairspray* — e os ingressos, bem mais baratos.

— Baixe o tom — diz Lucy, sua própria garganta pulsando.

— Não até que você me diga por que marcou essa entrevista. As gêmeas Olsen. Essas gêmeas Olsen *fodidas*.

— Lamento, mas apesar do que dizem os tablóides, não creio que as duas garotas Olsen já estejam sendo fodidas. Talvez uma delas — digo, entrando na briga para manter os fatos corretos. Lucy me contratou como pesquisadora e se ela está desembolsando a diária, vou fazer tudo para merecê-la. — Estou falando por alto. Isso pode mudar a qualquer momento.

Tanto Lucy quanto Hunter olham para mim como se eu fosse louca. Mas hoje sou apenas a pesquisadora humilde, então Hunter não se importa de explicar que ele quis usar *fodidas* como adjetivo e não como verbo. Não que ele fosse capaz de articular isso dessa forma.

— Lucy. Doçura. Coração — diz Hunter, falando em tons mais baixos. E tornando claro que "doçura. Coração" é sua gíria hollywoodiana para "idiota". — Você me prometeu um grande nome para entrevistar. Eu estava pensando em Brad Pitt. Renée Zellweger. Julianne Moore. Ela não ganhou o Oscar, mas eu me sentiria bem com ela. Mas não uma dupla de apresentadoras do Clube do Mickey.

— As Olsen não eram do Clube do Mickey — observo, colocando as coisas no lugar certo de novo. — Essas eram Britney e Christina. E foi séculos atrás. — Pelo menos eu tinha aprendido algo me aprofundando em duzentos números passados da revista *Young and Modern*. — As Olsen conseguiram seu grande sucesso em *Três é demais*. Na ABC, que pertence à Disney. Mas não acho que foi isso o que você quis dizer.

— Não estou nem aí se elas treparam com o próprio Walt Disney e todos os sete anões! — ruge Hunter, finalmente explodindo. — Sou muito importante para entrevistar ratas de *shopping*! — Sua voz ricocheteia em torno do saguão e Lucy parece alarmada. Um grupo cada vez maior de turistas no balcão da portaria atira para o lado seus guias de teatro. Nosso pequeno drama no *lobby* agora só tem lugares em pé. Se Hunter mantiver esse clima, as luzes da Broadway podem nem se acender hoje.

— Acalme-se — diz Lucy secamente. — Essas garotas têm um negócio de um bilhão de dólares. Todo pré-adolescente da América coleciona vídeos de Mary-Kate e Ashley. Sem mencionar CDs, roupas, lençóis e perfumes. Elas têm uma linha na Wal-Mart. Sua própria revista. São praticamente um grande conglomerado, maior do que a AOL Time Warner.

— Quem não é? — questiona Hunter. — AOL está fora do mercado e você tem conferido o preço dessas ações ultimamente? Está afundando mais do que o navio pirata *Blackbeard*. Praticamente bombardeou meu portfólio.

— Quanto você perdeu? — pergunta Lucy, parecendo um pouco preocupada com o futuro de Hunter. E com seu presente de aniversário.

— Não importa. Sempre serei um homem rico — responde ele, arrogante. — A emissora me paga um belo dinheirinho.

Ela assente, pronta para fazer Hunter voltar atrás.

— E você ganha todo esse dinheiro porque é muito talentoso. Totalmente inteligente e charmoso. Você poderia entrevistar Al Gore e seria interessante. — Ela faz uma pausa, tomada por seu próprio exagero. — Bem, talvez não Al, mas definitivamente Tipper. Enfim, essas garotas Olsen ficarão seduzidas nas suas mãos. Todas nós ficamos. — Ela se aproxima mais, ajeita o nó da gravata de Hunter e beija sua orelha, brincalhona.

— Tudo bem, vou fazer a entrevista — assente Hunter, momentaneamente tranqüilizado. — Mas só se alguém me conseguir um *cappuccino*. Duplo. Soja. Com dois Equals. Sem *chantilly*.

— Certo — eu falo. — Você tem intolerância à lactose.

— Jess, estou envaidecido — diz Hunter, parecendo desordenadamente satisfeito consigo mesmo. — Eu não imaginava que você soubesse tanto sobre mim.

Mais do que você pode imaginar.

Lucy olha para mim.

— Você se importaria de pegar o *cappuccino*? — ela pede. — Não orcei um contínuo para a gravação de hoje.

Ah, sim. Mais uma escolha de carreira para mim. Contínuo. E ainda dizem que não há oportunidade para mulheres da minha idade.

— Não sabia que pegar café fazia parte das atribuições desse trabalho — eu digo, pensando que estou fazendo uma piada pós-feminista.

Lucy me lança um olhar seco.

— Na TV, tudo é um esforço de equipe. Todos fazemos o que é necessário para realizar um bom programa. Pegar café. Pentear o cabelo dos astros. Acalmar seus egos...

— Ou acalmar qualquer outra coisa — diz Hunter, subitamente feliz. — A regra geral é manter o astro feliz. E para minha sorte, sou o astro. — Ele coloca o braço em torno de Lucy e acaricia seu ombro afetuosamente. — Você me dá o que preciso fora do ar e eu dou o que você precisa no ar. O melhor programa da porra da televisão.

— O melhor — repete Lucy, beijando seu rosto. — Mas poderíamos parar com as "porras" agora?

— Claro. Mas só até mais tarde — ele responde com uma piscadela.

Hunter se pavoneia na direção do cavernoso restaurante do hotel, onde as câmeras e luzes já estão prontas para a entrevista, e se instala numa banqueta. O engenheiro de áudio prega um microfone sem fio na lapela de Hunter e lhe dá o controle remoto para pendurar no cinto.

— Na verdade, não vamos começar a filmar aqui — diz Lucy, diplomaticamente. — Querido, não mencionei isso a você, mas a emissora está tendo um probleminha com o copião do piloto que eles viram até agora. Eles querem algumas mudanças.

— Qual é o problema, eles não gostam de mim? Querem outro apresentador? — Hunter pergunta brincando, confiante que a emissora está tão prestes a substituí-lo quanto o Papa parece disposto a anunciar seu noivado.

— Não, não, nada disso. Ainda não — diz Lucy. — Não chegamos a este ponto.

— A este ponto? — Hunter pergunta, sem acreditar. — O que você quer dizer com "a este ponto"? — Seu ego é tão frágil que, com três palavras, está completamente revirado. Agora ele espera que os convites para o casamento do Papa já estejam nos correios. E ele nem faz parte da lista de convidados.

— Não se preocupe, querido. Acho que podemos resolver isso com mais cenas de bastidores. A emissora acha que é aí que você é mais forte. Então vamos começar a filmar na cozinha. Com você trabalhando com o *chef* que faz o almoço das garotas Olsen.

Agora o ego de Hunter está se achatando mais rápido que WorldCom.

— Você quer dizer que tive essa ótima oportunidade de fazer uma entrevista com as gêmeas Olsen e que estou sendo transferido para a cozinha? — ele pergunta desesperado.

O que aconteceu com as gêmeas adolescentes que não mereciam seu tempo? Acho que, comparado com fritar hambúrgueres para elas, uma entrevista de verdade com Mary-Kate e Ashley parece melhor a cada instante.

— É bem melhor na cozinha — afirmo, entregando a Hunter o recém-passado *cappuccino* duplo com soja e Equal sem creme. — O *chef* é maravilhoso. Você sabe que eles inventaram rum com Coca-Cola bem aqui nesse hotel? — E quem diria que não. Adoro esse trabalhinho de pesquisa. Imagino se o conhecimento enciclopédico das gêmeas Olsen e improváveis afirmações sobre misturas de drinques vão me levar à Mensa, sociedade que reúne os mais altos QIs do mundo.

Lucy, trabalhando duro para manter seu astro feliz, conduz Hunter pela mão para dentro da cozinha.

— Aqui está o roteiro — ela diz. — Vamos filmar as garotas com seus *menus* e então cortar para você na cozinha. Você vai mostrar à América todas as cenas de bastidores sobre o que realmente acontece numa famosa cozinha de restaurante. Depois — e esta é a melhor parte, querido — você virá junto com as bandejas.

Hunter está agora muito diminuído para perguntar como o fato de ele carregar uma bandeja poderia se transformar na melhor parte. Bom para aumentar seus peitorais? Então Lucy o ajuda.

— Posso imaginar direitinho a tomada, você não? As garotas acham que o garçom está chegando e quem chega é *você*. Hunter Green. Elas vão ficar excitadíssimas para conhecer você de verdade. Posso até ouvi-las gritando agora.

— Isso pode funcionar — diz Hunter, praticamente ouvindo esses exatos gritos de delícia.

Eu, entretanto, só posso ouvir o ruído pesado do ar-condicionado. Acho que você precisa trabalhar na TV em horário integral para partilhar uma alucinação sonora.

As gêmeas Olsen chegam num movimento de camisetas apertadas, cabelos longos e dúzias de colares enormes. Largam suas agendas com estardalhaço e sentam-se ombro a ombro, tão adoráveis quanto se propaga. Mas Deus, elas são jovens. Talvez se você somar suas idades junto com a de Hunter e dividir o total por três você obtenha a idade ideal.

Eis uma equação na qual Einstein jamais pensou. Mensa, aqui vou eu.

Mesmo escondido na cozinha, Hunter sabe como fazer uma cena brilhar. Assim que as câmeras começam a gravar, ele amarra um avental e tagarela com o *chef*. Você certamente acreditaria que aprender como se faz a perfeita Salada Niçoise é tudo o que ele sempre quis na vida.

— Isso é fabuloso — Hunter fala em êxtase para o *chef*, teatralmente jogando algumas azeitonas na tijela. — Nunca imaginei o drama que se passa aqui atrás. Tanta agitação e confusão. Tanta tensão. Tudo parece tão calmo quando você está sentado ali fora no salão de jantar. Mas agora estamos vendo tudo o que realmente acontece.

Bem, nem tudo. As câmeras cuidadosamente evitam o subchefe, que derruba um pedaço de galinha crua no chão e casualmente o pega de volta e o ativa no *grill*, como se fosse uma ocorrência do dia-a-dia. O que imagino que seja. Depois, há a salada de repolho reciclada. O que é deixado no prato de uma pessoa simplesmente acaba sendo usado em outro pedido. E como *pièce de résistance*, temos o assistente que enfeita os pratos. Ai de mim, ele parece estar tendo um ataque de espirros. Então, junto com as belas flores comestíveis, ele dá seu próprio toque pessoal. Um *spray* de germes. Que não está no *menu*.

Com o almoço pronto, Hunter troca seu avental por uma roupa limpa de garçom. Marrom, tamanho XLG. Isso não foi comprado na Barneys — ninguém diminuiu o uniforme para poupar seus sentimentos. Pronto para sua grande entrada, Hunter levanta a bandeja no ar, empurra as portas vaivém e dirige-se às gêmeas Olsen.

— O almoço está pronto — ele canta.

As garotas estão profundamente entretidas na conversa — obviamente elas não têm muito tempo para ficar juntas — e não levantam os olhos. Então Hunter, o *performer* perfeito, leva as enormes tijelas de saladas e as coloca cuidadosamente na frente de cada gêmea, apropriadamente servindo do lado esquerdo. Ou talvez ele seja apenas o garçom perfeito. Que ator.

Finalmente, as sempre educadas Olsen levantam os olhos e lançam em direção a ele seus sorrisos de um milhão de dólares.

— Muito obrigada — agradecem em uníssono, enquanto enfiam o garfo em sua salada. Mas não há gritos de delícia nem mesmo pistas menores de reconhecimento. Hunter paira sem jeito, sem saber o que fazer a seguir.

E então ele decide.

— Vocês podem chegar um pouco para lá? — ele pergunta a uma Ashley atônita, tentando se acotovelar para sentar no banco.

Fico preocupada se as garotas vão gritar pelos seguranças. Ou Hunter, sentindo-se inseguro, vai começar a gritar com Lucy. Mas em vez disso, ele coloca sua mão suavemente na de Mary-Kate e dá um sorriso amigável.

— Vocês não fazem idéia de quem eu sou — ele ri. — E não há razão para que saibam. Mas eu sei que vocês são as incríveis gêmeas Olsen. É uma honra conhecê-las. Eu sou Hunter Green.

Veja isso — as gêmeas Olsen transformaram-se de "fodidas" em "incríveis". E Hunter está salvando seu dia.

— Oh! — grita Ashley. — Sabemos quem você é!

— Claro que sabemos! — grita Mary-Kate.

Adoro esses gritos. Finalmente. E, com charme para dar e vender, Hunter vence as Olsen e começa a conversar tão confortavelmente que elas parecem ter esquecido que estão diante das câmeras. Minha pesquisa valeu a pena. Ele sabe que gêmea é mais velha e brinca com o fato de que, muito em breve, aquilo não será visto como vantagem.

— Daqui a alguns aniversários, você vai estar insistindo que é dois minutos mais *jovem* — provoca ele.

Ele brinca sobre namorados, mas não faz nenhuma pergunta embaraçosa. Menciona que elas estão na lista das adolescentes mais ricas do mundo — e engenhosamente deixa espaço para Mary-Kate lembrar que ganharam seu dinheiro, enquanto as outras o herdaram. Conta uma história sobre Eminem, depois confessa que a primeira vez que ouviu o nome do cantor achou que era uma bala. Trinta minutos depois, quando, o *cameraman* pára para trocar as fitas e Lucy chama para a próxima tomada, as garotas não querem sair.

— Estamos nos divertindo tanto! — Ashley sorri para Hunter, seu novo melhor companheiro.

— Talvez você pudesse aparecer no nosso próximo filme — convida Mary-Kate.

— Claro, posso representar o avô mal-humorado — Hunter ri, fazendo piada consigo mesmo.

— Não, você é um cara bacana — elogia Mary-Kate, carinhosamente. — Poderia fazer o papel do pai.

Hunter provavelmente daria preferência ao papel de namorado na tela, mas aceita o cumprimento.

Depois da troca de beijos e endereços eletrônicos, Hunter tem mais um pedido a fazer:

— Conheço duas meigas garotinhas que adorariam uma foto autografada — ele diz. — Vocês podem assinar uma para "Lily" e outra para "Jen"?

— Claro — elas dizem, assinando as fotos e colocando sobre Hunter um monte de DVDs e CD-ROMs antes de se dirigirem a sua limusine.

— Isso foi tão incrivelmente doce de sua parte — diz Lucy quando as garotas já saíram, as câmeras estão embaladas e o tumulto passou. — Maravilhosa entrevista. E, depois de tudo isso, você ainda pensa nas crianças. Você faz tudo certo.

— É por isso que você me adora — ele diz, puxando-a para perto.

— Talvez — retruca Lucy.

Estou de volta à escola. E a professora de cabelos de arame e nariz bulboso de pé no quadro-negro tem um anúncio para os 35 pais que se inquietam desconfortavelmente na sala de aula escura e superaquecida.

— Devemos encorajar nossas crianças a se masturbarem — afirma a Sra. Deitch, professora de educação física, numa voz gemida e alta.

Se alguém deve saber disso é ela. Obviamente nunca fez sexo de outra maneira. Ela e sua cúmplice, uma professora de ciências gorda e de cabelos grisalhos, com um fino bigode e grandes círculos de suor sob as axilas da camisa de mangas curtas Dracon, que assente concordando.

Sempre achei uma boa idéia aulas de educação sexual, na sexta série, ou seja, ano que vem. Mas agora que estou vendo as instrutoras nos dando uma prévia do que pretendem ensinar, estou em dúvida. Essas não são as pessoas que desejo que Jen invoque toda vez que pensar em sexo. Embora talvez seja uma boa. Poderia ajudar a promover a abstinência adolescente.

Sentado na carteira de madeira perto de mim, Dan se inclina e rabisca um bilhete em meu bloco.

"Vc pode acreditar nisso?"

— Shh, preste atenção — sussurro.

— Já sei de tudo isso — ele sussurra de volta.

— Desculpem, será que podemos conversar aqui? — pergunta a Sra. Deitch severamente, olhando por cima de seus óculos bifocais para Dan, agora claramente estigmatizado como o bagunceiro da classe. — Meu jovem, você tem alguma pergunta sobre masturbação ou posso continuar?

— Desculpe. Continue, por favor — diz Dan. Depois acrescenta para mim baixinho. — Acho que conheço esse tema de cor.

— Quer parar? — eu digo, beliscando-o no braço. — Não quero ter problemas também.

— Assim que todo mundo estiver confortável com a masturbação, seguirei em frente — diz a Sra. Deitch.

Se esse resumo do plano de estudos de educação sexual está transformando Dan num adolescente, posso imaginar como será quando a aula for dada às crianças no ano que vem. Elas estão prontas para isso? As estatísticas dizem que é normal crianças fazerem sexo por volta dos 17 anos. Eu nem tinha as orelhas furadas nessa época.

A Sra. Deitch continua pregando, tentando fazer com que masturbação, menstruação e cópula soem igualmente entediantes. Ela está descobrindo ferramentas para usar com as crianças, incluindo um desenho detalhado do sistema reprodutivo feminino e um modelo de pênis tridimensional de polietileno. Parece melhor na vida real. Bem, normalmente sim.

— Estamos chegando ao *clímax* da noite — diz o professor de ciências, Sr. Johnson, fazendo uma piada ruim e rindo nervosamente. Opa. Se é assim que Jen vai aprender sexo, nunca terei netos. — Antes que cheguemos ao nosso *clímax* — ele repete, sem saber o momento de parar de falar bobagem —, podemos fazer algumas perguntas.

Todo mundo fica em silêncio.

— Vamos lá — ele insiste. — Deve haver algo.

Finalmente uma mulher no fundo levanta a mão, nervosa.

— Acho que toda essa informação é muito importante para nossas crianças — ela diz numa voz medrosa. — Nós não tivemos isso quando eu estava na escola. Então tem uma coisa na qual estou pensando. — Ela faz uma pausa, tomando coragem. — O que você pode fazer se seu marido sempre chega antes de você?

— Você pode arranjar um novo marido — responde Sr. Johnson com eficiência. — Próxima pergunta?

Talvez eu tenha subestimado o Sr. Johnson. Ele tem realmente um dom natural para a comédia. Dan está rindo e eu me recuso a encontrar seus olhos, sabendo que, se o fizer, vou cair na gargalhada.

— Vamos lá, mais uma pergunta — propõe o Sr. Johnson.

— Aqui está uma — diz a temerosa presidente da Associação de Pais e Professores, Cynthia, com ares importantes. Como eu não a tinha notado antes? — O que significa quando a criança diz que está "pegando"?

— Bom você ter levantado isso — observa a Sra. Deitch, impassível. — Vocês podem querer escrever, porque é um pouco complicado.

Obedientemente, 35 pais pousam as canetas nos blocos.

— Pegando — ela começa, como se estivesse narrando um documentário da BBC. — Vamos fazer um passo-a-passo. No sétimo ano, significa beijar. No oitavo, beijar de língua. Nono ano, carícias. Décimo, sexo oral. Décimo primeiro, intercurso. Todo mundo entendeu? Ou fui rápida demais?

Não, mas parece que as crianças estão indo. Faço uma anotação mental: ligar para a mãe de Boulder, a boa católica, e descobrir onde ficam as escolas-conventos mais próximas.

— E o que acontece no 12º ano? — pergunta Cynthia.

— Você não vai querer saber — responde outra mãe. Que obviamente tem filhos mais velhos.

Depois de abordado aquele assunto, nossos instrutores estão prontos para seguir adiante.

— Agora minha parte favorita desta noite — diz Sr. Johnson alegremente. — Pegue um parceiro. Estamos prontos para uma sessão prática.

Mal posso olhar na direção de Dan. E não preciso, porque ele começou a rir tão alto que está chamando atenção.

— Você novamente, meu jovem? — censura Sra. Deitch, tentando tomar as rédeas do membro da classe mais provável de ser mandado à sala da diretora. — Você precisa de um instante para se recompor no corredor ou podemos continuar? Temos algo para distribuir.

Se é assim que ela vai lidar com os alunos no ano que vem, vai ensinar à turma inteira no corredor. Mas Dan, tentando se redimir e provar que ainda é um bom garoto, fica de pé.

— Deixe-me ajudá-la a entregar isso — ele se oferece, tomando conta da caixa e distribuindo seu conteúdo pelas fileiras.

Não posso ver o que é até que Dan chegue à minha carteira.

— Ah, que ótimo, obrigada — eu digo, olhando a oferenda, agradecida pelo lanche. — Uma banana. Exatamente o que precisava. Estou faminta.

Começo a descascar a banana quando Cynthia dá um pulo e a arranca de minhas mãos.

— O que acha que está fazendo? — ela grita comigo. — Você não pode comer essa banana. Elas são ajudas visuais. Pagas pela Associação de Pais e Professores.

Certo, agora entendi. Fico feliz por saber que minhas taxas da APP não estão sendo desperdiçadas.

Quando Dan termina de distribuir as bananas, Cynthia — querendo recuperar sua posição como a Estudante-Que-Deve-Ser-Mais-Bem-Sucedida — seqüestra a caixa de suprimentos. Sua tarefa: distribuir camisinhas. Trojans. De todos os tipos e tamanhos.

— Tenho um mantra que insisto para que todas as crianças memorizem — diz Sra. Deitch enfaticamente. — Repitam comigo: Nenhum pênis...

Todos olhamos para ela chocados.

— Por favor, repitam comigo — ela grunhe. — Esta é a coisa absolutamente mais importante que vocês jamais aprenderão. Prontos? — *Nenhum pênis...*

Agora, muito baqueados para argumentar, repetimos obedientemente.

— *Nenhum pênis...*

— ...*É grande demais...*

— ...*É grande demais...* — fazemos coro, entrando firme no assunto.

— ...*para uma camisinha.*

— ...*para uma camisinha!* — Cantamos em uníssono, totalmente tomados pelo espírito de grupo.

Isso é bom. Finalmente estou me ligando a essas pessoas. Com todas as incertezas do mundo, é importante ter algo com que você possa contar. O ar está crepitando com tanta energia quanto se estivéssemos numa reunião de reencontro. Antes que caiamos no coro de Aleluia, Sr. Johnson abre o pacote de sua camisinha.

— Fiquem de frente para seus parceiros, com a banana entre vocês — ele ensina. — Muitos de vocês que são casados e monogâmicos provavelmente não fazem isso há um certo tempo.

Seguindo as instruções do Sr. Johnson, rasgo o pacote da camisinha com animação, conseguindo rasgar também o seu conteúdo.

— Ooops — digo. — Acho que estou sem prática.

Dan levanta os olhos.

— Não é sua culpa. Parece que você pegou a de pele de ovelha. Não é muito durável. Você pode compartilhar a minha. É bem mais forte. E brilha no escuro.

Entendo que queiramos que as crianças sintam-se confortáveis com camisinhas. Mas brilhando no escuro? Exatamente de que tipo de jovens estamos falando aqui? Cynthia providenciou camisinhas com bonequinhos da Blue's Clues também?

Sra. Deitch, ainda sem ter perdoado Dan, vem até minha mesa.

— O que *aconteceu*? — ela pergunta como se eu tivesse acabado de deixar cair o *Davi* de Michelangelo. — Por favor, fique de pé e mostre à turma o que você fez.

Eu fico de pé.

— Fiquei com o de pele de carneiro — falo, procurando obedientemente uma explicação enquanto perto de mim Dan abafa o riso. Mas Sra. Deitch não vai me deixar sair dessa fácil.

— Vá em frente, mostre à classe — ela ordena, pairando sobre mim com os braços cruzados até que eu fracamente aceno a camisinha rasgada no ar.

— É assim que nascem os bebês — ela diz de maneira acusadora, como se eu fosse pessoalmente responsável pela explosão populacional. — Pais, quero que vocês vão para casa hoje e pratiquem, pratiquem, pratiquem!

Praticar fazendo sexo ou abrindo camisinhas? Chance muito pequena de eu fazer qualquer um dos dois. Castigada, me recosto e a instrução continua: como desenrolar uma camisinha numa banana. Vamos ganhar nota? Espero que sim, porque Dan e eu ganhamos esta. Que equipe. Mas a mulher atrás de nós parece estar encontrando alguma dificuldade.

— Isso não está funcionando — ela reclama, alto. — Minha banana é muito mole.

— Só peguei as bananas mais firmes — Cynthia lança de volta na defensiva. — Conferi uma por uma.

Odiaria estar ao lado dela quando ela estivesse comprando uvas.

Quando terminamos de proteger nossas bananas e finalizamos a sessão, Sr. Johnson tem um anúncio final.

313

— Apenas para deixar vocês saberem que, começando o nono ano, as camisinhas são fornecidas pela enfermaria às crianças — ele diz. — Sem perguntas.

Muito relaxante. Tenho que assinar três vias antes que eles deixem Jen ir numa viagem da turma para o Museu de História Natural. Mas ela pode fazer sexo, não é necessário folha de permissão. Por outro lado, eu poderia assinar quatro vias proibindo Jen de fazer sexo até que ela tenha 35 anos e não faria nenhuma diferença. No fim das contas será uma decisão dela. O melhor que posso fazer é ensinar meus valores, acender uma vela e rezar.

Antes que qualquer pessoa consiga sair, Cynthia traça uma linha reta até a porta.

— Devolvam as bananas — ordena ela. — Ninguém sai com banana daqui.

Muitos dos pais, obedientemente, devolvem suas ajudas visuais para a caixa.

— Camisinhas, também? — pergunta um homem.

— Não! Pode ficar com elas, se quiser — diz Cynthia. — Apenas certifique-se de que estão fora das bananas. O último festival de bolos do ano é na semana que vem e pretendo fazer um bolo de banana.

Bem, eu não vou comprar. Nesse exato momento não há nada que me atraia em bananas.

Dan e eu vamos para o estacionamento. Depois de praticarmos nossas travessuras adolescentes lá dentro, do lado de fora, sozinhos, ficamos tão desajeitados como dois adolescentes, e ficamos em silêncio.

— Quando Lucy volta de L.A.? — eu finalmente pergunto.

— Depois de amanhã. Aí volto para o apartamento da firma. Ficou mais fácil para mim o fato de minha empresa manter um lugar na Setenta e Oito com a Madison. Você devia aparecer por lá.

— Como está indo?

— Não sei — diz Dan, seu bom humor indo embora mais rápido que a água de uma piscina em setembro. — Uns dias são melhores do que outros. Lucy e eu não estamos nos falando muito. Acho que ainda sinto muita raiva. Agora estou mais concentrado nas crianças.

— Você é um ótimo pai — eu digo, falando sério.

— Não sei se ótimo, mas as crianças ainda me procuram para tudo. Dei até conselhos de namoro para o Dave. Que tal essa ironia?

— Sem ironia. Os garotos são dois bonitões, as garotas devem estar caindo aos pés deles. E eles se parecem muito com você. Não há dúvidas aqui sobre quem é o pai. — Bem, aquele não foi um comentário esperto, dada a atual situação de Dan. Outra razão para eu não estar no corpo diplomático.

Mas minha observação descuidada parece ter passado direto por Dan, que continua com sua história.

— Enfim, Dave tem essa garota chamada Emily, que tem sido a melhor amiga dele o ano inteiro. E agora ele está tentando saber se pode chamá-la para sair, torná-la namorada em vez de amiga. Eu disse a ele que sim, claro. A melhor maneira de começar um relacionamento é pegar alguém de quem você já gosta muito. Você não acha?

— Pode apostar — digo enfaticamente. — Às vezes acho que o grande erro que cometi com Jacques da primeira vez foi me apaixonar pelo amor. Era tudo romance e não amizade verdadeira. Agora estou mais velha e sábia. Não vou

315

cometer esse erro de novo. — Pelo menos espero. Minha maior parte entende que há mais no casamento do que pastos de vacas e noites enluaradas.

— Dave seguiu meu conselho. Ele e Emily vão juntos ao *show* do Red Hot Chili Peppers na sexta à noite, no Madison Square Garden. Depois conto a você o que aconteceu — diz Dan, abrindo a porta de meu carro para mim.

Eu me sento no banco do motorista e giro a chave, mas Dan ainda está parado na porta.

— Posso lhe dar uma carona para algum lugar? — eu pergunto.

— Não, meu carro está bem ali. Obrigado — ele agradeceu. Mas hesita mais um minuto antes de se inclinar para me dar um beijo suave no rosto, e então finalmente ele fecha a porta.

— Mantenha-me informada sobre o romance Chili Peppers — eu chamo através da janela aberta do carro.

— Espero estar certo a respeito dessa — ele diz, me fazendo um sinal positivo com o polegar enquanto se afasta.

Quando chego em casa, há uma mensagem de emergência de Lucy de L.A. Ela é a única pessoa que conheço que realmente usa a opção "urgente" no sistema de correio de voz. Será que ela está tão desesperada para saber o que aconteceu hoje à noite na aula de educação sexual?

— Ganhei os brincos mais inacreditáveis de aniversário — ela comenta, feliz, no instante em que ligo de volta. — De David Orgell, na Rodeo Drive.

Quem é esse David Orgell? Outro homem na vida dela? Ah, não, deve ser uma loja. E, pelo endereço, uma loja muito chique. Parece que Hunter cumpriu seu dever.

— Eles têm três fileiras de filigranas de ouro penduradas, com gotas de pérolas e rubis. Bem Nicole Kidman. Terrivelmente caros, mas absolutamente lindos. Eu os venho paquerando na vitrine há semanas. E agora são meus. Tão lindos. Estou olhando para mim mesma no espelho agora. Estonteante.

— Isso é ótimo — eu falo, genuinamente satisfeita por ela estar feliz. — Que bom para Hunter. Posso ver do que você gosta nele. Jen ficou elétrica com a foto autografada que ele conseguiu para ela.

— É, ele é o Sr. Pensa-em-Tudo — diz Lucy, não tão calorosa quanto eu esperava.

— Ele está começando a crescer no meu conceito — admito, resmungando.

— Como assim? Tipo um fungo? — ela solta.

— Lucy, pela primeira vez estou sendo legal a respeito dele.

— Bem, eu não estou.

Como assim, ela esperava um colar para combinar? Eu suspiro.

— Que que há, Lucy? Você tem o cara. Você tem o presente. O que está errado? Está aborrecida porque ele gastou dinheiro demais?

— Ha-ha. Você escutou qualquer menção aqui sobre Hunter gastando dinheiro? Aparentemente ele gasta rios de dinheiro com todo mundo, menos comigo. Eu comprei os brincos. Hunter me deu de aniversário um peso de papel em forma de coração da Christofle escrito AMOR VERDADEIRO.

— Não são brincos, mas parece legal também — eu digo.
— Pelo menos foi romântico.

— Poderia ter sido, se não fosse o segundo que recebo esta semana. Veio numa bela caixa de veludo vermelho. Enviada pelo pessoal do marketing da NBC. São brindes de uma nova *sitcom*. Pelo menos Hunter lembrou-se de tirar o *release* de imprensa antes de passar adiante. E fez um novo embrulho também.

— Talvez ele não soubesse que você já tinha um — arrisco.

— Agora ele sabe — diz Lucy maldosamente. — Eu o deixei do lado de fora de sua porta. E, para que ele não corra o risco de não entender, reembalei no *press release*. Depois fui até a David Orgell e comprei os brincos.

— Caramba, você tem andado ocupada — observo. E tudo o que eu venho fazendo é aprender como colocar uma camisinha numa banana. — Nunca comprei jóias para mim mesma que não fossem fantasia.

— Não pense que foi fácil — retruca Lucy. — O vendedor era apropriadamente pegajoso, mas ficou perguntando se deveria guardá-los para que eu pudesse voltar com meu marido. Ou namorado. Ou até os dois, ele brincou. Isso ele podia imaginar. O que ele não podia imaginar era eu comprando jóias para mim mesma. Mas, dane-se, posso fazer isso. E por que não poderia? Não preciso do Hunter nem do Dan. Estou por aqui com os dois.

— Ah, Lucy. Acalme-se — eu peço.

— Não, sério. Ando fazendo listas para os dois. Colunas. Prós e contras. Ok., mais contras. Já contei a você sobre o pênis do Hunter? — pergunta ela cruelmente.

Quanto mais terei que escutar sobre pênis esta noite?

— Não — responde cautelosamente. — Mas Nikki, no seu jantar, realmente falou algo sobre Hunter ter pés muito pequenos.

— Acontece que este pequeno axioma é verdadeiro — ela comenta melancolicamente.

— E Dan? — eu pergunto, sem realmente querer saber, mas sem ser capaz de me interromper.

— Esse era um de seus maiores prós — ela admite. — Mas ele sussurra.

— Quando?

— Não importa — ela diz misteriosamente.

Ficarei decifrando isso durante meses.

— Mas aposto que ele não ronca — eu digo.

— Isso é verdade. E, tenho que confessar, Dan tem muito mais prós — ela diz, se suavizando momentaneamente. — Sempre disse que o amava. Ele é o cara com quem eu posso contar. O que desejo ter em meu bote salva-vidas. Mas ele me abandonou, então dane-se ele. O maior atrativo de Hunter era me fazer sentir no topo do mundo. Realmente especial. Depois veio esse triste presente reutilizado da Christofle. Então dane-se ele também.

— Você já reutilizou presentes também — lembro. — Isso não faz de você uma má pessoa. Uma pessoa sem muito tempo para fazer compras, talvez.

— Nunca reutilizei presentes para ninguém com quem eu estivesse tendo um caso — diz Lucy indignadamente, fazendo uma distinção moral que eu jamais tinha considerado antes.

— Desisto — digo, suspirando. — Mas ainda seria bom ganhar uma caixa de Godiva sua.

— Prometo — ela diz, com um riso resmungado. Depois, claramente passados os Dez Maiores Problemas do Dia de Lucy, ela segue em frente.

— Ei, é neste fim de semana que Jacques está chegando, certo? Você fez o que eu lhe disse?

— Aquela depilação com cera à brasileira? Simplesmente não posso. Não sou eu. Tenho uma sensação de que faço mais o tipo depilação polonesa. Em vez de retirar os pêlos, elas colocam mais um pouco.

— Você é um caso perdido — diz Lucy, rindo, mas posso praticamente ouvi-la sacudir a cabeça com o estado lamentável de meus objetivos glamourosos. — Posso pelo menos convencer você a fazer a sobrancelha? Leva seis meses para conseguir uma hora com *Miss* Barrett, mas tenho uma amanhã e não vou estar em casa a tempo. Pegue. Por favor.

— Seis meses de espera, hein? Talvez eu possa vender isso para você no eBay.

— Não, você não fará isso. É meu presente para você. Nem é um presente reaproveitado. Mas diga à Miss Barrett que você quer com fios. É a última moda. Nada de pinças. Elas simplesmente depilam com nós de linhas.

— Então não machuca? — pergunto esperançosamente.

— Claro que machuca. O que não machuca?

— Ainda estamos falando de sobrancelhas? — questiono, ouvindo o tom queixoso em sua voz.

— Tudo dói — repete Lucy. E então ela desliga rapidamente o telefone.

Capítulo 14

ESTOU ME PREPARANDO para esse encontro a semana toda e não tenho nada para usar. O vestidinho de verão rosa florido é completamente errado. Eu me olho no espelho do corredor no andar de cima. O que eu estava pensando? Volto para o armário do meu quarto pela terceira vez em 15 minutos. Isso pode terminar sendo um recorde, mesmo para mim. Mas eu realmente não tenho outra roupa decente para colocar. Talvez aquela primeira saia amarela não faça meus quadris parecerem tão grandes, afinal. Eu a coloco de volta. Sim, elas fazem. Que tal *jeans*? É um encontro à tarde. Eu poderia ir simplesmente casual.

A campainha toca e eu gelo. Não, absolutamente não posso atender a porta com esse Levi's. Tenho de me lembrar de comprar o Gap Retrô Moderno. Lucy diz que cai bem em todo mundo.

— Jen, querida, você atende? — eu peço, tentando manter a ansiedade fora da minha voz. Você poderia pensar que um simples encontro, especialmente com alguém com quem já fui casada e divorciada, não seria tão difícil. — É Jacques. Diga a ele que desço em alguns minutos.

Levo 120 segundos para inventar outra roupa. Ou ver quanto tempo a Gap demora para fazer uma entrega. Ai, que inferno. Volto para o vestidinho de verão. Pelo menos ele mostra o espaço entre meus seios envoltos pelo sutiã Wonderbra. O que Jacques não vai notar, porque tenho certeza de que toda a sua atenção estará concentrada em minhas fabulosas sobrancelhas.

Gentilmente traço meus dedos por elas. Como me livrar de alguns pêlos soltos me faz tão feliz? As curvas agora perfeitas parecem ter mudado todo o meu rosto. Olhos maiores. Aparência mais jovem. Ou talvez eu simplesmente precise acreditar que alguma coisa boa nasceu de 20 minutos sendo arrancada e puxada e torturada. No entanto, é bom deixar claro que ainda não estou pronta para a depilação à brasileira. Qual é a questão? Na hora em que o cara tem a chance de perceber aquilo, tanto faz ele estar interessado ou não.

Lá de baixo, escuto Jacques tentando conversar com Jen. Eles dizem oi e falam brevemente sobre o tempo. Depois de uma pausa estranha, ele recusa a oferta de Jen de *cookies* e leite achocolatado — ensinei bem a ela como ser uma anfitriã — e depois gira para outro assunto. Ao ouvir o diálogo em frações, imagino que ele provavelmente não está se importando muito em falar com qualquer pessoa abaixo da idade consentida.

— Que casa bonita — ele finalmente diz a Jen, com seu jeito mais charmoso. — O que fez vocês decidirem mudar para cá?

— Minha mãe — diz Jen. Eu prendo a respiração, mas graças a Deus ela não acrescenta "Dã".

— Como são os impostos? — ele pergunta, pensando que encontrou um assunto que ultrapassa as fronteiras internacionais. — Na França eles são *très terribles*.

— Gosto do seu sotaque — diz Jen, desviando para algo que, na opinião dela, é mais interessante. — Conheço uma música em francês. Todo mundo na escola canta. Quer ouvir?

Espero que Jen saia com um *Frère Jacques*, mas aparentemente não é isso o que estão cantando nos pátios da escola esses dias.

— *Voulez-vous coucher avec moi ce soir?* — Meu bebê canta numa inocente voz cantante. — *Voulez-vous coucher avec moi?*

Danem-se os *jeans*, vou descer imediatamente.

Corro escadas abaixo e dou um breve beijo de oi em Jacques.

— Tenho certeza de que ela não faz idéia do que isso significa. Você conhece crianças — explico, colocando meu braço protetoramente em torno do ombro de Jen.

— *Non, non. C'est très charmante* — afirma Jacques.

— O que eu fiz de errado, mãe? — pergunta Jen. — Gosto dessa música. É bonitinha. O que quer dizer em inglês?

— Nada, coração. Mais tarde eu conto. — Em cerca de dois anos, talvez. Não, antes disso. Não posso deixar a Sra. Deitch traduzir "Você quer dormir comigo hoje à noite?"

— Diga a ela — incentiva Jacques, com uma piscada. — Eu espero você traduzir. Tem uma poltrona confortável?

— Nenhuma — respondo, agarrando seu braço. — Nós temos que ir. O Banana Republic fecha daqui a oito horas.

Jen me olha de cima a baixo e posso ver que minha roupa não passou no teste. Talvez eu devesse ter usado o minuto extra para colocar o vestido.

— Você não vai sair assim, vai, mãe? — pergunta Jen, a voz cheia de desaprovação. O que aconteceu com a garota-de-dez-anos-de-olhos-brilhantes que achava que tudo o que eu fazia era perfeito? Ela se transformou numa de 11 anos que tem medo de que eu vá envergonhá-la na frente de suas amigas. Eu costumava dizer a ela o que vestir. Agora ela é que me diz.

— *Jeans*, mãe. *Jeans*. É isso o que você usa com todos os seus namorados?

— Todos os namorados dela? — questiona Jacques, virando-se para Jen com interesse verdadeiro pela primeira vez. — Conte-me sobre os namorados da sua mãe. *Les rendez-vous*. Muitos, tenho certeza. Afinal de contas, *elle est très belle*.

— Ele passa a mão apreciativamente em meu rosto. Será que ele notou as sobrancelhas?

— Sim, conte-nos sobre eles — digo, desconcertada. Não consigo me lembrar de nenhum namorado, não importa onde quer que eu tenha usado *jeans*.

— Mãe! — diz Jen, exasperada, sua voz crescendo naquele insolente tom adolescente que espero ouvir durante os próximos dez anos. — Boulder! Como você pode ter esquecido? Nós amamos o Boulder!

Jacques olha para mim inquisidoramente.

— Quem é esse Boulder que nós amamos? — ele pergunta. — Tenho certeza de que eu não o amo.

— Você o adoraria — garante Jen. — Ele é tão engraçado.

— Realmente, você o adoraria — concordo, subindo para colocar o vestido. — Conto a você no carro.

Cinco minutos mais tarde — com toda a prática aprendi a trocar de roupa rapidamente — nós deixamos Jen na casa de Lily e estamos correndo na direção da cidade. O primeiro destino de Jacques na verdade é o Banana Republic e, por alguma razão, tem de ser aquele no Rockefeller Center.

— O maior. O mais americano. O melhor — ele diz, autoritário, quando entramos na grande e cavernosa loja. A melhor? Ele pegou essa doença quando passou na alfândega do JFK? Ou Jacques conheceu Cynthia?

Ele entra no departamento masculino, dentes cerrados, determinado como Napoleão em Waterloo. Só que Napoleão perdeu a batalha e Jacques nunca perde. Está pronto a desprender o esforço necessário para encontrar roupas fáceis de se ver. Ele inspeciona cada *rack*, selecionando oito calças indistiguíveis. Todas tamanho 32x32. Adoro aquela cintura fina francesa, mas nunca pensei nele como um perfeito quadrado.

— Oito calças. Boa idéia. Você não vai precisar lavar roupa a semana inteira — comento como se meu príncipe francês soubesse que há outro Tide além daquele da Côte d'Azur. Começo a andar na direção da caixa registradora, mas Jacques caminha em outra direção.

— Tenho que experimentar isso, *mon amour*. Elas têm de servir.

Jacques entra e sai da cabine oito vezes, experimentando cada calça e desfilando-as para mim enquanto olha com atenção para o espelho de três direções. Pelo menos ele não é vagaroso. Comenta sobre a localização dos bolsos, o tamanho das bainhas e a altura da perna. Que, aliás são os mesmos em todos os casos, mas não lembro isso a ele. Depois há a cor, alternadamente descrita por Jacques como "um pouco cáqui demais" ou "não é cáqui o suficiente". Ele diz "cáqui" tantas vezes que começa a parecer um título francês. Que estou pensando em usar.

— Estou inclinado na direção das calças dois, quatro e seis — diz Jacques, exibindo-se na frente do espelho com o último par. — Vou experimentá-las de novo. A menos que você tenha gostado da três. *Le troisième* ainda está no páreo se você quiser, *mon amour*.

— Não, definitivamente a três não — decido. Acho que vou votar apenas nos números pares. Uma garota tem que ter algum sistema racional para tomar decisões. — Na verdade, você não precisa experimentar de novo. Essas estão perfeitas em você.

— *Merci, mon chouchou*, mas vamos nos certificar.

E ah, nós nos certificamos. Ele experimenta as calças dois, quatro e seis, seguidas por quatro, dois e seis, depois seis, dois e quatro. E a grande decisão? Perdi a conta agora. Mas partimos com uma grande bolsa de compras. Que também inclui seis camisas pólo, todas em vários tons de azul-claro, selecionadas para serem usadas com as calças cáqui. Por que razão as camisas não precisam ser experimentadas, me escapa. Mas certamente não trago o assunto à baila.

— Muito bom fazer compras com você — diz Jacques grandiosamente quando finalmente estamos do lado de fora.

— Acho que fizemos bem, *non?* Agora vamos comprar um pingente para você.

— Um pingente? Que tal um desses? — sugiro enquanto passamos por um camelô vendendo colares de conta e pulseiras de "ouro". A placa na mesa faz uma oferta irresistível: DOIS POR CINCO DÓLARES. VOCÊ ESCOLHE. E quem mais escolheria?

— Não. Algo que você vai gostar mais ainda — garante Jacques, rindo.

Ele pega minha mão, nós passeamos na direção da Quinta Avenida e sinto meu humor melhorar. É um dos três ou quatro dias no ano em que a cidade está perfeita. O sol brilha, mas não há umidade. Uma brisa gentil e leve rodopia no ar. As flores no Rockefeller Center estão brotando e também os guarda-sóis coloridos nos cafés do lado de fora. As pessoas sorriem e ninguém parece estar correndo. Jacques compra dois *pretzels* salgados de outro vendedor que até nos deseja "um bom-dia".

A caminhada de seis quarteirões leva um pouco mais de tempo do que o normal, porque nós paramos a cada 100 passadas para nos beijar e olhar as vitrines.

— Aqui estamos — diz Jacques, enquanto me conduz através da porta giratória na esquina da rua 57. Tiffany. Não venho aqui desde que devolvi os três idênticos castiçais de prata que os parentes de Jacques nos mandaram anos atrás de presente de casamento.

— Você sabe por que essa loja é famosa, *non?* — ele pergunta, olhando em volta, deliciado.

— As caixas azuis — respondo.

— Sim, isso também, minha querida — ele confirma, rindo. — Mas *non*. Quero dizer diamantes. Os diamantes mais bonitos do mundo. — Ele agarra minha mão e admiramos os cintilantes estojos de jóias brilhantes. — Eu a amo. Hoje vamos comprar um diamante para você.

Eu paro e finjo estudar os pingentes em uma das caixas. Um diamante? Sinto um nó na garganta. Alguns encontros, algumas noites juntos, algumas centenas de flores e ele já me tem de volta? Isso é tudo o que é necessário? Prometo a mim mesma que, dessa vez, não vou me deixar sair de cima dos pés. E, apesar das aparências, não vou. A semana inteira fiquei remoendo dúvidas sobre quem teria ligado para Jacques aquela noite em Vermont. E onde ele está quando não tenho notícias dele durante dias. Mas ele ainda faz meu coração bater mais rápido do que qualquer outra pessoa já fez. Ou talvez jamais fará.

Devo ter hesitado tempo demais, porque Jacques me envolve com os seus braços e me beija fervorosamente.

— Por que está tão preocupada, *ma chérie*? Diamantes são para fazê-la sorrir. Você prefere safiras?

— Não, não, diamantes são perfeitos. Mas talvez não exatamente agora.

— Claro que vai ser agora. Estamos aqui. Juntos. Venha. — Ele se vira para uma das vendedoras perfeitamente penteadas atrás do balcão mais próximo. — Brincos de diamantes. Os mais bonitos que você tiver. Para uma mulher que eu amo.

Então não vamos até o anel. Isso é um alívio. Mas qual é o problema, ele ainda não está pronto? Estamos aqui. Juntos.

Quanto tempo essa corte vai durar? É a segunda vez, afinal de contas.

— Brincos de diamantes. Isso é meio extravagante, Jacques — observo, me recuperando.

— Para você, a lua — ele promete. — Você me trouxe de volta à vida.

Bem, o que quer que eu tenha feito, a vendedora agora me traz exatamente o que Jacques pediu. Os mais belos brincos de diamantes da loja.

— Não tão grandes — diz Jacques com um aceno de mão. — Algo mais discreto.

— Sim, senhor — obedece a vendedora retirando a bandeja de veludo e mentalmente calculando sua comissão. — Mais ou menos quanto amor você gostaria que os diamantes expressassem?

— Talvez isso — ele mostra, abrindo um espaço de alguns centímetros entre o polegar e o indicador.

— Cerca de meio quilate cada — ela calcula, com uma pontada de desapontamento.

— Um quilate cada, então — ele resolve expansivamente.

A vendedora volta com quatro opções e começo a examinar cada um deles. Deus, como são bonitos. Olhe como brilham. Jacques tem seu braço apertado em torno de mim e o prazer de estarmos juntos brilha tanto quanto os diamantes. Eu não costumo me sentir mal com Lucy, mas agora posso imaginar como ela se sentiu comprando aqueles brincos totalmente sozinha. Por outro lado, imagino se são mais bonitos que os meus.

Delicadamente coloco o primeiro par em minhas mãos, movendo-os para todos os lados para captar as luzes diferentes. Seguro um em minha orelha. Faz todo o meu rosto brilhar. Melhor do que a depilação de sobrancelhas.

— Posso experimentar um? — pergunto à vendedora.

— Claro. Experimente todos. Veja qual você prefere. Tenho outros, se você quiser ver mais.

— *Non*, não é necessário. Vamos levar esses. Gosto mais deles — diz Jacques, apontando decisivamente para um par. — Você concorda, *mon amour*?

— Eles são lindos — admiro. Por outro lado, os outros três pares também são. E quem sabe qual será o melhor complemento para meu tom de pele até que eu tenha experimentado todos? Ah, não, isso são pérolas. Além do mais, tenho certeza de que há alguma diferença entre eles. Mas nunca vou conseguir descobrir. Talvez esta seja a vantagem de comprar jóias para si mesma. Você pode passar pelo menos tanto tempo decidindo o que quer quanto seu namorado passou na Banana Republic.

A vendedora embala nossa compra cuidadosamente e já estamos fora da loja com brincos e caixa azul em tempo recorde. Jacques já planejou nossa próxima parada — o lugar óbvio após uma compra extravagante. Seu hotel. Convenientemente localizado uma quadra adiante.

— Quero vê-la usando apenas brincos de diamantes — diz Jacques, provocador, me beijando no elevador.

Como afrodisíaco, tenho que dizer que uma tarde na Tiffany supera sempre as ostras. Estou totalmente no espírito. Mal saímos do elevador e entramos na suíte já estamos sem as roupas.

— Os brincos — ele me lembra. — Coloque-os.

Eu desamarro o laço, mas sou cuidadosa com a caixa. Posso querer usá-la novamente em algum momento.

— Venha aqui. Fique na minha frente, minha querida. Deixe-me olhar para você — diz Jacques, deitando-se nu na cama, escorado contra a pilha de travesseiros para me ver melhor.

Em vez de fazer o que ele diz, deslizo para perto dele nos lençóis suaves e empurro uma orelha brilhante na sua direção.

— Lindo, muito lindo. Como posso agradecer a você? — pergunto, sedutoramente.

— Fique de pé. Quero ver você toda.

— Só existe uma de mim — eu rio.

— E é essa que eu quero ver — ele seduz. — Você é bonita. *Tu es très belle*. Deixe-me aproveitar.

Relutantemente passo as pernas sobre o lado da cama e olho para baixo em direção a minha barriga redonda. Quanto tempo será que consigo segurar a respiração? E por que é tão difícil acreditar que meu amante acha meu corpo nu bonito? Que, me olhando por inteiro, ele realmente será capaz de apreciar, em vez de fazer uma lista mental de minhas veias expostas, minhas coxas cheias de orifícios ou a feminilidade extra em meus quadris?

Tentando ser corajosa, fico de pé e atiro os cabelos para trás. Provavelmente um mau movimento. Meu pescoço nunca foi meu melhor ângulo. Mas quando vejo os olhos de Jacques, percebo um olhar de puro prazer e quase me disponho a banhar-me em sua admiração.

Ele levanta vagarosamente da cama e anda na minha direção.

— *Três, três belle* — ele repete, me tomando em seus braços. Ele me beija ardentemente e fico intoxicada pela paixão do instante.

— Venha para mim — ele me convida e, com um ataque rápido me pega, um braço sobre meu ombro, o outro ancorado sob meus joelhos estranhamente flutuantes. Bem, isso estraga o espírito. Talvez esse tipo de coisa funcione no cinema, mas tudo em que posso pensar é no quanto eu peso. Ele provavelmente não se deu conta de que eu seria pesada assim, e agora é galante demais para me soltar.

— Me solte. Você vai ficar com hérnia — aviso. Que romântico. Por que não acrescento que, na sua idade, ele deveria curvar os joelhos para proteger sua lombar?

— *Non, non*, você é leve como uma borboleta — ele afirma. Mas imediatamente corre e me joga na cama.

— São os diamantes — eu brinco. — Eles são bem grandes. Estou mais pesada com eles.

— Shhh — ele diz, abafando minha brincadeira boba com dezenas de beijos. — Shhhh — ele volta a pedir, esticando o som, beijando de leve meus seios e vagarosamente acariciando todo o meu corpo. De alguma maneira, minhas inseguranças desaparecem, como o fazem quaisquer pensamentos sobre qualquer coisa. Pelas próximas duas horas, tudo o que faço é sentir.

No jantar, quero champanhe e caviar na cama, mas Jacques afirma que fez uma reserva num restaurante imperdível.

— É o meu favorito — ele diz. — Todo mundo adora o Four Seasons.

O Four Seasons? Está lá no topo da minha lista, com o Le Cirque e o Le Bernardin. Quem liga para o fato de meu vestidinho de verão não ser glorioso o suficiente para o restaurante? Com meus novos brincos de diamantes, posso ir a qualquer lugar.

— Adoraria ir ao Four Seasons — digo entusiasmada.

— *Non*, eu me refiro ao que fica aqui embaixo, *mon amour*. Talvez você não tenha notado que este é o hotel Four Seasons. O restaurante tem um nome bobo — Cinqüenta e sete cinqüenta e sete —, mas eu o chamo de Four Seasons.

Ah, bom. E podemos fingir que estamos sentados no Grill Room. Ou é o Pool Room para jantar? Nunca consigo lembrar.

— Devo usar meus diamantes? — pergunto, ainda sentindo o flerte. — Ou coloco algo mais?

— Algo mais — ele sugere. — Tenho algo muito importante para falar com você. Vai querer estar vestida.

Sinto de novo aquele nó na garganta. Ele me comprou diamantes. Fizemos amor apaixonado durante a tarde toda. Agora ele tem algo muito importante a dizer. Ou ele tem uma pergunta a fazer? Não importa o quanto eu esteja me sentindo bem agora, ainda não estou pronta. Não tenho de lhe responder essa noite. Repito a frase. Não tenho de lhe responder nada essa noite.

O restaurante pode não ser o Four Seasons original, mas parece bem legal para mim. O *maître* é atencioso, e o serviço, elegante mas contido. O garçom, graças a Deus, não parece compelido a nos dizer seu nome ou qual é seu prato favorito do *menu*. O organizador de vinnos oferece três sugestões e Jacques previsivelmente escolhe o Bordeaux francês.

— A nós — ele brinda, assim que o vinho é servido nas enormes taças. — Juntos novamente. Tem sido tão bom.

— Nós fazemos clique — eu digo, tocando meu copo no dele e partindo para uma metáfora. O que ele provavelmente não entende. Muito freqüentemente desejo que Jacques conheça a língua pelo menos o suficiente para compartilhar meu humor.

Ele coloca o copo na mesa.

— Nem sempre sou sério, *mon amour*, mas preciso ser hoje. Preciso de coração lhe dizer o quanto significa para mim.

— Você também significa muito para mim — retribuo, procurando sua mão.

— *Bien*. Que bom — ele diz, enlaçando os dedos nos meus. — Mas deixe-me dizer a você. Quando voltei para você, que época triste. Eu tinha acabado de me divorciar. Ela e eu, nunca foi muito bom. Ela era como tantas mulheres que não significam nada. Achei que não haveria mais amor para mim, nunca mais. Então pensei em você. Em nós.

Acaricio seu polegar com o meu, ele aperta minha mão e depois toma um longo gole de vinho. Se espera que eu diga alguma coisa agora, não sei o que é. Então espero. E Jacques continua.

— Depois de todos esses anos, eu a procurei e você me deixou voltar para sua vida. E pensei comigo "Essa mulher conhece o amor. Sabe que o amor é para sempre." Eu não estava mais triste. Com você, aprendi que poderia amar e ser amado novamente. E por isso — ele diz, estendendo sua outra mão e pegando minha outra mão na dele —, eu serei grato para sempre.

Se isto é uma proposta de casamento, está demorando demais. E há algo no tom de Jacques que me diz que ele está prestes a seguir em outra direção.

— Na semana em que você não pôde ir a Dubai, conheci uma mulher no hotel — ele conta, tentando com dificuldade não encontrar meus olhos. — Catrine. Ela trabalha no mesmo ramo que eu e estava na conferência. Uma mulher muito inteligente, exatamente como você.

Eu puxo uma das mãos de volta e tomo um gole de vinho. Agora não me importaria de tomar um bom californiano. Um vinho ou um homem. Num reflexo, toco um dos meus brincos.

— E você dormiu com ela? — pergunto cautelosamente, pensando que estamos de volta a um solo familiar. Solo no qual não quero mais pisar.

— Sim, claro — ele confirma, um pouco rapidamente demais. — Mas é muito mais que isso. E é por sua causa, minha querida. Você me ensinou que, quando se pede amor, às vezes ele está ali. E meu coração se abriu novamente. E Catrine entrou nele.

Agora eu tiro minha outra mão. Subitamente tenho uma imagem vívida de Catrine — toda loura, perfeitamente penteada, 55 quilos — entrando no coração dele. Espero que tenha sangrado bastante.

— Jacques — eu digo, congelando meus nervos e tentando manter intacta minha dignidade —, por que não me falou sobre isso antes? Por que continuou vindo para cá?

— Porque quando nós ficamos juntos é tão maravilhoso que não quero estragar isso — ele responde alegremente. — E não quero que isso mude nunca. Catrine, sim, ela vai se mudar para Paris e ficar comigo. Mas eu virei a Nova York com freqüência.

Essa é uma proposta diferente da que eu esperava. Sexo bom três ou quatro vezes ao ano com um homem que se apaixonou por minha causa, não por mim.

— Não sou do tipo de fazer isso, Jacques — explico, lutando com todas as emoções diferentes que sinto. Aqui está um homem que claramente se importa comigo — sei que não estou me enganando a esse respeito —, mas que está partindo meu coração. Não tanto arrancando-o, mas quase. Posso não ter escolhido ter uma vida com Jacques novamente, mas que droga, eu queria que a decisão fosse minha.

— O que quer que você decida, sempre pode contar comigo — diz Jacques, brincando com a cesta de pães já que minha mão não está disponível. — Estou tão orgulhoso de você, *mon chouchou*. Você construiu uma vida. Sua vida com Jen. E agora eu também estou pronto para recomeçar.

— Bem, desejo que seja bom para você. — O que mais eu deveria dizer? Olho para baixo e, por muitos instantes, ficamos os dois quietos. Jacques pega seu *menu*, obviamente aliviado que ele tenha dito o seu texto e eu não pareça muito raivosa.

Pego o meu *menu* também, mas sem chance de passar por aquele jantar. Mesmo um aperitivo soa totalmente não aperitivo. Brinco distraidamente com minha taça. Não sou o tipo de mulher que faz isso. Sou agradável. Afável. Sempre quero que todo mundo se sinta bem. Eu me preocupo com os sentimentos dos outros mais do que com os meus. Então é totalmente fora do meu caráter — mas parece surpreendentemente bom — quando me levanto graciosamente da minha cadeira e despejo a taça cheia de vinho sobre a cabeça de Jacques. Aquela cabeça *stupide*.

— Tenho certeza de que alguém tão inteligente como Catrine deve ser boa com manchas — eu digo, fazendo o que espero que seja uma saída memorável do restaurante. Fico feliz por não estarmos no Four Seasons original. Ainda pretendo ir lá algum dia.

Capítulo 15

— MAS VOCÊ FICOU COM OS BRINCOS, certo? — indagou Lucy, inclinando-se no sofá e retirando uma mecha de cabelo do meu rosto.

— Já disse a você que fiquei — repito, assoando meu nariz pela zilionésima vez. Gostaria que alguém encontrasse uma utilidade construtiva para a coriza. Parece não haver limite para a quantidade que seu corpo é capaz de produzir.

— Quero vê-los — diz Lucy, obviamente preocupada com o meu moral. Que ele seja muito alto. E que eu devolva os brincos, ou os jogue fora.

— Coloquei no cofre do banco. Para Jen. Meu legado por ela ter uma idiota como mãe.

— Eu disse a você semanas atrás que odiava Jacques — afirma Lucy com raiva. — Qualquer pessoa que traiu você uma vez vai... — Ela faz uma pausa, o assunto chegando perto demais de casa. De sua própria casa. — Enfim, você está mais longe de ser idiota do que qualquer outra pessoa — ela garante, lealmente.

— Certo. Muitas mulheres dormem com um homem uma hora antes de serem jogadas fora. Acontece o tempo todo. Coisa regular no Four Seasons. O hotel está provavelmente considerando um novo pacote promocional: O fim de semana "Use e Jogue Fora". Você faz sexo e depois termina.

— Na verdade, eles estão pensando em chamar de "Venha-e-vá" — diz Lucy, alegremente, entrando no jogo.

— É. O restaurante poderia ter uma seção especial com taças extragrandes e assentos resistentes a vinho.

— Adorei você ter jogado o vinho nele — vibra Lucy, os olhos brilhantes. — É tão Katharine Hepburn.

Por alguma razão, aquilo me faz recomeçar a chorar. Eu procuro a montanha de lenços usados perto de mim, mas Lucy eficientemente os recolhe num saco de lixo e me entrega uma nova caixa de Kleenex.

— Tenho algo que vai fazer você se sentir melhor — ela afirma. — Fiz canja de galinha para você.

Isso sim me faz parar de chorar.

— Você *fez* canja de galinha? — Eu tento novamente. — *Você* fez canja de galinha para *mim*? — Isso deve ser pior do que pensei. Lucy jamais entraria na cozinha por causa de um simples coração partido. Eu devo estar com câncer. Um tumor inoperável. Se Jacques não tivesse me dado um fora, eu jamais teria descoberto.

— Por que você está tão surpresa? — pergunta Lucy, genuinamente envergonhada, enquanto tira um Tupperware de uma bolsa de compras Prada. — Experimente.

Abro a tampa azul e olho para o caldo que tem alguns objetos não identificados flutuando em cima.

— Mmm — murmuro. — Nunca vi canja de galinha cor-de-rosa antes.

— Claro que não. Eu acrescentei colorífico para torná-la mais bonita. — Aquele amarelo-galinha é tão triste.

Eu mexo a sopa vagarosamente com a colher de prata que Lucy providenciou e cuidadosamente levo um pouco do caldo a meus lábios.

— Pelo amor de Deus, você não precisa comer isso — fala Lucy, me interrompendo.

— Talvez precise. Não pode me fazer sentir pior — retruco, tomando a sopa. Depois tomo outra colher. — Nada mau. Um pouco salgada, talvez, mas nada mau. — Continuo sorvendo a sopa do recipiente de meio litro.

— Se você está comendo isso, está pior do que pensei — desconfia Lucy. Mas ela parece satisfeita. — Talvez eu leve um pouco para Dan como oferta de paz.

— Oferta de paz. Isso é bom. Você devia mesmo fazer alguma coisa. Mas, se for sopa, deveria acrescentar um pouco de galinha. E talvez alguma massa. — Olho dentro do pote. — Como você fez isso, aliás? Com pedras do jardim?

— Canja de galinha feita em casa não é realmente muito difícil — afirma Lucy, minha nova *gourmet*. — Só misturei cubos de caldo Knorr com um pouco de colorífico vermelho.

— Pegou essa receita no *Budget Living*? — pergunto.

— Não, eu inventei. Entendo por que você gosta de cozinhar. É muito criativo.

— O que é isso flutuando nela? — indago. — Os pequenos pedaços prateados?

Lucy olha para dentro do pote, depois mergulha seu dedo indicador para tirar uma amostra. Ela a segura perto da luz.

— Talvez algum resto da embalagem dos cubos de caldo — ela suspeita. — Eles estavam grudados.

— Divertido — eu digo, sem desistir. Tomo mais alguns goles irregulares e, quando a campainha toca um minuto mais tarde, levanto os olhos, cansada. Poderiam ser mais pessoas com comida, embora eu não ache que qualquer notícia sobre meu estado de luto tenha se espalhado pela vizinhança tão rapidamente assim.

— Sei que não é Jacques — eu digo, sem me mover para levantar.

— E eu sei que não é Dan — diz Lucy, também sem se mexer.

— Você atende, não posso cooperar.

— Não. Você atende, a casa é sua. E quando você estiver de pé, poderia tirar essa música deprimente? Não importa que sejam os Beatles, não agüento mais escutar essa repetição incansável de *Yesterday.*

A campainha toca novamente. Eu me arrasto até a porta e escuto a voz alegre de Boulder.

— Abra! Abra! Somos nós! As Bichas da Alegria!

— O *quê?* — pergunto, abrindo a porta para um sorridente Boulder, que está segurando o maior bolo que já vi. De pé ao lado dele, com o mesmo sorriso e a mesma camiseta verde-lima, está seu dublê de cabelos escuros. Se isso fosse uma novela, eu acharia que Boulder estava fazendo os dois papéis. Mas o gêmeo do mal, que não parece nada do mal, se adianta.

— Oi. Eu sou Cliff — ele se apresenta, passando por mim com um grande *cooler*. — Sinto muito por você ter ficado tão para baixo por causa do cara francês. Mas estamos aqui para fazer você esquecer tudo.

Boulder dá um passo na minha direção para colocar um colar de luzes néon pulsantes azuis e cor de laranja.

— Hora da festa!

Eu volto para o sofá e me jogo novamente ali.

— Obrigada pela tentativa, mas estou imprestável — digo, resignadamente. — Por sinal, esta é minha amiga Lucy. Ela é mais engraçada do que eu.

— Você é aquela que foi abandonada pelo marido? — pergunta Boulder. — Meu Deus, você também deve estar de baixo astral.

Lucy me encara. Eu faço uma careta e murmuro "desculpe".

— Acho que ando conversando muito com Boulder de madrugada — conto a ela. — Mas não vamos vender a história para o *National Inquirer*. Prometo.

— Promessa de escoteiro — concorda Boulder. — Mas vamos lá. Viemos aqui para você se divertir um pouco.

— Estou vendo que teremos trabalho — diz Cliff, puxando uma dúzia de CDs de seu bolso de trás. — Mas se eu consigo fazer garotos ricos e cansados dançarem em *bar mitzvahs*, vocês garotas serão moleza.

— Cliff passou seus primeiros seis meses em L.A. como assistente de DJ — diz Boulder, orgulhosamente. — Ele ensinou o Electric Slide no *bar mitzvah* do amigo do primo de Adam Sandler.

Até eu sei que isso é sinônimo de fama em Los Angeles. Então estou corretamente impressionada. Ainda choramingando, mais impressionada.

— Primeiro, drinques para colocar todo mundo para cima — diz Cliff, abrindo seu *cooler*. — Daiquiris, *margaritas* e *piña colada*. O que vai ser?

— *Piña colada* — pede Boulder, entrando na fila para pegar um copo.

— Sem chance — retruco. — O que você vai dizer no seu próximo encontro dos AA?

— São todos sem álcool, bobinha — ele revela alegremente. — Quem precisa de rum? A melhor parte do *piña colada* é o coco. Esta é a festa onde ninguém vai passar mal na manhã seguinte.

Olho para o gigantesco bolo de creme, agora preenchendo a maior parte da minha mesa de jantar.

— Vou passar muito mal depois de comer isso — afirmo. — E do jeito que estou indo, vou devorar tudo.

— Não pode. É feito de papelão e creme de barbear. Exatamente como o que ganhei no meu aniversário de 12 anos no acampamento de garotos gordos — conta Boulder tristemente, revivendo a lembrança dolorosa.

Cliff se aproxima e coloca o braço em torno dele.

— Isso foi muito tempo atrás, coração. Olhe para esse seu abdômen. Você está bonito agora.

Boulder, ainda se sentindo como um gordinho de 12 anos, não se anima, então Cliff diz:

— Não sou o único que acha você bonito, certo? Que tal Barry Rivers? Conte às garotas sobre Barry Rivers.

O que tem a ver Barry Rivers com Cliff e Boulder? Espero que não seja outro triângulo amoroso. Dêem-me quadrados.

Círculos. Octógonos. Qualquer coisa que não envolva Pitágoras.

Mas Boulder está sorrindo agora, e Cliff também.

— COOONTE A EEELA! — Cliff pede, transformando as cinco sílabas numa música inteira. — Não, melhor ainda: MMMMOOOOOSTRE A EEEEELA! — Não é um mau tom. Se ele pensar mais algumas frases, pode entrar para os Top 100 da *Billboard*.

Boulder aceita e toma o lugar central em minha sala. Dobra os joelhos suavemente, planta os pés a mais ou menos 30 centímetros de distância, abre os braços como um avião e começa a sacudir os quadris.

— Jogo de mímica! Jogo de mímica! — diz Cliff. — Todo mundo brincando! Acho que Boulder tem boas notícias.

Os joelhos de Boulder estão um pouco mais para baixo e seus quadris giram em círculos cada vez maiores. Mas me recuso a imaginar o óbvio.

— *Hula-hula*? — pergunto. — Algo a ver com *hula-hula*?

— Gênio! — diz Cliff. — Você já está no lugar certo — *Hula-hula*! Havaí! As boas notícias acontecem no Havaí.

Não quero partir seu coração e lhe dizer que *hula-hula* não foi inventado em Waikiki.

— Havaí — diz Lucy, movendo-se para a ponta do sofá, totalmente dentro do espírito do jogo, soltando uma explosão de associação de palavras tropicais.

— Luaus. Porco assado. Coroas de flores. Você vai fazer sexo no Havaí?

— Só se o Cliff me visitar — diz Boulder politicamente correto.

Não tendo alcançado o grande prêmio, Lucy continua:

— Vamos ver. Cachoeiras? Vôlei? Que tal surfe? Você vai surfar no Havaí?

— Bingo! — comemorou Cliff, o eterno assistente de DJ, buscando dentro de uma bolsa de balas e entregando a Lucy uma boca da Hershey's embrulhada em papel dourado.

— Você ganhou a parte um. Agora POR QUEEEEEEE Boulder vai surfar no Havaí?

— Porque vou fazer um comercial da Dr. Pepper! — grita Boulder, incapaz de conter sua excitação. — Não é nem Dr. Pepper Diet. É o verdadeiro!

— Ai, meu Deus, isso é maravilhoso! — Lucy e eu dizemos quase em uníssono, correndo e abraçando-o com tanta energia que quase o derrubamos no chão.

— É tudo por sua causa — diz Boulder, me abraçando também. — Barry Rivers me viu em nosso namoro na TV e telefonou. Ele é apenas o maior agente de elenco do mundo e me fez entrar no meio rapidinho.

— Boulder recebeu quatro chamadas — conta Cliff. — Na primeira, ele teve que tirar a camisa e Barry simplesmente adorou o seu corpo. Na segunda, Barry pediu que ele sorrisse. Você sabe que ele é campeão nisso. Na terceira, ele teve de abrir uma lata de Dr. Pepper. Sem derramar. E finalmente...

— Cliff faz uma pausa para dar mais efeito. Ou talvez para preparar suas cordas vocais. —...ele teve que LLLEEEEEEER!

— Você vai ganhar uma fala? — pergunta Lucy, captando o profundo significado monetário daquilo. — Vai conseguir grandes cachês. Dinheiro a cada vez que eles passarem o comercial. Melhor do que uma linha de crédito no Citibank.

— Faça a sua parte para elas, coração — pede Cliff, o parceiro orgulhoso.

— Não sei se estou pronto — resiste Boulder.

— Ele só está praticando desde ontem — explica Cliff. — Ainda está entrando no personagem.

Nós assentimos solenemente.

— Somos todos amigos aqui — lembro. — Vá em frente.

Boulder assume sua posição de surfista. Solta aquele famoso sorriso Boulder, então olha direto para nós, a câmera pronta.

— WHOOOOOSSSSHHHH — ele diz, esticando a sílaba no que claramente é uma *performance* influenciada por Cliff. Estou esperando o resto da fala, mas ela não chega. Olho para Lucy para ver se uma futura fortuna pode ser construída com uma só palavra.

— Sim — ela confirma. — Isso é um papel com fala.

— Ele não é perfeito? Ele vai ser muito famoso — aposta Cliff.

— Ele é fabuloso — elogia Lucy. — Esta é minha opinião profissional.

— Todo mundo na pista de dança! — chama Cliff, sacudindo seus Pumas. — Vamos celebrar!

Ele coloca uma música no CD *player* que nunca ouvi antes.

— O Electric Slide! — anuncia com entusiasmo suficiente para acabar com a crise de energia na Califórnia. — Venham todos! Vou ensinar a vocês!

Reforçadas pelo anúncio de Boulder e pela sedução de Cliff, entramos em ação. Por que não? Se é bom o bastante para o amigo do primo de Adam Sandler, é bom o suficiente para mim.

Aqueles garotos de L.A. devem ter feito alguns *bar mitzvahs*, porque durante a próxima hora minha sala de estar sacode. Estou horrível no Electric Slide, mas descubro ter um dom para a Macarena. Passamos por um *set* da Motown e depois para os Rolling Stones. Música dos anos 1960 é como Beethoven — vive para sempre. Não precisa me dizer que nossos filhos estarão dançando a *50 Cent* daqui a 40 anos.

Gritamos a letra de "I can't get no... SATISFACTION!" no máximo de nossos pulmões e agimos como um grupo de delirantes tietes em Lollapalooza. Estamos rudes e roucos e, depois de uma barulhenta execução de "I will survive", caímos exaustos no sofá.

Mas Cliff não terminou ainda.

— Mais uma música — avisa nosso DJ favorito que fez festas suficientes para saber fazê-las corretamente.

Do CD *player* vem a voz sussurrante de James Taylor. Passamos os braços em torno uns dos outros, balançando de um lado para o outro. No refrão, cantamos juntos.

"Winter, spring, summer or fa-all... All you've gotta do is call", fazemos coro emocionados. *"And I'll be there... You've got a friend."*

Estamos sentimentais agora, como se tivéssemos ficado bêbados com nossas *piña coladas* sem álcool.

Inclino minha cabeça para o ombro de Boulder.

— Ao Dr. Pepper — digo emocionada. — E a seu futuro. Que ele seja tudo o que você deseja.

— A todos nós! Construindo um futuro que queremos que seja verdade. Porque nós sabemos que podemos — diz Boulder. Agora realmente parece que estamos num *bar mitzvah*. Ele é bom na sinceridade. Talvez seu próximo comercial pudesse ser para a Hallmark.

Estou de novo com lágrimas nos olhos — mas desta vez estou feliz. James Taylor tem razão: é bom ter amigos.

*

Devo trabalhar com Josh Gordon esses dias, mas está muito claro que não vou acrescentá-lo à minha lista de amigos tão cedo. Na manhã seguinte estou em seu escritório, tendo sido convocada para uma reunião às oito da manhã. Pelo menos consegui convencê-lo a não fazer às sete.

Pego o elevador para o 32º andar, onde sua assistente, Peggy, me leva para um enorme escritório de canto de corredor com vistas de tirar o fôlego em três direções. Então isso é o que querem dizer com estar no topo do mundo.

— Ele está terminando uma reunião — explica Peggy, uma eficiente mulher sessentona que, batendo papo, já me contou que trabalha com seu chefe há 22 anos. Consideravelmente mais tempo do que durou sua mulher. — Fique à vontade até que ele volte. Posso servir um café a você?

— Vou ficar bem — eu digo. Mas no instante em que ela sai, não fico. Quero parecer bem-arrumada — mas não muito bem-arrumada — quando Josh Gordon entrar. Dar uma aparência de que não me importo por ter ficado esperando, mas que tenho muitas outras coisas urgentes em minha agenda do dia.

Vou até uma estante e olho com atenção as fotos de família em molduras de prata que adornam a segunda prateleira. A loura bonita que está nas fotos desde bebê num carrinho até uma garotinha cavalgando um pônei deve ser Irlanda. Bela criança. Em cada foto ou ela está sozinha ou com Josh. Não há cortes de tesoura aparentes onde a ex-mulher possa ter sido eliminada, mas ela não está à vista em nenhum lugar.

Cinco minutos se passam. Já peguei todas as fotos e memorizei todos os títulos dos livros na estante. *Economia I* de Milton Friedman eu entendo, mas por que ele está lendo

Atlas Resumido? Hora de me sentar. Sento-me cuidadosamente no sofá. É meio macio demais e eu mergulho, afundando nas almofadas. Melhor me mover, já que esta posição sempre faz minhas pernas parecerem muito gordas. Talvez a cadeira de costas duras na frente da mesa dele. Eu tento. Mas isso é pior. Se estiver sentada rígida assim enquanto estiver falando com Josh, ele vai se sentir como se estivesse numa reunião com a Rainha Elizabeth. Uma é mole demais, outra dura demais. O que sou eu, Cachinhos Dourados?

Fico de pé e noto que o zíper da minha saia moveu-se para a frente. Tento fazê-lo voltar para trás mas o gancho agarra no alto da meia fina e não se move. Estou puxando-o furiosamente quando Josh entra. Pelo menos dessa vez não há nada em meu rosto. Ele me dá uma olhada. Ele está ocupado — claramente tendo me encaixado entre compromissos — e meu desarranjo mal é registrado.

— Sente-se — diz Josh, fazendo um gesto para uma confortável poltrona perto de sua mesa. Por que não tentei aquela antes? Ela é simplesmente perfeita.

— Tenho estudado os custos do espetáculo beneficente — ele começa, sem se importar em bater papo. Acho que não devia ter passado uma hora na noite passada estudando as notícias da CNN.

— As contribuições parecem boas — ele continua, procurando numa pilha de papéis em sua mesa. — A venda de anúncios para o programa está forte. Mas estou confuso sobre alguns desses custos.

— Tudo foi doado — asseguro com confiança, ou com tanta confiança quanto posso com meu braço torto num ângulo torto tentando cobrir meu zíper errante. — A não ser algumas despesas menores para a produção. Vincent disse que as mandaria para você.

— Eu as tenho aqui — afirma Josh, chegando perto com seus papéis e inclinando-se na lateral da mesa. — Algumas interessantes. Por exemplo, você aprovou os quatro mil dólares em gel cor-de-rosa?

— Claro que não — enfrento-o. — Nada de gel caro, ou pó, ou maquiagem *pancake*. Disse a Vincent para comprar Maybelline na Duane Reade. Sob nenhuma circunstância ele devia gastar em maquiagem de verdade.

— A nota não foi para maquiagem — retruca Josh, me entregando a fatura, que tem o cabeçalho ILUMINAÇÃO PARA TEATRO, INC.

Ah, esses géis. Cara, estou totalmente no controle hoje. Josh deve estar impressionado. Mas mesmo olhando a nota ainda me sinto desconcertada.

— Todo esse dinheiro para iluminação extra-suave? Gel cor-de-rosa? — pergunto. — Não faz sentido. São crianças de 12 anos. Nem Joan Rivers precisa de tanta ajuda assim.

Josh me dá um de seus sorrisinhos. Vindo dele, é como ver o sol em Seattle. Não acontece muitas vezes. Mas, quando acontece, é mais quente do que você pode imaginar.

— Que tal essa aqui? — pergunta Josh, puxando outra nota. — Mil dólares para Millicent M. Quem é ela?

— Definitivamente não é a namorada de Vincent — rebato rapidamente.

Pego a nota e percebo que é para flores artificiais. Provavelmente para o cenário de Covent Garden. Teria sido mais barato criar as nossas próprias flores.

Eu suspiro e estendo a mão para pegar toda a pilha de recibos.

— Desculpe, Josh — eu peço. — Vincent está acostumado aos megaorçamentos da Broadway. O lugar, onde pagam para o sindicato de músicos que não tocam, para assistentes de palco que não fazem nada, e para camareiros que ficam por ali durante a cena de nudismo em *The Full Monty*. A Broadway tem mais gordura do que Tim Allen em *The Santa Clause*. Mas vou tentar frear as rédeas de Vincent.

Josh assente, aparentemente suavizado por minha fala.

— Apreciarei isso. Ouvi dizer que Vincent é um pouco temperamental. Falo com ele se você quiser. Lido com problemas financeiros todos os dias.

— Eu posso fazer isso — afirmo. — Não sou Alan Greenspan, mas não sou ruim para lidar com dinheiro. — Ele não pode argumentar. Ele nunca viu meu talão de cheques.

Mas Josh, surpreendentemente, capta minha hesitação.

— Olhe, não é um problema para mim — diz ele generosamente, com outro sorrisinho. — Você está fazendo um ótimo trabalho no espetáculo beneficente. Posso ajudá-la. Deixe seu diretor ficar furioso comigo e não com você.

O que está acontecendo aqui? Isso é tão gentil da parte dele. Melhor conferir o tempo em Seattle. O aquecimento global parece estar afetando tudo.

Peggy enfia a cabeça na porta antes que eu tenha chance de agradecer a Josh e aceitar sua oferta.

— Desculpe incomodar, mas Mia está no telefone — explica Peggy. — Eu disse que você estava numa reunião, mas ela pediu que eu interrompesse.

— Ligo para ela depois — ele diz sucintamente.

— Foi o que eu disse, mas ela afirma que é uma emergência.

Josh olha na minha direção.

— Devo sair? — pergunto.

— Não. Será apenas um instante. Desculpe. É minha ex-mulher.

Mais irritado que preocupado, Josh pega o telefone.

Ele solta um brusco "alô" no fone, depois fica andando ao lado da mesa enquanto Mia fala. E fala. E fala. Ele parece estar perdendo a paciência.

— Não chamo isso de emergência — ele corta, finalmente tendo escutado o bastante. — Você podia ter esperado. Interrompeu uma reunião importante.

Então agora sou importante. Ei, isso não é nada mau.

Josh escuta Mia por mais alguns minutos.

— Claro que paguei as contas da sua terapia — ele diz exasperado. — Disse a você que cuidaria disso por quanto tempo você precisasse.

O que poderia ser um longo tempo, pelo tom de sua conversa. Pobre homem. Primeiro as notas do espetáculo beneficente e agora as de Mia.

— Mia, se seu psiquiatra não quer mais vê-la, não é porque ele não foi pago — Josh diz com sarcasmo. — Deve ser algo mais.

E posso imaginar o que seja. Não conheço Mia, mas conheço psicanalistas. Ela pode estar choramingando muito. Ou talvez não esteja mantendo seu terapeuta suficientemente entretido. Não basta entrar no consultório de seu terapeuta e chorar. Em Nova York, você está competindo contra algumas das pessoas mais infelizes do mundo. Entediada com seu marido? Não está mais satisfeita com Frederic Fekkai? Angustiada pelas memórias recuperadas de resultados inadequados de vestibulares? Oh, por favor. Eles já ouviram isso tudo antes. Você tem que mergulhar mais fundo e constantemente aparecer com um novo material. Manter seu terapeuta satisfeito é mais difícil do que se manter de pé numa carruagem no The Country Comedy Club.

— Mia, tenho que voltar a trabalhar — diz Josh numa voz moderada que ele obviamente treinou depois de muitas ligações como essa. — Você sabe que pode contar comigo se realmente precisar. Mas estamos divorciados agora. Você não pode ficar me ligando por coisas assim.

Ele desliga o telefone e distraidamente tamborila os dedos em algumas mensagens em seu BlackBerry. Levantando os olhos, ele parece surpreso ao perceber que ainda estou aqui.

— Precisa de alguma coisa?

Claro. Posso pensar em algumas coisas. Ficaria com um marido, uma casa em Montauk, um melhor plano de saúde, com direito a remédios, e um DVD da primeira temporada de *The Sopranos* — e me contento com dois dos quatro.

— Não, acho que está tudo bem — digo.

— Ótimo, então terminamos — ele finaliza. — Continue com o espetáculo beneficente. E fale com Vincent sobre as despesas dele. Vamos manter isso sob controle.

Eu hesito. Não é a hora de lembrá-lo de que ele disse que lidaria com Vincent para mim. Mia está arruinando as coisas para todo mundo.

— Telefone se tiver algum problema — ele diz, me dispensando. — Recebo todo tipo de ligações fúteis de mulheres.

Acho que não somos seus espécimes favoritos agora.

*

— Talvez Josh Gordon fosse mais gentil se você fizesse uma plástica — sugere Lucy uma hora mais tarde, enquanto estamos sentadas na sala de espera da Dra. Glória Roget, a última conquista de sua equipe de beleza.

Lucy espia no grande espelho em forma de margarida que domina uma parede inteira da sala de espera do consultório e imediatamente faz "O Rosto", aquele que todas as mulheres acima de 40 regularmente tentam, embora em geral na privacidade de sua própria casa. Ela pesca a pele das maçãs do rosto com os dedos e a estica com força, depois usa as palmas para esticar suspender o papo. Ou o que ela acha que é um papo.

— O que você acha? — pergunta Lucy, virando-se para mim com seu rosto esticado para trás. — Eu não ficaria melhor assim?

— Você parece bem agora.

— Estou pensando no futuro perfeito — ela explica. — Experimente.

Eu faço a mesma manobra e estudo O Rosto, o meu, no espelho. Este eu mais firme e liso é uma melhoria, mas não estou pronta para entrar na faca. Talvez eu apenas coloque uma fita adesiva a caminho de casa. De qualque maneira não faria a menor diferença no que diz respeito a Josh Gordon. Meu rosto poderia estar tão esticado quanto a tenda de um recruta do exército e ainda assim não mudaria sua opinião raivosa sobre as mulheres.

— Aliás, não é por isso que estamos aqui — eu lembro, soltando minhas mãos e deixando meu rosto cair, literalmente, de volta ao seu lugar.

— Eu sei. Isso é para uma outra vez. Hoje se trata de peitos — diz Lucy, ainda se olhando no espelho. Ela tira as mãos do rosto e as envolve em seus seios, empurrando-os para a frente. — Peitos como estes mudariam minha vida — ela afirma. — Você não entenderia. Você é sortuda. Nunca vai precisar de implante.

— Você também não. Você só está infeliz com tudo o que está acontecendo.

— Talvez. Mas isso não significa que eu esteja feliz com meus peitos. Quem está? Você passa toda a sua pré-adolescência esperando por eles, e quando eles chegam nunca são bons. Muito grandes, muito pequenos, muito redondos, muito retos. Você odeia quando os homens olham para eles, e odeia ainda mais se eles não olham.

— Eu sei. Todo mundo é melhor do que nós. Olhe para isso — eu mostro, colocando minhas mãos embaixo de meus seios um tanto pesados e elevando-os alguns centímetros. — Esta era eu em 1989. E esta — eu digo, retirando as mãos e deixando meus seios caírem no espaço de meu sutiã Maidenform — sou eu hoje.

— Ah, Jess, você está ótima — diz Lucy.

— Apenas por causa de meu novo sutiã 18 horas. Descobri que tenho mais seis horas com esse neném aqui. Não me pergunte o que farei depois disso.

— Pelo menos você não fica preocupada com o pinga-gotas — diz Lucy, brincando com o recheio de seu próprio sutiã. — Essa coisa cheia de água deveria parecer mais natural do que espuma. Mas ela me faz ficar nervosa.

— Se você tem seios menores, eles nunca caem — eu defendo, me balançando de um lado para o outro, agora hipnotizada por observar meu próprio busto no espelho.

356

— É impressionante que nós tenhamos ficado amigas — reflete Lucy. — Você é o tipo de garota que eu odiava na escola. Grandes peitos e sempre fingindo que eles são um *peso*.

— Vamos chamar de atração mútua — retruco, me recusando a explicar como foi embaraçoso ter sido a primeira em minha sala a me desenvolver. Todas as minhas amigas ainda usavam sutiãs de treino. Embora eu nunca pudesse descobrir o que elas treinavam, ou para que estavam treinando. Passei o ano inteiro de ombros curvados para que os garotos não ficassem olhando para o meu peito. Mais uma coisa pouco provável de ganhar a simpatia de Lucy. Mas ainda não tenho certeza por que ela está fazendo tanto barulho por isso.

— Lucy, você é linda. Você é perfeitamente bem proporcionada. Afinal, o que há de errado com um manequim 34?

— Em Hollywood, tudo — responde Lucy. — Devo ser a única mulher na cidade que tem sua combinação original. Califórnia é a terra da fartura. As pessoas falam sobre *grapefruits* e melões e não querem dizer frutas. E Hunter é um homem melancia. Cansei de vê-lo paquerando mulheres peitudas.

— Então é por causa de Hunter? — eu pergunto, custando a crer que ela tenha tomado esse tipo de decisão por causa do homem de seu futuro. E pelo fato de essa decisão requerer melhoria cirúrgica. Não dele. Aparentemente ela superou o pequeno presente de aniversário. Sem mencionar o pequeno pênis.

— Na verdade não — nega Lucy. — Não estou fazendo isso por causa de Hunter.

— Por causa de Dan?

— Ele gosta dos meus seios.

— Então, por quem?

— Jess, nunca faria isso por um homem. Que tipo de mulher você acha que eu sou?

— O tipo que todas somos. Inseguras. Diz a verdade: você acha que a nova namorada de Jacques tem seios melhores do que os meus? Foi por isso que ele ficou com ela?

— E alguém sabe por que qualquer um de nós faz o que quer que seja ultimamente? — indaga Lucy, com um suspiro.

Eu me recosto.

— Não vou deixar você fazer nenhuma burrice — aviso.

— Combinado — diz Lucy, enquanto uma enfermeira finalmente nos conduz ao consultório da médica. — Faça todas as perguntas que eu esquecer.

Lucy dá à enfermeira todas as suas informações vitais, incluindo o histórico de saúde e o seguro saúde. Implantes não são cobertos por seu plano, mas uma justificativa poderia ser feita, suponho, se fossem incluídos em seu tratamento de saúde mental. Depois uma procissão de assistentes movimenta-se num entra-e-sai do consultório médico. Será Deus ou a Dra. Roget a responsável por seus seios firmes? Já que nenhuma das jovens parece ter mais do que 25 anos, estou apostando em Deus. Mas Lucy me chamaria de ingênua.

Finalmente, surge a grande médica. Ela é alta e sinuosa com cabelos louros curtos e, não estou sendo ingênua, lábios cheios de colágeno. O diploma na parede diz Escola de Medicina de Harvard, mas eu não ficaria surpresa se visse "Pin-Up da *Playboy*" em seu currículo.

A Dra. Roget parece pronta para fazer uma apresentação vigorosa, mas primeiro ela precisa saber que tipo de discurso vai fazer. Ela olha para os seios de Lucy, depois estuda as anotações que a enfermeira entregou a ela.

— Então, seus seios — ela diz finalmente. — Você está aqui para fazê-los ficar maiores ou menores?

Se o pintor tiver que perguntar se deve pintar o lado de dentro ou o lado de fora da casa, acho que você não precisa que nenhum trabalho seja feito. Mas Lucy não vê essas pistas.

— Maiores — responde Lucy.

— Boa escolha — reage a Dra. Roget.

E, assim, a maior especialista em peitos de Nova York dá início à sua palestra, cobrindo todas as bases — tamanho e forma, silicone *versus* saline, danos aos nervos e falta de sensação nos mamilos. Tenho certeza de que esta forma particular de tortura é ilegal sob a Convenção de Genebra, mas Lucy não reage. É tudo em nome da beleza. Sem dor, não há ganho. Poderia muito bem tatuar aquilo no traseiro de Lucy. Motivo pelo qual tenho medo de que acabemos buscando correção depois.

— Agora — diz a Dra. Roget, encorajada pelos contínuos gestos de concordância de Lucy —, uma pergunta importante: Que nível você vai querer?

— Quantos níveis existem? — pergunta Lucy, fazendo anotações e guardando cada palavra da médica.

— Muitos — diz a médica, nos levando à tela de seu computador e digitando algumas teclas. Uma imagem 3-D do torso de Lucy, escaneada de uma foto que uma das enfermeiras tirou mais cedo, aparece. Com algumas teclas apertadas, a médica aumenta os seios de Lucy, mudando-a de produtora bonitinha para uma gostosona. Dois níveis acima e Lucy parece Betty Boop. Um pouco mais e aqueles torpedos vão explodir.

— Este equipamento não é incrível? — pergunta orgulhosamente a médica. Não tenho certeza se ela está falando sobre o computador ou sobre os potenciais peitões de Lucy.

— De qualquer maneira, você escolhe o tamanho. Qual será?

— A Dra. Roget é tão casual que poderia estar pedindo a Lucy para fazer uma nova aplicação de máscara.

Lucy demora um instante.

— O segundo — ela diz, de forma conservadora. A primeira escolha em cima do muro que eu jamais a vi fazer.

— Fechado — diz a Dra Roget, tirando um álbum de fotografias da prateleira. — Agora olhem alguns dos nossos modelos antes e depois. Acho que você vai ficar impressionada com as mudanças. Conseguimos alguns resultados surpreendentes.

Lucy e eu viramos as páginas, fazendo ohs e ahs como se estivéssemos vendo o álbum de casamento de Jennifer Lopez. Não importava qual. Francamente, nenhuma das mulheres nas fotos parece ter sido tão transformada assim, a não ser que nas fotos de "antes" a luz é menos intensa. E nas fotos pós-cirurgia a roupa de baixo é bem mais bonita. Mas Lucy vê mágica, e não boa iluminação.

— É impressionante — diz Lucy, transfixada. — Exatamente o que imaginei.

Ela está pronta para assinar na linha pontilhada e a Dra. Roget, pronta para fechar o negócio, olha o calendário em seu Microsoft Outlook. — Você tem sorte. Alguém acaba de cancelar a cirurgia — conta a Dra. Roget, clicando em sua agenda. — Que tal às nove da manhã daqui a quatro meses? Está bom para você?

— Lucy é tão ocupada — eu pulo. — Este não é um bom dia para ela. Ela já tem hora marcada no cabeleireiro. E depilação de sobrancelhas.

Lucy me encara. Mas eu tomo minhas responsabilidades a sério. É hora de falar. Em rápida sucessão, desfio minhas perguntas. Dor pós-operatória? Pode haver muita. Cicatrizes? Pode acontecer. Assimetria? Idem. Ou não idem. Seus seios podem acabar não ficando do mesmo tamanho. A Dra. Roget parece estar ficando aborrecida com o fato de ser tratada como uma testemunha hostil em *Law & Order*, mas não me importo porque quando olho para Lucy percebo que ela parece estar caindo em si lentamente.

— E quanto à rigidez? — questiono. — Já ouvi dizer que os implantes podem fazer seus seios parecerem antinaturais.

— Esta não é uma preocupação de verdade. Acontece às vezes. Mas é melhor nem pensar nisso — ela diz, levemente descartando minha preocupação.

— Nao sei como você poderia fazer algo assim com seu corpo sem saber como é que vai ser sentido — eu digo, sacudindo a cabeça. — Eu não compraria nem um pêssego sem apertar antes.

— Bem, então venha. Aperte-os — desafia a Dra. Roget, tirando sua camisa apertada de gola em V e sutiã rendado da La Perla de uma só vez. Seus seios pulam para fora. Uau. Anúncio permanente de seu próprio trabalho. Mas espere aí. Não pode ser seu próprio trabalho. Se Lucy fosse inteligente, pediria o nome do cirurgião plástico da Dra. Roget.

Mas tudo bem, se ela quer que eu aperte, estou aqui. Não sou tímida. E isso é tudo em nome da pesquisa médica. Eu estendo o braço por cima da mesa e agarro um seio em minha mão. Primeiro levemente e depois não levemente.

— Lucy, venha experimentar! — eu chamo.

Mas Lucy, agora pálida, está grudada à sua cadeira.

— O que eu gostaria de lembrar — eu digo, virando-me para a médica especialista em bolas — é que até seios que parecem bonitos assim podem ter algumas cicatrizes subcutâneas. — Sou boa nisso. Muito boa. Todas aquelas noites pesquisando na WebMD.com valeram a pena. — Ao primeiro aperto, o seio pode parecer normal. Mas até um bebê saberia a diferença. Especialmente um bebê.

— Não vou mais ter nenhum bebê — diz Lucy, finalmente conseguindo falar.

— Um marido devotado, por exemplo, que amou você durante vinte anos, seria capaz de notar a diferença. E não gostaria. Mesmo um amante autocentrado notaria e provavelmente não iria gostar.

— A menos que seu grande estímulo seja mostrar você num Versace curtinho no Spago de Beverly Hills — diz Lucy. Não tenho certeza se isso é um pró ou um contra.

— Não sei o que está sentindo — diz a Dra. Roget, agora apertando seus próprios seios vigorosamente, como se estivesse procurando um brinco erradamente colocado ali. — Eles me parecem fabulosos. Não sei por que toda essa comoção.

— Isso é porque você vem fazendo isso há tanto tempo que nem mesmo sabe como é o natural. Veja os meus.

— Não, obrigada. Só toco pessoas que marcaram hora — retruca a Dra. Roget, colocando sua blusa de volta. — Se você tiver mais alguma pergunta — ela diz para Lucy enquanto sai batendo o pé da sala —, sinta-se à vontade para voltar. Sem sua amiga.

Capítulo 16

— ESTOU TENDO UM PROBLEMA de sogra — Lucy reclama, enquanto nos sentamos num reservado de plástico vermelho quebrado no encardido restaurante Dell's. Meus pés se grudam no pegajoso chão de linóleo verde e preto e eu folheio o cardápio na *jukebox* ao lado da mesa, atualizado pela última vez com *These Boots Were Made for Walkin'*, com Nancy Sinatra, o que ainda é considerado música popular em Pine Hills.

Olho para minha xícara de café aguado e coloco dentro dois envelopes de Equal, acreditando que podem mascarar o gosto amargo. Antes de falar sobre a sogra de Lucy, há um tema mais urgente.

— Por que estamos no Dell's de novo? — eu pergunto.

— Porque eu estava com fome — responde Lucy. Que aliás, eu tenho notado, não faz mais nada esses dias a não ser comer.

363

Ela chama a garçonete e pede torta de *blueberry* à moda da casa.

— Não me venha com um desses pedaços ridículos — ela avisa, levantando-se para apontar a fatia que quer sob a cúpula de plástico do prato de torta no balcão. — E quero uns pacotinhos de Splenda também. — Ela volta para a cabine e se senta.

— Não estou entendendo — eu digo, bebendo cuidadosamente meu café. Não precisava me importar. A Dells sempre serve café morno. — Por que você precisa de Splenda quando a torta de *blueberry* já tem quinhentas calorias?

— Para que tornar isso pior? — questiona Lucy alegremente. Ela contempla o pedaço de torta que a garçonete acaba de largar na sua frente. Os doces da Dell's são feitos estritamente de frutas enlatadas e maizena, o que não os faz aterrissarem mais levemente na mesa — e muito menos no estômago.

Lucy mergulha nele com gosto e engole com dificuldade. Não é fácil fazer a torta da Dell's descer. O lugar está aqui desde 1952 e acho que as tortas também.

— Aliás, você deveria parar de usar esse Equal — ela me censura entre as mordidas. — Splenda é totalmente natural. Pura sucralose.

Tenho de me lembrar de perguntar a ela onde ficam todos esses campos de sucralose natural. Em Kennebunkport?

— O que aconteceu com sua dieta permanente? — pergunto. — E não me diga que Atkins substituiu as *blueberries* por torta de *blueberries*. Você vem comendo tudo o que encontra e ainda está tão magra quanto o Páginas Amarelas de Pine Hills.

— A Dieta da Irritação — responde Lucy. — Coma o que quiser. Os quilos se derretem.

— Só você, Lucy — eu digo, deixando meu café de lado. — Mesmo quando está deprimida, é brilhante. Muitas pessoas comem quando estão estressadas e a próxima coisa que percebem é que terminaram na loja de tamanhos grandes Lane Bryant. Já você fica deprimida e ainda se dá ao luxo de comprar tamanho quatro na liquidação da Armani.

— Tamanho dois. Mas a verdade é que não estou mais ligando. Desisti. De tudo. — Ela fala dramaticamente e coloca seu garfo no prato. — Pelo menos é assim que me sinto hoje. Parece que estou saltando para a frente e para trás. Num minuto estou toda feliz sobre as surpresas que existem na Vida Sem Dan; no próximo eu mal consigo levantar a cabeça do travesseiro, imaginando como estraguei tudo que sempre significou alguma coisa para mim.

— Você ainda não estragou — observo. — Bagunçou um pouco, admito.

— Não, eu estraguei — afirma Lucy. — Eu disse a você. Minha sogra.

É verdade. A sogra dela. Lucy não apenas é abençoada com o gene da Perda de Peso por Irritação — que é a razão pela qual os cientistas no instituto NHI deviam realmente estar trabalhando com clonagem — como possui a única sogra deste lado de Marte que realmente acredita que seu precioso neném casou-se com alguém que o merece. Ela e Lucy genuinamente gostam uma da outra. Zelda, que é pequena e gordinha e usa seus cabelos com mechas puxados para trás num elástico, inaugurou um dos primeiros grupos responsáveis pela conscientização feminina nos anos 1960. Agora está criando universitários politicamente espertos como professora permanente na Smith. Seu livro, *Women in Basket — Carrying Cultures, 1952-1974*, é considerado um texto básico. Ela e Lucy saem para passear duas vezes por ano no Metropolitan Museum of Art — para ver as pinturas, não para a loja de presentes. Ela tem orgulho do trabalho de Lucy e realmente aplaude o fato de sua nora pedir a ceia de Natal da Dean & DeLuca. Não é exatamente a minha experiência. A única vez que a mãe de Jacques me pegou usando ervilhas congeladas em vez de me dar ao trabalho de descascar as frescas, agiu como se eu fosse Lucrécia Borgia, envenenando a família.

— Lucy, que problema você poderia estar tendo com Zelda? — pergunto. — Ela é praticamente perfeita.

— Eu sei, eu a adoro — diz Lucy, subitamente perto das lágrimas. Ela coloca um envelope de Splenda em seu copo de água gelada, mexe com o dedo e bebe. Eu observo, hipnotizada. Talvez seja isso o que a mantém tão magra. Que inferno, vou tentar isso também. Subitamente me sinto como uma garotinha numa festa de chá da Barbie, bebendo água com açúcar. Mas nem é água com açúcar. É água com o substituto do açúcar. Isso é patético.

Empurro o copo.

— Zelda está tomando o partido de Dan? — pergunto com simpatia. — Não é tão surpreendente. Ela ama você, mas é mãe *dele*.

— Não, ela é maravilhosa. Está tentando permanecer neutra. Ela me disse que entende o que estou passando. Não o que fiz, mas o que passei. Foi ela inclusive que sugeriu que eu comprasse um Porsche para minha crise de meia-idade.

Ou fizesse tecelagem de cestas. Até se ofereceu para me ensinar. Capítulo sete do seu livro.

— Tente — dou de ombros. — Você já tentou de tudo. Pelo menos tecer cestas é construtivo.

— Tarde demais — declara Lucy, parecendo angustiada. — Zelda vai fazer uma festa de aniversário de 65 anos este fim de semana. Dan vai com as crianças. Ele me pediu para não ir.

— Não entendo — digo. — Parece que Zelda ficaria feliz de ter você lá.

— Ela ficaria. Isso é o que realmente dói. Dan não me quer lá. Disse que é uma festa de família.

— Mas você é... — eu paro, subitamente entendendo o que Dan quis dizer.

— Não sou mais parte da família — diz Lucy asperamente, as lágrimas começando a correr por seu rosto. — Como eu poderia não ser parte da família? É a *minha* família.

Procuro em minha bolsa um Kleenex para dar a ela, mas Lucy já está enxugando os olhos com um lenço de pano limpo e passado. Com o monograma HG. A menos que aquele lenço tenha vindo de bônus com uma assinatura da revista *Home & Garden*, estou perdendo a paciência. Lucy está chorando por causa de sua família e enxugando as lágrimas com o lenço do amante. Irônico. Metafórico. Antropomórfico. Não. Isso é outra coisa. Mas é assim que Lucy se comporta.

— Lucy, se você quiser Dan de volta, tem que parar de chorar no ombro de Hunter — alerto.

— Não estou fazendo isso — ela protesta.

— Você está chorando num lenço dele — eu digo, estendendo a mão e tocando o canto do quadrado branco molhado. — Por que você fica carregando isso?

Lucy coloca o ofensivo lenço de volta em seu bolso.

— Eu nem sabia que estava comigo — ela geme.

— Você precisa fazer uma escolha. Crescer é isso.

— Crescer? Se eu ficar muito mais velha do que estou, vou me matar.

— Não é preciso nada tão drástico. Mas conte-me a verdade. Hunter ainda está na jogada, ou só o lenço dele?

— Não sei — ela diz, incerta.

— Você não acha que Dan merece saber que ele é o seu único amor? Você não deve isso a ele? — pergunto.

— Hunter nunca foi alguém que me preenchesse — explica Lucy. — Ele era apenas um brinquedo, só para me divertir. Mas e se eu desistir dele e Dan não voltar?

— Isso não vai acontecer — eu digo, embora não tenha certeza de que acredito totalmente nisso. Quem sabe o que os homens vão fazer? Mesmo Dan.

Lucy faz uma pausa e olha cegamente para mim.

— Dan vai viajar sem mim este fim de semana. Talvez ele decida que sua vida é melhor assim. Por que ele precisa de mim por perto? Venho sendo meio sacana nos últimos meses.

— Percebi — eu digo.

— Não seja má — pede Lucy, começando a chorar de novo. — Não agora quando estou com tanto medo de tudo.

— Desculpe — eu peço, acariciando sua mão e tentando confortá-la. — Do que você tem medo?

Lucy funga.

— Antes eu podia olhar para a frente e prever que todos os dias seriam exatamente iguais. Achei que odiava isso. Agora estou aterrorizada porque não posso ver nada à minha frente. Eu nem sei o que vai acontecer amanhã.

— O que você queria que tivesse acontecido?

— Quero ser feliz — diz Lucy, afastando uma lágrima desgarrada com as costas da mão. — Quero me sentir como quando eu tinha 20 anos e tudo parecia possível. O mundo inteiro estava à minha frente. Uma decisão errada não importava, porque eu poderia tomar mais um milhão de decisões. Todas as portas estavam abertas. Agora o único som que escuto são as portas batendo.

— Certo, algumas portas se fecham — concordo. — Você nunca vai ser uma bailarina. Nunca vai conseguir a medalha olímpica de mergulho. E nunca vai ser uma modelo — a menos que seja para maquiagem contra envelhecimento. Mas o outro lado de ficar mais velha não é exatamente você ter alguma perspectiva? Você sabe o que é importante em sua vida. Crianças. Marido. Amigos. Um trabalho ótimo. Família. E, para você, uma semana inteira todos os anos no Canyon Ranch.

— Estou tão farta do Canyon Ranch — diz Lucy. — Ano que vem vou tentar andar de caiaque pela costa da Costa Rica. Quer vir comigo?

— Não, obrigada. Eu caio de barcos — lembro.

— Aquilo era uma canoa.

— E daí?

— Então você está certa, não venha comigo.

— Certo, não vou. Mas você entende o que eu quero dizer? Talvez você devesse parar de reclamar e começar a apreciar.

— Eu sei. Tive tudo que qualquer pessoa podia querer. Eu vejo isso agora.

— Já não era sem tempo — eu digo.

Lucy fica pálida e agarra seu estômago. Talvez eu estivesse sendo muito dura.

— Você está bem? — pergunto. — Não quis magoar você.

Lucy sacode a cabeça e se dobra.

— Você não magoou — ela diz, correndo na direção da saída. — É só outra porta se fechando. Não consigo mais comer a torta da Dell's como antigamente.

Quando Jen entra em meu carro depois da escola, seu rosto está contorcido no tipo de mau humor que não vejo desde que servi ovos fritos com olhos de azeitona em vez de *pizza* na sua festa de aniversário de seis anos.

— Qual é o problema? — pergunto enquanto ela joga sua mochila no banco de trás e bate a porta.

— Nada.

— Teve um dia ruim?

— Não.

— Alguém fez alguma coisa ruim para você? — tento novamente.

— Não.

— Bem, pelo menos sinto que estamos nos comunicando — digo, saindo do meio-fio e tentando entrar na fila de brilhantes caminhonetes que rebocam crianças da escola para jogos de futebol, clubes de tênis, oficinas de arte e ortodontistas. — Ouvi contar de mães e filhas que não conseguem conversar sobre seus problemas. Graças a Deus nós não somos assim.

Ela me lança um olhar condescendente e vira a cabeça para encarar a janela semi-aberta.

— Ethan é um babaca — ela murmura, tão baixo que mal consigo ouvir.

Então aí está o famoso enigma dos pais. Quero que minha filha fale comigo e, quando ela finalmente o faz, não gosto da sua escolha de palavras. Mas, se me queixar, posso nunca mais ouvir uma palavra dela de novo.

— Por que Ethan é um babaca? — pergunto. Não é um termo que eu usaria normalmente. Mas pode haver algumas pessoas para as quais eu seria capaz de dizer isso.

— Todos os garotos são babacas — ela diz definitivamente. — Os homens também.

Agora estamos chegando em algum lugar. Ela odeia metade da raça humana. Talvez eu possa diminuir em número.

— Você e Ethan brigaram? — indago com cuidado.

— Nós terminamos — ela admite.

Não quero fazer pouco disso, mas tampouco pretendo levar muito a sério.

— Não era isso o que tinha que acontecer? Você só tem 11 anos.

— É — concorda Jen. — Não era muito legal ser namorada dele, já que não me permitem sair com ele. De qualquer forma, meio que gostei de terminar. Todas as garotas se aproximaram de mim no recreio. Eu chorei e elas me deram presentes para me fazer sentir melhor. — Ela tira os prêmios do bolso de sua calça *jeans*. Dois elásticos fluorescentes para rabos-de-cavalo, uma pulseira de barbante feita a mão, uma pedra, uma barra de cereais esmigalhada e duas flores semimortas.

— Nada mau — eu digo. Crianças legais, do tipo que vão crescer para fazer canja de galinha e organizar bailes dançantes para os que estão jogados fora.

— Nunca mais vou ficar com outro garoto — avisa Jen, desembalando a barra de cereais esfarelada e dando uma mordida.

— Nunca é tempo demais — observo gentilmente. — Claro, agora machuca. Mas passa e você tenta de novo.

— É, Drew me deu um toque. Ele disse que, se eu não ficar mais com Ethan, posso ficar com ele.

Ah, ter 11 anos de novo. Subitamente sei o que Lucy quis dizer sobre todas aquelas portas abertas quando é jovem. Sempre um novo homem na fila apenas esperando para substituir o último. Mesmo assim, não gostaria de encarar as provas finais novamente. Ou o primeiro amor, já que estamos falando disso.

— Mãe, você também odeia os homens? — pergunta Jen.

— Claro que não. Alguns são bons e outros não. Exatamente como todas as pessoas.

— Mas e Jacques? Lily diz que você o odeia. Isso é o que a mãe dela diz, mas achei que você estava gostando dele de novo.

Tenho que ser cuidadosa sobre esse ponto. Odiá-lo? Bem, sim, esta é uma descrição muito boa. Também estou irritada, com raiva, magoada, insultada, ultrajada, ofendida. Preencha a resposta correta. Mas não é isso o que Jen precisa ouvir.

— Algumas vezes as pessoas desapontam você — admito. — Você espera uma coisa e recebe outra. Mas tudo bem. Essa é a razão pela qual você namora alguém: para descobrir como ele é.

— Ethan é muito popular. Quando eu estava com ele me sentia popular, também. Agora ninguém vai gostar de mim.

— Errado. Sabe por que, Jen? Você é inteligente, engraçada e bonita; você é uma boa pessoa. Nunca se esqueça disso. Essa é você. Não importa com quem você está.

— Importa, sim — diz Jen, enrolando o cabelo no dedo. — Se eu sair com Drew, todo mundo vai pensar que eu sou uma imbecil.

— Ou então todo mundo vai pensar que ele é muito bacana. Se você acredita em si mesma, outras pessoas também vão acreditar. Às vezes a gente leva muito tempo para entender isso. Eu até conheço algumas mulheres crescidas que ficam confusas sobre quem elas são.

— Você fica, mãe? — pergunta Jen.

Eu faço uma pausa, considerando a pergunta. Sou uma Jess diferente dependendo de com que homem estou? Talvez tenha sido, mas não sou mais.

— Eu meio que gosto de mim mesma agora — digo honestamente. — E espero que um dia haja um homem que goste de mim assim também. Exatamente como haverá um homem que vai gostar de você. Muitos.

Será que fiz meu trabalho direito? Será que sua auto-estima foi adequadamente recuperada? Posso evitar que Jen cresça para ser uma dessas garotas que se definem estritamente através de um homem?

— Você é especial exatamente do jeito que é — afirmo, parecendo perigosamente o Dr. Rogers. — Você entende o que estou tentando dizer?

— Claro — diz Jen, saltando do carro enquanto estacionamos na entrada. — O poder feminino. Falamos sobre isso na escola o tempo todo. Mas mesmo assim não vou sair com Drew. Ele é realmente um idiota.

Dan precisa de alguém para acompanhá-lo na grande festa de um cliente, e sou eu a escalada. Lucy me dá sua autorização. Ela teve de sair para uma reunião com algumas pessoas importantes da emissora em Los Angeles no minuto em que Dan voltou do fim de semana de aniversário de Zelda. Se Dan teria convidado Lucy para a festa caso ela estivesse presente fica em suspenso.

Dan é meu amigo. Isso não é um encontro. Eu sei disso. O que não explica por que bebo três taças de champanhe no instante em que entro no terraço do Hotel Hudson. É uma noite estrelada, com uma lua cheia, exatamente como Jacques costumava encomendar.

— Não sabia que essa festa seria tão elegante — digo para Dan, olhando em volta para as mulheres com suas jóias brilhantes e vestidos de grife que ou são muito, muito curtos ou muito, muito longos. Até onde eu saiba, sou a única que está usando um vestido na altura dos joelhos. E definitivamente a única que veste algodão polido da Bloomingdale's.

— Você está ótima — diz Dan. — Adoro o fato de você não precisar de um vestido caro para ser a mulher mais bonita no salão.

Ele acha que está sendo legal, mas tudo o que escuto é que não gasto suficientemente em minhas roupas. E aposto que ele adoraria estar com sua estonteante Lucy vestida de Prada em seus braços.

Andamos pelo terraço, que foi transformado para a noite. As graciosas mesas cor-de-rosa para seis estão enfeitadas com pequeninos vasos de onde brotam rosas em miniatura e bandejas espelhadas com montes de velas Rigaud enviando seu brilho por sobre Manhattan.

— O que está sendo celebrado hoje mesmo? — pergunto.

— Duas grandes empresas multinacionais estão se tornando uma só. Eu criei a nova estrutura de impostos internacionais para esta grande fusão.

— Parece uma fusão — concordo —, mas não corporativa. Mais tipo um casamento. Veja só esses animadores andando por aí.

— Onde? — pergunta Dan, que está muito ocupado apertando mãos de vários associados para notar as dezenas de artistas espalhados pelo aposento.

— Ali — eu mostro, apontando.

— O cara de gravata azul? Ele não é um animador. É o vice-presidente de Marketing. Não há nada de divertido nele — fala Dan.

— Não — eu digo, girando a cabeça de Dan suavemente. — O cara perto dele. Aquele que está nu, a não ser por um tênis Speedo e tinta *spray* dourada. O que ele é? O diretor financeiro?

— Não tinha notado — diz Dan, rindo. — Talvez seja um dos médicos residentes.

Quem quer que seja, juntam-se a ele três caras idênticos pintados com *spray* e calçando tênis Speedo que começam a fazer malabarismos com tochas de fogo, jogando-as para a frente e para trás, cada vez mais alto.

— Negócio arriscado — murmuro. — Espero que o seu não seja tão perigoso.

— Não. — Ele responde, mas não elabora, porque do outro lado do salão outro quarteto de animadores captou seu olhar. Dançarinas do ventre. Elas estão pintadas com *spray* prata — imagino se a fusão foi de mercadorias — e usando as partes de cima de biquínis pequenos e saias flutuantes de umbigo de fora. Elas giram para a frente e para trás em perfeito uníssono, as barrigas cheias de jóias movendo-se num ritmo hipnotizante. E Dan está em transe.

— Não sabia que você era tão interessado na dança do Oriente Médio — observo.

— É — ele diz, monossilábico, sem tirar seus olhos do quarteto quase nu.

Dan, o homem mais legal que conheço. O menos machão. O não chauvinista que vê as mulheres como amigas e colegas, não como objetos. Que apóia a mulher que trabalha, a igualdade entre pai e mãe e o direito dela ter metade do talão de cheques. Nem Dan consegue evitar olhar com desejo carne feminina disponível. E, neste caso, há bastante. Duas das mulheres têm corpos voluptuosos. Veja aqueles rolos de gordura em torno da cintura. Mas nenhum dos homens que gravitam rapidamente em torno delas parece ligar.

— Elas são um pouco volumosas — digo para Dan enquanto nos juntamos à corrente de gente movendo-se na direção das dançarinas.

— Você acha? — ele pergunta, obviamente não partilhando meu olho crítico.

Aparentemente não importa o que eu acho. A maior parte das mulheres que conheço passa um bom tempo fazendo dietas e exercícios, queimando calorias, caminhando rapidamente, pingando, aparando, enfim, qualquer coisa para preencher uma imagem ideal que carregamos em nossas cabeças. Os homens apenas querem ver um pedaço de carne. E eles não ligam se for um pouco flácida. Às vezes olho uma garota de minissaia andando pela rua e tudo o que vejo é se ela tem ou não coxas grossas. E tudo o que o cara vê é que ela está usando uma saia curta.

Vou até a mesa da recepção para pegar nosso lugar marcado para jantar e noto que vou ficar incógnita hoje: SR. E SRA. DANIEL BALDOR, MESA 4. Sempre imaginei como seria estar no lugar de Lucy. Na verdade, já estive. Hoje vou apenas estar na cadeira dela.

Eu fico por perto dos malabaristas seminus, imaginando quem vai tirar toda aquela tinta dourada deles. Talvez precisem de voluntárias. Não sei quem espalhou o mito de que as mulheres não gostam de olhar para os corpos dos homens. Provavelmente o mesmo cara que espalhou o rumor de que tamanho não importa. Claro que as mulheres estão interessadas em relacionamentos, emoção, blablablá, toda essa coisa. Mas isso não quer dizer que não apreciamos um bom cara bonitão quando nós o vemos. Aquele pedaço de carne também funciona para as mulheres.

A música muda e os Adonis nus param de fazer malabarismo. Droga, deve ser a hora do jantar. Dan vem me buscar e capta um bom e comprido olhar para meus garotos dourados que agora acompanham os convidados para as mesas de jantar.

— Esses caras são um pouco volumosos, não acha? — pergunta Dan, me provocando, enquanto me leva para nossas cadeiras.

— É tudo músculo — eu explico.

— Ei, eu também tenho um pouco — ele diz, me oferecendo seu braço vestido de *smoking*. — Sinta o meu.

Eu rio e gentilmente esfrego seu bíceps firme. Algo mais que os sexos têm em comum, a necessidade de constante afirmação. Também é preciso elogiar um homem de vez em quando.

— Você tem um corpo bacana, camarada — brinco em voz alta enquanto me viro para tomar meu assento. O homem à minha esquerda parece surpreso, ouvindo o cumprimento e presumindo que foi feito a ele.

— Obrigado, achei que você não ligava para isso — diz uma voz familiar. Uma voz muito familiar. Ele meio que fica de pé para puxar a cadeira para mim, mas Dan já o fez. Se a cadeira for mais longe, vou terminar no chão. O que seria normal, já que o homem à minha esquerda é Josh Gordon.

— Josh, olá — eu digo, estendendo uma mão recém-manicurada. Olho para baixo para ver que unha está lascada. Mas deve haver algo errado. Eu só encontro Josh quando estou fazendo uma massagem facial, quando há tinta laranja em meu rosto ou minha saia está agarrada em minhas meias.

— Vocês dois se conhecem? — Dan pergunta, surpreso, enquanto se inclina sobre mim para apertar a mão de Josh.

— *Vocês* dois se conhecem? — pergunto, igualmente surpresa, enquanto o aperto de mão de Josh e Dan se transforma em batidinhas nas costas de congratulação sobre a fusão na qual eles aparentemente trabalharam juntos.

— Este é um negócio sensacional e você é um negociador sensacional — diz Dan com admiração para Josh. — Estou honrado de me sentar à sua mesa.

— Imagine. Seu plano de reestruturação para a Alemanha vai economizar milhões para nós — retruca Josh. — E aquela idéia da Holanda foi um golpe brilhante.

Fico feliz pelo fato de os caras serem amigos, mas isso é tão divertido quanto um filme de Matthew Perry. Vou ter que escutar isso a noite inteira? Brinco com o cartão que ainda estou segurando e o fixo perto da taça de vinho à minha frente. Por alguma razão aquilo capta o olhar de Josh e ele pára no meio da frase.

Ele olha do cartão para mim, depois para Dan e em seguida de volta para o cartão que nos anuncia como marido e mulher.

— Jess, eu não percebi... — Ele faz uma pausa. Pela primeira vez é ele quem está perturbado. Ele aponta para mim e Dan alternadamente. — Vocês dois... vocês são...

— Somos bons amigos — esclareço, imediatamente aceitando a deixa. — Sou a substituta. O cartão não sabe de nada.

Espero que Dan diga que a verdadeira senhora Baldor está em L.A. a trabalho, mas ele deixa passar. O nome de Lucy jamais cruza seus lábios.

— Ah, e deixe-me apresentar minha amiga Marissa — diz Josh, subitamente lembrando-se das boas maneiras e colocando seu braço em torno da cadeira da belezura de cabelos longos e louros à sua esquerda. Ela levanta os olhos para nós com um olhar frio e, aparentemente decidindo que não merecemos o esforço de um "olá", faz um sinal quase imperceptível com a cabeça. Seus cabelos esticados chegam quase à cintura. Espero que não sejam naturais e que ela tenha passado pelo menos nove horas no cabeleireiro fazendo aquele torturante alisamento japonês.

379

— Quer dançar? — pergunto a Dan, quando a orquestra de dez músicos começa a tocar "Let's Get Loud" de J.Lo.

Qualquer coisa para me afastar da mesa. O jeito que Marissa está olhando para mim poderia congelar alguém em Bora Bora.

— Não acho que consiga dançar esse tipo de música — explica Dan.

— Vamos, eu te ensino — digo, agarrando sua mão. Na pista de dança, Dan levanta dois pulsos como se estivesse encarando Mike Tyson e move os pés para a frente e para trás.

Eu agarro suas mãos e as sacudo.

— Relaxe — eu rio. — Isso não é uma luta. Você ganha, não importa o que faça.

— Já ganhei. Estou com você, Jess — ele diz, pegando o ritmo e se movimentando com mais facilidade. Na verdade, ele entra tanto na música que no fim da canção tira o casaco de seu *smoking*, joga-o nas costas da cadeira e levanta as mangas da camisa. Quando se junta novamente a mim na pista, a orquestra trocou de marcha e agora está tocando aquela canção romântica de Kelly Clarkson, "A Moment Like This".

Desajeitadamente Dan coloca um braço em torno da minha cintura e estende sua mão direita para pegar a minha.

— Normalmente se conduz com a outra mão — eu corrijo, lembrando as lições que aprendi aos dez anos nas aulas de dança de salão semanais de *Miss* Hewitt. Naquela época, tínhamos que usar luvas brancas e vestidos de uma peça para que os garotos não pudessem sentir nossas peles passando as mãos sujas entre a saia e a camisa. Finalmente entendo a sabedoria. Se eu pudesse apenas convencer Jen a usar macacões.

Dan troca a posição para estender a mão esquerda.

— Lucy e eu sempre fizemos do outro jeito — ele admite. — Os casais têm padrões engraçados, não é? Acho que vou ter que aprender alguns movimentos diferentes.

Encontramos um ritmo e começamos a nos mover harmoniosamente com a música.

— Nunca ouvi essa música antes, mas acho que gosto — diz Dan, começando a cantarolar junto com a melodia previsível.

— Era o sucesso daquela primeira garota que ganhou o *American Idol* — eu digo.

— O que é *American Idol*?

— Você só pode estar brincando. É meu programa favorito da TV. Um grande sucesso.

— Não é na CNN — ele ri. — É a única emissora que vejo.

Sacudo a cabeça tristemente.

— Ah, Dan. Isso pode ser o fim de uma bela amizade. Você e eu claramente não temos nada em comum.

Por um instante dançamos em silêncio. Hesitante, Dan me puxa para mais perto.

— Não o fim de uma amizade, mas talvez o início de algo mais — ele murmura de maneira quase inaudível.

— Certo. Talvez possamos ser campeões de dança de salão — brinco enquanto deslizamos confortavelmente pelo chão. — Quem sabe estejamos na próxima Olimpíada? Para todos os que nunca ganharam o prêmio de salto com varas.

— Não era exatamente o que eu tinha em mente — diz Dan. Ele pára de dançar, mas não larga minha mão. — Venha, quero falar com você.

Ele me leva rapidamente para fora da pista de dança e me guia para um canto isolado perto da cerca do telhado, que está decorada com luzes piscantes e lanternas penduradas.

— Tudo bem? — pergunto.

— Olhe, Jess, quero falar a verdade para você.

Ai ai. Por favor, minta para mim. Nada de bom jamais vem de uma conversa que começa com alguém querendo falar a verdade.

— Você vem sendo uma grande amiga — ele diz, olhando mais para a vista espetacular das luzes da cidade do que para mim.

Nenhuma conversa boa tampouco saiu de "você tem sido uma grande amiga". Mas sem perceber que lançou duas bandeiras vermelhas, Dan, segue em frente.

— Venho pensando muito nisso ultimamente. As pessoas no escritório vêm tentando me arranjar alguém desde... Bem, você sabe desde quando. — Ele parece desconfortável, mas se recupera rapidamente. — Fico dizendo não porque não tenho tido vontade de sair com ninguém. Mas com você é diferente. Nós já somos amigos. Posso falar com você sobre qualquer coisa. Estamos aqui juntos e parece tão bom.

Ele faz uma pausa e olha para mim. Estou muito abalada para falar, mas por alguma razão estendo a mão e esfrego o braço dele. Acho que estou sendo simpática, mas Dan vê isso como um encorajamento e agarra a minha mão.

— Finalmente percebi que, se vou ter que namorar, você é a pessoa ideal para mim.

Sua proposta fica no ar como o perfumador de ambiente Glade. Meio que doce, mas um pouco pesado demais.

— Não, não sou — eu corto, tentando não deixá-lo perceber como estou mexida. — Não sou a pessoa com quem você deveria estar. Essa pessoa é Lucy. Você deve ficar com Lucy. Não tente voltar para ela desse jeito.

— Isso não tem nada a ver com ela — retruca Dan, aborrecido por eu ter trazido sua mulher à baila. — Tem a ver comigo e com você. Eu gosto de você, Jess. Nós nos entendemos. Nós rimos. Faz todo o sentido ficarmos juntos.

— Não faz o menor sentido, de jeito nenhum. Por um motivo. Lucy é minha melhor amiga. Eu jamais poderia fazer isso com ela. E, além do mais, você é dela. Você sabe que é.

— Não sei de mais nada — ele diz. — Não, deixe-me corrigir. Sei o que sinto por você.

— Você não sabe — eu o interrompo antes que ele diga algo de que nós dois possamos nos arrepender depois. — Você só está com raiva de Lucy. Você está magoado. Está solitário. Não sou a resposta. Nós nem devíamos mais falar nesse assunto.

Eu faço menção de voltar para a mesa, mas ele agarra minha mão.

— Está bem, eu entendo o que você está dizendo. Sei que isso poderia ser horrível para você. Mas coloque isso de lado por um minuto e me diga francamente: se não fosse por Lucy, o que sentiria por mim? Como se sentiria em relação a nós dois?

Eu fico ali por um longo tempo, olhando para seu rosto ansioso. Eu devia cortar isso agora mesmo. Tornar muito claro que nada jamais pode acontecer entre nós. Porque nada vai acontecer. Só que, olhando dentro de seus olhos azuis calorosos, eu termino admitindo mais do que queria.

— Uma vez disse a Lucy que você era o único marido em Pine Hills que eu gostaria de ter para mim — digo honestamente.

— E o que ela disse? — ele pergunta com um sorriso irônico. — Que você podia ficar comigo?

— Você a conhece melhor do que pensa — eu rio. — Mas acredite em mim: ela ama você. Você a ama. E vocês têm de encontrar um jeito de ficarem juntos de novo.

— Difícil imaginar isso acontecendo — ele diz, enquanto se inclina. Ele me beija. É um beijo suave que não dura mais de um instante, mas ele se prolonga em meus lábios. — Não vou mais embaraçar você. Vamos voltar para a mesa.

Não conseguimos voltar para nossos assentos porque, no meio do caminho, o homem de gravata azul que Dan tinha identificado mais cedo como o vice-presidente de Marketing resolve pegá-lo para uma conversa. Aproveito a oportunidade para escapar e voltar para me recuperar antes de ter que encarar Dan novamente. Ninguém mais está na mesa, mas estou feliz por estar sozinha. Pego minha salada de *arugula* e *radicchio*, ignorando todos os verdes e mastigando todas as nozes tostadas e pedaços de queijo cremoso. Que droga. Não importa se minha barriga inflar.

— Abandonada? — pergunta Josh Gordon, vindo e sentando-se em seu lugar perto de mim.

— É. E você? Onde está a adorável Marissa? — indago, percebendo que o assento perto dele está vago.

— A rainha gelada? — ele responde, primorosamente medindo a temperatura de sua acompanhante. — Está se refrescando. Pode levar um longo tempo. Que tal nós dois dançarmos?

Dançar com Josh Gordon? Provavelmente vou quebrar o dedo. Ou, pior, o dele. Mas certamente estou tendo minha porção de atenção esta noite. No fim das contas, parece que este vestido de algodão na altura dos joelhos não é tão mau assim. Eu devia mandar um bilhete de agradecimento à Bloomingdale's junto com mais dez dólares.

A orquestra toca uma música de Celine Dion e uma nova canção. Algo de que vagamente me lembro. Uma velha música de Carly Simon — "Nobody does it better". Quem poderia resistir a uma oferta dessas? Claro que vou dançar com Josh.

Capítulo 17

— NÃO ARRANQUE ESSA! Não é erva daninha! — Boulder berra para mim do outro lado do gramado. — Deixe-a viver!

Mas é tarde demais. Eu já arranquei a enorme erva pelas raízes e estou segurando-a triunfantemente. Agora eu fico olhando para ele, tentando descobrir o que mais aquilo poderia ser.

— Uma zínia — diz Boulder, chegando perto e tirando-a de mim. Ele a nina com ternura, limpando a sujeira do caule liso.

— Desculpe — eu peço. — Eu não sabia.

— Pobre plantinha — ele arrulha para a órfã de pétalas amarelas, arrancada de suas raízes tão abruptamente. — Vou cuidar de você, neném. Não se preocupe. Vou encontrar inclusive uma casa melhor para você.

Ele estira a língua para mim, afasta-se cinco passos pelo jardim ensolarado e ajoelha-se no chão para começar a replantá-la. Mas, espere aí, ele acha que não vou matá-la ali?

Vou para dentro da casa pegar um jarro de limonada e alguns biscoitos frescos de aveia e passas e os levo para Boulder. Eu me largo na grama perto dele enquanto ele bate suavemente no solo em torno da planta ressuscitada.

— Você vai ficar bem, zínia — ele diz numa voz de bebê esganiçada. — Não vou deixar essa Jessie má passar perto de você de novo.

Ele limpa a mão e em alguns goles engole um grande copo de limonada.

— Jessie má com as plantas e Jessie boba com os homens — ele me avisa.

— Você está se referindo ao que eu lhe contei sobre o Dan?

— Isso. Dê um passo para trás e diga àquele homem que você não estava raciocinando direito na noite passada. Novo plano. Você faz sexo com ele e, se funcionar, bem, ele pode vir.

— Boulder, do que você está falando? — pergunto, colocando umas pedrinhas em torno da borda do que agora é o leito da zínia. — Lucy é minha melhor amiga.

Ele me olha e levanta uma sobrancelha.

— Minha melhor amiga mulher — emendo. — Mulheres não fazem isso com as outras mulheres. Você aprende cedo que tem de poder contar umas com as outras. Regras simples. Você não desmarca um encontro com uma amiga no sábado à noite só porque algum cara chamou você para sair no último instante. Quando você arranja um namorado, ainda arranja tempo para jantar com as amigas. E aqui está a maior delas: você não rouba o marido da sua melhor amiga. Mesmo se eles estiverem temporariamente separados.

— Por que não? Onde mais você vai conhecer pessoas?

— Encontros pontocom? — arrisco.

— Por favor, assim é mais seguro. O cara já foi pré-selecionado. Se ele é bom o suficiente para sua melhor amiga, provavelmente é bom para você também.

— Dan é bom para qualquer uma. Ele é maravilhoso. Mas não é essa a questão. Ele e Lucy têm as crianças. Eles são uma família. Destrua isso e você vai apodrecer no inferno para sempre. Além do mais, eu sei que ela o ama. Ela só está sofrendo de uma insanidade temporária.

— Mas Dan disse que amava *você* — diz Boulder, os braços levantados apaixonadamente, como se estivesse fazendo um teste para um filme de Danielle Steel.

— Não, ele não disse isso — retruco contrariada. — Você não escutou?

— Tudo o que eu faço é escutar — responde Boulder. — É isso o que o melhor amigo *gay* faz.

— Então escute novamente. Dan disse que *gostava* de mim. Disse que nós rimos juntos. Disse que se sente confortável comigo. Não soa exatamente como se ele fosse um Romeu declamando do lado de fora da minha janela.

— E se fosse? — pergunta Boulder.

— Eu nunca faria isso com Lucy. Amizade. Lealdade. Juramento de Escoteiras.

— Juramento de Escoteiras?

— Não faça aos outros o que você não gostaria que fizessem a você — traduzo, corretamente.

— Esta é a Regra de Ouro.

— Juramento de Escoteira. Regra de Ouro. Emenda da Constituição. Qual é a diferença? Eu simplesmente não faria isso.

— Mas você quer fazer? Quer dizer, se não houvesse conseqüências. Nada de apodrecer no inferno. Nada das vizinhas horrorosas de Pine Hills fazendo julgamentos.

Eu paro um instante, pensando sobre isso seriamente. Eu e Dan. Dan e eu. Alguém que já respeito. Alguém de quem já gosto. Alguém que não fala francês.

— Dan é maravilhoso — eu falo vagarosamente, deixando as palavras se formarem na minha cabeça pela primeira vez. — Quem não o desejaria? Ele tem todas as coisas certas. É inteligente. Bonito. Adora ser casado. Pedala 32 km todo fim de semana e está em ótima forma.

— Então? — pergunta Boulder, pronto para escolher minha porcelana de casamento.

Eu dou de ombros.

— Não sei como explicar isso. Talvez seja porque ele é meu amigo há muito tempo. Mas, falando honestamente, ele não faz meu coração disparar. E aposto que também não faço o coração dele bater forte.

Boulder cruza os braços.

— Isso é um problema? Falta de coração disparado significa não unir os talões de cheque?

— Acho que sim — admito. — Mesmo na minha idade, não estou pronta para desistir do romance verdadeiro. Tem que haver alguém por aí que seja tão atraente quanto Jacques e tão legal como Dan.

Boulder suspira e se volta para sua planta.

— Zininha querida, será que encontraremos alguém perfeito para nossa Jessie? — ele pergunta naquela mesma vozinha esganiçada. — Alguém que ela possa amar e acarinhar, capaz de fazer a terra se mover?

— Vou fazer a sua terra se mover — eu digo, rindo, enquanto cavo um punhado de terra e jogo um montinho nele. Ele pega o montinho e diz afetuosamente.

— Você merece mais do que terra se movendo. Você merece um terremoto.

Esse é o meu Boulder. Não quero explicar a ele que um terremoto não é normalmente uma coisa boa. Mas não me importaria com um ou dois tremores.

Quando Lucy pergunta se tenho notícias de Dan, tento "sim", depois "não" e depois "sim" novamente. Buscando a verdade (bem, pelo menos uma parte dela), faço com que ela se lembre que Dan e eu fomos a uma festa de trabalho juntos.

— Ah, sim, obrigada por fazer isso — diz ela, levantando os olhos de sua escrivaninha e sorrindo para mim do outro lado de seu escritório. — Pelo menos eu sei que ele não está namorando.

— Certo. Em vez disso, está saindo comigo. Sou segura — digo a ela, sentindo apenas uma leve pontada de culpa. E arrependimento. Será que eu deveria estar tomando decisões por Dan? Se ele realmente quer correr atrás de mim, quem sou eu para dizer que ele não deve? Talvez o coração disparado apareça.

Mas não. Não vou nem pensar nisso. Tracey, a assistente de Lucy, chega com uma sacola de comida do Au Bon Pain, que fica logo ali no mesmo quarteirão.

— Achei que íamos almoçar no Le Cirque — eu digo, observando Tracey arrumar nossas embalagens vegetais e o *ice tea*.

— Desculpe por isso — diz Lucy. — Não posso sair do escritório. Estou esperando uma *conference call*. Meu agente Gary Gray jurou que eles me ligariam logo cedo, na hora de L.A.

— Ainda é cedo em L.A. — observo, olhando para o relógio. Uma e meia. São dez e meia do outro lado da Costa.

— A que horas eles normalmente terminam com seus *personal trainers*?

— Por agora — ela responde, impaciente. — Detesto não estar por perto e não poder ligar. Mas Gary diz que eles adoram adoram adoram o programa. Beijo beijo. O presidente da emissora quer falar comigo. Len Sunshine.

— Ótimo nome. Começou como *stripper*?

— Quase. DJ FM. Depois foi ator. Muito bonito. Muito charmoso. Poderia ser o único homem que não é *gay* em Hollywood que dormiu para chegar onde está.

— Há? Não imaginei que havia mulheres poderosas o suficiente nas emissoras para fazer isso acontecer.

— Não há. Mas há muitas atrizes famosas. E se você tem um número suficiente de grandes atrizes que adoram você, seu sábado à noite está garantido. Todo mundo adora trabalhar com ele.

— Posso ficar por aqui quando eles ligarem? Coloque-o no viva-voz. Quero escutar o presidente de uma emissora engolir você.

— Claro. Mas deixe-me alertá-la: mesmo com os melhores desses caras, metade do que eles dizem é falso e a outra metade é enganação.

— Tipo os peitos de Hollywood — eu digo, satisfeita por poder participar do humor executivo.

Lucy coça o nariz.

— Não, estou falando sério. Já tive programas que se transformaram num instante. De "Te adoro, baby. Você é a melhor" para "*Hasta luego. A gente se vê, criança*".

— Preocupada? — pergunto.

— Na verdade não — diz Lucy enquanto Tracey anuncia que O Telefonema finalmente chegou.

Lucy olha significativamente para mim e faz um gesto em direção a uma cadeira.

— Vou ficar quieta — eu sussurro, enquanto ela se senta, ajeita sua saia e empoleira as duas pernas cruzadas sobre a mesa. Pena que não seja uma videoconferência. Mas não importa. Lucy sabe que é sensual e experiente e projeta essa confiança até mesmo a cinco mil quilômetros de distância.

— Lucy, *baby*, boneca, é Gary — diz o agente de Lucy no viva-voz. Ele parece tão pilhado que posso praticamente vê-lo desfazendo uma pilha de clipes de papel enquanto fala.

— Estamos com Len Sunshine na linha também — avisa Gary. — Len, você está aí?

— Bem aqui — responde o presidente da emissora numa voz profunda que ainda é tão macia e melosa quanto deve ter sido na sua época da rádio. — Lucy, vou direto ao ponto. Seu programa é ótimo. Você conseguiu de novo. Vou fazer um grande acordo com você agora. Você vai ao ar por 13 semanas.

Adoro televisão. Treze semanas é uma grande conquista. Já tive verrugas que duraram mais do que isso. Embora não tantos relacionamentos.

— Que maravilha — diz Lucy, brilhando e parecendo tão orgulhosa quanto eu não a via desde que Lily venceu a feira de ciências. — Aprecio seu voto de confiança. Vindo de você significa muito.

— Deveria. Estamos atrás de você nisso cem por cento. Muito original. Ótimos gráficos. Ótima escolha das músicas. Embora eu tenha odiado ver aquelas duas gêmeas Olsen de merda de novo, você fez uma tomada maravilhosa delas. Amei tudo. Só temos um probleminha. Uma única mudança que vamos precisar que você faça.

Len faz uma pausa para tomar um gole alto — café? *Slim-fast*? Cocaína? Não, você não dá um gole em cocaína. Acho que não. Lucy fica sentada rígida em silêncio, esperando o próximo sapato cair. Sobre o fone, o agente Gary está jogando o sapato. Ou, mais provável, estou ouvindo-o lançar uma mão cheia de clipes de papel deformados em sua cesta de lixo de metal.

— Uma única mudança? — espeta Lucy. — Você sabe que vou trabalhar com você, Len. Fico feliz em consertar qualquer coisa.

— Ótimo. Bom, Certo. Quero que você demita Hunter Green.

Olho para Lucy, mas ela se recusa a encontrar meus olhos e apenas encara o telefone viva-voz.

Gary lança um grande suspiro de alívio.

— Demitir Hunter Green? Sem *problema*. Ele não é meu cliente.

Mas Lucy não está tão pronta para abrir mão.

— O que você não gostou em Hunter? — ela pergunta cautelosamente.

— Ele é legal. Mais do que legal, ele é bom. Mas tem um milhão de caras por aí exatamente como ele. Ele é muito caro. Queremos alguém mais barato. E mais jovem.

— Você está errado — Lucy retruca asperamente. — Não há outros caras como Hunter. Se o programa é bom, é muito por causa dele também. Ele é bastante especial. Mais como um *em* um milhão do que um *de* um milhão.

Ai, não, Lucy, não faça isso. Não se coloque na linha de tiro por causa de Hunter Green. Ele não merece. Você já arriscou seu casamento. Agora vai arriscar sua carreira? Quero transmitir algum senso a ela, mas Lucy já estabeleceu sua rota.

— O cara custa muito caro — explica Len.

— Então vamos cortar custos em algum outro lugar — diz Lucy resolutamente. — Seria um grande erro perder Hunter. Você perderia o programa inteiro. Melhor você me substituir.

— *Sem chance!* — grita Gary. Ou há um tornado em Los Angeles ou ele acaba de jogar a cesta inteira de metal contra a parede. — Você é muito importante — ele frisa, protegendo Lucy e seus 15 por cento.

— Tenho que concordar com isso — diz Len. — A emissora não quer perder você.

— Fico feliz por ouvir isso. Não quero deixar a emissora também — diz Lucy. — Mas venho trabalhando em outro projeto. Deixe-me mudar para ele. Fiz a parte mais difícil nesse programa de Hunter. O formato já está estabelecido. Contrate um produtor que custe menos do que eu. O programa pode seguir adiante enquanto você tiver Hunter apresentando. O outro projeto que tenho em mente pode ser ainda maior.

— Ainda maior? Quanto dinheiro ele vai produzir? — pergunta Gary, não se importando em fazer Lucy explicar sua idéia. O cara tem suas prioridades imediatas. Quem liga para o conceito contanto que jorre dinheiro?

— Minha proposta é a de uma *sitcom* que pode fazer fortuna — conta Lucy confidencialmente. — Len, em algum lugar nessa pilha de papéis que você chama de mesa há um projeto que lhe enviei a semana passada. E também roteiros dos primeiros dois episódios. Leia-os. É de arrebentar. Depois me ligue.

Apenas Lucy consegue dar ordens a um presidente de emissora bem-sucedido e não ser demitida.

— Vou fazer isso — topa Len. — Tenho que correr. Steven Bochco está na outra linha. Ele está tentando ressuscitar o *show* dos policiais que cantam.

— Adorava aquele programa — derrete-se Gary.

— Eu o odiava — diz Len. — Não voltará nunca.

— Boa. Não gostava tanto assim — corrige Gary.

— Então escute, como vamos fazer com Hunter? — pergunta Len, pronto para encerrar.

— Você fica com ele — diz Lucy com firmeza. — Vou fazê-lo concordar com um corte de cinco por cento. E vou providenciar minha substituição.

— Não estou totalmente convencido sobre Hunter, mas vou confiar em seu instinto — aceita Len. — Você conseguiu um trato.

Lucy desliga e estou sem fala. Ela realmente desistiu de seu trabalho pelo homem que ela... o que? Ama? A *Feminine Mystique* não nos avisou que este é um erro feminino?

— Não diga nenhuma palavra. Nenhuma palavra — alerta Lucy, sem saber que eu não conseguiria falar nem se o E.T. em pessoa me pedisse para telefonar para a casa dele.

Lucy move-se desafiadoramente para trás de sua mesa, de um jeito totalmente executivo.

— Tenho outro telefonema para dar. Coma seu sanduíche — ela manda, apertando *4 no viva-voz.

Comer meu sanduíche? Assim que escuto a voz do outro lado e me dou conta de que é Hunter, começo a engasgar.

— Lucy. Minha *Lucy in the Sky with Diamonds* — gorjeia Hunter. — Como está minha própria *personal* LSD? Meu vício. Minha droga preferida.

John Lennon deve estar se revirando no túmulo. Se ele soubesse como Hunter ia abusar daquela música, jamais a teria escrito.

— Minha Lucy, *minha* Lucy. A mulher que coloca diamantes em meus olhos e música em meu coração — diz Hunter, sem se tocar de que ele simplesmente misturou suas metáforas.

— Hunter, tenho alguns assuntos de trabalho — comunica Lucy, contornando o sentimentalismo. — Na verdade, tenho boas e más notícias. Qual você quer ouvir primeiro?

— A boa — diz Hunter. — Qualquer outra pessoa que eu tenha conhecido na vida sempre pediu para receber primeiro a má notícia. Mas não Hunter. Aposto que ele também come seu *sundae* com calda quente antes das ervilhas.

— A boa notícia é que Len Sunshine gostou do programa. A emissora vai ficar com ele. Treze semanas de contrato.

— Treze semanas! — comemora Hunter. — Isso é para sempre!

— Você está certo, é fabuloso. Apenas alguns pontos para acertar.

— Esta é a má notícia? — pergunta Hunter ansioso.

— Ainda não — diz Lucy. — Nosso orçamento ficou um pouco alto. A emissora pediu alguns cortes. Você não foi muito afetado. Apenas cinco por cento a menos.

— E esta *não é* a má notícia? — geme Hunter.

— Sei quanto você está ganhando. Não é grande coisa — retruca Lucy.

— Nâo faço — avisa Hunter com arrogância. — Diga à emissora que não vou fazer. Não vou trabalhar por um centavo a menos do que mereço.

— Sim, você vai — corta Lucy, em tom baixo mas firme. — Acredite em mim, Hunter. Há um monte de caras jovens que pegariam isso em um minuto por metade do salário.

— E eles só *merecem* a metade — ele diz.

— Isso é verdade, querido. Quando o índice de audiência subir ao teto, você vai pedir a Len um aumento maior.

— Aposte que sim — diz Hunter, se refazendo, e já decidindo se vai gastar o dinheiro extra no Maserati ou na casa de praia em Malibu. — E qual é a má notícia?

— Não vou fazer o programa com você. Outra pessoa vai produzir.

Hunter reflete, obviamente pensando que as más notícias poderiam ter sido bem piores. Mas ele reúne seu cavalheirismo.

— Você tem que produzir. Não vou fazer sem você. Vou falar com Len — ele decide enfaticamente. — Vou usar meu prestígio. — O prestígio que ele não sabe que perdeu.

— Não importa. Não vou fazer — diz Lucy. Depois respirando fundo ela acrescenta. — Não podemos ficar passando o tempo juntos. Já falei com você na semana passada em L.A. Não vou mais vê-lo.

— Você está falando sério? — ele questiona. — Mandei flores para você logo depois. O grande buquê Pensamentos Felizes FTP. E meu bilhete. Você não leu meu bilhete?

— Li — responde Lucy. — E fiquei muito tocada quando você disse que se ficássemos juntos eu poderia ir a Port St. Lucie com você. Para sua entrevista com Lisa Marie Presley.

— Lisa Marie é uma grande sacada — Hunter diz orgulhosamente, agora menos focado em perder Lucy do que em passar uma tarde — ou mais exatamente vinte minutos — com a filha de Elvis. — O mais perto do Rei que qualquer de nós jamais vai chegar — ele acrescenta com reverência.

— Eu sei — Lucy fala pacientemente. — Mas não podemos. Não mais. Acabou.

— Deixe-me entender — diz ele, finalmente tentando pegar o espírito da coisa. — Nada de Port St. Lucie. Nada de fins de semana fora. Nada de bons tempos. Você não estava brincando na semana passada. Você realmente está terminando comigo?

— Apenas voltando para o lugar a que pertenço — explica Lucy, levantando os olhos do telefone e me encarando diretamente nos olhos. — Ou tentando voltar para lá.

— Aquele seu marido — murmura Hunter com bom senso. — Eu sempre soube onde seu coração realmente estava. Mas continuei com esperanças.

Lucy não diz nada, então Hunter clareia a garganta.

— Realmente vou sentir sua falta — ele diz baixinho. Mas nada pode derrubar esse homem. Não enquanto ele tiver um espetáculo. — O verdadeiro problema é que ninguém me faz parecer tão bom no ar quanto você. Quem vai lhe substituir e produzir o programa?

— Vamos encontrar alguém, eu prometo — diz Lucy rapidamente, ávida para sair do telefone e seguir com a própria vida.

— Você acha que Steven Spielberg poderia fazer? — pergunta Hunter, sentindo-se importante.

— Ele está muito ocupado reformando a casa nos Hamptons — argumenta Lucy, sem se importar em explicar que, além de fazer reparos na casa, um dos grandes talentos do cinema de nossa geração não está implorando à emissora para ser o novo produtor de Hunter. — Tenho uma idéia ainda melhor. Tracey, minha assistente. Ela aprendeu muito.

— Ela nunca será tão boa quanto você, mas posso ver isso — diz Hunter remoendo a idéia e, provavelmente, a atratividade dos vinte e poucos anos de Tracey. — Por que não a levo para jantar para conversarmos?

Negócio fechado, Lucy e Hunter dizem um rápido adeus e eu me aproximo para dar um grande abraço em Lucy.

— Você fez a coisa certa — digo. — Eu não fazia idéia de que você havia dito a ele que estava terminando.

— Eu sei — confirma Lucy. — Não foi tão duro quanto pensei.

— Estou tão aliviada que tenha acabado — admito. — E você foi inteligente de não continuar como produtora. Só queria que você ganhasse algum crédito. E que tivesse dito a ele que salvou seu emprego.

— Não precisava disso — Lucy diz. — Por que magoá-lo ainda mais? Ele não é um cara ruim.

Eu pondero aquilo por um instante. Hunter é meio que charmoso.

— Acha que vai sentir falta dele?

— Provavemente não. Tudo parece tão claro para mim agora. Não consigo acreditar que venho me comportando desse jeito. Tipo alguém passando por uma crise de meia-idade.

— Você acha que a próxima década vai ser mais fácil? — pergunto esperançosamente.

— Não — Lucy ri e joga os cabelos para trás. — Ondas de calor. Pescoços enrugados. Braços levantados que balançam como uma bandeira.

— E envergonhada demais para tirar as roupas e ter um caso — completo.

— O que pode não ser uma coisa ruim.

Quando Lucy e eu chegamos ao Museu Guggenheim, Zelda está nos esperando em frente a *O Beijo* de Max Ernst. Ela está tão perto que um guarda se aproxima para ter certeza de que ela não está prestes a jogar tinta na obra.

— Sabia que encontraria você aqui — diz Lucy, beijando sua sogra calorosamente na bochecha. — Mas nunca vou entender por que você gosta tanto dessa obra.

— É tão erótica — descreve Zelda. — Sexualidade desinibida. Depois de todos esses anos, ainda sinto um formigamento olhando para ela.

Olho as coloridas manchas surrealistas, esperando sentir meu próprio formigamento. Mas tudo o que sinto é um zumbido confuso. O que Zelda vê que eu não vejo? Nem consigo perceber quem está beijando quem. Ou quem está beijando o quê. Talvez óculos 3-D ajudassem.

— O que sempre me atinge é a composição da Renascença — diz Lucy, colocando seus dedos para cima em forma de L como se estivesse enquadrando a pintura. — Muito Leonardo da Vinci.

— Lembra as imagens da Capela Sistina — concordo, esperando parecer culta e não deixar passar que realmente me lembra uma pintura a dedo que Jen fez quando tinha três anos.

— O teto da Capela Sistina é de Michelangelo — corrige Zelda, enfiando seu braço no meu. — Mas não se sinta mal. Outro dia um estudante me perguntou se eu havia lido o novo livro de Leonardo, *O código da Vinci*.

— Pelo menos não perguntou se você o tinha visto estrelando *Titanic* — diz Lucy.

Rindo, começamos a passear pelas rampas espiraladas do museu, parando aqui e ali para admirar uma pintura, mas na maior parte das vezes nos maravilhando com a arquitetura. Que é exatamente o que Frank Lloyd Wright queria. Desenhou um museu que é mais uma exibição de si mesmo do que da própria arte. Quanta arrogância. Poderia ter sido um grande sucesso na televisão.

— Desculpe não ter ido à sua festa de aniversário — Lucy fala a Zelda enquanto passamos por um Picasso. Eu me viro para dar uma olhada naquela mulher de cabelos amarelos, dou um passo para trás tentando conseguir alguma perspectiva e — oops — quase caio do corrimão. Zelda me agarra, mas sua atenção está em Lucy.

— Eu sei. Teria sido ótimo ter você lá. Por muitas razões — diz Zelda.

— Dan pareceu sentir minha falta? — pergunta Lucy.

— Acho que ele fica perdido sem ela — lanço. Mas Zelda não morde.

— Não realmente perdido — retruca Zelda. — Criei meu filho bem. Ele é um homem forte e independente. Ótimo com as crianças. Pai perfeito. Pode fazer tudo. Remontou meu videocassete, ajudou a reescrever meu currículo e conversou inteligentemente com todos os meus convidados.

— Ele se lembrou de levar um bom presente para você? — indago, tentando encontrar algo que o invencível Dan possa ter esquecido.

— Presente muito bom — ela elogia, sacudindo o pulso para mostrar uma pulseira de prata feita a mão. Bem o tipo de coisa que Zelda gosta.

— Parece que ele não precisa mesmo de mim — diz Lucy, obviamente magoada.

— Claro que ele não precisa — frisa Zelda. — E você também não precisa dele. Esse é o lance de um casamento como esse. Vocês não *precisam* ficar juntos. Não é como no meu tempo quando a mulher ficava presa porque não conseguia se sustentar sozinha e o cara ficava porque sua mulher cuidava de tudo. Agora vocês dois têm suas vidas próprias e preenchidas. Ninguém está preso. Ambos têm um mundo inteiro de possibilidades lá fora. Você e Dan têm que escolher ficar juntos. Se for isso o que vocês querem.

— É o que eu quero — garante Lucy honestamente. — Sei disso agora. Mas admito que essa foi uma conclusão bem dura. Tenho sido impossível nos últimos meses.

Zelda sorri.

— Lembro de meu pai dizendo que tinha tido 25 bons anos de casamento. Justamente no dia em que completava o trigésimo aniversário.

— Que coisa horrível para se dizer — reclamo.

— Exatamente o que pensei na época — concorda Zelda.

— Agora entendo que meus pais eram mais sortudos do que os outros. Esse é um recorde muito bom.

— Você acha que Dan vai voltar? — Lucy pergunta ansiosamente.

— Sei que ele ainda a ama — diz Zelda.

— E eu o amo — diz Lucy.

— Ele faz seu coração disparar? — pergunto, aplicando minha nova Escala Richter de Relacionamentos.

— Faz. Você não pensaria nisso depois de 20 anos — ela diz, sorrindo. — Mas eu sempre olhava para ele de manhã e pensava no quanto ele é bonito. Ele ainda faz meu coração bater forte.

— Então vocês dois nasceram um para o outro — conclui Zelda com simplicidade.

— E se ele achar que eu fui muito horrível? Eu não deveria terminar me jogando embaixo de um trem ou algo assim?

— Então você *realmente* leu *Anna Karenina!* — exclamo, impressionada.

— Não estamos mais no século XIX — diz Zelda. — Nem no século XX estamos mais. Os homens vêm tendo seus pequenos casos desde Zeus. E as mulheres vêm perdoando. Então agora as mesas viraram. Não é uma boa coisa quando um dos dois trai, mas não é tão horrível que não possa ser desculpado.

— Você pode falar com Dan e dizer isso a ele? — pede Lucy.

— Não. Mas você vai descobrir o que fazer.

404

Passamos mais alguns minutos admirando um de Kooning e o favorito Jim Dine de Zelda — a pintura de um coração, este pelo menos eu entendo — e saímos para o restaurante no primeiro andar do Guggenheim. Está cheio de mães do Upper East Side e seus filhos que aparentemente preferem *muffins* aos Modiglianis. Eles vêm ao museu apenas para comer. E provavelmente vão à biblioteca pública apenas para usar os banheiros.

No instante em que nos sentamos, o BlackBerry de Lucy começa a soar.

— *E-mails* — ela diz, em tom de desculpas. — Não devia ter sinal lá em cima.

Ela passeia pelas mensagens.

— Lily ganhou o nado de costas no encontro de natação — ela diz com um sorriso. — Dean vai se atrasar para o jogo de tênis. Dave quer saber a que horas vou estar em casa e se ele pode pegar o carro hoje.

Zelda ri.

— Acho que os dias de ficar sentada perto do telefone imaginando onde estão seus filhos desapareceram — ela diz.

Mas em vez de enaltecer as virtudes da tecnologia moderna *versus* a época em que você tinha que implorar a seus filhos para encontrarem uma moeda e uma cabine telefônica, Lucy deixa escapar um suspiro de satisfação.

— Um *e-mail* de Len Sunshine! — ela conta excitada e freneticamente rola a tela para ler a mensagem inteira. — Ele adorou meu novo projeto. Diz que quer fazer o programa que propus. A idéia mais criativa que ele ouviu em meses. Bem, hoje, de qualquer maneira.

— Isso é maravilhoso — diz Zelda, sem fazer idéia de quem é Len Sunshine ou do que Lucy está falando, mas sabendo quando uma sogra deve ser apoiadora.

— Então qual é a idéia? — pergunto. Mas Lucy está digitando selvagemente na tela pequenina do BlackBerry. Finalmente ela levanta os olhos, claramente animada. — É algo completamente diferente para mim. Um *sitcom* sobre duas mulheres de 40 anos. Uma casada, outra divorciada.

— Você vai fazer um programa sobre *nós* — eu gemo, algo entre horrorizada e maravilhada. — Quem vai fazer meu papel?

— Não é você — Lucy ri. — Nem eu de verdade. Só as coisas com que toda mulher da nossa idade tem de lidar. Tipo venda de bolinhos e botox. Sem mencionar sexo e celulite.

— E compras — acrescento, pronta para ser co-produtora.

— Você pegou o espírito da coisa — diz Lucy, rindo. — Meu argumento para Len foi que realmente há vida entre *The Gilmore Girls* e *The Golden Girls*. Estou chamando de *Diários do Botox*.

— Se Dahlia Hammerschmidt fizer meu papel, vou me matar — aviso.

— Isso é televisão — diz Lucy com um suspiro falso. — O programa tem quatro minutos de vida e alguém já está dando opinião.

Capítulo 18

UMA NOTA SOBRE A NOVA *sitcom* de Lucy sai na *Variety* e eu fico esperando que ela corra até L.A. para escalar o elenco. Mas em vez disso ela fica plantada em Pine Hills.

— Tenho algo mais importante para fazer primeiro — ela comunica, sentada em sua biblioteca num estilo de alta produção. Ela fez uma lista de 12 possíveis cenários. Para a próxima cena entre ela e Dan.

— Primeira idéia para fazer com que ele volte — ela diz, consultando seu bloco amarelo. — Vou a esse apartamento da empresa dele hoje à noite, tiro minha capa e não estou usando nada embaixo além de meias de rede e cintas liga.

— Nua embaixo de uma capa de chuva? Vai parecer um travesti de rua — eu digo, sacudindo a cabeça.

— É uma capa Burberry — argumenta Lucy.

— Tudo bem, um travesti de alto nível. Além do mais, os jogos da All-Star estão no ar. Você poderia ser a própria

407

Striparella ressuscitada e não conseguiria atrair a atenção dele.

— Ponto seu — disse ela, riscando aquela opção de sua lista. — Que tal essa? Um pouco mais sutil. Vou ao Sitting Pretty no SoHo e mando fazer o meu retrato. De corpo inteiro.

— Isso é legal — eu digo, dando de ombros —, se você achar que o problema é que Dan esqueceu como você é.

— Por favor, querida, não me diga que você nunca ouviu falar do SP. Todo mundo está indo lá. Presente perfeito para seu marido. Eles são especializados em fotos de nus de senhoras de meia-idade.

Eu faço uma careta.

— Isso parece horrível.

— Não quando eles terminam. Eles fazem você parecer fabulosa. São artistas de maquiagem de corpo. Ótima iluminação. E eles têm Otto, o melhor artista de *air-brush* de Las Vegas. Esqueça a lipoaspiração. Otto é muito mais barato e seguro. Ele fez maravilhas com as coxas de Madonna.

— Achei que isso tinha sido Astanga yoga. Ou a Cabala.

— Cabala. Essa é uma idéia na qual não tinha pensado — diz Lucy, anotando em sua lista. — Talvez eu deva entrar para um grupo de orações.

— Guarde as orações para a paz mundial. Ou para a chegada de novembro, para o seu próximo programa.

— Ah, por favor, tenho que fazer algo — implora Lucy, jogando seu bloco para o lado, frustrada. — Tentei visualização, sabe, imaginar que Dan está voltando para mim.

— Chama-se racionalização do desejo. Algo que você adoraria que fosse realidade.

— Alguma coisa tem que funcionar. Ontem à noite deixei uma mensagem no telefone celular dele. Toquei a trilha inteira de Lovin' Spoonful, "Querido volte logo para casa". E ele nem me ligou de volta.

— Eu também não ligaria, se você tocasse para mim Lovin' Spoonful — eu digo.

— Acho que Dan é mais o tipo de cara Bob Dylan — ela admite. — Mas "The times they are a-changing" não me parece exatamente a mensagem correta.

— Então me conte como uma corrida de bicicleta entra nesse seu plano? — pergunto.

— É verdade — diz Lucy, olhando para o relógio e pulando. — Já é tarde. Temos que chegar a Grant's Tomb.

— Achei que íamos agradar Dan, e não enterrá-lo — observo com sarcasmo.

Corremos para a garagem de Lucy e entramos no carro. Estamos passando pela Henry Hudson Parkway quando subitamente percebo que minhas pernas não estão encolhidas e não estou temendo pela minha vida.

— Ei, o que é esse Volvo? — eu pergunto. — O que aconteceu com seu Porsche?

— Imagem errada. Troquei — diz Lucy, dirigindo a uma velocidade sonolenta de 80 km. — O Volvo é muito mais família, concorda? Achei que isso passaria uma mensagem de verdade para Dan.

— Que mensagem? De que você é louca? — pergunto. — Você troca de carro como outras pessoas trocam de calcinha.

— Droga, esqueci de colocar uma calcinha bonita — diz Lucy. — Será que vou precisar? Nós podemos dar uma paradinha na La Perla.

Gostaria de poder responder que sim, mas não tenho mais certeza do que pensar. Dan não está respondendo aos apelos de Lucy, e ele certamente parecia pronto para seguir em frente na festa da outra noite. Eu não me engano, sei que ele estava olhando para mim como a próxima Mulher da Sua Vida. Mas o fato de ele ter pensado sobre estar com alguém além de Lucy me faz ficar nervosa por ela.

As ruas em torno da Upper Broadway estão fechadas para a corrida de bicicleta, mas Lucy passa uma conversa no guarda parado na barreira para deixá-la estacionar na área exclusiva para os ciclistas.

— Estou entendendo por que ele deixou você entrar — eu digo enquanto Lucy sai andando afetadamente do carro com sua saia curtinha apertada e *mules* abertas na parte de trás. — Definitivamente parece que você acaba de sair do Tour de France.

— Era isso o que eu queria. O traje francês. Dior — diz Lucy, pegando óculos escuros em sua carteira. Naturalmente um par de óculos diferentes do que ela usava quando dirigia o Porsche.

— Esta é a primeira vez que venho a uma das corridas de Dan — diz Lucy, enquanto vamos na direção da linha de partida onde um grupo de espectadores está começando a se reunir perto da base do monumento. — Lugar bonito. Todos esses anos morando em Nova York e nunca tinha visto este lugar.

— Isso me lembra a velha piada — eu digo, olhando para cima para a grande construção de mármore no centro do pequeno parque. — Quem está enterrado na Tumba de Grant?

— Grant — diz Lucy.

— Não. Ninguém está enterrado na Tumba de Grant.

— Claro que é Grant. É a Tumba de Grant.

— Peguei você — eu digo, rindo tão feliz como fazia no segundo grau, quando contei essa piada pela última vez. — Ele não está *enterrado*. Está *emparedado*. Nessa grande construção. Em cima da terra. Ha-ha. Está vendo? Ninguém está enterrado na Tumba de Grant. Sacou?

Lucy suspira.

— Sim, Jess. Saquei. E também conheço aquela que diz para não abrir a porta da geladeira porque a salada está sendo arrumada. E para jogar o despertador pela janela para ver o tempo voar. Mas toc-toc. Viemos aqui para ver a corrida.

Nós duas voltamos nossa atenção para os ciclistas vestidos em suas roupas de *spandex* supercoloridas. Eles estão tomando seus últimos goles de Gatorade e se alinhando em suas Treks e Cannondales. Para um passatempo de fim de semana, isso parece bastante sério.

— Qual deles é o Dan? — pergunto.

— O de capacete prateado — responde Lucy confiante. — Fui eu que comprei para ele.

— Acho que esse é um modelo popular — eu digo, esticando o pescoço para olhar a massa de ciclistas musculosos e de corpos perfeitos, todos usando capacetes prateados idênticos. Dessa distância, impossível distingui-los.

O tiro de largada é dado e os ciclistas partem. Em não mais que um instante, o amontoado de ciclistas desaparece em uma esquina.

— Isso foi rápido. E agora? — pergunto.

Lucy dá de ombros.

— Não faço idéia. Acho que vamos almoçar enquanto eles não terminam. Onde você acha que é bom comer por aqui?

Olho em volta e vejo as árvores, a grama e o Rio Hudson espumante um quarteirão adiante.

— Carrocinha de cachorro-quente? — sugiro.

Lucy olha para mim como se eu tivesse proposto que arrancássemos algumas folhas da árvore e colhêssemos frutos de carvalho para comer.

— Talvez devêssemos pular o almoço e ir para a linha de chegada — ela diz, olhando em torno. — Onde você acha que pode ser? Espero que não tenhamos que pegar o metrô.

A mulher à nossa frente se vira. Ela está usando uma camiseta amarela brilhante com uma foto de uma bicicleta de corrida e o *slogan* RICHARD FAZ MEU CORAÇÃO DISPARAR. Essa é uma boa esposa. Ou, pelo menos, uma boa sedutora.

— Novas por aqui, garotas? — ela pergunta. — Essa corrida é padrão. Doze voltas. Três quilômetros cada. Eles correm em círculos. A linha de chegada é bem aqui. — Trinta e seis quilômetros de bicicleta? Gostaria de ter trazido o *Times* de domingo. Parece que vai ser uma longa tarde.

Mas subitamente há um rugido na multidão e os corredores reaparecem. Os ciclistas estão tão apertadamente colados que, se um deles inclinar-se dois centímetros a coisa toda vai terminar como a corrida de carruagens em *Ben-Hur*. E pensar que eu acho a esteira perigosa...

— Você viu Dan? — pergunto quando eles desaparecem novamente numa mancha colorida.

— Não tenho certeza — diz Lucy. Mas sempre presumindo o melhor, acrescenta: — Deve ser aquele que está na frente.

— Tática de movimentação ruim — diz a mulher ou paqueradora de Richard, sacudindo a cabeça. — Ele não deveria estar tão na frente assim. É preciso economizar sua energia para a arrancada final.

— Deixa de ser fracassada — dispara Lucy, agora confiante de que Dan é o líder do grupo.

— Um fracasso total é o que seu marido vai ser — devolve a torcedora de Richard, dando as costas para nós.

Os corredores passam novamente e vão embora tão rápido que os gritos atrasados de Lucy — "Vá, Dan! Vá!" — ecoam em seu rastro.

— Chega de falar. Tenho que me concentrar — diz Lucy. — Quero estar preparada da próxima vez que passarem. — Ela desamarra o lenço Hermès de sua bolsa Hamptons Coach — que é a idéia de Lucy de fazer um passeio barato num fim de semana de corrida de bicicleta — e fica preparada.

Dessa vez sabemos que os ciclistas voltarão num piscar de olhos, então não tiramos os olhos da curva onde eles reaparecem.

— É Dan! — grita Lucy assim que o vê passando do lado de fora do grupo, perto da multidão onde estamos.

— Dan querido! Dan querido, vá! VÁ! — ela grita enquanto ele se aproxima numa velocidade de quebrar o pescoço.

Com a cabeça para baixo, curvado sobre o guidom, ele não levanta os olhos, claro.

— Dan, VÁ! — ela grita, acenando seu lenço praticamente na cara dele.

Bem, isso o pega. Distraído por um milésimo de segundo, ele hesita e escorrega para fora de sua bicicleta, arrastando-se pelo chão. Três ciclistas atrás deles, incapazes de parar, batem precipitadamente uns nos outros. Um quarto consegue escapar da batida, mas não consegue evitar Dan. Sua Cannondale corre direto na direção do corpo de Dan que está de barriga para baixo.

— Aimeudeus! — grita Lucy. — Não morra!

Imagino se ser viúva é melhor ou pior do que divorciada — provavelmente melhor, já que é mais simpático — quando Dan fica de pé e espana as marcas de pneu de seu peito. Dois dos outros três ciclistas naufragados também se levantam, retirando suas bicicletas agora tortas da pista e batendo em seus capacetes com raiva. O terceiro não se mexe. Talvez sua mulher seja a que vai ficar viúva. Finalmente o ciclista caído levanta-se, avaliando suas pernas feridas sangrando.

— Como é que essa merda aconteceu? — ele fala alto.

— Foi ela — dispara a mulher de Richard, apontando um dedo acusador para Lucy.

Ainda tonto, Dan, levanta os olhos e pela primeira vez vê Lucy. E percebe quem o fez cair.

— Você está bem? — pergunta Lucy, correndo para o lado dele.

— Eu estaria — diz Dan, desgostosamente chutando o pneu de sua bicicleta deformada —, se eu pudesse ter ganho esta corrida. É a primeira vez que caio nessa temporada.

— Tudo minha culpa — lamenta Lucy, subitamente perturbada. — Eu não deveria ter vindo.

Dan tira suas luvas de ciclista vagarosamente e esfrega seu joelho arranhado.

— Estou surpreso por ver você — ele admite. — Você nunca foi uma grande fã de ciclismo.

— Erro meu. É um esporte muito legal — elogia Lucy. — Acho que tem muitas coisas que andei perdendo nos últimos tempos.

Dois minutos devem ter passado, porque os corredores que ainda estão em seus selins passam novamente e Dan agarra Lucy, puxando-a para a grama.

— É como estar no olho de um furacão — ela diz, quando os ciclistas se distanciam.

Movendo-se para longe da pista, Dan puxa a garrafa de água presa na bicicleta e toma um longo gole.

— Então, o que está fazendo aqui? — ele finalmente pergunta a Lucy.

— Vim vê-lo — ela diz. — Sinto sua falta. Você não respondeu minhas ligações. Precisamos conversar.

— Este não é o lugar ideal.

— Nunca é o lugar ideal! — retruca Lucy, chegando mais perto dele. — Então deixe-me apenas dizer minha fala aqui mesmo porque é importante. Eu amo você. Eu sinto muito. Eu sinto muito. Eu amo você. Passamos tantos anos felizes juntos e tivemos tantos momentos bons. Nós nos conhecemos. Nós nos amamos. Não podemos jogar isso tudo fora.

Dan levanta sua bicicleta quebrada e a coloca embaixo de uma árvore.

— Nós nos amamos, sim. Mas quanto ao fato de nos conhecermos, você está errada — ele diz. — Nós não nos conhecemos. Eu não sei mais quem você é.

— Ainda sou a mesma garota com quem você se casou — garante Lucy.

— Gostaria que isso fosse verdade.

— Olha. Eu trouxe algo que achei que você deveria ver.
— Lucy abre sua bolsa e tira um grande envelope. Ele está
levemente rasgado nos cantos, tem um certo cheiro de mofo
e está fechado com um selo de cera com as letras "LC".

— O que é isso? — pergunta Dan, pegando o envelope e
revirando-o vagarosamente em suas mãos.

— A última carta que escrevi como Lucy Chapman —
ela conta. — Na noite anterior ao nosso casamento. Lembra? Zelda nos disse para escrevermos uma carta um para o
outro e guardá-las. Disse que o casamento nem sempre era
estável e que, quando os maus tempos viessem, precisaría-
mos de alguma coisa para nos lembrar de que fizemos uma
promessa para a alegria e a tristeza.

Dan olha o envelope.

— O que ela diz? — ele indaga.

— Honestamente, não sei — responde Lucy. — Eu me
lembro de escrevê-la, mas não lembro do que disse. Não
consegui dormir na noite passada e, por volta das quatro da
manhã, subi ao sótão e encontrei isso no baú de sua avó.
Elas estavam dentro daquela lata de biscoitos em forma de
coração e presas por um elástico cor-de-rosa.

Dan dá um pequeno sorriso.

— Eu me lembro daquela lata de biscoitos. Foi a única
vez que você tentou assar biscoitos para mim. E eu me casei
com você assim mesmo.

— A dor de estômago só durou dois dias — recorda Lucy.

— Mas os bons tempos iam durar para sempre — acrescenta Dan.

Lucy assente.

— Se alguma vez precisamos desta carta, é agora.

416

Dan desliza seu dedo sob a aba do envelope, retira o selo e abre o pacote. Tira uma folha fina e azul-clara de papel e se instala embaixo de um carvalho com os galhos perto do chão.

— Por que você não lê para mim? — ele pergunta a Lucy, estendendo o papel.

Ela pega a carta e se senta perto dele. Os dois esqueceram de mim, e eu não deveria estar aqui mesmo. Começo a voltar para o carro, mas o evento deve ter terminado porque uma horda de corredores fora de suas bicicletas estão empacotando seus equipamentos e bloqueando meu caminho. Vou para o outro lado da árvore.

— *"Meu querido amado Dan"* — Lucy lê. — *"Se você abriu esta carta deve ser porque está com raiva de mim. Eu fiz alguma coisa errada, mesmo que agora eu não saiba o que é. Sem surpresas. Você fica me dizendo que parte do que você ama em mim é que sou um desafio. Mantenho sua vida excitante. Diz que posso ser uma pessoa difícil de controlar, mas sabe que jamais vai ficar entediado ao meu lado.*

A boca de Dan se abre num sorriso.

— Não, tédio nunca — ele concorda.

— E ainda sou um desafio — acrescenta Lucy. — *"Nesse exato instante, na noite anterior ao nosso casamento, sei que quero que passemos nossas vidas juntos. Nossas vidas inteiras. E se eu fiz alguma coisa que de alguma maneira estragou isso, espero que você consiga encontrar dentro de seu coração uma forma de me perdoar. Prometo que sempre vou tentar encontrar dentro do coração uma forma de perdoar você. Amor* realmente *significa ter de pedir desculpas. E eu estou dizendo isso a você agora.*

Há um longo silêncio. Depois Dan limpa a garganta.

— Quase parece que você sabia o que ia acontecer.

— Nunca — retruca Lucy ferozmente. — Não posso explicar o que fiz e nem vou tentar. Apenas posso prometer que qualquer que seja o demônio que tomou minha alma durante esses meses, ele já foi banido para sempre.

— Como é que você pode ter certeza? — ele pergunta.

— Porque é verdade o que dizem: você não sabe como uma coisa é importante até que corra o risco de perdê-la. Nunca serei tão burra de novo.

Dan se aproxima para pegar sua mão e eles ficam sentados olhando um para o outro por um longo instante.

— Onde está a carta que eu escrevi? — ele pergunta finalmente.

— Aqui — mostra Lucy. Ela segura um envelope de papel manilha com o endereço do escritório onde Dan havia trabalhado vinte anos antes. — Sua vez de ler.

Com um rasgo forte, Dan abre a missiva.

— *"Minha Mais Bonita Lucy* — ele diz, sua voz tremendo. — *"Não pode haver nada que você tenha feito para me fazer ficar com raiva. Então se você está lendo isso, deve ser minha culpa. No momento em que conheci você sonhei com nossa vida juntos e mal posso acreditar que isso está para acontecer. Meu amor por você é eterno. Se eu alguma vez esquecer isso, me sacuda com força e me lembre de que mesmo para sempre é muito pouco tempo para nós dois ficarmos juntos. Espero que não haja nada que possa jamais mover você para tão longe de mim que não consigamos encontrar o caminho de volta um para o outro."*

— Você estava falando sério? — pergunta Lucy, fungando.

— Eu estava, vinte anos atrás — diz Dan.

— E agora?

Dan espera um tempo. Olha para baixo, na direção da sua mão esquerda, e gira a aliança de ouro, que ele jamais tirou. Depois procura a mão de sua esposa.

— Nada mudou. Ninguém nunca poderia me fazer sentir mais raiva do que você, mas tampouco poderia me fazer mais feliz. Eu amo Lucy.

— Você jurou que jamais iria brincar com meu nome e esse programa de TV — diz Lucy, rindo e chorando ao mesmo tempo enquanto joga seus braços em torno dele.

— Depois de vinte anos, eu tenho esse direito — ele diz, feliz, puxando-a apertado enquanto eles caem juntos na grama.

É bom que ele não tenha corrido mais de três voltas. Ele ficaria muito suado para o que parece que está prestes a acontecer. Isso pode levar um tempo. Acho que vou comprar um cachorro-quente e pegar o trem para casa.

Capítulo 19

TAMIKA ESTÁ COM CAXUMBA.

— Caxumba? — pergunto, quando sua mãe adotiva telefona com a notícia, três dias antes do espetáculo beneficente. — Ninguém mais pega caxumba.

— Ela pegou — afirma sua mãe adotiva. — Parece que engoliu uma bola de basquete. Ou duas. Mal consegue falar.

— Ela foi ao médico? — eu pergunto.

— Estou tentando conseguir alguém na clínica para vê-la esta tarde.

Eu devia sentir simpatia por essa pobre garotinha com seus 40 graus de febre, mas tudo em que posso pensar é que sua substituta possivelmente não vai poder cantar "The Rain in Spain" da maneira que ela canta.

Alguns minutos mais tarde, Peggy, assistente de Josh Gordon, me liga para confirmar que ele precisa de 11, e não dez, assentos na mesa que está comprando para a pré-estréia do espetáculo.

— Isso se nós tivermos um espetáculo — eu gemo. — Nossa estrela está doente. Caxumba. Estamos esperando para saber o que diz o médico. Manterei vocês informados.

— Um segundo — pede Peggy, me colocando na espera. Enquanto estou aguardando que alguém volte ao telefone, espero ouvir a rádio Lite FM, mas em vez disso sou imediatamente bombardeada com notícias sobre ações da Bloomberg Business Report. Oh, pelo amor da Lovin' Spoonful.

Um minuto depois, Josh pega o telefone.

— Ninguém mais pega caxumba — ele declara.

Será que eu posso ensinar esse sujeito a dizer olá?

— Oi, Josh. Foi exatamente o que eu disse. Mas aparentemente Tamika pegou. Duas grandes glândulas inchadas nos dois lados de seu rosto.

— Esta é a garotinha que vi no ensaio, com tererês e uma grande voz? Ela era maravilhosa. Um verdadeiro talento.

— E ela vem trabalhando tão duro. Isso não é justo.

— Tenho que ir — diz Josh, desligando abruptamente.

— Muito bom falar com você também — eu digo para o ruído de discar do telefone. — Obrigada pelo seu apoio.

Desligo e começo a montar minha estratégia. Talvez o figurinista possa camuflar os inchaços ofensivos. Gola rulê. Talvez possa ser um pouco estranho na cena do baile, mas não posso me preocupar com isso agora. Se Tamika não pode cantar, que tal fazer *backing vocal* do disco que o elenco gravou? Até Audrey Hepburn não soltava a voz ela mesma.

A manhã se esvai em detalhes sem fim do espetáculo. Uma leitura da prova final do programa. Uma discussão com Amanda sobre faixas brancas *versus* vermelhas e brancas nas bolsas de brindes. Uma *conference call* com Pamela e Heather sobre o temível mapa de assentos, que muda tão rapidamente quanto as namoradas de George Clooney.

Estou na cozinha tentando decidir se o almoço deve ser uma tigela de Rice Krispies ou um iogurte Columbo Lite Boston Cream Pie, 120 calorias cada um, quando o telefone toca novamente. Faço uma pausa de um instante antes de atender. Será que vou conseguir entrar no traje emprestado da Chanel se comer cereal *e* iogurte?

— Tamika está curada — anuncia Josh.

— Um caso de caxumba de duas horas? Talvez você devesse ser o próximo Cirurgião Geral.

— Eu não conseguiria passar na prova — Josh ri. — Além do mais, não curei Tamika. Apenas mandei o pediatra dar uma olhada nela.

— Um médico em Manhattan que atende chamadas em casa? Como você conseguiu isso?

— Não pergunte. Provavelmente serei obrigado a deixá-lo ganhar nossa próxima partida de golfe. Mas ele é bom. Chefe do novo Hospital Infantil. Acontece que Tamika não estava com caxumba. Ele diagnosticou uma forte reação alérgica e deu a ela uma injeção de Benadryl.

Josh conseguiu que o chefe do hospital fosse até a Rua 158 com St. Nicholas Avenue? Parece que ele teve que oferecer mais do que golfe, mas estou grata pelo que fez.

— Você é maravilhoso. Não sei o que dizer, a não ser obrigada. Isso significa muito. O espetáculo é importante demais para todas as crianças. Mais especialmente para uma criança como Tamika.

— Sem problemas — diz Josh, claramente embaraçado por meus agradecimentos efusivos. — Tudo o mais está indo bem?

— Está. Por sinal, fiz aquela mudança na sua mesa de jantar — eu digo.

— Peggy me diz que somos 11 — diz Josh. E depois, depois de um instante, ele acrescenta. — Nem perguntei onde você vai se sentar. Se não tiver lugar, gostaria que se juntasse a mim e fizéssemos uma mesa de 12.

— Eu nunca sento — digo estupidamente, aturdida com sua oferta. — Quer dizer, não é que eu fique de pé, é só que ficarei muito ocupada antes do espetáculo. Ajudando as crianças a se vestirem, arranjando seus cabelos, ajustando as gelatinas cor-de-rosa... — Eu consigo parar de dizer besteira antes de começar a recitar os diálogos do espetáculo. Embora se ele pedir, eu possa fazer isso. Já que venho escutando as crianças ensaiando suas falas mil vezes, me lembro delas. Até sem gingko.

— Você vai precisar jantar — diz Josh.

— Certo. — Respiro fundo e conto até três. Cinco. — Eu adoraria me juntar à sua mesa. Obrigada — agradeço com simplicidade.

Nós desligamos e eu percebo que babei iogurte Columbo Lite Boston Cream Pie sobre minhas calças *jeans*. Droga. O espetáculo é sexta-feira. Tenho três dias para aprender a comer direito.

A próxima pessoa que tem um problema com o lugar é Dan, que aparece na hora do jantar com um cheque e um pedido de desculpas.

— Não tive tempo de colocar isso no correio — ele explica, me estendendo um envelope. — Lucy diz que comprou apenas uma entrada. Agora precisamos de duas.

— Esta é uma mudança que fico feliz de fazer — digo, pegando o cheque dele. — Mas você poderia apenas ter telefonado. Eu sei que você é bom com dinheiro.

— Mas você provavelmente pensa que não sou bom em muitas coisas — diz Dan, entrando e fechando a porta. Ele levanta os braços para os lados, como se estivesse sendo crucificado. — Estou aqui na sua frente como o maior idiota de Pine Hills. Sinto muito mesmo. Nunca deveria ter dito o que disse naquela noite na festa.

— Não importa — eu digo, sem querer me estender. — Tudo terminou do jeito que era esperado. Estou muito feliz por você e Lucy.

— Eu também. Você estava certa sobre a quem eu pertenço. É bom estar em casa. Juntos novamente.

— Aposto que sim — concordo. Cara, ele parece feliz. E por que não? De volta para a mulher que ele ama. E que corresponde ao seu amor. E sexo fazendo as pazes é sempre melhor do que agosto em Dubai. Não que eu jamais vá até lá.

— Desculpe ter colocado você no meio — lamenta Dan. — Ficar sendo uma boa amiga para nós dois não deve ter sido fácil. Mas precisamos de você.

— A conta vai pelo correio — brinco. — Mas vocês dois realmente conseguiram descobrir sozinhos.

Dan está inquieto e muda o peso de um pé para o outro.

— Jess, sobre a outra noite, de novo...

— Olha, por que nós simplesmente não fingimos que nunca aconteceu? — andando na direção da cozinha e esperando terminar a conversa.

— Não podemos fazer isso. Realmente aconteceu — diz Dan, me seguindo. — E não estou tentando me arrepender.

— Tudo bem, você pode se arrepender — eu ofereço. — Não era você realmente falando.

— Não? Quem você acha que era? Certo, eu estava levemente fora de mim, admito. Com raiva de Lucy. Magoado. E realmente confuso. Mas eu falei sério. Você é fantástica. Eu gosto de estar com você. E não quero perder nossa amizade porque cometi um erro estúpido.

— Você não vai perder. Não vou a lugar nenhum — olho para Dan cuidadosamente. Por que não? Vamos lá. — Por sinal, qual foi o erro estúpido? Me beijar?

Dan parece surpreso por um instante, depois ele sorri.

— Não. Beijar você foi um tanto bom. Beijar a melhor amiga de minha mulher é que foi estúpido.

Eu rio.

— Muito delicado.

Dan ri.

— Foi bom você ter me dispensado, de qualquer jeito. Eu jamais teria sobrevivido. Muita competição.

— Claro. Competição grande demais para mim no momento. Um homem *gay*. Uma garota de 11 anos. E meu ex-marido, quando não está com sua atual amante.

— Que tal um rico homem de negócios da Park Avenue que é um dos mais generosos filantropos de Nova York?

— De quem você está falando?

— Você deve saber.

— Não faço idéia. Donald Trump está a fim de mim? Eu não ficaria interessada. Barry Diller? Ele não ficaria interessado. Um Rockefeller? Qual deles? E quanto o dinheiro deles está diluído agora?

Dan ri de novo.

— Não estou falando de alguém tão rico assim. Mas o cara é muito bacana.

— Isso faz com que reste George Steinbrenner.

— Vamos lá, Jess, você tem que saber disso — diz Dan. — É Josh Gordon.

Eu caio na gargalhada, mas Dan insiste.

— Encontrei Josh numa reunião de negócios outro dia e ele ficou falando no seu nome — conta Dan. — Perguntou sobre nós e eu disse que somos apenas amigos. Ele estava obviamente conferindo, porque nos viu juntos na festa. Muito cavalheiro da parte dele.

— Ele estava apenas tentando conversar.

— Não, ele estava decidindo se seria legal fazer uma investida.

— Você está muito enganado. Josh e eu nos encontramos algumas vezes para falar sobre o espetáculo beneficente. Isso é tudo o que há entre nós.

— Ele realmente mencionou que você estava fazendo um bom trabalho.

— Fico feliz que ele tenha notado. Ele normalmente está mais concentrado em sua bela namorada e em sua ex-mulher chata. Enfim, seu único interesse em mim é profissional.

— Que pena, achei que vocês ficariam bem juntos — diz Dan, dando de ombros. — Mas enfim. Talvez não. A gente ganha algumas e perde outras.

Começo a mudar de posição para dizer que Josh *pode* estar interessado, mas já fiz um trabalho muito bom para convencer Dan do contrário. Este é o problema com os homens. Eles não sabem quando se espera que eles argumentem com você. É realmente muito simples. "Este vestido me faz ficar gorda" pede um "não, não faz." "Acho que preciso fazer uma plástica" requer um "nunca, você é bonita exatamente do jeito que é". "Josh não pode estar interessado em mim" solicita uma discordância séria. Se estivesse falando com Lucy, iríamos dissecar cada detalhe delicioso de tudo o que Josh jamais disse para mim. Como ele disse, por que disse, quando disse, o que quis dizer, o que poderia ter querido dizer, o que deveria ter querido dizer, o que queria querer dizer. Então nós estaríamos tão exaustas que quem se importaria com o que iria acontecer?

Mas Dan apenas agarra um *brownie* de meu pote de biscoitos e caminha até a porta.

— Não se preocupe, Jess. Se não for Josh, será outra pessoa. Alguém sensacional — ele diz, me dando um abraço caloroso e um tapinha simpático nas costas.

— Claro — eu digo, tentando não parecer tão decepcionada como subitamente me sinto.

Dan me dá um beijinho no rosto e acrescenta:

— Obrigado pelo *brownie*. Lucy vai fazer o jantar para mim hoje. Não sei o que esperar.

— Josh me convidou para ficar na mesa dele — murmuro para mim mesma enquanto Dan fecha a porta na minha frente. O plano do jantar pareceu bom por alguns minutos. Mas agora me ocorre que eu provavelmente estarei sentada perto da maravilhosa Rainha do Gelo, Marissa.

*

Sexta-feira à noite, duas horas antes do evento, Lucy está esvoaçando na suíte de recepção do hotel St. Regis. Até agora, sou o único membro do comitê que está aqui. Provavelmente porque sou também a única sem um lugar rico na Park Avenue para trocar de roupa, e eu não poderia nem imaginar usar meu Chanel emprestado de dez mil dólares no Metrô Norte. Precisaria ter que comprar um assento extra para ele. E o preço do bilhete acaba de subir.

— Ótimo lugar — diz Lucy, abrindo o pequeno creme para o corpo Bulgari na cesta de brindes e esfregando-o em seu pulso. — Adoro um hotel que dá a você uma suíte grátis.

— Grátis com o salão de baile e 400 convidados pagantes para o jantar — explico, espiando no espelho para colocar outra camada de maquiagem antes de entrar em meu vestido. — Você e Dan querem usar a suíte mais tarde?

— Não precisamos — responde Lucy, feliz. — Estamos muito bem em nosso próprio quarto.

— Então a ausência fez o coração ficar mais quente?

— Definitivamente — ela diz, suspirando abençoadamente. — Dan e eu estamos na lua. Apaixonados de novo. Finalmente percebi que ele é o homem dos meus sonhos. E a segunda vez é ainda melhor.

Eu reviro os olhos. O que faz as pessoas apaixonadas falarem tantos clichês?

— Eu sei que todo mundo ama o amor, mas não sei quanto mais xarope eu posso agüentar. Você está ficando mais boba que a Tia Jemima.

A porta da suíte se abre e Amanda Beasley-Smith e Pamela Jay Barone entram, enfeitadas com seus longos vestidos colantes e jóias suficientes para fazer Elizabeth Taylor morrer de inveja. Amanda joga um triplo beijo aéreo para mim e faz um gesto para Lucy, que eu rapidamente apresento. Amanda, observando o Armani enfeitado de Lucy, seus brincos sabe-se-lá-quanto-custam e sua autoconfiança sem preço, leva cerca de sete segundos para reconhecer Lucy como uma delas.

— Você deveria estar no comitê beneficente no ano que vem — diz Amanda.

— Claro, vamos marcar um almoço — diz Lucy, dando a resposta-padrão de Hollywood.

Um momento mais tarde, um homem alto e magro entra, carregando uma bagagem enorme em cada mão. Ele está vestido com um chapéu enorme, *jeans* rasgados e botas de caubói vermelhas e turquesa Tony Martin. Nada apropriado para montar um touro num rodeio, mas pode funcionar para fazer alguma ação subir em Nova York.

— Este é meu cabeleireiro favorito, Nebraska — apresenta Amanda orgulhosamente, sorrindo para ele. — Eu o encurralei para doar seus talentos hoje à noite. Para qualquer pessoa que passe por nossa suíte e queira um toque final.

— Como vai — cumprimento, dando as boas-vindas a ele.

Nebraska vai para um dos banheiros da suíte para instalar um minissalão — com gel, musse, *defrizzer*, brilho, creme, *spray* e creme brilhante.

— Só trouxe o essencial — diz ele, desculpando-se. — Um pouco provisório, mas vamos conseguir.

Olho para sua coleção.

— Talvez um toque de brilho para mim — digo, tentada.

— Hoje a noite é realmente importante. Venho me preocupando com isso há semanas. Quer dizer, não me preocupando com minha aparência, mas me preocupando que tudo corra bem. Doadores felizes. Crianças brilhando. Você sabe.

— Você deveria *sempre* se preocupar com sua aparência — afirma Nebraska. — Mas você não precisa pensar nisso quando estou por perto. — Ele se aproxima de mim com uma garrafa de *spray* e salpica minha cabeça com água tão rapidamente que nem percebo o que ele fez até que sinto gotas escorrendo por meu pescoço. Aparentemente ele não notou os 20 minutos da cuidadosa escova que fiz em casa. Ou talvez ele tenha notado.

O resto do comitê — Rebecca Gates, Heather Lehmann e Allison von Williams — adentra a suíte de recepção, cada uma usando um traje de *designer* estonteante na cor mais usada da estação. Biscuit. Não importa como eles chamem, ainda é bege. Uma cor que não fica bem nem mesmo numa parede.

— Muita atividade lá embaixo — Rebecca anuncia excitada. — A banda está esquentando e parece ótima. As pessoas estão começando a chegar. E, Amanda, você estava tão certa em não escolher flores para os centros de mesa. Nós somos uma caridade séria. Aquelas fotos de guetos em torno do mundo nas molduras da Tiffany são muito mais mobilizantes.

— E muito alegres — acrescento.

Rebecca parece me notar pela primeira vez.

— É melhor você descer — ela diz maliciosa. — Você está ensopada e nem se vestiu ainda.

— Não? — pergunta Allison, parando para olhar de perto o meu robe de banho de algodão com a marca do hotel.

431

— Isso não é um Yves Saint-Laurent? Achei que era seu novo modelo de casaco de *smoking*.

Eu puxo o cinto do robe mais apertado. E por que não? A alta costura fica cada vez mais estranha a cada ano. Mas precisaria mais pretensão do que eu tenho para usar um robe de banho para jantar. A menos que o jantar fosse na casa de Hugh Hefner.

— Apronto você em um segundo — garante Nebraska, puxando o secador de seu estojo e brandindo-o no ar, em seu melhor estilo Clint-Eastwood-cabeleireiro.

Ele coloca o secador de 2.400 watts na tomada e subitamente tudo pára. O secador está desligado. As luzes apagadas. O ar-condicionado não funciona mais.

— Meeeeeerda — geme Nebraska.

— Deve ter queimado um fusível — diz Pamela olhando pelo quarto, como se ela pudesse encontrar a caixa de fusíveis convenientemente instalada próxima ao minibar.

Subitamente alarmes começam a soar e há uma comoção no corredor — portas batendo, pessoas gritando. Um instante mais tarde, sirenes soam da rua embaixo de nossa janela.

Nebraska dá uma olhada em mim através do espelho e depois para o secador Força Profissional ainda em sua mão.

— Essa criatura é mais poderosa do que pensei — ele diz, com o que pode ser um toque de orgulho.

— Não pense que seu secador fez isso tudo — explica Lucy, correndo para a televisão. Quando não funciona, bate nela como numa máquina de refrigerantes quebrada, como se pudesse forçar as notícias a saírem da caixa recalcitrante.

— A energia elétrica deve ter caído — diz Heather, imponente. — Isso acontece o tempo todo na nossa casa em Barbados durante a estação de furacões.

Olho para a janela procurando um sinal de um furacão. Ou de uma tempestade. Ou até mesmo de um *fog*. Mas o sol está brilhando e não há nem mesmo uma onda de vento.

Lucy abre a porta para o corredor, onde luzes vermelhas estroboscópicas estão brilhando.

— Provavelmente não é um furacão, mas pode ser fogo — teme Lucy. — É melhor sairmos daqui.

— Eu não posso sair — reclamo, sem me mexer da cadeira. — Meu cabelo está ensopado.

— Ele vai secar — diz Amanda rapidamente. — Nebraska, faça algo por ela. Nós temos que ir.

Nebraska, compartilhando o senso de urgência, agarra o tubo mais próximo, espalha uma gosma em meu cabelo e rapidamente amassa várias seções da minha cabeça.

— Pronto. Vai ficar linda — ele garante, me abandonando e correndo na direção da porta.

— O que você colocou? — pergunto, me levantando.

— Um produto — ele responde.

O alarme na sala de nossa suíte começa a tocar e Nebraska parece ansioso.

— Todos os produtos são basicamente os mesmos — ele grita, o nariz escorrendo, aparentemente jorrando a verdade para fora dele. Mas ele vai admitir que jamais disse aquilo uma vez que tudo tenha voltado ao normal?

Vamos para o corredor — Lucy, um *cowboy*, cinco *socialites* em trajes sem alça e eu com meus cabelos úmidos e gosmentos com um produto não-identificado e usando o robe que não consegui trocar. Os elevadores não estão funcionando, claro, e na escada de emergência Amanda, Pamela, Rebecca, Heather e Lucy tropeçam nas bainhas de seus enormes trajes, tiram seus saltos altos e começam a descer os degraus descalças. A multidão de pessoas a nossa frente desce em pânico controlado — nada de gritos ou histeria, apenas uma determinação firme de descer a porcaria daquela escada.

— Em que andar estamos? — pergunta Allison.

— No último. Consegui que eles nos dessem a cobertura — diz Amanda, buscando reconhecimento. — Na hora me pareceu uma boa idéia.

— Não vou conseguir! — geme Allison. — Eu mal consigo me encaixar na escada! Meu vestido é muito grande!

Esta é nova, mas ela está certa. Sua enorme saia rodada — ela conseguiria um emprego no Colonial Williamsburg — lhe empresta um jeito bonitinho de pessoa chique, mas é tão volumosa que poderia estar escondendo todo o exército confederado debaixo dela. E mais o general Lee.

— Anda logo, você! — ruge um homem que está tentando nos empurrar pela escada. A bem-criada Allison fica de lado para ele passar e praticamente bate na pessoa na frente dela — que grita de susto. Allison se agarra no firme tecido de cetim da saia, tentando deformá-lo numa forma mais controlável, mas não tem sorte. Diabo de vestido bem-feito.

— Anda! — grita o homem novamente.

— Se esprema! — berra Allison, perdendo a frieza.

— Não sei por que você comprou esse ridículo vestido de bolo de casamento — reclama Heather.

Allison parece confusa, mas isso é uma crise — e ela está pronta a fazer o sacrifício final. Tão facilmente quanto as outras tiraram os sapatos, ela tira a saia rodada — revelando uma combinação de seda embaixo dela. Essas mulheres estão preparadas para tudo.

— Definitivamente gosto bem mais da combinação do que do vestido — diz Heather, aprovadoramente.

Allison olha para a saia rodada, que está agora de pé por si mesma sobre o chão.

— O que devo fazer com ela? — pergunta.

— Deixe aí — aconselha Heather. — Diga à companhia de seguros que simplesmente a perdeu.

Elas começam a descer as escadas novamente e de alguma maneira no meio do ruído escuto meu celular tocando e o tiro do bolso do meu robe.

— Onde você está? — pergunta uma voz ansiosa.

— Na escada do hotel — digo a Josh no telefone.

— Estou no salão de baile e está escuro feito breu — ele diz. — Você tem que vir para cá.

— Estou tentando — eu falo, enquanto um homem agressivo atrás de mim esbarra nos meus ombros. — Está meio apavorante aqui.

Josh escuta o tremor em minha voz.

— Ei, acalme-se. Vai ficar tudo bem. Eu já mandei alguém buscar velas. E podemos usar lanternas se precisarmos no teatro. Mais barato do que aquelas gelatinas rosa, de qualquer maneira.

Eu tento rir mas no momento nada parece engraçado.

— Você sabe o que aconteceu? — pergunto.

— O transformador explodiu e a rede elétrica caiu — diz Josh. — Afetou uma área de dez quarteirões. A empresa de energia elétrica já está trabalhando nisso.

435

Eu suspiro com alívio de que não seja um desastre maior.

— Se a empresa de energia elétrica está na área, estará consertado na semana que vem — observo.

— Aposto dinheiro que será na terça-feira. Mas não se preocupe. Estou feliz por você estar a salvo.

Transmito as notícias sobre a interrupção de energia e há uma sensação palpável de alívio na escada. Transformador estourado é chato, mas não perigoso. Vamos ficar bem. Vinte minutos mais tarde, quando chegamos à escada do primeiro andar, as mulheres em torno de mim começam a alisar seus vestidos, colocando seus belos sapatos novamente e passando os dedos em seus cabelos brilhantes. Já que meu vestido e meus sapatos ainda estão na cobertura, tudo o que posso fazer é conferir meu cabelo. Más notícias. Quarenta andares numa escadaria abafada e sou uma ameaça à Garota Shampoo.

Entramos no salão de baile onde todos os maridos preocupados imediatamente nos cercam em enxame, cheios de confortos e abraços. Alden de Amanda é bonito e amoroso, e obviamente não fugiu com a babá — embora o esposo distraído de Heather pareça querer fazer isso. Dan beija Lucy por um longo tempo — agora, até uma hora separados é muito — e depois começa a perguntar como estou.

— Josh estava procurando você — avisa Dan, fazendo um gesto na direção da multidão no bar. — Você devia ir encontrá-lo.

Lucy, Dan e os outros casais reunidos se misturam na multidão, e sou deixada de pé sozinha de robe. Não exatamente como imaginei que estaria quando estivesse sentada com Josh Gordon hoje à noite.

Mas aparentemente eu não deveria ter me preocupado imaginando nada, porque vindo na minha direção está uma visão de vestido branco enfeitado com brilhos e lantejoulas e aquele cabelo quase branco esticadíssimo que dança perto de sua cintura.

— Belo traje — ronrona Marissa, parando na minha frente, o copo de martíni enfiado na mão esquerda. Seu drinque favorito ou ela pediu para combinar com os cabelos?

— Obrigada — agradeço. — Yves Saint Laurent. Coleção do próximo ano.

— Eu diria Cama, Banho e Outros. Coleção do ano passado — retruca Marissa, trocando seu drinque para a outra mão e se posicionando de novo. A mulher não entende uma piada. A mulher *é* uma piada. Como Josh pode gostar dela?

— Ouvi dizer que você vai se sentar conosco, mesmo sendo apenas do *staff* — diz Marissa, pedacinhos de gelo se formando em torno de seus lábios. Do drinque? Não, eles estão sempre ali. — Josh sempre é tão bacana com as pessoas que trabalham para ele. Muito bacana, eu digo a ele.

— Certo. Melhor fazê-lo parar com isso. Meio que demais essa história de bacana-com-o-*staff*. Mas me desculpe — eu peço, me afastando. — Como *staff*, tenho muito a fazer. Vejo você mais tarde.

Embora quando eu a vir mais tarde, provavelmente será no braço de Josh. Quando vou aprender a não aumentar minhas expectativas?

Descubro o gerente do hotel, que me assegura que, com eletricidade ou não, o jantar vai estar ótimo. As entradas com *steak* e salmão estão sendo preparadas no *grill* a gás.

— E você foi tão esperta em pedir *sashimi* como primeiro prato — ele confidencia, como se eu tivesse adivinhado o desastre da noite. Eu chamo Vincent — que me diz que o teatro não foi afetado pela falta de energia. Mesmo assim, ele está num frenesi.

— As luzes podem cair de novo a qualquer momento! — ele grita, arrastando sua capa ao fundo.

Não vai adiantar explicar que a luz nunca cai duas vezes — porque ela cai. E não foi a luz que caiu da primeira vez, de qualquer forma.

— Eu devo ir até aí e ajudar você? — pergunto esperançosa, procurando uma razão para sair do salão de baile. — Posso ir.

— Não, não, não — Vincent fala alto. — Seu trabalho é o jantar. Meu trabalho é o espetáculo. *Vai* dar certo.

Mas como se espera que eu dê certo? Desligo, imaginando o que fazer. Meu vestido, abandonado 40 andares acima, poderia muito bem estar em Marte. Os vestidos da cena de baile de *My Fair Lady* estão apenas algumas quadras adiante — mas sem chance de eu conseguir entrar nas roupas da magrinha Tamika. E pela primeira vez Lucy não tem uma reserva de emergência para tirar de sua bolsa. Certo, é melhor eu me esconder no banheiro das mulheres durante a próxima hora e meia. Estou bem no meio do caminho para lá quando Josh Gordon agarra minha manga e me vira para ele.

— Que bom que você está aqui — ele diz, me dando um abraço rápido. — Não vi você entrar. Estava preocupado.

— Eu não queria que você me visse — admito. — Estou parecendo uma idiota. Desculpe por isso tudo. Assim que os elevadores forem consertados, vou voltar e me trocar. Desculpe mesmo.

Ele dá um passo para trás mas deixa as mãos em meus ombros.

— Alguém já disse que você pede muitas desculpas? — ele pergunta.

— Desculpe... — eu começo, mas paro antes de pedir desculpas por pedir desculpas. — Só não quero envergonhar você na frente da sua namorada — eu explico, tentando novamente. — Marissa já deixou claro que eu deveria ir embora.

— Você não ouse ir embora — retruca Josh. — Você fez toda essa noite acontecer.

Mas eu já me virei e estou indo na direção do banheiro feminino. Josh me segue e agarra minha mão.

— Você poderia me escutar só por um minuto? — ele pergunta. — Você entendeu tudo errado. Marissa não é minha namorada. Ela trabalha para mim. Atende a várias funções de negócios comigo, representando a empresa.

— Ouvi dizer que você é bacana com sua equipe — eu digo.

— Muito bacana. — Ele sacode a cabeça. — Olhe, Jess, você e eu não tivemos um começo muito legal. E provavelmente foi por minha culpa. Então agora eu é que vou pedir desculpas, certo? Quero que nós dois comecemos de novo. Foi por isso que convidei você para se sentar comigo hoje à noite. Como um primeiro encontro.

Olho para ele, chocada. Encontro com ele? Subitamente estou consciente de que ele ainda está segurando minha mão. E parece bom. Algumas gotas de transpiração estão brilhando em sua fronte. Pode ser que ele esteja perturbado comigo para variar?

— Começar de novo parece bom — eu digo em voz baixa.

— Eu me descubro pensando muito em você — Josh diz devagar. — Você é diferente de qualquer pessoa que já conheci. Engraçada. Despretensiosa. Você não tenta ser o que não é. Nunca sei o que esperar. É engraçado ficar perto de você.

Ele dá um passo para trás.

— Tenho uma coisinha para você da Diretoria. Para agradecer tudo o que você fez no espetáculo beneficente.

Ele me entrega uma pequena caixa de veludo e, abrindo-a, tiro o delicado pingente verde de dentro, inscrito com um caracter chinês.

— O que quer dizer? — pergunto, passando o dedo no jade liso.

— Disseram que quer dizer "boa fortuna" — Josh diz com um sorriso. — Mas não posso garantir. Pelo que sei, quer dizer "Alguém na Diretoria Realmente Gosta de Você". O que também seria apropriado.

Eu levanto os olhos arregalados, para ele, e Josh sorri.

— Na verdade, não é da Diretoria. É de mim. Eu o comprei na semana passada quando estava em Hong Kong. Coloque em seu chaveiro.

— Tenho uma idéia melhor — eu digo, abrindo a fina corrente de ouro que estou usando e colocando o pingente nela. Eu luto para fechar novamente o colar, mas Josh coloca os braços em torno de mim para assegurar minha boa sorte.

— Fica bem em você — elogia. — Realça seus olhos.

— Você não acha que é demais para usar com o robe de banho? — eu pergunto, sorrindo. — Não quero ficar exageradamente vestida hoje.

— Não, é exatamente o toque certo — ele diz, inclinando-se e tocando o medalhão verde levemente com o polegar. — Agora tenho minha boa sorte.

— E eu a minha — dou um passo hesitante à frente para dar um beijo nele.

— Bom — ele diz. Então passa os braços em torno de mim e me puxa. Nós nos beijamos por mais tempo do que eu poderia esperar.

Já que as luzes não podem se acender para anunciar o jantar, os garçons circulam, graciosamente convidando as pessoas a se sentarem. Eu olho ansiosamente para Josh e depois na direção da porta.

— Você não vai escapulir do jantar — diz Josh firmemente, pegando novamente minha mão. — Vamos nos sentar. Não se preocupe com o robe de banho. Pela primeira vez todo mundo vai ter algo para falar que não seja a Lei de Segurança Nacional.

Josh está certo e acontece que uma interrupção elétrica é exatamente o que todo evento de caridade realmente precisa. O salão parece bonito com a luz tremeluzente das velas, e todas aquelas mulheres. Meu robe de banho inspira conversas criativas sobre os momentos mais embaraçosos de todo mundo. Todo mundo menos Marissa, que afirma não ter tido nenhum. Os discursos são curtos, já que sem microfones ninguém pode ouvi-los mesmo. E a banda, sem amplificação e incapaz de fazer seu trabalho normal de tornar

441

impossível ouvir a pessoa perto de você, providencia uma prazerosa música de fundo.

Estamos acabando de terminar a sobremesa quando Lucy chega perto de mim para sussurrar que o hotel agora tem um elevador de serviço funcionando com um gerador de emergência.

— Eu disse a eles que você é uma emergência — ela explica. — Venha.

Eu fico de pé e coloco minha mão no ombro largo de Josh vestido com fraque.

— Vejo você no teatro — digo a ele. — Tenho algumas coisas para fazer nos bastidores, mas encontro você assim que puder.

— Vou guardar um lugar para você — ele sorri.

— Quem é o Sr. Maravilhoso? — Lucy pergunta assim que somos conduzidas ao grande e acolchoado elevador de serviço e estamos abençoadamente a caminho da cobertura.

— Josh Gordon. E ele me deu isso — eu digo, mostrando meu pingente verde como se isso respondesse à pergunta.

Aparentemente responde, porque assim que entramos no quarto e consigo pentear meu cabelo, consertar minha maquiagem e vestir meu traje emprestado, Lucy olha ceticamente para a gargantilha brilhante que Chanel também mandou para a noite.

— Acho que seu pingente chinês de boa sorte fica melhor — ela diz, notando que eu ainda não o havia tirado.

— Eu também gosto mais dele — digo, rejeitando levemente o que pode ser minha única chance de exibir um enfeite com safiras e rubis.

Lucy olha para mim cuidadosamente.

— Você se arrumou muito bem — ela elogia. — Vestido fabuloso. Seu cabelo fica sensual cacheado. E seu rosto está brilhando.

Eu me examino no espelho.

— Deve ser o novo brilho labial rosa — eu sugiro.

Lucy suspira.

— Nada disso. É o seu novo Sr. Maravilhoso. Caramba, nós nunca seremos capazes de substituir os homens. Um bom beijo do cara certo ainda faz a gente ficar mais radiante do que um ano de abrasivos faciais.

— E machuca menos — acrescento, rindo.

Voltamos ao elevador e andamos rapidamente para o teatro onde Lucy me dá um grande abraço.

— Deixe todos verem o quanto você está bonita hoje — ela diz.

— Mais tarde — prometo.

Nos bastidores, Vincent tem o elenco reunido num pequeno camarim para uma conversinha antes do espetáculo. As crianças estão com os braços em torno umas das outras, não mais divididas pelas escolas que freqüentam ou pelas suas classes sociais. Elas são um elenco, um grande grupo de amigos. E subitamente me dou conta de que, saia da maneira que sair, o espetáculo já é um sucesso.

— Vocês estão todos *fabulosos* — Vincent diz ao elenco quando eu entro. — Trabalharam duro e as pessoas pagaram milhares de dólares para ver vocês. E acreditem em mim, vocês valem cada centavo. Vão lá e muita merda.

— Ele não quer *realmente* dizer para a gente fazer merda — explica Tamika, agora em voz alta, recuperada da reação

443

alérgica e querendo ter certeza de que seu parceiro de dança não vai levar o conselho de Vincent a sério.

Vincent continua por mais alguns minutos e então as crianças colocam suas mãos juntas no meio do círculo, levantando-as e bradando "Vamos Lá, Equipe!" como se estivessem nas finais da Copa do Mundo. Jen aparece em seu traje de criança vagabunda, uma perfeita filha da rua com faces e nariz sujos.

— Mãe, você está tão bonita — ela diz. — O jantar foi bom?

— Melhor do que você pode imaginar — eu conto. — E você também está muito bonitinha.

A orquestra toca a abertura e as luzes da casa diminuem enquanto Chauncey chama as crianças para tomarem seus lugares. A cortina vagarosamente se levanta e Pierce, nosso Professor Higgins, entra elegantemente no palco com seu casaco e chapéu — emprestados do pai, sem dúvida — e esbarra na vendedora de flores Tamika, nossa Eliza Doolittle, que solta a cesta de buquês exatamente na hora certa. E agora, em seu sotaque caipira perfeitamente treinado, Tamika geme:

— O salário de um dia inteiro perdido na lama!

As crianças estão fazendo tudo direitinho e depois de todos os ensaios, preocupações e trabalho, estão simplesmente perfeitas. Sinto um nó na garganta quando Tamika explode nos primeiros versos de "Wouldn't It Be Loverly" e, quando ela termina e a audiência aplaude de pé, as lágrimas brotam em meus olhos.

De minha posição no alto, olho para o teatro e vejo Dan e Lucy beijando-se na segunda fila. Acho que eles vão perder o espetáculo. Cliff e Boulder estão bem ao lado deles, liderando os aplausos. Zelda, que faz amigos onde quer que vá, está engajada numa conversa animada com um cavalheiro perto dela. Minhas bem-cuidadas damas da caridade e seus respectivos maridos estão alinhados numa única fileira, ladeando Josh Gordon, que tem um assento vazio a seu lado. E demoro um instante para perceber que ele guardou o lugar para mim.

— Vá para a frente — diz Vincent, os olhos brilhando. — É fabuloso, não é? Quero que você aproveite — E ele também está claramente aproveitando. Provavelmente é seu primeiro sucesso em anos.

Quando a audiência retorna aos assentos depois dos aplausos, eu corro para a frente e deslizo para a poltrona perto de Josh.

— Espetáculo maravilhoso — ele sussurra, pegando meu cotovelo para me guiar. — Você deve estar orgulhosa. E feliz.

— Estou. As duas coisas — sussurro de volta.

Ele coloca a mão em meu joelho e esfrega meu belo vestido.

— Veja só você — ele murmura em meu ouvido. — Tão adorável. Gostei de como você estava no jantar. Mas isso é muito, mas muito bom também.

Enquanto o musical acontece, estou perdida entre me concentrar no espetáculo ou sentir o calor do corpo de Josh perto do meu. Ele me abraça, acariciando meu ombro nu e depois brincando suavemente com meus cachos.

— Obrigado pela segunda chance — ele diz. — Tenho uma boa sensação sobre nós dois.

— Eu também — digo, acariciando o pingente de jade no meu peito.

Exatamente nessa hora, o garoto que faz o pai de Liza, Mr. Doolittle, dá um passo à frente para cantar outro trecho aplaudido. Josh agarra meus dedos e coloca nossas mãos entrelaçadas em sua perna.

— *Vou me casar de manhã!* — canta o garotinho no palco. — *Ding-dong, os sinos vão tocar!*

Josh aperta forte minha mão e se vira para me dar um sorriso.

Talvez não de manhã, penso, olhando dentro de seus profundos e brilhantes olhos azuis. Mas qualquer coisa é possível.

Fico imaginando se Chanel me emprestaria outro vestido.

Este livro foi composto na tipologia Usherwood
Book, em corpo 11/16, e impresso em papel
off-set 90g/m², no Sistema Cameron da Divisão
Gráfica da Distribuidora Record.